Mareike Albracht

MORDSKÄLTE

AF221168

Das Buch

Ein gefährlicher Fall für Anne Kirsch

Oberkommissarin Anne Kirsch gibt sich alle Mühe, sich an die Vorschriften zu halten. Sie hat im Dienst bereits einmal zu oft ihre Kompetenzen überschritten und darf sich keinen Fehltritt mehr leisten. Als im Sauerland ein Motorradfahrer tot aufgefunden wird, der offenbar zu schnell durch eine Kurve gerast war, ermittelt sie deshalb besonders akribisch. Es stellt sich heraus, dass der Tod kein Unfall war, sondern Mord, und die Spur führt in die Sauerländer Motorradszene. Doch als plötzlich Annes Freund Heiko in den Kreis der Verdächtigen gerät, muss sie sich entscheiden: Ist sie bereit, den Fall abzugeben, obwohl sie die einzige zu sein scheint, die Heiko retten kann?

Von Mareike Albracht sind in der „Ein-Fall-für-Anne-Kirsch"-Reihe erschienen:

Katz und Mord
Dornentod
Erzähl mir vom Tod
Mordskälte

Die Autorin

Mareike Albracht wurde 1982 geboren. Sie lebt mit ihrer Familie im Sauerland, schreibt leidenschaftlich gern Kriminalromane, betreibt einen Buchblog und veranstaltet regional Krimi- und Dinnerabende. Sie ist Mitglied der Mörderischen Schwestern.

Mareike Albracht

MORDSKÄLTE

Ein Sauerland-Krimi

Bibliografische Information der Deutschen Nationalbibliothek: Die Deutsche Nationalbibliothek verzeichnet diese
Publikation in der Deutschen Nationalbibliografie;
detaillierte bibliografische Daten sind im Internet über
dnb.dnb.de abrufbar.

Herstellung und Verlag: BoD – Books on Demand, Nor-
derstedt
Covergestaltung: Traumstoff Buchdesign traumstoff.at

ISBN 978-3756202461

Heiße Reifen Sauerland e. V. gefällt Bikertreff Dreislar

Bikertreff Dreislar
Gesponsert

Holt eure Maschinen aus dem »Stall« und kommt!
Am Samstag, den 15. Juni, ist Bikertag!!!
Pott Kaffee + Apfelkuchen 3,00 €
Currywurst + Pommes Majo/Ketchup 4,00 €
Solange der Vorrat reicht!
Übernachtung mit Frühstück im Doppelzimmer 25 € p. P

52-mal gefällt mir

Susi Groß: Waren letztes Wochenende dort. Toller Bikertreff an der Grenzlandtour NRW/Hessen. Sehr freundliche
Leute.

Christian Brockmann: Wir kommen und freuen uns
schon!

Elias Pe: @moni Na, wie wärs?

Ha. Ss: Ihr miesen Schweine, verrecken sollt ihr!!! Ich
mach euch fertig.

Kapitel 1

Das Geräusch des aufheulenden Motors riss Gilbert Kreimer aus dem Schlaf. Für einen Moment war er orientierungslos, und das Bild des riesigen Containerschiffes, von dem er geträumt hatte, zerfloss in Schwärze. Kurz darauf setzte das Fiepen in seinem rechten Ohr ein, das ihn gnadenlos in die Wirklichkeit zurückholte.

Ächzend drehte er sich zur Seite und blickte auf die Leuchtanzeige seines Weckers. Bald Mitternacht. Nicht mal eine Stunde lang hatte er geschlafen.

Das Motorgeräusch wurde leiser, nur um sofort wieder zu einem durchdringenden Heulen anzuschwellen, als der Biker die lange Gerade in Richtung Medelon hochjagte.

Gilbert schloss die Augen und versuchte das Bild der MS Carolina heraufzubeschwören. Der hohe schwarze Bug. Sechzehn Meter Tiefgang und eine Geschwindigkeit von bis zu fünfundzwanzig Knoten. Er versuchte in den Traum zurückzusinken wie in ein Schwimmbecken, aus dem er aufgetaucht war, doch die Carolina war fort.

Hass verzerrte sein Gesicht. Er stieg aus seinem Bauch empor und wärmte seine ausgemergelte Brust wie ein starker Weinbrand. Gilbert lauschte auf das Motorgeräusch. Er hörte, wie der Biker vom Gas ging, als er sich der Rechtskurve näherte.

Dann kam der Knall. So ohrenbetäubend, als wäre ein Teil der Landschaft weggesprengt worden.

Danach war Stille. Bis auf den Tinnitus in seinem Ohr, der niemals verstummte.

Eine Weile lag Gilbert Kreimer nur da und stellte sich vor, was passiert war. Dann drehte er sich zufrieden auf die Seite. »Geschieht dir recht, Sausack!«

Er konnte nicht sagen, warum er liegen blieb, denn Schlaf würde er heute Nacht nicht mehr finden. Vielleicht tat er es, um noch für wenige Minuten die Stille zu genießen, bevor Sirenengeheul sie zerschneiden würde. In seinem früheren Leben als Schiffsmechaniker hatte er nicht gewusst, dass er die Stille liebte. Er hatte so vieles nicht gewusst.

Kapitel 2

Mit einer energischen Bewegung stopfte Elsbeth ihren Wischer in die mobile Station. Sie ließ das Wasser abtropfen und ging ein zweites Mal über die Fliesen im Eingangsbereich des Gefriergemeinschaftshauses. Die Tür hatte sie verkeilt, sodass sie weit offen stand, damit der Raum trocknete. Dann löste Elsbeth den Eimer aus der Halterung und kippte das Wasser in den nächsten Gulli.

Wilhelm war damals gegen die Anschaffung der Wischstation gewesen. *Für die hundertzwanzig Mark kriegt man bei Sockenkarl drei Hosen.*

Bei dem Gedanken daran schüttelte Elsbeth den Kopf. *Wozu braucht der Mann drei Hosen, wenn ich fast jeden Tag wasche?*

Die rollbare Wischtuchpresse entlastete ihren Rücken, und das war die Hauptsache, schließlich war sie keine siebzig mehr. Außerdem ließ sich alles gut im Kofferraum transportieren. Elsbeth öffnete die Klappe ihres Twingos, den sie halb auf dem kleinen Vorplatz und halb auf der engen Straße geparkt hatte. Wenn Wilhelm das sähe, würde er wieder Zustände kriegen, aber wer fuhr schon aus Dreislar über den Ziegenberg in Richtung Neukirchen?

Sorgfältig verstaute sie ihre Putzutensilien.

»Warum überlässt du den Putzdienst nicht den Jüngeren?«, hatte Wilhelm heute Morgen gefragt.

»Welche Jüngeren meinst du denn? Birgit? Ansgar? Die Gerda geht selbst stark auf die siebzig zu und hat Probleme mit dem Blutdruck. Ansgar hat Hüfte und Birgit den schlimmen

8

Fuß.« Elsbeth schnaubte bei der Erinnerung. »Nein. Es sind keine Jüngeren mehr da, und das ist das Drama.«

Sie schloss die Kofferraumklappe und sah, wie Birgit die Ölfestraße entlanghumpelte. Ein paar Kilos abzunehmen täte ihr gut, dann würde sie auch den Knöchel nicht so belasten.

»Wahrscheinlich kommt Schwiegermuttern zu Besuch, und sie holt was von der Schweinehälfte.«

Kurz vorm Ziel hielt Birgit schnaufend inne und presste sich eine Faust unter die Rippen. Eins musste man ihr lassen. Trotz des Knöchels fuhr sie nie mit dem Auto.

»Hallo, Birgit! Kommste das Schwein holen?«

»Tach, Else!« Die Hundert-Kilo-Frau ging seitwärts über den schmalen Bürgersteig und atmete schwer durch den Mund. »Nee, hab Rhabarber geerntet. Aber es ist wie immer zu viel. Habe schon gebacken, und der Rest kommt ins Fach.«

Elsbeth warf einen begehrlichen Blick auf die Plastiktüte. Sie liebte Rhabarberkuchen. »Tauschst du ein Pfund gegen einen Beutel von meinen Himbeeren?«

Per Handschlag wurde das Geschäft besiegelt. Elsbeth prüfte, ob die Fliesen im Gefrierhaus trocken waren. Dann zog sie ihren Schlüssel heraus und öffnete das Fach Nummer fünf, das sie sich mit Wilhelm teilte. Hinter der kleinen rechteckigen Öffnung verbarg sich ein tiefes Gefrierfach, das 263 Liter fasste. In Tüten und Dosen bewahrte Elsbeth dort Fleisch von der letzten Schlachtung und Beeren von ihren Sträuchern auf.

»Ich mag mir gar nicht vorstellen, was ich mache, wenn es mit unserem Gefrierhaus vorbei ist«, meinte Birgit seufzend und nahm die Himbeeren in Empfang. »Wenn das letzte Kühlaggregat den Geist aufgibt. Dann werden wir alles ausräumen müssen.«

Ihr Tonfall ärgerte Elsbeth. »Darüber ist das letzte Wort noch nicht gesprochen!«

»Spätestens Ende des Jahres hat der Techniker gesagt.«

»Also, ich werde nicht einfach so aufgeben!«

Während Birgit ihren Rhabarber in ihrem eigenen Fach verstaute, glitt Elsbeths Blick über die schäbigen Wandfliesen und die genagelten Spanplatten an der Decke. Schon lange wäre eine Renovierung fällig gewesen, aber dem Gefrierverein fehlte das Geld, und jetzt drohte auch noch das letzte Kühlaggregat auszufallen.

Die Zukunft sah düster aus. Von den dreißig Fächer im Haus waren nur zwanzig vermietet. Zwanzig Schultern, um die Lasten und Kosten zu verteilen. Und diese zwanzig wurden älter, und Nachfolger waren nicht in Sicht.

Oft hatte sich Elsbeth um Nachwuchs für ihren kleinen Verein bemüht, doch die jungen Leute hatten kein Verständnis für den Wert des 1961 erbauten Kalthauses. Für gelebte Gemeinschaft und Tradition. Und so würde das letzte Gefriergemeinschaftshaus im Sauerland seine Tore schließen müssen. Wenn nicht ein Wunder geschah.

Elsbeths Blick blieb am Fach Nummer vierzehn hängen, wie so oft in den letzten Wochen. Wenn es nur eine Möglichkeit gäbe, den Gefrierverein zu retten! Als erste Vorsitzende war sie verantwortlich für das Gefrierhaus und auch für die Menschen, die ihrer Gemeinschaft angehörten. »Wenn man Herrn Wohlfeil erreichen könnte«, murmelte sie.

Birgit gab ein Schnauben von sich und drückte Elsbeth die Tüte mit einem halben Dutzend Rhabarberstangen in die Hand.

»Der war doch schon ewig nicht mehr hier! Hat er sein Fach überhaupt je benutzt?«

Elsbeth zog einen Staublappen aus ihrer Tasche und wischte sorgfältig über den oberen Rand der Klappe und über die Klinke von Fach vierzehn. Die schwarze Schmutzschicht auf ihrem Lappen schien Birgits Worte zu bestätigen.

»Ich weiß es nicht. Trotzdem. Vielleicht hat er noch Interesse an unserem Verein. Immerhin hat er damals das Fach bei Klärchen gemietet und uns mit einem großzügigen Mietvorschuss unterstützt. Wenn er erfährt, dass unser Kalthaus schließen muss, wird er uns vielleicht wieder helfen.«

»Das war doch vor über zwanzig Jahren! Steht ihm das Fach überhaupt noch zu?«

»Aber ja. Die Summe, die er damals bezahlt hat, würde auch für die nächsten zwanzig Jahre reichen. Wenn er die erlebt. Wir wissen nicht mal, wie alt er ist.«

»Dann ist er vielleicht jetzt schon tot, Else. Und selbst wenn nicht, glaubst du, er zahlt auch nur einen Cent für dieses heruntergekommene Häuschen?«

Elsbeth ärgerte sich über Birgits Tonfall. »Natürlich! Wir sind die letzte Gefriergemeinschaft im Sauerland! Sicher kann ich ihn bewegen, uns zu unterstützen. Wenn ich nur seine Adresse herausbekommen könnte.«

»Ja, aber wie, Else? Seit Ewigkeiten versuchst du das schon. Wir haben keine Telefonnummer, nicht einmal einen Vornamen. Was willst du denn noch machen?«

Elsbeth riss den abgelaufenen Putzplan von der Wand und knüllte ihn in der Faust zusammen. »Ich finde einen Weg, Birgit. Verlass dich drauf!«

Kapitel 3

Freitag Morgen, 14.06. – Dortmund

Als Oberkommissarin Anne Kirsch ihr Büro in der Polizei-wache Dortmund betrat, fiel ihr sofort der seltsame Gesichts-ausdruck auf, mit dem Kriminalassistentin Ulrike sie ansah. »Was ist los?«

Ulrike hob vielsagend die Schultern. »Ich habe keine Ahnung. Direktor Oberan hat eben angerufen. Er will dich sprechen.«

Anne wurde flau. Obwohl sie nicht wusste, worum es in dem Gespräch gehen konnte, hatte sie das Gefühl, etwas falsch gemacht zu haben. In Gedanken spulte sie alles ab, was sie in den letzten Tagen gesagt oder getan hatte. *Was zum Teufel kann er wollen?*

Sie hatte sich zusammengerissen, oder etwa nicht? Selbst Thorsten Seidel war aufgefallen, wie penibel sie die Vor-schriften einhielt. Vom impulsiven Sorgenkind der Abteilung war sie zur Streberin geworden. Thorsten bezweifelte, dass ihre Verwandlung echt war. Das hatte er nicht gesagt, doch sie wusste es trotzdem.

»Jetzt mach nicht so ein Gesicht. Er wird dich wohl nicht gleich versetzen!«

Anne schreckte aus ihren Gedanken auf. »Versetzen?«

»Er wird dich wohl nicht versetzen, hab ich gesagt. Was ist denn los mit dir?«

»Ach so.« Anne rieb sich übers Gesicht. »Was kann er wollen?«

»Ich weiß es nicht. Aber Thorsten ist schon seit einer Stunde bei ihm.«

Ein Gespräch zu dritt. Ging es um einen Fall? Warum schaute Ulrike dann so vielsagend drein? Anne kaufte ihr die Unwissenheit nicht ab. »Komm schon! Du weißt irgendwas. Lass mich nicht ins offene Messer rennen.«

Ulrike schmunzelte selbstzufrieden. »Ich hab nur gehört, dass es um eine Personalangelegenheit geht. Vielleicht wird endlich die offene Stelle besetzt.«

Und was habe ich damit zu tun?, dachte Anne, als sie die Treppe emporstieg. Sie stoppte vor der Tür und betrachtete einen Moment das Schild. *Herr Oberan (KD).*

Vor fast vier Jahren war sie in ebendiesem Zimmer gewesen und hatte darum gebeten, trotz eines verstauchten Knöchels in einem Fall ermitteln zu dürfen. Oberan hatte abgelehnt, doch sie war entgegen seiner Anweisung zum Tatort gefahren und hatte sich in der Nachbarschaft eingemietet. Inkognito.

Sie hatte den Fall gelöst und war nicht gefeuert worden, doch seitdem stand ihre Karriere auf wackligen Füßen. Den Kriminaldirektor hatte hauptsächlich die Befehlsverweigerung gestört. Hauptkommissar Thorsten Seidel konnte nicht vergessen, dass sie sich damals in Gefahr gebracht hatte, und beharrte immer noch darauf, dass er sich nicht auf sie verlassen konnte.

Anne atmete tief ein, klopfte und wurde hereingerufen. Zuerst nahm niemand Notiz von ihr. Oberan und Thorsten waren auf einen dritten Mann fokussiert, von dem Anne nur den Rücken sehen konnte. Er war dünn, wirkte aber um die Hüften ein wenig aufgebläht. Die schwarzen Haare trug er militärisch kurz geschoren. Ein Schnitt, den man oft bei Polizeianwärtern sah.

Unschlüssig blieb Anne stehen. Die Stimmung im Raum war seltsam, fast feierlich. Thorsten sah auf. Er sah aus, als erwartete er eine Reaktion von ihr.

»Natürlich bin ich mir sicher«, sagte der Fremde schroff. Seine Stimme ließ Anne aufhorchen.

Sie kannte sie. Es war …

»Nun, es ist Ihre Entscheidung.« Oberan lächelte säuerlich und legte dem Mann mit einer väterlichen Geste die Hand auf die Schulter. »Wir werden Sie natürlich unterstützen. Mit Frau Kirsch haben Sie eine zuverlässige Mitarbeiterin an Ihrer Seite. Auch wenn ich Bedenken wegen des Außendiensts habe.«

»Außendienst ist kein Problem!« Der Mann drehte den Kopf zu Anne, und sie sah sein Gesicht. *Ihr Gesicht.* Es war Olivia Esterhazy, die vor zwei Jahren wegen Brustkrebs krankgeschrieben worden war.

Anne konnte fühlen, wie ihr das Blut in den Kopf schoss. »Mein Gott, Olivia, ich habe dich gar nicht erkannt.« Sie biss sich auf die Lippen. *Kein guter Einstieg.* Natürlich hatte Olivia sich verändert. Vor allem die nachtschwarzen, schulterlangen Haare fehlten. Bis auf die schwammige Mitte war sie hager geworden, und die Krankheit hatte tiefe Furchen in ihr Gesicht gegraben.

Mit einem Lächeln versuchte Anne, ihre Verlegenheit zu überspielen. »Wie schön, dass du wieder da bist! Wie geht es dir?«

Olivia erwiderte ihr Lächeln nicht.

»Gut«, sagte sie knapp, und Anne begann sich mit ihrem Überschwang fehl am Platz zu fühlen.

Sie verkniff sich ein *Gut siehst du aus* und wiederholte lahm: »Ich freue mich, dass du wieder da bist.« *Wahrscheinlich nervt es, wenn jeder fragt, wie es ihr geht. Aber was soll man sonst fragen?* Die Hauptkommissarin wirkte um zehn Jahre gealtert. Ihre Haut sah gleichzeitig schlaff und aufgedunsen aus. »Machst du jetzt Wiedereingliederung?«

»Die hab ich schon hinter mir. Seit letztem Monat arbeite ich stundenweise in der Personalabteilung. Jetzt möchte ich wieder in meinen alten Job. Herr Oberan hatte mir damals zugesichert, dass ich jederzeit zurückkehren kann.«

Olivia wandte sich zu ihm um, und der Kriminaldirektor nickte. Anne wurde klar, dass er dieses Versprechen bereits bereute, auch wenn er sich bemühte, es nicht zu zeigen.

»Wir möchten Sie bestmöglich unterstützen«, wiederholte er. »Auch wenn ich der Meinung bin, dass eine körperlich weniger anstrengende Tätigkeit für den Einstieg geeigneter wäre. Ohne Außendienst. Um Ihre Gesundheit nicht zu gefährden.«

Olivias Gesicht schien zu versteinern. »Ich habe meine Reha absolviert. Der Krebs ist weg, und ich möchte nicht mit Samthandschuhen angefasst werden. Sie haben mir ein Versprechen gegeben.«

»Natürlich! Der Amtsarzt hat sein Okay gegeben, also können Sie wieder in Ihren alten Einsatzbereich zurück. Aber wenn Sie merken, dass es Ihnen zu viel wird, dann kommen Sie sofort zu mir.«

»Oder zu mir«, sagte Thorsten. »Schön, dich wieder im Team zu haben!«

»Danke!« Olivias Blick fiel auf Anne. Sie wirkte kampfbereit. »Hast du mich vertreten, während ich weg war?«

Thorsten antwortete für sie. »Nein. Das war Janitzki. Deshalb halten wir es für das Beste, wenn Anne und du in den nächsten Monaten zusammenarbeitet.«

Damit JJ keinen Ärger macht, weil er seine Führungsposition verliert, dachte Anne und fragte sich, ob Janitzki schon wusste, dass Olivia wieder da war. Wenn nicht, hätte sie nichts dagegen, ihm die Botschaft zu überbringen.

»In Ordnung.« Olivia nickte Anne zu. Ihre Augen hatten sich nicht verändert. Sie waren noch so dunkel und durchdringend wie eh und je. »Ich bin sicher, wir werden gut miteinander auskommen.«

Kapitel 4

Freitag Morgen, 14.06. – Brilon – Sauerland

Heiko Neuer stellte seine Tasche auf das Lehrerpult und musterte die Reihen seiner verschlafenen Schüler.

»In der letzten Stunde haben wir mit Genetik begonnen. Wer von euch kann sich an den Aufbau eines DNA-Strangs erinnern?«

Er blickte abwartend in die Runde. »Kommt schon, Leute! Ich weiß, es ist Freitag. Aber ein paar Stunden müsst ihr noch durchhalten. Dann kann euer Gehirn übers Wochenende in den Stand-by-Modus.«

Zögernd hob sich ein Finger.

»Ja, Sabrina?«

»Der DNA-Strang hat die Form einer Doppel-Helix. Er besteht aus vier verschiedenen Aminosäuren.«

»Gut, und kannst du mir auch noch die Namen nennen?«

Ihre Miene machte Heiko keine allzu großen Hoffnungen. Es klopfte, und seine Kollegin Maren steckte den Kopf ins Klassenzimmer. »Entschuldige die Störung! Kannst du mal kurz rauskommen?«

Heiko folgte ihr auf den Flur. Marens ausdrucksstarkes Gesicht verriet Sorge.

»Ist etwas passiert?«, fragte er alarmiert.

»Nicht direkt. Aber da ist ein Mann auf dem Schulhof, der dich sprechen will. So ein dunkler Typ in Motorradkluft. Ich wollte ihn nicht in die Schule lassen, aber er weigert sich zu gehen.« Sie zögerte und zog ihre dunklen, buschigen Augenbrauen zusammen. »Hast du Ärger? Soll ich die Polizei rufen?«

»Nicht, dass ich wüsste.« Heiko war ehrlich überrascht. Seine eigene Bikerzeit lag weit in der Vergangenheit, und er hatte seit Langem keinen Kontakt mehr mit jemandem aus der Szene gehabt. »Ich sehe nach, was er will.«

»Wie du meinst. Aber pass auf dich auf. Freundlich war er nicht gerade.«

Heiko kehrte in die Klasse zurück und wies die Schüler an, eine Seite im Biologiebuch zu lesen. »Danach versucht ihr euch an Aufgabe eins. Ich bin gleich zurück.«

Er folgte Maren die Treppe zur Pausenhalle hinunter. Ihre nackten Füße machten schmatzende Geräusche in den Flip Flops. Heiko blickte durchs Fenster auf den Schulhof hinab. Dort stand ein großer Mann mit schwarzer Lederjacke. Er trug kein Emblem oder Abzeichen, das ihn einer Gruppe zugeordnet hätte. Auf dem breiten Nacken war ein Strichcode eintätowiert, darüber begannen kurz geschorene rotblonde Stoppeln.

»Und?« Maren blieb und rieb sich fröstelnd die nackten Arme. Mit ihrem bunten Sommerkleid war sie zwar der Jahreszeit, nicht aber der Temperatur entsprechend angezogen. »Ich muss zurück in meine Klasse. Kommst du klar?«

»Ja. Schon gut, ich kenne ihn.«

»Wirklich?«, fragte sie skeptisch.

»Ja. Alles in Ordnung. Geh ruhig.«

Heiko öffnete rasch das Schultor und hoffte, dass Maren den belegten Unterton in seiner Stimme nicht gehört hatte. Nichts war in Ordnung.

Er trat in die feuchtkalte Morgenluft.

Schafskälte. Wochenlang war es sommerlich warm gewesen, jetzt dieser Temperatursturz.

Der Biker hatte die Hände in den Taschen vergraben. Die Spitzen seiner Haare glänzten vor Feuchtigkeit, und Heiko sah die Stellen, wo der Helm sie platt gedrückt hatte. Der Oberkörper des Mannes wirkte massig, die Beine in den dunklen Lederhosen hingegen dünner, als Heiko sie in Erinnerung hatte. Darunter trug er hoch geschnürte Stiefel mit

17

verstärkten Sohlen. Heiko hatte sich oft vorgestellt, seinen Bruder wiederzutreffen. Bei einem der Festivals, auf die sie früher gemeinsam gegangen waren, oder auf einem Bikertreff. Aber dass Markus ihn in der Schule aufsuchen würde, wäre ihm niemals in den Sinn gekommen.

Für den Fall eines Wiedersehens hatte Heiko sich ein paar scharfzüngige Bemerkungen zurechtgelegt. All das, was sich über die Jahre angestaut hatte. So etwas wie: *Mutter vermisst dich. Du könntest sie wenigstens hin und wieder besuchen, nachdem du ihr Geld geklaut hast.* Oder: *Der Junge, den du damals angefahren hast, sitzt im Rollstuhl. Interessiert dich das?* Jetzt sagte er nichts von alledem.

Er betrachtete seinen Bruder. *Er sieht alt aus. Älter als seine zweiundvierzig Jahre.* Die Augen lagen in Höhlen, und er hatte sich seit mindestens zwei Tagen nicht rasiert.

»Nett, dass du rausgekommen bisst.« Markus zog die Hände aus den Taschen seiner Jacke, machte aber keine Anstalten auf Heiko zuzugehen, ihm die Hand zu geben, ihn zu umarmen. Nichts dergleichen.

»Was willst du?«

»Ich hab mich gefragt, ob ich bei dir übernachten kann.«

Heiko blieb vor Überraschung die Luft weg. »Was?«

»Ja. Ich muss etwas erledigen. Es dauert nur einen Tag. Nicht länger.«

»Wieso? Was ist los? Hast du dich mit deiner Freundin verkracht?« Er schnaubte. »Hast du überhaupt eine Freundin? Ich weiß ja nichts über dich! Wie stellst du dir das vor? Jahrelang lässt du dich nicht blicken, und dann kreuzt du plötzlich auf und willst bei mir schlafen?«

»Glaub mir, ich würde dich nicht fragen, wenn ich nicht in Schwierigkeiten stecken würde.«

Heiko begriff. »Also sucht dich die Polizei. Ja? Hab ich recht?«

Er dachte daran, dass Anne heute Abend kommen wollte, und hätte gelacht, wenn ihm danach zumute gewesen wäre. Die Situation war zu absurd.

Dabei arbeitete sie in der Abteilung für Todesermittlungen und interessierte sich vermutlich nicht für einen Kleinkriminellen wie seinen Bruder. Trotzdem konnte er sich keine schlechtere Kombination vorstellen.

»Nein!«, fuhr Markus heftig auf. »Die Polizei hat nichts damit zu tun.«

Er sagt vielleicht die Wahrheit, dachte Heiko. Aber machte es das besser? Er fror in seinem T-Shirt. In der Pausenhalle hätten sie sich angenehmer unterhalten können, aber es widerstrebte ihm, Markus in die Schule zu lassen. Außerdem musste er zurück zu seiner Klasse. »Mutter ...«

»Zu Mutter kann ich nicht gehen, das weißt du«, unterbrach ihn Markus schroff. »Also, was ist nun? Hilfst du mir? Oder weist du deinen eigenen Bruder ab?«

Die letzte Frage stellte er in einem bitteren Ton, als würde er ernsthaft damit rechnen. »Ich klau dir schon nichts«, fügte er böse hinzu.

Heiko schnaubte. »Bei mir gibt es auch nichts zu klauen.« Er hatte sich auf einen Abend zu zweit gefreut, mit Anne. Da sie in Dortmund wohnte und auch oft an den Wochenenden arbeitete, sahen sie sich nicht häufig. Ihr letzter Besuch war drei Wochen her. Er holte seinen Wohnungsschlüssel aus der Tasche und warf ihn Markus zu. »Ich habe Unterricht. Wir reden später.«

Sein Bruder drehte sich und fing den Schlüssel mit der linken Hand hinter seinem Rücken. Eine Geste, die Heiko mehr als alles andere an früher erinnerte.

Zurück in der Klasse, stellte er erleichtert fest, dass die Schüler sich tatsächlich mit der Aufgabe beschäftigten, die er ihnen gegeben hatte. Er ließ ihnen noch fünf Minuten Zeit und bat dann einen Jungen, seine Ergebnisse vorzutragen. Er merkte, dass er nicht bei der Sache war. Als hätte die Begegnung mit Markus eine Tür geöffnet, strömten Gedanken und Erinnerungen auf ihn ein.

Für den Abschluss der Stunde hatte er einen kleinen Lehrfilm vorbereitet, den er zur Freude der Schüler in den

DVD-Player einlegte. Als der Vorspann begann, war Heiko mit den Gedanken bereits in der Vergangenheit. Es war seine erste Motorradtour mit Markus gewesen. Kurz nach Heikos achtzehntem Geburtstag. Sie fuhren durch die Sauerländer Berge über Winterberg und Schmallenberg bis hinunter nach Olpe. In einer Jagdhütte tranken sie Kaffee aus der Thermoskanne und aßen Brötchen mit Fleischwurst.

Zum ersten Mal seit langer Zeit fühlte er sich seinem Bruder nah. Sie verbrachten Zeit zusammen. Er war nicht mehr der kleine Junge, der nichts durfte, nichts konnte. Der Streber, der es den Eltern recht machte. Seit sie gemeinsam die Lederkluft angezogen und die Helme aufgesetzt hatten, gehörten sie zusammen.

Bevor sie weiterfuhren, zeigte Markus ihm das Klappmesser, das er bei sich trug. Es hatte einen dunklen Horngriff und eine lange Klinge. »Das hat mir ein Freund besorgt. Sieh mal, wie es aufschnappt.« Er machte eine Bewegung mit dem Handgelenk, und das Messer lag mit blitzender Klinge in seiner Hand.

»Wenn einer uns was will, wird er es zu spüren bekommen. Merk dir das, kleiner Bruder.« Er packte Heiko spielerisch am Nacken. »Wenn dich jemand fertigmachen will, dann kommst du zu mir.« Er machte eine Kampfbewegung, dann ließ er das Messer zuschnappen und steckte es in seine Tasche. »Kapiert?«

Er sah so ernsthaft aus, das Heiko lachen musste.

»Ja, Markus.«

»Nenn mich Mac. Das klingt nicht so nach Evangelist. Meine Freunde nennen mich alle so.«

Heiko erinnerte sich noch gut an das Gefühl in seiner Brust, als sie weiterfuhren. Das ihn wärmte, als hätte er Weinbrand getrunken. Er war nicht nur der Bruder, sondern auch ein Freund. Aber wenige Monate später kam es zur Katastrophe, und nichts war mehr wie zuvor.

Kapitel 5

Anne Kirsch sah auf die Uhr. In einer halben Stunde würde sie Feierabend machen. Ihr erstes freies Wochenende seit einer Ewigkeit. Die Reisetasche stand bereits gepackt im Auto, und wenn der Verkehr mitspielte, würde sie nach anderthalb Stunden Fahrtzeit im Sauerland sein. *Bei Heiko.*

Der erste Mann, der versteht, wer ich bin, dachte sie in einem Anflug von Zärtlichkeit. *Der meine Arbeitszeiten und die Wochenendschichten akzeptiert. Der versteht, dass ich es brauche, bei einer Todesermittlung vierundzwanzig Stunden durchzuarbeiten. Dass kein anderes Leben zu mir passt. Kein bürgerlicher Job und jeden Abend zu zweit auf dem Sofa. Das ist das Wunderbare an unseren Abenden, dass sie so selten und kostbar sind.*

Anne musste nur noch den Bericht über die Kneipenschlägerei zu Ende schreiben. Dabei war ein junger Mann unglücklich gestürzt und im Krankenhaus verstorben.

Die Tür öffnete sich, und Olivia kam herein. Sie hatte sich umgezogen und trug jetzt ein T-Shirt, das ihre blassen, sehnigen Arme zeigte. »Es gibt einen neuen Todesfall, und Oberan hat mir die Leitung übertragen«, informierte sie Anne. »Du sollst mitarbeiten. Dafür kannst du dann nächstes Wochenende freinehmen. Ich bin mir sicher, die Ermittlungen werden nicht so umfangreich.«

»Passt mir nicht gut. Kann Thorsten nicht übernehmen?«

»Nein. Der Fall ist im Sauerland, deshalb bekommen wir ihn. Du fährst doch ohnehin rüber, oder hab ich das falsch verstanden?«

»Das stimmt, aber ich wollte meinen Freund besuchen. Wir haben uns wochenlang nicht gesehen.«

Olivias Miene verfinsterte sich. »Du siehst ihn doch. Wo ist das Problem? Bisher stand die Arbeit für dich immer an erster Stelle. Was ist es wirklich? Glaubst du, ich pack das nicht? Traust du mir die Arbeit nicht zu?«

Sie zeigte auf ihren geschorenen Schädel. »Ist es deshalb?«

Anne hielt die Luft an. Ulrikes Tastaturgeklapper im Nebenraum war verstummt, und Anne merkte, wie ihr das Blut ins Gesicht schoss.

Ich muss hier dringend was klarstellen.

»Nein, das ist natürlich nicht der Grund«, sagte sie ruhig und betonte jedes Wort. »Ich kenne dich und weiß, dass du das packst. Daran habe ich nicht den geringsten Zweifel. Es ist nur so, dass ich dieses Wochenende freihabe. Mein erstes freies Wochenende seit Langem.«

»Bei Thorsten hast du nie ein Problem damit, Urlaub zu verschieben.«

Anne hob die Hände. »Du hast recht, es ist auch kein Problem. Aber Heiko wird enttäuscht sein. Er hat Verständnis für meinen Job, doch es gibt Grenzen. Aber ich ruf ihn an.«

Olivia atmete aus. Sie zögerte. »Okay. Entschuldige! Das war nicht so gemeint. Ich verstehe, dass dein Freund enttäuscht ist. Wo im Sauerland wohnt er?«

»In Bontkirchen. Das liegt im östlichen Teil und gehört zum Stadtgebiet Brilon. Wir haben uns kennengelernt, als ich wegen eines Falles dort war.«

»Das weiß ich. Nun, dann gibt es kein Problem. Wir müssen nach Medebach. Das liegt auch im östlichen Sauerland. Du wirst deinen Freund trotzdem sehen können.«

»Na gut.« Anne seufzte. »Was soll ich mitnehmen? Brauchen wir die Dienstwaffen?«

»Nein. Die kannst du im Schließfach lassen. Wir untersuchen nur einen Verkehrsunfall.«

Anne räumte ihr Gepäck in Olivias Ford Kuga und nahm ihre Handtasche mit nach vorne. Sie hatte Heiko noch nicht angerufen und hatte auch keine Lust, das zu tun, während Olivia neben ihr saß und mithörte. Trotzdem musste sie ihn vorwarnen, dass sie sich zwar sehen würden, sie aber wenig Zeit hatte. Auch wenn es nur ein Verkehrsunfall war, musste es irgendeinen Verdacht auf Fremdverschulden geben, sonst hätte man sie nicht verständigt.

»Willst du mir nicht verraten, was überhaupt passiert ist?«, fragte sie Olivia.

Die Hauptkommissarin neigte den Kopf in Richtung Rückbank. »Sieh mal in meiner Tasche nach. Dort findest du die Fallmappe von gestern Nacht.«

Anne beugte sich nach hinten, öffnete den Reißverschluss von Olivias prall gefüllter Aktentasche und zog die Mappe heraus. Sie wappnete sich gegen den Anblick der Bilder. Doch es war nicht so schlimm, wie sie befürchtet hatte. Die Fotos zeigten ein Motorradwrack, das von Scheinwerfern angestrahlt auf einer Wiese lag. Das Blech glänzte tiefrot. Die Räder hatten die Erde aufgerissen. An den Bildrändern erahnte man die nächtliche Dunkelheit der Umgebung.

Das Foto des Fahrers war im Kranken- oder Leichenschauhaus aufgenommen worden. Ein weißes Tuch bedeckte den Körper, wofür Anne dankbar war. Sie betrachtete lange das Gesicht des Mannes, das merkwürdigerweise intakt geblieben war. Ihn schön zu nennen, traf es nicht ganz. *Er schaut wie ein griechischer Gott aus*, dachte sie. Das Blut hatte sich abgesenkt, deshalb war sein Gesicht ebenmäßig weiß. *Wie aus Marmor gehauen.* Jemand hatte seinen Mund geschlossen, der bei Leichen aufgrund der Muskelerschlaffung normalerweise offen stand. Die vollen Lippen bildeten einen perfekten Bogen. Lange blonde Haare fielen wie ein Fächer aufs Kissen.

»Der Fahrer heißt Levi Stappert«, sagte Olivia, ohne ihren Blick von der dreispurigen B1 abzuwenden, die vom Feierabendverkehr verstopft war. »Er ist gegen Mitternacht zwischen den Ortschaften Dreislar und Medelon von der Straße abgekommen und gegen einen Baum gerast.«

»Und warum bekommen wir ihn? Wurde etwa an der Maschine manipuliert?«

»Nein.«

Olivias Freisprecher klingelte. Sie warf einen kurzen Blick aufs Display und drückte auf *ignorieren*.

»Zumindest ist nichts in der Richtung feststellbar. Stappert ist vor Eintreffen der Ersthelfer verstorben. Wir haben also nicht viel mehr als diese Fotos. Die Kollegen von der Verkehrswacht haben keine Spur eines anderen Fahrzeugs gefunden, und da die Straße trocken war, gingen sie zunächst von Alkohol oder überhöhter Geschwindigkeit aus.«

Anne nickte ungeduldig. »Wie immer. Und dann?«

»Die Reifen. Beim Verladen des Wracks ist einem der Feuerwehrleute der Zustand der Reifen aufgefallen. Er fährt selbst Motorrad und behauptet, der Reifen sei aufgeschlitzt worden.«

»Aufgeschlitzt?«

»Ja, er tippt auf so etwas wie eine Straßenkralle.«

»Shit! Aber es wurde nichts gefunden?«

Bei Olivia klingelte es wieder.

Ihr Finger hackte aufs Display. »Ja?«

Das Stakkato einer schnell sprechenden Frauenstimme schallte durch den Wagen. Die Silben klangen melodisch, auch wenn Anne nicht ein einziges Wort verstand. *Verwandte aus Ungarn.* Sie blätterte weiter und fand Levi Stapperts Ausweis. Er war dreiundvierzig Jahre alt geworden. Auch das wenig schmeichelhafte Passfoto konnte nicht verbergen, was für ein schöner Mann er gewesen war.

Die Anruferin redete, und Olivia antwortete knapp und offensichtlich gereizt.

Anne las den Polizeibericht. Die Kollegen vom Verkehrskommissariat waren erst nach Ersthelfern und Notarzt eingetroffen. Letzterer hatte den Tod festgestellt und Stappert, der Organspender war, auf dem schnellsten Weg ins nächste Krankenhaus bringen lassen.

Erst eine Dreiviertelstunde später bemerkte der Feuerwehrmann den Zustand des Reifens, und man begann nach einer Straßenkralle zu suchen. Als schließlich ein ausgebildeter Kriminaltechniker eintraf, um die Spurenlage zu sichten, war der Tatort bereits völlig zerstört gewesen. Bis auf ein paar Fotos, die der Kommissar selbst bei seinem Eintreffen geschossen hatte, hatten sie nichts.

Olivia schnitt ihrer Anruferin abrupt das Wort ab und legte auf.

»Entschuldigung! Das war meine Schwester.« Sie deutete auf die Fotos in der Mappe. »Was denkst du?«

Ein beschissener Fall, dachte Anne.

Kapitel 6

»Hrm. Hrm. Tut mir leid, mehr kann ich Ihnen nicht sagen.« Die Stimme des Postbeamten hörte sich kratzig an. »Es wurde keine Nachsendeanschrift hinterlassen. Und das Postfach ist aufgelöst.« Er hüstelte.

Elsbeth stand gebückt vor dem Drehscheibentelefon und hielt sich den Hörer ans Ohr. »Aber Sie müssen mir doch wenigstens den Vornamen nennen können, junger Mann. Sehen Sie noch mal in Ihrem Dingsda, in Ihrem Computer nach. Wohlfeil mit H.«

Die Stimme am Telefon klang gequält. »Aber das habe ich bereits. Und ich kann Ihnen leider nicht mehr sagen. Hrm. Hrm.«

»Es kann doch nicht sein, dass irgendjemand einfach so ein Postfach eröffnen kann, ohne seinen vollständigen Namen anzugeben. Der könnte ja sonst was damit machen!« Elsbeths Rücken schmerzte von der gebückten Haltung, und sie ärgerte sich darüber, dass sie sich keinen Stuhl geholt hatte. Demnächst würden sie sich ein schnurloses Telefon anschaffen oder eins von diesen Dingern mit Internetz, da konnte Wilhelm sagen, was er wollte. Auch wenn das alte noch ging, brauchte man doch heutzutage einfach dieses Internetz.

In der Leitung knackte es, und der Postbeamte hüstelte wieder.

»Nun nehmen Sie sich doch mal ein Lutschbonbon!«

»Entschuldigung! Hrm. Hrm. Frau Eberbach, wie ich schon sagte, kann ich Ihnen nicht weiterhelfen. Die Postfachnummer, die Sie mir genannt haben, wurde damals von einem Anwaltsbüro eingerichtet. Vielleicht fragen Sie dort einmal nach. Es ist der Rechtsanwalt Pötzel in Paderborn.«

Elsbeth biss sich auf die Zungenspitze, während sie in akkuraten Buchstaben die Adresse und Telefonnummer auf einer von Wilhelms alten Tageszeitungen notierte.

»So, so, da hat der feine Herr also einen Anwalt und lässt uns seit vierzig Jahren den Putzdienst erledigen.«

»Also, wenn das alles war …«

»Ist ja schön und gut, seine Miete im Voraus zu bezahlen, aber an die Nebenkosten hat wieder keiner gedacht!«

»… hoffe ich, dass ich Ihnen weiterhelfen konnte. Auf Wiederhörn!« Der Mann klang erschöpft.

»Ja, wiederhörn! Diese Erkältung sollten Sie besser auskurieren. Damit ist nicht zu spaßen. Das kann aufs Herz gehen, und zack, hat man mit fünfundvierzig den ersten Infarkt. Das ist dem Karl-Heinz aus der Nachbarschaft passiert.«

Elsbeth streckte den Rücken durch. Also würde sie noch mal telefonieren müssen, aber dieses Mal zog sie sich einen Stuhl heran. Die Drehscheibe surrte, und sie hielt den schweren Hörer ans Ohr. Andererseits hatte Willi schon recht. Die guten alten Telefone hatten eine ganz andere Qualität als diese flachen Dinger, die einem ständig aus der Hand fielen.

Eine Sekretärin meldete sich. Zuerst klang ihre Stimme freundlich, doch als Elsbeth ihr Anliegen vorgebracht hatte, änderte sich ihr Tonfall. »Der Name sagt mir nichts, und ich finde ihn auch nicht in der Mandantendatei. War das alles?«

»Das kann überhaupt nicht sein, mein Fräulein! Herr Wohlfeil ist Ihr Mandant so sicher wie das Amen in der Kirche. Das hat man mir postamtlich mitgeteilt. Nein, jetzt hören Sie mir mal zu! Ich bin vielleicht alt, aber nicht senil. Ich rufe in einer wichtigen Angelegenheit an. Es geht um den Fortbestand unseres Gefriervereins, nicht weniger. Jahrzehntealte Tradition. Das schreiben Sie sich mal hinter die Ohren. Nein, nicht Gewerbeverein!« Elsbeth atmete tief durch. *Was lernen diese jungen Leute eigentlich noch in der Schule?*

»Ge-frier-ver-ein! Von unserem Gefriergemeinschafts-haus. Herr Wohlfeil ist langjähriges Mitglied unseres Vereins, aber leider ist der Kontakt zu ihm verloren gegangen, und da in Zukunft wichtige Entscheidungen anstehen ... Das interessiert Sie nicht? Na, das werden wir doch mal sehen, ob Sie das interessiert. Ich möchte jetzt Ihren Chef sprechen!«

Elsbeth wurde weggedrückt und hörte Klaviermusik.

Die Wohnungstür öffnete sich, und Wilhelm sah herein. Er trug seine löchrige Arbeitshose und hielt einen Akku-schrauber in der Hand. »Man hört dich bis in den Keller. Was ist denn los?«

Elsbeth hielt die Hand vor die Sprechmuschel. »Fräulein Wichtig hier meint, die Alte vom Dorf raube ihre wertvolle Zeit. Aber ich lasse mich nicht abwimmeln. Ich finde Wohl-feil, und wenn ich persönlich nach Paderborn fahren muss!«

Willi machte den Mund auf, aber da meldete sich der An-walt, und Elsbeth hob die Hand.

»Herr Pötzel, na endlich ...«

»Hören Sie, gute Frau, wie Ihnen meine Mitarbeiterin bereits gesagt hat, ist der von Ihnen gesuchte Mann kein Mandant von uns und ist es auch nie gewesen. Nein, tut mir leid. Das ist alles, was ich Ihnen sagen kann. Einen schönen Tag noch!« Klick!

Elsbeth atmete aus und schüttelte entschlossen den Kopf.

»So lassen wir uns nicht behandeln, Wilhelm. Zieh dich um. Wir fahren!«

Kapitel 7

Freitag Nachmittag, 14.06. – Brilon – Sauerland

Als Heiko nach der neunten Stunde das Schulgebäude verließ und in Richtung Lehrerparkplatz ging, spürte er das Vibrieren seines Smartphones in der Hosentasche.

Ein Anruf. Er blickte aufs Display und merkte, wie sein Puls sich beschleunigte.

Den ganzen Vormittag hatte er überlegt, ob er Anne anrufen und ihr sagen sollte, dass sie den heutigen Abend zu dritt verbringen würden.

Doch er hatte es nicht getan. Wie sagte man seiner Freundin, dass der Bruder kam, den man nie erwähnt hatte? Dafür war eine längere Erklärung nötig. Das ging nicht am Telefon. Doch würde Heiko heute Abend überhaupt eine Chance haben, vorher allein mit ihr zu sprechen?

»Hey!« Annes Stimme klang belegt, und er wusste bereits, was sie sagen würde.

»Du kommst nicht.« Die Enttäuschung war ein Berg, der mit jeder neuen Absage wuchs. »Hast du wieder einen Fall?«

»Doch, ich komme.« Jetzt hörte er die Geräusche der Autobahn im Hintergrund. Anne stand offenbar im Freien, und Lkws donnerten vorbei. »Aber es gibt tatsächlich einen Fall, deshalb werde ich nicht so viel Zeit haben, wie ich gehofft hatte. Das Gute ist, dass ich in deiner Nähe arbeite, und nächstes Wochenende krieg ich bestimmt frei. Das hat die Chefin mir versprochen.«

»In Ordnung. Ich freue mich, dass du kommst. Wieso Chefin? Ich dachte du arbeitest nur mit Thorsten oder Janitzki?«

»Olivia ist wieder da. Die Kollegin mit dem Brustkrebs.«
Anne sprach lauter als gewöhnlich, um den Hintergrundlärm
zu übertönen. »Ich erzähle es dir später. Eigentlich rufe ich
nur an, um dir zu sagen, dass ich erst heute Abend komme.
Also bis später!«

♦

Als Heiko nach Hause kam, hielt er nach dem Motorrad seines Bruders Ausschau. Fuhr Mac immer noch eine Harley?
In der Straße war keine Maschine zu sehen.

Die Wohnungstür war nicht abgeschlossen. Als er eintrat,
wappnete er sich innerlich. Was wollte Markus von ihm?
Brauchte er Geld? Dann würde er eine Enttäuschung erle-
ben.

Hektisches Schwanzwedeln begrüßte ihn. Seine Hündin
Stella war eine schwarz-braune Hovawart-Pinscher-Misch-
ung, die von ihrer Mutter die spitzbübische Intelligenz und
von ihrem Vater lange Schlappohren und einen freundlichen
Charakter geerbt hatte. Er streichelte sie im Nacken, wo sie
es gernhatte.

»Na, meine Gute. Alles in Ordnung? Du bist ein bisschen
beunruhigt, nicht wahr? Ist jemand gekommen, den du nicht
kennst?« Heiko kraulte sie hinter den Ohren. »Es ist alles
gut. Markus ist mein Bruder. Du hast ihn doch reingelassen,
oder? – Mac?«

Es antwortete niemand, und Heiko ging ins Gästezimmer.
Neben dem Bett stand ein ausgebleichter Wanderrucksack.
Stella folgte ihm neugierig und schnupperte daran. »Hier ist
er nicht.«

Im Esszimmer fand er jedoch einen Zettel auf dem Tisch.
Heiko erkannte die Handschrift seines Bruders. Die Botschaft war knapp gehalten:

*Ich habe noch etwas zu erledigen und komme erst nachts
zurück. Warte nicht auf mich. Wenn du abschließt, leg den
Schlüssel unter den Rhododendron, so wie früher.*

Heiko schüttelte den Kopf. Er hatte sich umsonst Sorgen gemacht und würde heute Abend genug Zeit haben, um mit Anne über Markus zu reden.

Trotzdem ärgerte ihn das Verhalten seines Bruders. Erst ließ er sich jahrelang nicht blicken, dann benahm er sich wie in einem Hotel. Anscheinend hatte er kein Interesse daran, sich mit Heiko auszusprechen. Bedeutete ihm ihr Verhältnis so wenig?

Wütend ging Heiko zum Kühlschrank und holte die beiden Forellen heraus, die er für das Abendessen mit Anne gekauft hatte. Vielleicht würde er beim Kochen den Kopf freibekommen.

Kapitel 8

»A francba! Was sind das für Straßen?«, fauchte Olivia.

Anne musste daran denken, wie sie selbst geflucht hatte, als sie zum ersten Mal auf den engen, kurvenreichen Wegen gefahren war, die man im Sauerland Straßen nannte. Man hatte das Gefühl, zu fahren und zu fahren und trotzdem nicht vom Fleck zu kommen. »Man gewöhnt sich dran. Du wirst sehen. Laut Navi sind wir in acht Minuten in Dreislar.«

Olivia fuhr zu schnell in eine Kurve, und der Wagen rumpelte über den kaputten und mehrfach geflickten Fahrbahnrand. »Ruf jetzt den Feuerwehrmann an, der uns die Unfallstelle zeigen will. Brandmeister Vogel. Die Nummer steht im Bericht.«

Anne blätterte in der Mappe und schreckte auf, als ein Motorradfahrer mit laut aufheulendem Motor zu dicht an ihnen vorbeiraste. Ein zweiter und ein dritter folgten ihm. Hintereinander schossen sie die leichte Steigung hinauf und legten sich oben in die Kurve.

»Lebensmüde, alle miteinander«, knurrte Olivia.

Anne hatte die Telefonnummer herausgesucht und wählte. Sie kamen nun die Bergkuppe hinauf und konnten über weite Wiesen und vereinzelte Wälder blicken.

»Sobald im Frühjahr die Sonnentage beginnen, sieht man hier nur noch Biker«, bemerkte Anne, während sie auf das Freizeichen lauschte.

Dann meldete sich der Brandmeister.

»Anne Kirsch, Kripo Dortmund. Sie wollten uns die Unfallstelle zeigen?«

»Ja. Aber das Motorrad ist weg. Es ist nicht mehr viel zu sehen.«

»Das ist uns bewusst. Trotzdem müssen wir uns den Ort anschauen.«

»Natürlich. Aus welcher Richtung kommen Sie denn? Medebach?«

»Ja.«

»Dann fahren Sie weiter in Richtung Dreislar. Ich warte an der Straße auf Sie.«

Er lehnte in Shorts und T-Shirt an der Leitplanke, obwohl der Himmel bedeckt war und die Temperatur noch nicht über die Fünfzehn-Grad-Marke geklettert. Die vor der Brust gefalteten Arme wirkten kräftig. Sie waren dicht behaart, dichter als die von silbergrauen Strähnen durchzogenen Haare auf seinem Kopf.

Olivia hielt neben ihm und ließ das Beifahrerfenster hinunter. »Herr Vogel?«

»Ja. Sie sind Hauptkommissar Esterhazy?«

Anne sah, wie sich ihr Körper verspannte. »Hauptkommissarin«, erwiderte sie hölzern.

»Oh! Entschuldigung!«

Mit steinerner Miene parkte Olivia am Straßenrand. Anne stieg aus und reichte Vogel die Hand. »Ich bin Anne Kirsch«, sagte sie. »Wir haben telefoniert.«

»Ja. Das mit Ihrer Kollegin tut mir leid.« Das Unbehagen stand ihm ins Gesicht geschrieben.

»Das passiert.« Sie lächelte aufmunternd. »Wo ist die Unfallstelle?«

»Wir müssen ein Stück zurück.« Er deutete auf die letzte Kurve, die sie genommen hatten, und erst jetzt erkannte Anne die Bäume von den Fotos wieder. »Ich dachte, wir parken abseits, um die Spuren nicht zu zerstören.«

»Guter Gedanke.« *Verwertbare Spuren werden eh nicht mehr übrig sein.*

Vogel blickte zu Olivia. »Noch mal Entschuldigung für meinen Irrtum ...«

Sie unterbrach ihn mit einer ungeduldigen Handbewegung und schritt voraus. »Los! Gehen wir.«

Anne musterte die Unfallstelle. Mit tödlicher Präzision hatte Levi Stappert die einzigen Bäume im Umkreis von mehreren Hundert Metern getroffen. Es gab keine Leitplanke, die den Aufprall hatte abmildern können. An beiden Stämmen war die Rinde abgeplatzt, und schräg dahinter begann eine meterlange Schneise aus verkohltem Gras. Wrackteile waren nicht mehr zu sehen. Die Feuerwehr hatte ganze Arbeit geleistet.

»Sie leiten also die Mordkommission«, begann Vogel nervös.

»Nein«, blaffte Olivia. »Ich bin zum Vergnügen hier. Natürlich leite ich die Mordkommission. Sofern Sie nichts dagegen haben.«

Er hat nur einen kurzen Blick ins Auto werfen können, dachte Anne. *Und sie hat tatsächlich etwas Maskulines an sich. Nicht nur das Jeanshemd und die kurz geschorenen Haare.*

»Nein, nein. Ich wollte nur sagen, ich bin froh, dass die Polizei meiner Theorie jetzt doch Glauben schenkt.«

Anne musterte die Umgebung. In der Ferne sah sie die Ortschaft Dreislar und davor zwei Aussiedlerhöfe, die in Hörweite lagen.

Sie zeigte darauf. »Wer wohnt dort?«

»Der Bauernhof rechts gehört Karl und Inge Maiworm. Sie halten Ziegen und Milchkühe. Karl war als Erster am Unfallort und hat den Notruf abgesetzt. Auf der anderen Straßenseite wohnt ein Rentner. Gilbert Kreimer.«

»Wissen Sie, wie der Unfall passiert ist?«, fragte Olivia schroff.

Vogel räusperte sich unsicher. »Steht das denn nicht im Polizeibericht?«

Olivia zog eine Grimasse der Ungeduld, und er beeilte sich weiterzusprechen.

»Der Biker ist von dort gekommen.«

Er deutete in Richtung des Dorfes Dreislar.

»Karl ist wach geworden, als er auf der langen Steigung beschleunigt hat. Kurz vor Mitternacht, glaube ich. Dann hat es einen lauten Knall gegeben, und Karl ist losgelaufen. Er hat den Rettungsdienst verständigt. Wir von der Freiwilligen Feuerwehr kamen erst später dazu.«

»Wissen Sie, von wo aus er den Notruf abgesetzt hat?«, hakte Olivia nach. »Hat er ein Handy bei sich gehabt? Oder musste er noch mal zurück zum Hof?«

»Nein, das weiß ich nicht.«

»Wann ist Ihnen der Vorderreifen aufgefallen?«

»Das war, als wir das Wrack aufgeladen haben. Der sah aus wie aufgeschlitzt.«

Sie verzog den Mund. »Er sah so aus? Was soll das heißen? Sind Sie sicher, dass der Reifen nicht einfach nur geplatzt ist? Wollen Sie sich wichtigmachen? Mal eine Mordermittlung miterleben, ja?«

Er starrte sie verblüfft an. »Natürlich bin ich mir sicher!«, brauste er auf. »Und die Techniker der Polizei, die sich das Fahrzeug später angesehen haben, waren derselben Meinung wie ich.«

»Aber sie haben keine Kralle gefunden.«

»Die muss beim Unfall fortgeschleudert worden sein. Aber was dann mit ihr passiert ist, keine Ahnung. Die Polizei hat am nächsten Morgen die ganze Wiese abgesucht.«

Während des Gesprächs hatte Anne den Fahrbahnrand verlassen und ging nun durch das knöchelhohe Gras, den Blick zu Boden gerichtet. Da war nichts zu sehen. Kein Glänzen von Metall. Aber falls der Brandmeister recht hatte und tatsächlich eine Straßenkralle zum Einsatz gekommen war, hatte der Täter genug Zeit gehabt, sie wegzuschaffen.

»Wie kommt es, dass Sie sich so gut mit Reifen auskennen? Sind Sie Kfz-Mechaniker?«

»Ja.« Vogels Stimme klang herausfordernd. »Und ich kenne mich mit Motorrädern aus, denn ich fahre selbst eins. Als ich den Reifen gesehen habe, hab ich sofort an eine

Straßenkralle gedacht. Vor einigen Jahren hat es schon mal so einen Vorfall im Raum Schmallenberg gegeben. Als Biker nimmt man das persönlich. Wir haben kein Blech, keine Knautschzone um uns herum. Für einen Autofahrer mag so ein Unfall glimpflich ausgehen, wenn er Glück hat. Für einen Biker bedeutet es einen Mordanschlag.« Das letzte Wort spie er regelrecht aus.

Bei Schmallenberg, dachte Anne. *Das sollten wir überprüfen.* Sie beobachtete, wie Olivia auf die Fahrbahn trat und den Asphalt in Augenschein nahm.

»Ein Mordanschlag also.« Ihre Stimme klang spöttisch. »Die Straßenkralle müsste demnach hier gelegen haben. Vor der Kurve. Es gibt keine Straßenbeleuchtung, aber mit Fernlicht hätte er sie sehen müssen.«

»Es sei denn, die Klingen waren geschwärzt«, entgegnete Vogel. »Dann sind diese Dinger so gut wie unsichtbar.«

Olivia nickte nachdenklich. »Es gibt keine Bremsspuren. Das könnte für Ihre Theorie sprechen.«

»Und die Feststellung Ihrer Techniker«, beharrte Vogel. »Die waren auch meiner Meinung.«

Bilder entstanden in Annes Kopf, und sie schauderte. Wenn Vogel recht hatte, war es tatsächlich ein Mordanschlag. Wer in dieser Kurve einen Unfall herbeiführte, musste damit rechnen, dass er tödlich ausging.

Geschwärzte Klingen mitten in der Nacht. Hohes Tempo. Eine Hinrichtung.

Ein Wagen näherte sich aus Richtung Dreislar, und Olivia trat von der Fahrbahn. »Ich möchte eine Liste von allen, die am Unfallort waren.«

Am Steuer saß eine weißhaarige Dame mit Hut. Sie drosselte ihr Tempo und warf ihnen im Vorbeifahren neugierige Blicke zu.

»Sie glauben doch nicht, dass einer von uns die Straßenkralle verschwinden lassen hat?«, fragte Vogel entgeistert.

»Nein. Aber ich möchte mit allen sprechen. Wir haben keine Fotos von der Auffindesituation und kaum verwertbare

Spuren. Wenn Sie recht haben und es tatsächlich ein Anschlag war, dann sind unsere Voraussetzungen denkbar
schlecht.«

Anne ließ den Blick über die Felder schweifen. In der
Fallmappe hatte nichts darüber gestanden, mit wie vielen
Einsatzkräften und in welchem Radius die Wiese abgesucht
worden war.

»Sie sind auch Biker«, sagte Olivia zu Vogel. »Kannten
Sie das Opfer?«

»Ja, flüchtig.«

»Was können Sie uns über ihn erzählen?«

»Nicht viel. Ich habe ihn durch die Jugendfeuerwehr
kennengelernt. Wir waren einige Jahre gemeinsam in
einer Gruppe in Medebach. Er ist geschieden und hat eine
Tochter, die bei der Ex-Frau lebt. Er hatte, muss ich jetzt
wohl sagen.«

»Durch das Motorradfahren hatten Sie keinen Kontakt?«

»Nein, denn ich fahre am liebsten allein. Meine Freunde
treffe ich hier im Landgasthof in Dreislar. Die haben einen
Bikertreff. Levi ließ sich dort aber nur selten blicken. Er ge-
hörte zu einem Club, der hier in der Gegend verbreitet ist.
Heiße Reifen Sauerland e. V. Aber die haben ihren eigenen
Treffpunkt. «

Anne wurde hellhörig.

»Er gehörte zu einem Motorradclub?«

»Ja.«

»Was sind das für Leute?«

Er zögerte. »Darüber kann ich nicht viel sagen. Man
hört …« Er brach ab. »Nein, über den Club weiß ich nichts.«

»Was hört man?« Olivia kniff die Augen zusammen.
»Was wollten Sie sagen?«

Vogel winkte ab. »Das sind Gerüchte.«

»Dann wollen wir sie hören.«

»Es geht um Einschüchterungsversuche. Wenn man einmal Mitglied ist, soll es nicht leicht sein, den Club wieder zu
verlassen. Das erzählt man sich auf der Straße.«

»Wo treffen sich diese Leute?«

»Sie haben ein Clubhaus zwischen Medebach und Winterberg. Nennt sich *Der Schuppen*.«

»Den werden wir uns ansehen.« Olivia gab Vogel die Hand zum Abschied. »Danke für Ihre Zeit! Sie bleiben erreichbar, ja? Und melden sich, wenn Ihnen noch etwas einfällt.«

Er nickte. Als Anne sich von ihm verabschiedete, hielt er ihre Hand länger fest als nötig. Sie sah, dass er zögerte.

»Wenn ich Ihnen einen Rat geben darf: Gehen Sie nicht allein zum *Schuppen*. Nehmen Sie ein paar Männer in Uniform mit.«

Anne hob die Augenbrauen. Heiße Reifen Sauerland. Das klang nicht nach einer gefährlichen Gang.

»Sie wissen doch mehr, als Sie uns sagen wollen.«

Er schüttelte den Kopf. »Nur als Vorsichtsmaßnahme.«

»In Ordnung. Danke für den Hinweis! Wir werden kein Risiko eingehen.«

Kapitel 9

»Unmöglich! So lasse ich mich nicht behandeln. Auch ein Anwalt kann nicht tun und lassen, was er will. *Gerade* ein Anwalt, nicht wahr, Willi?«

»Wie war noch mal die Nummer der Ausfahrt, wo wir gleich runtermüssen?«

Elsbeth hielt sich den ausgedruckten Routenplaner dicht vor die Augen. Wieso hatte sie nicht an ihre Lesebrille gedacht? »Wo sind wir denn jetzt?« Sie spähte über den Papierrand auf die blauen Schilder, die an ihnen vorbeirauschten. »Nun fahr doch langsamer! Ich kann überhaupt nichts erkennen. Was steht auf dem Schild?«

»Ich kann nicht langsamer fahren. Wir sind auf der Autobahn, Else!«

»Das heißt noch lange nicht, dass du so rasen musst. Mönkeloh! Hier müssen wir raus.«

Willi seufzte. »Das schaff ich nicht mehr. Wir nehmen die nächste.«

Zwanzig Minuten später erreichten sie die Adresse am Rand des Gewerbegebietes in Paderborn. Ein kleines Messingschild an der Tür eines Einfamilienhauses wies auf das Anwaltsbüro hin. Elsbeth musterte die Umgebung kritisch. Ein Fitnessstudio machte mit aufdringlicher Reklame, die eine ganze Hauswand bedeckte, auf sich aufmerksam. Daneben befand sich ein Trödelladen mit verklebten Fensterscheiben. »Ich kann mir nicht vorstellen, dass sich hierhin viele Mandanten verirren. Und erst recht nicht ein Mann wie Wohlfeil.«

»Vielleicht gibt es noch einen anderen Anwalt Pötzel.«

»Jetzt nicht mehr, aber vor zwanzig Jahren … Vielleicht hast du recht.«

Wilhelm drückte probehalber gegen die Haustür. Sie öffnete sich mit einem Klicken. Drinnen roch es durchdringend nach Kohl. Er zögerte. »Sollen wir lieber noch mal im Internet nachsehen?«

Elsbeth schnaubte. »Jetzt haben wir die lange Fahrt gemacht, also gehen wir rein.«

Nacheinander stiegen sie die Treppe hoch, wobei Elsbeth vermied, das Geländer anzufassen. An der Tür im zweiten Stock war ein Schild angebracht. *Ingo Pötzel, Rechtsanwalt.* Wilhelm öffnete sie, Elsbeth marschierte hinein und steuerte den Empfangstresen an. Die Frau, die dort saß, war kaum mehr als ein Teenager. *Aber geschminkt und angezogen wie die Großen.* Die Einrichtung der Kanzlei wirkte altbacken, aber sauber. Vielleicht waren sie hier doch richtig. Von innen sah es zumindest aus wie eine richtige Kanzlei. Und die Visitenkarten, die auf dem Tresen standen, waren auf schönem Papier gedruckt und hatten Goldrand.

»Guten Tag, junges Fräulein! Wir möchten mit Herrn Pötzel sprechen. Wo ist sein Büro?« Die Türen sahen alle gleich aus, einzig das WC trug eine diskrete Beschilderung.

»Wie ist Ihr Name?«

»Eberbach. Elsbeth. Herr Pötzel und ich haben heute telefoniert.«

»Sie haben keinen Termin.« Das Gör klapperte mit ihrer Tastatur und tat allen Ernstes so, als wäre Elsbeth schon gegangen. Das Mädel glaubte doch nicht, dass sie den weiten Weg nach Paderborn auf sich genommen hatte, um jetzt einfach wieder zu verschwinden.

Sie tauschte einen Blick mit Wilhelm, der mit den Schultern zuckte. Die Entscheidung war ihr überlassen. Sie musterte die Türen und entschied, dass der Chef sein Büro nicht direkt neben dem Klo hatte. Vermutlich arbeitete er sogar hinter der Tür, die am weitesten entfernt lag. Kurz entschlossen marschierte sie los, klopfte und trat sofort ein. Hinter sich hörte Elsbeth das Mädel rufen, doch es kümmerte sie nicht.

Sie hatte richtiggelegen. Der schwammige Mann mit der beginnenden Stirnglatze, der am Schreibtisch vor einem Kreuzworträtsel saß, war niemand anders als Rechtsanwalt Ingo Pötzel, das verriet sein vergoldetes Namensschild. Er starrte Elsbeth und Wilhelm an, dann heftete sich sein Blick auf die Tür hinter ihnen.

»Ich habe doch gesagt, dass ich nicht gestört werden will«, sagte er barsch.

»Entschuldigung, Herr Pötzel! Sie sind einfach …«

»… hereinmarschiert«, vollendete Elsbeth. »Sehr richtig, denn wir sind in einer dringlichen Angelegenheit unterwegs. Sie haben am Telefon die Bedeutung unseres Auftrags wahrscheinlich nicht richtig verstanden, Herr Pötzel. Sonst hätten Sie nicht einfach aufgelegt. Das Kalthaus in Dreislar – müssen Sie wissen – ist das letzte Gefriergemeinschaftshaus im Sauerland. Früher gab es viele solcher Häuser, denn die Leute konnten sich noch keine eigenen Gefriertruhen leisten. Aber alle anderen sind verschwunden. Zurückgebaut worden. Wenn wir es nicht erhalten können – und ohne die Hilfe von Herrn Wohlfeil werden wir das nicht schaffen –, dann geht ein Stück Geschichte verloren, und zwar für immer.«

»Gute Frau …«

»Nein, Herr Anwalt. Jetzt bin ich hier, und Sie werden mich anhören. Ich brauche die Anschrift und Telefonnummer von Herrn Wohlfeil. Eher werde ich nicht gehen!« Zur Untermauerung ihrer Worte ließ sie sich breitbeinig in dem Besucherstuhl nieder.

Pötzel erhob sich und knallte sein Kreuzworträtsel auf den Tisch. »Sie können hier nicht einfach hereinplatzen!« Er blinzelte zweimal, atmete schnaufend ein und aus. Dann hob er die Hände. »Schließen Sie die Tür, Jasmin. Wir werden das kurz besprechen.«

Er ging um den Tisch herum. Sein Hemd war schlampig gebügelt, stellte Elsbeth fest. Ein alternder Junggeselle. Ob er

41

früher einen besseren Eindruck gemacht hatte? Es gab in Paderborn genug renommierte Anwaltshäuser, unter denen ein Mann wie Wohlfeil hätte wählen können. Aber die Frage, ob es noch einen anderen Anwalt Pötzel in Paderborn gegeben hatte, würde sie ihm nicht stellen. Wenn er sich damit herausreden wollte, musste er schon selbst darauf kommen.

Der Anwalt lehnte sich an seinen Tisch und faltete die Hände. »Es ist mir nicht erlaubt, über ehemalige und jetzige Mandanten zu sprechen«, begann er und hielt einen zehnminütigen Vortrag über die anwaltliche Schweigepflicht im Allgemeinen und die Integrität seiner Kanzlei im Besonderen. Über die Datenschutzgrundverordnung.

»Wenn Sie je einen Rechtsbeistand brauchen«, schloss er, »dürfen Sie sich gerne wieder melden. Wir kümmern uns auch um Pflege, Betreuung und Nachfolge. Wenn Sie Beratungsbedarf haben, gibt Ihnen meine Sekretärin einen Termin.«

Dann griff er zum Telefonhörer und drückte eine Taste. »Jasmin? Kommen Sie bitte, und begleiten Sie die Herrschaften hinaus.«

Elsbeth erhob sich und strich ihre Bluse glatt. »Wie wird es Herr Wohlfeil wohl finden, wenn die Gefriergemeinschaft, in der er seit über zwanzig Jahren Mitglied ist, durch Ihre Schuld zugrunde geht? Ich glaube nicht, dass ihn das freuen wird.«

»Wenn er an Ihrem Verein Interesse hat, dann wird er von Ihren Schwierigkeiten erfahren.«

»Ist das ein Versprechen, Herr Pötzel?«

Er schüttelte bedauernd den Kopf. »Eine Vermutung, Frau Eberbach. Nichts weiter.«

Sie zog ein Schreiben heraus, das Wilhelm für sie auf dem Computer abgetippt hatte. »Wenn Sie mir schon nichts sagen können, dann geben Sie ihm bitte diesen Brief.«

Pötzel starrte auf ihre ausgestreckte Hand. »Frau Eberbach.« Er zögerte. »Herr Wohlfeil ist nicht mehr Mandant unserer Kanzlei.«

»Sie kennen ihn also!«, rief sie triumphierend. »Dann haben Sie seine Daten und können ihm einen Brief zustellen. Ich gebe ihnen achtzig Cent für eine Briefmarke. Moment!«

Pötzel schüttelte den Kopf.

»Die Anschrift wurde gelöscht. Aus Datenschutzgründen. Das machen wir mit allen ehemaligen Mandanten. Nach fünf Jahren wird alles gelöscht.«

Elsbeth hatte das Gefühl, dass etwas ins Wanken geriet. Ihr Platz in der Welt. Als würde sie bei einem Spiel mitmachen, in dem die alten Regeln nichts mehr galten. Sie fühlte sich müde, ausgelaugt.

»Ich bin keine Juristin, Herr Pötzel, sondern nur eine einfache Hausfrau. Aber mir kommt es seltsam vor, dass Sie mit Ihrer Kanzlei dafür gesorgt haben, dass jemand anonym einem Verein beitreten kann. Das kommt mir äußerst seltsam vor.«

Damit drehte sie sich um und schritt aus dem Zimmer. Den Teenager neben ihr würdigte sie keines Blickes.

Kapitel 10

Es gab Tage, da konnte Gilbert Kreimer es fast vergessen. Das Störgeräusch im rechten Ohr. Das Fiepen.

Wenn er konzentriert ein Fußballspiel verfolgte. Wenn er draußen an den Hochbeeten arbeitete, mit deren Hilfe er sich in den warmen Monaten selbst versorgte. Wenn er mit Engin telefonierte, seinem alten Kollegen von der Werft. Der einzige von damals, mit dem er noch Kontakt hatte.

»Scheiß doch drauf, Gilbert!« Das sagte Engin immer, wenn er ihm von allem erzählte, was er verabscheute. Von den eingebildeten Medebachern, die ihn als Dorfdeppen behandelten. Ihn, der dreißig Jahre seines Lebens am Meer gelebt hatte. Emden, Kiel und schließlich Rostock in der Zweizimmerwohnung zusammen mit Engin.

Scheiß doch drauf, Gilbert! Wenn er ihm von den verhassten Nachbarn erzählte. Den Maiworms. Gutmenschenpack, das sich um den Hunger in Afrika kümmerte, aber nicht um die Menschen vor der eigenen Haustür.

Nachbarschaftshilfe oder einfach nur Rücksichtnahme – Fremdwörter für die. Dafür bekam man keine Ehrennadel vom Bürgermeister oder einen Artikel in der Zeitung. Den Hintern hatte er sich damit abgewischt, und nicht mal dazu war er zu gebrauchen gewesen.

Scheiß doch drauf, Gilbert! Wenn er von den Motorradfahrern erzählte, die rücksichtslos durch den Ort rasten. Die mit röhrenden Motoren die enge Straße hochjagten und schuld daran waren, dass er von Frühjahr bis Herbst keine Ruhe mehr in seinem Garten hatte.

Ja, die Motorradfahrer hasste er am meisten.

»Du hast deine Rente, Gilbert. Hast keine Schulden. Fahr mal raus aus deinem Kaff. Fahr wieder ans Meer. Bist eben keine Landratte. Dann trinken wir 'nen Dunkles und spielen Karten wie früher.«

Fahr mal raus, sagte Engin immer. Aber er hatte gut reden. Denn er wusste nichts davon, dass man Gilbert den Führerschein abgenommen hatte. Wusste nichts von den Schwindelanfällen und dem Ding in seinem Kopf. Das Ding, das nie Ruhe gab, das ihn nicht in Frieden ließ. Niemals. Erst wenn er unter der Erde war.

Abgesehen davon sah Gilbert nicht ein, dass er aus seinem Elternhaus flüchten sollte. Er war jetzt im Ruhestand und hatte sich ein wenig Ruhe verdient. Und wo Stille finden, wenn nicht hier?

Nirgendwo. Die verhassten Biker waren überall.

Es gab Zeiten der Stille – montagmorgens zum Beispiel – wenn das Pack bei der Arbeit oder noch im Bett war. Dann stand Gilbert früh auf und nahm sich seinen Kaffee mit in den Garten. Nach einem kleinen Frühstück – morgens aß er nicht viel, das war schon immer so gewesen – zupfte er Unkraut, beschnitt die Sträucher und ließ seine Gedanken treiben. In solchen Augenblicken gelang es ihm manchmal, den Tinnitus zu vergessen. Bis ihm auffiel, dass etwas anders war. Dass ihn gar nichts störte. Dann begann er mit klopfendem Herzen zu lauschen, und für Sekunden regte sich diese wilde und unvernünftige Hoffnung in ihm. Die Hoffnung, es könnte vorbei sein. Dass er sie hören könnte. Die Stille. Doch immer nur ein paar Sekunden lang. Bis der Pfeifton zurückkehrte.

Jetzt hörte er etwas anderes. Ein Schrillen. Die Türklingel, die über Jahre beinahe stumm gewesen war. Gilbert schreckte auf und merkte, dass er in seinem Sessel eingeschlafen war. Das Fiepen in seinem Ohr vermischte sich mit dem Plärren des Fernsehers, auf dem eine Quizshow lief. Er schaltete das Gerät aus und erhob sich mühevoll. Seine alten

Knochen protestierten. Benommen hielt er nach seinen Pantoffeln Ausschau, die er irgendwo abgestreift hatte. Er fand sie nicht und schlurfte auf Socken zur Tür.

Draußen standen zwei Frauen. Ein junges Ding mit einer Jungenfrisur und ein Mannweib, derb und dürr.

»Ich unterschreibe nichts«, knurrte er und versuchte die Tür wieder zu schließen, aber das Mannweib drängte sich rüde vorwärts und hielt ihm einen Ausweis vor die Nase. »Kriminalpolizei. Wir haben ein paar Fragen an Sie.«

Ihr Name war ausländisch und klang, als hätte man zu viel Spucke im Mund.

»Hab's euern Kollegen schon gesagt«, knurrte Gilbert. »Ich hab nix gehört.« Er steckte seinen Finger ins Ohr. »Tinnitus. Ich nehm Schlafmittel.«

Sie brauchten nicht zu wissen, was er gehört hatte und was nicht. Das ging sie einen Scheißdreck an.

»Kannten Sie das Unfallopfer?«, fragte die jüngere der beiden.

»Nee.« Heute Vormittag war er durchs Dorf gegangen und hatte sich alles erzählen lassen. Ein Biker hatte sich um einen Baum gewickelt. Das Motorrad war Schrott und er sofort tot gewesen. *Einer weniger,* hatte er gedacht. Aber es machte keinen Unterschied, denn für jeden, der dieses Jahr auf der Straße krepierte, kamen nächstes Frühjahr zwei neue. Dieser Bikertreff war schuld daran. Abfackeln sollte man den Laden.

»Scheiß doch drauf, Gilbert!«, hätte Engin gesagt, aber sein Freund hatte ihn schon eine ganze Weile nicht mehr angerufen.

»Können wir reinkommen?«, drängte das Mannweib. »Entweder wir unterhalten uns in Ihrer Wohnung oder auf dem Polizeirevier. Ihre Entscheidung!«

Ihr Gesicht erinnerte ihn an die harten Kanten eines Riffs, und er beschloss, den Kurs zu wechseln. Sagte, sie sollten kurz warten, und zog alle Türen in seiner Wohnung zu. Sein Privatleben ging sie nichts an.

Als er hinter ihnen die kleine Wohnküche betrat, wurde ihm zum ersten Mal seit langer Zeit bewusst, wie schäbig der abgetretene Teppich und der nikotingelbe Film auf Tapete und Gardinen aussahen. Er bot ihnen keinen Sitzplatz an.

»Der Knall muss sehr laut gewesen sein«, sagte die Jüngere. »Ihr Haus liegt nah am Unfallort. Ich kann mir nicht vorstellen, dass Sie gar nichts gehört haben.«

Gilbert verschränkte die Arme vor der Brust. Er wusste genau, was sie vorhatten. Die wollten, dass er sich in Widersprüche verwickelte. Aber darauf würde er nicht hereinfallen, er war nicht blöd. Nein, er würde bei seiner Geschichte bleiben. Wort für Wort. Sollten die versuchen, ihm das Gegenteil zu beweisen.

»Ich habe geschlafen«, beharrte er. »Ich habe nichts gehört.«

Die Polizeilesbe ließ nicht locker. »Und früher am Abend, haben Sie da etwas beobachtet? Oder in den letzten Tagen? Hat sich jemand an der Straße aufgehalten, oder stand dort ein Fahrzeug?«

Die taten ja so, als wäre das 'n Attentat gewesen. Dabei hatte es bloß 'nen Biker aus der Kurve gerissen.

»Nein«, erwiderte er auf alle Fragen. *Nichts gehört. Nichts gesehen.*

Die Jüngere studierte die einzige Fotografie, die er im Haus hängen hatte. Die MS Carolina. Sein letztes großes Frachtschiff.

»Sie sind Schiffsmechaniker gewesen, nicht wahr?«

Sie sollte ja nicht wagen, das Bild anzufassen.

»Leben Sie allein hier?«

»Ja.«

»Sind Sie im Besitz einer Straßenkralle, oder kennen Sie jemanden, der eine besitzt?«

Gilbert spürte, wie sich Anspannung in ihm ausbreitete, direkt unter dem Brustbein. »Nee.«

»Haben Sie etwas dagegen, wenn wir uns Ihre Garage anschauen?«

♦

»Er lügt«, sagte Anne.

»Nur weil er uns nicht in die Garage gelassen hat?« Olivia bewegte Nacken und Schultern. Ihr Gesicht wirkte angespannt. Anne fragte sich, ob sie Schmerzen hatte.

»Wahrscheinlich ist die von oben bis unten zugemüllt. Du hast doch seine Wohnung gesehen.« Sie ging mit großen Schritten zum Wagen.

»Ja, mag sein. Es ist nur so ein Gefühl.«

Sie hatte die Beifahrertür noch nicht ganz geschlossen, als Olivia bereits den Wagen anließ.

»Von diesen Gefühlen hab ich gehört«, zischte sie. »Und auch von den Alleingängen, die du dir geleistet hast, während ich krankgeschrieben war. So etwas gibt es bei mir nicht, klar? Ich bin deine Vorgesetzte, und du stimmst alles, was du tust, mit mir ab.«

Die Heftigkeit ihrer Worte traf Anne unvorbereitet. Sie atmete langsam aus und hob die Hände. »Alles klar.«

»Ich weiß, dass Thorsten dich protegiert und dass er und Oberan dich mir zugeteilt haben, weil sie mir nichts mehr zutrauen. Wahrscheinlich sollst du ihnen Bericht erstatten.«

Anne öffnete den Mund, um zu widersprechen.

»Ich will es nicht wissen«, blaffte Olivia und lenkte den Wagen auf Maiworms Hof. »Thorsten und du, ihr könnt machen, was ihr wollt. Aber das ist mein Fall verstanden? Und solange du hier bist, hörst du auf meine Anweisungen!«

»Ja, in Ordnung. Aber du täuschst dich.«

Olivia schnaubte. »Dass du nichts davon weißt, heißt nicht, dass es nicht so ist.«

Sie übertreibt, aber im Moment ist nicht mit ihr zu reden. Anne öffnete die Tür, und ein Schwall Ziegengestank drang herein. Sie verzog das Gesicht und unterdrückte ein Würgen. An manche Aspekte des Sauerlandes würde sie sich nie gewöhnen können.

Maiworm stand auf einem getöpferten Schild.

Olivia drückte die Klingel. Einige Minuten lang warteten sie vergeblich.

Anne deutete auf den Stall, dessen Tor offen stand. »Vielleicht ist dort jemand.«

Sie gingen über den Hof, vorsichtig, um nicht versehentlich in eine der braunen Pfützen zu treten. Der Geruch veränderte sich, je näher sie dem Stall kamen. An einer Melkanlage standen Kühe in langen Reihen. Sie störten sich nicht an den beiden Polizistinnen, sondern fraßen konzentriert ihr Heu.

»Hallo? Ist jemand hier?«, rief Olivia in den Stall hinein.

Der Mann, der sich aus dem dämmrigen Dunst schälte, trug eine schlammfarbene Latzhose und Gummistiefel und kam mit festen Schritten auf sie zu. Schlohweiße Bartstoppeln bedeckten sein Gesicht. Er wirkte kernig und kraftvoll, trotz seines fortgeschrittenen Alters.

»Tach!«

»Guten Tag! Sie sind Karl Maiworm?«

»Wer will dat wissen?«

»Esterhazy, Kriminalpolizei. Dies ist meine Kollegin Anne Kirsch. Es geht um den Unfall von letzter Nacht.«

»Ker. Datter nonich feddich seid.« Er stellte einen Eimer mit Wasser auf dem Stallboden ab und zog sich Plastikhandschuhe über. Mit der flachen Hand strich er einer Kuh über den Hals.

»Ich habe gefragt, ob Sie Karl Maiworm sind.«

»Jepp.«

»Wir möchten Ihnen ein paar Fragen zu dem Unfall stellen.«

»Weiß ich nix von.«

Anne hörte den unterdrückten Zorn in Olivias Stimme. »Nach meinen Informationen haben Sie den Motorradfahrer gefunden und den Rettungsdienst verständigt.«

»Nee. Dat war der Junior.«

»Ihr Sohn?«

»Ja. Der heißt auch Karl.«

»Dann möchten wir gerne mit Ihrem Sohn sprechen.«

Der Mann bückte sich, umschloss eine Zitze der Kuh mit der Hand, melkte ein wenig Milch in ein Plastikgefäß und betrachtete die Flüssigkeit. Dann nahm er das Melkzeug vom Haken und setzte es an. »Der is nich hier.«

»Wann kommt er denn wieder?«

»Heut nimmer.«

Olivia atmete langsam aus.

»Also morgen?«

Der Alte ließ ein Brummen hören, was genauso gut Zustimmung wie Verneinung sein konnte.

»Ich habe Sie nicht verstanden.«

»Denke morgen Mittach. Oder später, woll?«

Sie verließen den Stall.

Während sie nach Medebach fuhren, hatte Anne die ganze Zeit den Geruch von Ziegenmist in der Nase.

Auf der Polizeiwache wurden sie von dem Einsatzleiter begrüßt, der sich als Hauptkommissar Pichler vorstellte. Er musterte Olivia aufmerksam von oben bis unten mit einem nicht zu deutenden Gesichtsausdruck. Er trug einen gepflegten Vollbart, der so akkurat geschnitten war, als würde er ihn täglich in Form bringen.

Seine Stimme passte dazu. Dunkel. Voluminös.

»Sie haben sich den Schauplatz des Unfalls angesehen?«

»Ja.« Olivia verlor keine Zeit. »Welchen Stand haben die Ermittlungen?«

»Steht alles im Bericht, den Sie bekommen haben. Waren Sie schon mal in unserer Wache? Nein? Dann zeige ich Ihnen die Räumlichkeiten.«

Er schob eine Hand zwischen Gürtel und Hosenbund und ging mit wiegenden Schritten voraus. »Sie werden mit den Kollegen sprechen wollen, die gestern Nachtdienst hatten. Dort ist das Verkehrskommissariat. Frau Otto hat zwei Tage frei. Herr Hunold hat Nachtschicht. Er kommt um zweiundzwanzig Uhr.«

Vor einer mit »Büro 1« beschrifteten Tür stoppte er. »Das ist Ihr Reich. Wir haben zwei PC-Arbeitsplätze. Von dort können Sie auf die elektronische Ermittlungsakte zugreifen, aber ich habe auch angewiesen, dass Sie alle Berichte vorab als E-Mail erhalten.«

Anne sah sich in dem kleinen Raum um. Ein riesiges Poster des Rothaargebirges bedeckte die Wand. Telefone, Büromaterial, alles war vorhanden.

»Was ist mit dem Toten?«, fragte Olivia hinter ihr.

»Der müsste mittlerweile in der Rechtsmedizin sein.«

»Wieso mittlerweile?«

»Haben Sie den Bericht nicht gelesen? Der Mann war Organspender. Da musste alles schnell gehen. Als ich verständigt wurde, dass es sich nicht um einen gewöhnlichen Unfall handelt, war der Körper bereits auf dem Weg ins Krankenhaus.«

Anne schloss die Augen. *Verdammt!* Nicht mal die Spurensicherung hatte sich den Körper angesehen, bevor er geplündert wurde. Ihr Fall stand unter keinem guten Stern.

»Natürlich habe ich die Akten gelesen.« Olivias Stimme klang mühsam beherrscht.

»Aber es verwundert mich, dass den Spurensicherungsarbeiten hier so wenig Priorität eingeräumt wird. Und dass es einen Feuerwehrmann braucht, um Fremdverschulden zu erkennen.«

Pichler zuckte mit den Schultern. »Wir machen hier auch nur unseren Job, Frau Esterhazy. Im Gegensatz zu Ihnen haben wir im Sommer sehr viele Motorradunfälle, die oft tödlich enden. Der Fall schien eindeutig. Sie haben doch die Fotos vom Fahrzeug gesehen.«

»Viele Fälle sind kein Grund, schlampig zu arbeiten.«

»Dann können Sie jetzt Ihre Fähigkeiten unter Beweis stellen. Ich wünsche Ihnen viel Erfolg dabei.«

Er legte die Hand auf die Klinke. »Die Mutter des Opfers lebt noch. Ich habe sie persönlich informiert, bezweifle aber, dass die Nachricht bei ihr angekommen ist. Ihre Demenz ist weit fortgeschritten. Melden Sie sich, wenn Sie noch etwas brauchen.« Dann ging er, und mit einem Klicken rastete die Tür im Schloss ein.

Olivia schloss die Augen. »Bassza meg!«, fluchte sie. »Was machen wir hier eigentlich?«

Anne seufzte. »Keine Ahnung. Bisher haben wir so gut wie nichts. Einen aufgeschlitzten Reifen. Einen Unfalltoten, dem ein paar Organe fehlen. Wenn wir diese Straßenkralle nicht finden, haben wir auch keinen Fall.«

Kapitel 11

Heiko zündete die Kerze an, die auf dem Tisch stand. Er tat sich gegrillte Forelle und in Butter geschwenkte Kartoffeln auf und aß, während er den Kulturteil der örtlichen Zeitung durchblätterte. Auf dem Tisch neben ihm lag sein Smartphone. Eben hatte Anne ihm eine Nachricht geschrieben, dass sie später kommen würde. So sah also ihr gemeinsames Wochenende aus. Leider unterschied es sich in keiner Weise von den Wochenenden, die er ohne sie verbrachte.

Für einen Augenblick dachte er an seine Mutter, die ebenfalls allein in ihrer Wohnung saß. Da sie über ihm wohnte, aßen sie freitag- oder samstagabends oft gemeinsam, doch dieses Wochenende hatte er darauf bestanden, dass sie oben blieb. Er wusste nicht wieso, aber Anne und Ruth verstanden sich nicht besonders gut. *Praktisch für Markus, dass Mutter nicht runterkommt.*

Heiko trank einen Schluck von dem trockenen Weißwein und hörte die Wohnungstür. Für einen Moment dachte er, Anne würde doch früher kommen, doch dann erkannte er die schweren Schritte. Sein Pulsschlag beschleunigte sich. Markus kam in Stiefeln und Jacke herein und ließ sich auf einen Stuhl fallen.

»Ich habe eine Garderobe«, bemerkte Heiko trocken.

Sein Bruder schien es nicht zu hören.

Resigniert deutete Heiko auf seinen Teller. »Möchtest du etwas essen?«

Markus schüttelte den Kopf. »Nein danke. Aber einen Schluck Wein nehm ich.« Im Sitzen streifte er die Lederjacke ab und legte sie auf den Nachbarstuhl. Dann zog er sich die Stiefel aus.

Heiko stellte ein weiteres Glas auf den Tisch, und während er einschenkte, drang ihm der scharfe Geruch von ungewaschenem Mann entgegen. Er rümpfte die Nase, verkniff sich aber eine Bemerkung. Markus hatte die Unterarme auf die Tischplatte gelegt, als müsste er sich darauf abstützen. Er ließ den Kopf hängen. Sein Gesicht erschien Heiko noch fahler als am Morgen.

»Ist alles in Ordnung mit dir?«

Markus griff nach dem Weinglas, und seine Hand zitterte leicht. Die Augen wirkten winzig unter den geschwollenen Lidern. »Alles in Ordnung.«

»Das sehe ich.« *Entzugserscheinungen?*

War er drogenabhängig? Das würde zumindest erklären, was er mit Mutters Geld gemacht hatte und warum er so bleich wie der Leibhaftige war. Zum ersten Mal fragte sich Heiko, was er eigentlich für Wertgegenstände im Haus hatte. Markus war mehrere Stunden allein hier gewesen. Ob das Tablet noch da war?

»Willst du mir nicht endlich erzählen, was los ist?«, fragte er schroff. »Mit dir ist überhaupt nichts in Ordnung!« *Will ich es überhaupt wissen?*

Markus trank einen großen Schluck und rieb mit dem Daumen einen Tropfen vom Weinglas. »Dass es die Gläser noch gibt. Als Kinder haben wir so gern daraus getrunken. Dachte, die wären alle kaputt.«

Heiko seufzte genervt. »Ich habe sie nachgekauft. Erinnerungen, weißt du? Aber lenk nicht ab. Ich hab dich was gefragt.« Er starrte Markus an, doch der machte keine Anstalten, sich zu erklären, sondern betrachtete versonnen seinen Wein.

»Es ist seltsam mit Erinnerungen, oder? Manchmal haben wir so viele gute, und dann reicht ein schlimmer Tag, um alles andere zu vergiften.«

Heiko wusste sehr gut, was er meinte.

»Ja«, sagte er bitter. »Aber man kann die schlimmen Dinge auch ausräumen. In einer Familie zumindest. Nur wenn einer einfach abhaut, dann geht das nicht.«

Markus biss sich auf die Unterlippe. Er starrte immer noch auf seinen Wein.

»Verdammt!«, knurrte Heiko. »Jetzt rede schon!«

»Ich konnte nicht bleiben. Weißt du noch? – Vaters Beerdigungsfeier?«

Heiko nickte müde.

»Das war hart. Von der eigenen Mutter rausgeschmissen zu werden.«

»Du warst zugedröhnt! Hast rumgepöbelt und Gläser zerschlagen.«

Markus schenkte sich nach und stellte die Flasche geräuschvoll ab. »Das ist nicht der Punkt! Mutter – sie hat dir das erzählt, ja?«

»Das war nicht nötig«, zischte Heiko. »Ich war da, falls du dich erinnerst.«

Sein Bruder trank mit großen Schlucken. Seine Augen wurden glasig. »Aber erst danach. Danach.«

Heiko hatte keine Lust mehr. Die ganze Unterhaltung ekelte ihn an. Er wollte nicht an den Abend denken, und er begann zu begreifen, dass ihre Aussprache heute sinnlos war, weil sie sich ewig im Kreis drehten.

Er stand auf. »Hör zu, es reicht! Ich habe dich zweimal gefragt, was los ist. Warum du hier bist. Ich hatte gehofft, dass wir reden können. Aber das hier, das bringt gar nichts!« Er nahm seinen Teller, auf dem noch der halbe Fisch lag, und stellte ihn auf die Spüle. Der Appetit war ihm vergangen.

»Ich habe keine Lust, ewig in alten Geschichten herumzurühren. Wenn du nichts Neues zu sagen hast, dann geh ich jetzt ins Bett.«

Markus hatte das zweite Glas geleert. »Es ist besser, wenn du das nicht weißt. Ich will nichts von dir, keine Bange. Ich brauche nur einen Platz zum Schlafen und kann nicht in meine Wohnung. Morgen bin ich wieder weg.«

Heiko stand schon in der Tür. Er wollte gehen. Er hatte seinem Bruder jede Chance gegeben, mit ihm zu reden. Er sollte jetzt die Tür zwischen ihnen schließen. Aber er konnte nicht. »Warum kannst du nicht in deine Wohnung?«

Markus zuckte mit den Schultern. Er sah unendlich müde aus. »Das willst du nicht wissen.«

»Doch. Sag es mir. Geht es um Drogen?«

Markus zögerte einen Augenblick zu lange. »Nein. Und ich bin nicht in Schwierigkeiten. Zumindest in keinen, die ich nicht lösen kann.«

»Das glaub ich dir nicht.« Heiko ärgerte sich über sich selbst. Darüber, dass er immer noch hier war, und über die Enge in seinem Hals. Darüber, dass er sich wieder so fühlte wie mit achtzehn. Dabei hatte er sich geschworen, dass Mac ihn nicht mehr verletzen konnte. Dass er ihn nicht mehr an sich heranlassen würde.

»Du erzählst Scheiße«, sagte er bitter und war selbst erstaunt, wie leicht ihm der Kraftausdruck über die Lippen kam. »Sieh dich doch mal an. Du bist völlig kaputt, und du stinkst. Gott!«

Markus erhob sich schwerfällig. Der Schatten eines Lächelns huschte über sein Gesicht. »Du hast recht«, sagte er leise. »Ja. Du hast recht. Aber ich bin nicht abhängig, das musst du mir glauben. Nicht mehr zumindest. Ich bin hier, weil mein Freund tot ist.«

»Dein Freund?«

»Ein Motorradunfall.«

»Das tut mir leid.« Die Phrase traf nicht im Mindesten seine Gefühle, war aber alles, was er hervorbrachte. Er kam zurück ins Zimmer.

Markus rieb sich über den Mund. »Er war mehr als ein Freund für mich.«

Heiko hatte Mühe, den Sinn seiner Worte zu begreifen. »Mehr? Was soll das heißen? Wie meinst du das?«

»So, wie ich es sage.«

Kapitel 12

Anne sah auf die Uhr. Es war kurz vor zehn, und der Himmel verdunkelte sich bereits. Sie stand am offenen Fenster und atmete die kühle Luft ein. Was Heiko jetzt wohl tat? Ob er sehr enttäuscht war?

Sie zog die Gardinen zu und wandte sich zu Olivia um, die in vorgebeugter Haltung am Computer saß. Allein der Anblick verursachte Anne Rückenschmerzen.

»Hunold hat gleich Dienst. Ich schlage vor, wir sprechen mit ihm und fahren dann nach Hause.«

Olivia starrte angestrengt auf ihren Bildschirm. »Ich habe eine E-Mail bekommen.«

»Ja?«

Statt einer Antwort griff sie zum Telefonhörer und wählte eine Nummer.

»Ja. Esterhazy hier. Rostrückstände? Was bedeutet das?«

Sie lauschte und verzog grimmig das Gesicht. »Wie sicher sind Sie? Okay, danke!« Sie legte auf. Ihre Augen glänzten wie zwei schwarze Kiesel.

»War das die Kriminaltechnik?«, fragte Anne.

»Ja. Sie haben Rost am Reifen gefunden. Es war eine Straßenkralle. Oberan wird sich noch wundern.«

»Wieso?«

»Begreifst du nicht, warum er mir den Fall zugeschoben hat? Du bist so blind. Er traut mir nichts zu. Ein einfacher Fall für den Anfang, damit sich die krebskranke Kollegin nicht überanstrengt. Ein bisschen Laufarbeit und Berichte schreiben.« Ihr Mund war eine dünne Linie.

»Dumm nur, wenn doch mehr dahintersteckt.«

»Du glaubst, Oberan will dich aufs Abstellgleis schieben?«

Olivia lachte bitter. »Oh, er meint es gut, daran zweifle ich keine Sekunde. Aber gut gemeint ist nicht immer gut gemacht, nicht wahr?«

Sie hat nicht unrecht, dachte Anne. »Vielleicht will er deine Belastbarkeit testen.«

»Dann soll er sie testen«, knurrte Olivia und schaltete den Rechner aus. »Komm, wir gehen jetzt zu Hunold. Und dann möchte ich mir diesen *Schuppen* ansehen, von dem Vogel erzählt hat.«

Annes Herz sank. »Muss das heute Abend sein?«

»Wir bleiben nicht lange. Ich möchte mich nur ein wenig umhören – ohne das ganze Polizeigetöse. Es ist Freitagabend, und noch weiß niemand, wer wir sind. Das kann morgen schon anders sein.«

Mit dem merkwürdigen Gefühl, dass die Rollen vertauscht waren, folgte Anne ihr. Sie war doch diejenige, die sich gern in verdeckte Einsätze stürzte und die Dienstvorschriften auch mal großzügig auslegte. Von Olivia kannte sie dieses Verhalten nicht.

Polizeimeister Hunold hatte einen kräftigen Händedruck. Er behandelte Anne und Olivia zuvorkommend und holte einen zusätzlichen Stuhl aus dem Nebenraum, damit alle eine Sitzgelegenheit hatten.

»Ich habe schon fünfunddreißig Dienstjahre hinter mir«, erklärte er. »Zwölf davon beim Verkehrskommissariat. Hier passieren ständig Motorradunfälle, aber so etwas hab ich noch nicht erlebt.«

»Nach unseren Informationen gab es auch in der Vergangenheit Vorkommnisse mit einer Straßenkralle.«

»Es gab Scherben und sogar mal eine Angelschnur, die jemand über die Straße gespannt hatte. Ja, und einmal haben wir eine Straßenkralle gefunden. Jemand hatte sie aus einer Fußmatte und Nägeln gebastelt, aber bei dem Unfall wurde der Motorradfahrer zum Glück nur leicht verletzt.«

»Interessant«, sagte Olivia. »Es gibt hier also gehäuft Anschläge auf Motorradfahrer?«

»Nein, gehäuft kann man nicht sagen. Die Scherben sind uns im Zusammenhang mit einem Pkw-Unfall begegnet, und die Fälle, die ich gerade aufgezählt habe, sind in zwölf Jahren passiert. Auch der Unfall mit der Straßenkralle ist mehrere Jahre her. Nein, was ich sagen wollte: Ohne den Hinweis des Feuerwehrmannes hätten wir den Zustand des Reifens übersehen, das sag ich Ihnen ganz ehrlich.«

Dann war es vielleicht nicht das erste Mal, dachte Anne.

Olivia verschränkte die Beine und stützte sich mit einer Hand auf ihrem Knie ab. »Den Bericht haben wir gelesen. Beschreiben Sie bitte Ihren Eindruck vom Unfallort. Was haben Sie gesehen?«

»Als wir ankamen, hatten die Sanitäter einen behelfsmäßigen Scheinwerfer aufgebaut. Das Kraftrad lag qualmend auf der Wiese, ein Stück entfernt von dem Fahrer. Ihn hatte man auf den Rücken gedreht und den Helm entfernt. Sein Körper wies schwere Verletzungen auf. Die Ersthelfer standen abseits und rauchten Zigaretten. Der eine schien unter Schock zu stehen. Er zitterte am ganzen Körper.«

»Wer hat den Fahrer auf den Rücken gedreht und den Helm entfernt? Waren das die Ersthelfer?«

»Das wissen wir noch nicht. Wir haben die Personalien aufgenommen, aber noch keine Vernehmungen durchgeführt. Schließlich sah alles nach einem Unfall aus.«

»Okay. Weiter.«

»Da war nichts Besonderes. Die Feuerwehr hat die Straße abgesperrt. Der verstorbene Fahrer war Organspender und wurde daher ins nächste Krankenhaus nach Winterberg gebracht. Wir haben die Ersthelfer nach Hause geschickt und darauf gewartet, dass das Fahrzeug geborgen wird.

Dann kam dieser Vogel zu mir. Er hatte einen Riss im Reifen bemerkt. Ich nahm an, der Reifen sei durch den Aufprall geplatzt, aber er war sich sicher, dass der Riss dann anders aussähe. Also habe ich Verstärkung angefordert und begonnen, die Wiese abzusuchen. Wir waren zu sechst. Die Feuerwehrleute, meine Kollegin und ich mit Taschenlampen. Aber da war nichts. Der Kriminaltechniker hat die Einschätzung des Feuerwehrmanns bestätigt, und bei Tageslicht sind noch mal Suchtrupps losgegangen. Aber die Kralle war nicht mehr da. Selbst wenn sie sich in Einzelteile zerlegt hätte, hätten wir sie finden müssen.«

Hunold strich sich über den dichten Schnurrbart. »Wenn Sie meine Einschätzung hören wollen, das ist alles Blödsinn. Das war ein scharfer Stein oder eine Scherbe auf der Straße oder sonst was. Der Reifen ist aufgerissen und der Fahrer deshalb verunfallt. Es gibt keine Straßenkralle, und es hat nie eine gegeben.«

Vor dem *Schuppen* reihten sich glänzende Motorräder aneinander. Yamaha, Suzuki, Harley-Davidson. Kolosse aus Metall. Olivia fuhr schwungvoll in eine Lücke und schaltete den Motor aus. Der einzige Pkw unter Motorrädern.

»Ganz schön was los hier«, bemerkte Anne. Sie betrachtete das Gebäude mit den erleuchteten Fenstern. Da war kein Schild, dass es sich um eine öffentliche Gaststätte handelte.

Ein privates Clubhaus. Vogels Warnung kam ihr in den Sinn, und ihr wurde unwohl zumute.

»Sollten wir nicht doch Verstärkung rufen?«

Olivia schnaubte. »Ich bitte dich. Heiße Reifen Sauerland e. V. Wie gefährlich klingt das?«

»Ich meine nur. Das ist kein öffentliches Gebäude. Wenn wir nicht als Polizisten reingehen, mit welcher Begründung dann?«

»Levi Stappert hat uns eingeladen. Wir haben ihn bei einem Bikertreff in Dortmund kennengelernt.«

»Und wieso sind wir nicht mit dem Motorrad hier?«

Olivia machte eine vage Handbewegung.

»Weil wir beruflich in der Gegend sind. Aber wir planen eine Biketour durch die Umgebung. Deshalb treffen wir uns mit Levi. Er soll uns die Hotspots zeigen.«

Die Idee ist nicht schlecht, dachte Anne. *Eine Chance, sich unauffällig umzuhören.* Und dieses Mal lag die Verantwortung nicht bei ihr.

Sie stiegen aus. Der Himmel hatte sich zu einem trüben Schwarz verdunkelt. Kein einziger Stern war zu sehen. Der Geruch von Öl und Benzin lag in der Luft. Anne bemerkte, wie Olivia etwas an ihrem Hosenbund richtete und dann ihre Hemdbluse darüberstrich.

»Trägst du etwa eine Waffe?«

»Ja. Nur für den Notfall. Ich muss mich wieder an das Gewicht gewöhnen. Komm!«

Sie ging mit entschlossenen Schritten auf das Gebäude zu. Anne folgte ihr und fragte sich, woher ihre Nervosität kam. Sie waren zu zweit und wussten sich zu verteidigen. Außerdem hatte sie schon weitaus heiklere Situationen, ohne mit der Wimper zu zucken, gemeistert.

Gitarrenrhythmen und Gesprächsfetzen drangen durch die gekippten Fenster. Als sie die Tür öffneten, schlug ihnen ein warmer Dunst entgegen. Das Innere des Schuppens glich einer Kneipe. Biker saßen am Tisch und standen an der Theke. Anne sah sowohl Männer als auch Frauen. Die meisten trugen schwarze Lederkleidung, und an der Garderobe und über den Stühlen hingen Jacken mit Flammensymbolen auf den Oberarmen. Auch Levi Stappert hatte eine Jacke mit diesen Abzeichen getragen.

Olivia steuerte die Theke an, und Anne folgte ihr. Sie spürte die Blicke auf sich. Sie waren Fremde in Zivilkleidung, und Olivia fiel durch ihre krasse millimeterkurze Frisur zusätzlich auf.

»Kann man hier ein Cola-Bier bekommen?«, fragte sie einen schlaksigen Mann im Motörhead-T-Shirt, der hinter der Theke stand. Sein rechter Arm war schwarz tätowiert.

Er kratzte sich am Bauch. »Eigentlich ist der *Schuppen* nur für Clubmitglieder.«

»Wir sind verabredet.«

»Na dann.« Er blickte zu Anne. »Was willst du?«

»Für mich nur eine Coke.«

Er stellte zwei Halbliterkrüge vor sie hin. »Macht fünf Euro.« Olivia zahlte.

Sie tranken und lauschten einem Song von den Imagine Dragons. Die auf sie gerichtete Aufmerksamkeit ließ nach, und Anne begann sich zu entspannen. Der Barmann zapfte Bier und beugte sich zwischendurch immer wieder über ein Sudoku, das an der Ecke des Tresens lag. Würfel klackerten neben Olivia.

Plötzlich hieb einer der Spieler mit seinem Becher auf den Tresen. »Schon wieder Schock. Du bescheißt doch!«

Der andere Mann erhob sich und packte den dünneren am Revers seiner Jacke. »Pass auf, was du sagst, Berty!«

»Hey, hey, schon gut.« Der Dünne kicherte. Seine Lederhose schlackerte, als hätte er keinen Hintern in der Hose. »Reg dich ab, Mann!«

»So was lass ich mir nicht sagen!«

»Immer midder Ruhe.« Berty riss sich los und machte eine Bewegung in Richtung Olivia. »Hier sind Damen anwesend. Komm, hier haste dein Bier. Werd glücklich damit.«

Er schob eins seiner zwei vollen Gläser zu dem Mann rüber, der zwar schimpfte, aber das Bier nahm und ging. Berty zwinkerte Olivia verschwörerisch zu. »Den wärn ma los.« Er schob den Würfelbecher hin und her. »Lust auf 'ne Runde Glückspiel?«

Olivia schüttelte den Kopf. Er hob in einer dramatisch bedauernden Geste die Hände. »Abern Kurzen trinkste mit mir? Deine Freundin auch?«

Anne verneinte schnell.

»Na klar.« Olivia rückte ihren Barhocker näher zu ihm. Berty bestellte zwei Jägermeister, und sie stießen an. Olivia leerte ihren, ohne mit der Wimper zu zucken. Dabei hatte sie nichts gegessen, sondern im Büro eine Tablette aus ihrer Tasche geschluckt. Nur ihre Medikamente natürlich. Doch wie wirkten die in Verbindung mit Alkohol?

Zwischen Olivia und Berty entwickelte sich eine Plauderei.

»Wir planen eine Motorradtour und wollen uns die Gegend ansehen«, erzählte sie auf seine Frage hin. »Tolle Straßen hier.«

»Ja, hehe. Dat issn Winkelwerk. Wenn se nich so kaputt wärn.« Er schnaufte beim Lachen. »Was fährste? Nee, lass mich raten. 'ne Lady wie du fährt Suzuki. SV 650?«

Olivia lächelte. »Heute sind wir mit dem Auto da. Aber sonst Ducati 848. Rot lackiert. Hundertdreißig PS.«

Der Mann schlug sich mit der flachen Hand auf den Schenkel. »Eine Diva! Alle Achtung!« Er beugte sich vor. »Weißt du, ich hab 'ne alte Husqvarna fürs Gelände. Ich steh drauf. Motorcross. Und von Suzuki die GSX R 1000.«

Er senkte die Stimme und sah sich verschwörerisch um. »Die hab ich über Hartmann bekommen. Gebraucht und für'n Freundschaftspreis. Zweihundert PS und ein Drehmoment – du hast das Gefühl, du hebst ab!«

Anne trank ihre Cola und lauschte auf Gesprächsfetzen aus der Umgebung. Links neben ihr unterhielten sich eine stämmige Frau mit mehr als zehn Ringen im Gesicht und ein Typ mit Ziegenbart über Formel eins.

»Mit wem seida verabredet?«, fragte Berty.

Olivia erzählte, was sie besprochen hatten. Doch kaum hatte sie den Namen Levi Stappert ausgesprochen, schienen die Gespräche um sie herum einzufrieren.

Berty starrte sie an, einen Streifen Bierschaum um den Mund. »Mit Levi?«

»Ja.« Olivia gab sich unbefangen, auch wenn ihr nicht entgangen sein konnte, was für eine Reaktion ihre Worte hervorgerufen hatten. »Du kennst ihn?«

»Ja.« Berty schluckte, sah sich unruhig um. »Den werdet ihr heut nich treffen.«

»Nein? Wieso nicht? Er wollte heute kommen.«

»Er hatte einen Unfall.« Berty wischte sich mit dem Ärmel den Schaum vom Mund und blickte noch einmal über die Schulter.

Anne folgte seinem Blick. Sie wurden beobachtet.

Die Situation entwickelte sich merkwürdig. Vielleicht war es besser, wenn sie jetzt den Rückzug antraten.

»Ihr solltet jezz gehen. Kein guter Abend, um hier zu sein.«

»Wieso?«

Er schüttelte schnell den Kopf. »Nur so. Gab Ärger in letzter Zeit. Besser, ihr haltet euch raus.«

»Ärger?«, hakte Olivia nach.

Der Biker schüttelte nervös den Kopf. »Dat kann ich euch nich sagen. Verschwindet jezz! Manche Dinge sollte man nich wissen. Weils besser iss, woll? Glaub mir!« Er schluckte und starrte auf einen Punkt hinter Anne.

Sie drehte den Kopf und sah den Koloss, der sich durch die Menge schob. Seine breiten Stiefel, so groß wie Annes Oberschenkel, knarzten auf dem Boden.

Spielerisch packte er Berty am Nacken. »In Plauderlaune, hm?« Seine Stimme klang freundschaftlich. Die Augen glichen zwei Schlitzen, und ein blonder Bart wucherte urwaldartig in seinem Gesicht.

»Nein, nein. Hab nix gesacht.« Berty rutschte vom Barhocker, und Anne sah, dass er am liebsten verschwunden wäre, doch die große Hand umfasste sein Genick wie ein Schraubstock.

Die kleinen Augen fixierten Anne und Olivia. »Ihr seid Freunde von Levi?«

»Nein, nicht direkt«, erwiderte Olivia ruhig. »Wir kennen ihn flüchtig.«

Anne baute sich neben ihr auf. »Gibt es ein Problem?«

Der Bullenhafte sah von ihnen zu Berty, der sich in seinem Griff krümmte. Abrupt ließ er los, und der dürre Biker rutschte zu Boden und krabbelte wie ein Tier aus der Gefahrenzone. »Kein Problem.«

Er kam näher, und Anne roch Nikotin. Sie mussten ruhig bleiben und die Situation unter Kontrolle bekommen.

»Wann habt ihr ihn zuletzt gesehen?«, fragte er.

Olivia lehnte lässig an der Theke. »Oh, das ist schon eine Weile her. Ein paar Monate vielleicht. Er wollte sich hier mit uns treffen. Können Sie uns jetzt sagen, was los ist?« Ihre Stimme klang unbefangen, aber Anne sah, dass die Finger ihrer rechten Hand zuckten. Nicht mehr lange, und sie würden dem Mann sagen müssen, mit wem er redete.

»Ich glaube, ihr lügt«, knurrte er.

Seine Augen wurden kleiner, und Anne musste an einen Kampfhund denken. *Pitbull.*

»Nein. Warum sollten wir?« Demonstrativ entspannt stellte Olivia einen Fuß auf die Strebe des Barhockers.

»Wir gehen jetzt nach nebenan und unterhalten uns dort. Da ist es ruhiger.«

Ihre Augen wurden einen Ton dunkler. »Nein. Wir warten lieber hier.«

Wie weit will sie es noch treiben? Wir müssen jetzt unsere Ausweise zeigen. Der Mann ist kurz davor, handgreiflich zu werden.

Er beugte sich vor und lächelte böse. »Levi wird nicht mehr kommen. Der hat sich um einen Baum gewickelt. Exitus.«

»Er ist tot?« Olivia spielte Betroffenheit.

»Aber das wisst ihr doch längst. Was wollt ihr hier?«

Annes Hand wanderte zu ihrer Gürteltasche, wo sie den Dienstausweis aufbewahrte. Sie zögerte. Olivia musste die Entscheidung treffen.

»Ich hab keine Ahnung, was Sie meinen. Warum sagen Sie uns nicht einfach, was los ist?«

Pitbull packte sie am Oberarm. »Wir gehen jetzt.«

»Lassen Sie los!« Annes Stimme war scharf und schneidend. Die Grenze war überschritten. Sie hielt ihm ihren Ausweis unter die Nase. »Wir sind von der Kriminalpolizei Dortmund. Sie lassen sofort meine Kollegin los.«

Er starrte sie an. »Ihr seid Bullen? Dass ich nicht lache!«

»Ja. Das sind wir allerdings.« Olivias Stimme vibrierte vor Zorn. »Und sie nehmen jetzt Ihre Drecksfinger von meinem Arm.«

»Ich hab 'ne bessere Idee. Ihr kommt jetzt mit raus, und

wir reden in Ruhe.« Er packte Annes Arm. Sofort spürte sie, dass ihre Hand taub zu werden begann.

»Ich warne Sie …«

»Ich nehme Sie jetzt fest!«, presste Olivia hervor. Ihr Gesicht war verzerrt. Mit einem schnellen Hebel löste sie sich aus seinem Griff und bog seinen rechten Arm nach hinten, doch bevor sie auf den Ellenbogen drücken konnte, um ihn unschädlich zu machen, verpasste er ihr eine Kopfnuss. Rammte ihr einfach seinen Schädel ins Gesicht.

Anne wollte vorstürzen, um ihn zu packen, wurde aber festgehalten. Auf einmal hatte sich ein Ring um sie gebildet. »Willkür« und »Polizeistaat« hörte sie die Leute schimpfen. Die Frau mit den Piercings im Gesicht stand neben ihr.

»Stopp!«, rief Anne. »Lasst mich los! Wir wollen nichts von euch.«

Olivia stützte sich gegen die Theke und hielt eine blutverschmierte Hand vor die Nase.

»Wir machen den ganzen Laden dicht!«, keuchte sie. »Wir konfiszieren die Motorräder!«

Hilflos musste Anne mit ansehen, wie sich Pitbull mit einem wütenden Schnauben auf sie stürzte.

Olivia zog ihre Waffe. Blut rann aus ihrer Nase. »Zurück! Alle auf den Boden! Auf den Boden, sage ich!«

»Nein!«, rief Anne.

Hände griffen nach Olivias Arm und entwanden ihr die Waffe, die in der Menge verschwand. Pitbull packte sie am Hals. Er brauchte nur eine Hand dafür.

»Tun Sie nichts, was Sie später bereuen würden.« Anne bemühte sich, ruhig zu sprechen, obwohl ihr Herz hämmerte und Adrenalin durch ihre Adern flutete.

»Sie lassen jetzt meine Kollegin los, und dann werden wir gehen. Wir wollten keinen Ärger machen. Wir sind nur wegen des Unfalls hier.«

Ein Griff um ihren Arm löste sich, und sie konnte eine Hand bewegen. »Lassen Sie jetzt meine Kollegin los!«

»Die Schlampe wollte mich abknallen«, presste Pitbull

mit zusammengebissenen Zähnen hervor. »Das haben alle gesehen. Es war Notwehr.«

»Nein! Das war keine Notwehr. Sie lassen jetzt sofort los, oder ich zeige Sie wegen gefährlicher Körperverletzung an.«

Er lächelte träge. »Du glaubst doch nicht im Ernst, dass du hier wieder rauskommst.«

»Was ist hier los?«, erklang eine scharfe Stimme, die auf die aufgeheizte Situation eine ähnliche Wirkung hatte wie ein Eimer kaltes Wasser auf ein Kaminfeuer.

Pitbull löste seinen Griff, und Olivia taumelte. Ihr Gesicht war dunkel angelaufen und blutverschmiert. Anne, die sich plötzlich frei bewegen konnte, machte einen Schritt vor und stützte sie.

Ein Mann näherte sich. Er trug einfache Lederkleidung und teuer aussehende Wildlederstiefel. »Was hier los ist, habe ich gefragt! Schulz, was soll das?«

»Nichts ist los«, erwiderte Pitbull. »War nur eine kleine Meinungsverschiedenheit.«

Der Blick des Mannes ruhte auf Olivia, dann auf Anne. »Wer sind Sie?«

Mit zittrigen Fingern klaubte Anne ihren Ausweis hervor. »Kriminalpolizei. Meine Kollegin vermisst ihre Dienstwaffe. Jemand hier hat sie entwendet.«

Er sah sich um und streckte erwartungsvoll die Hand aus. Einer der Umstehenden trat vor und legte die Waffe hinein. Der Mann musterte sie kurz, dann reichte er sie Olivia.

»Hier. Sie kommen besser mit in mein Büro.« Er deutete auf den Barkeeper. »Rico ist Krankenpfleger. Er wird sich um Ihre Nase kümmern.«

Das sogenannte Büro war ein kleiner Aufenthaltsraum mit einer Computernische an der Wand, an der ein Plakat von Carlos Santana hing. Gegenüber standen eine Vitrine und ein doppeltüriger Kühlschrank. Der Anführer deutete auf einen Tisch mit schlichten Holzstühlen. »Setzen wir uns.«

Olivia ließ sich vom Barkeeper die Nase säubern.

Vorsichtig betastete er sie mit den Fingern. »Es ist nichts gebrochen. Ich mache Ihnen einen Verband, um die Blutung zu stoppen. Sie sollten sich heute Nacht schonen.«

Anne hätte beinahe gelacht.

Der fremde Mann öffnete den Kühlschrank. »Kann ich Ihnen etwas zu trinken anbieten? Cola? Bionade? Ich hoffe, Sie sind nicht enttäuscht von dem Ambiente. Ich habe weitaus komfortablere Büros in meinem Haus, trotzdem verbringe ich die meisten Abende hier. Der Geräuschpegel stört mich nicht, im Gegenteil, ich brauche das. Natürlich könnte ich es auch renovieren lassen. Aber der Gedanke, dass sich hier seit vierzig Jahren nichts verändert hat, gefällt mir. Mein Großvater hat den Schuppen damals gekauft. Er wollte ein Pfannkuchenhaus aufmachen. Hier, mitten in der Pampa, ist das zu fassen? Nun, Pfannkuchen gab es natürlich, aber über eine Kneipe ist er nie hinausgekommen. Es war meine Idee, den *Schuppen* zu einem Bikertreff zu machen. Danke, Rico!«

Der Barkeeper verschwand wortlos.

Das Verhalten des Fremden irritierte Anne. Sollten sie ihn kennen? »Sind Sie der Chef von diesem Verein?«

Der Mann holte drei Flaschen Bionade aus dem Kühlschrank. »Ich bin der Gründer, das ist alles. Holunder? Oder hätten Sie lieber Kaffee?«

Olivia schüttelte den Kopf. »Nein danke, Herr …«

Er verzog amüsiert den Mund. »Entschuldigen Sie! Offenbar wissen Sie überhaupt nicht, wer ich bin.« Mit einem spöttischen Blick reichte er ihnen nacheinander die Hand. Sein Gesicht hatte einen dunklen Teint, als würde er sich viel im Freien aufhalten, nur die Augen waren von einem eisigen Blau. »Andreas Hartmann.«

»Hauptkommissarin Esterhazy.« Olivias Stimme klang fest. Sie saß mit steifer Haltung auf ihrem Stuhl und war bemüht, die Kontrolle wiederzuerlangen, doch der Name sagte ihr offenbar nichts. *Wie sollte er auch?*

Anne hingegen wusste genau, mit wem sie sprachen.

»Sie besitzen hier in der Gegend mehrere Unternehmen und sind einer der einflussreichsten Männer im Raum Medebach. Sind Sie nicht Vorsitzender der Rotarier?«

»Auch, ja.«

Hartmann nickte mit einem Lächeln auf den Lippen. »Ich habe mehrere Vereine ins Leben gerufen. Unter anderem den örtlichen Rotary Club und den Heiße Reifen Sauerland e. V. Und nun verraten Sie mir, was die Kriminalpolizei in meinen Bikertreff führt? In einen privaten Club.« Den letzten Satz betonte er lauernd. Sie hatten kein Recht, hier zu sein.

»Wir untersuchen den Tod von Levi Stappert«, sagte Olivia.

»Levi.« Er setzte eine bekümmerte Miene auf. »Dieses Unglück hat uns alle tief getroffen.«

»Den Eindruck hatte ich nicht. Im Gegenteil, als wir seinen Namen erwähnten, schien das eine Menge Aggressionen auszulösen.«

Hartmann entkorkte die Flaschen. »Der Vorfall tut mir leid. Trauer nimmt mitunter seltsame Züge an, nicht wahr?«

»Aber nicht grundlos. Was ist passiert? Was wollte Ihr Schlägertyp von uns?«

»Ich denke, er wollte Ihnen auf den Zahn fühlen. Es geht das Gerücht um, dass jemand nachts eine Straßenkralle auf die Fahrbahn gelegt hat, und das nehmen die Leute hier persönlich. Da kann es schon mal sein, dass die Emotionen hochkochen. Bei Ihren Ermittlungen sollten Sie sich die Leute vornehmen, die etwas gegen uns haben. Gibt es schon eine heiße Spur?«

Olivia rührte ihr Getränk nicht an. »Wir ermitteln noch. Mehr können wir Ihnen nicht sagen.«

»Haben Sie Levi schon obduzieren lassen?«

»Wir stellen hier die Fragen.«

Hartmann lehnte sich in seinem Stuhl zurück.

Sein Lächeln hatte etwas Wölfisches. »Das bezweifle ich. Schließlich handelt es sich nicht um eine Vernehmung, sonst

69

hätten Sie mich über meine Rechte belehren müssen, nicht wahr? Wir unterhalten uns nur. Und so eine Unterhaltung beruht auf Gegenseitigkeit. Vielleicht wissen Sie ja etwas, das mich interessiert? Dann bekommen Sie auch Informationen von mir.«

»Und was könnte das sein, das Sie interessiert?«, fragte Anne, doch Olivia knurrte barsch: »Wenn Sie nicht kooperieren, können wir Sie auch mitnehmen und auf der Dienststelle verhören.«

»Ich bitte Sie.« Hartmann legte ein Bein locker auf das andere. »Sicher können Sie sich denken, dass ich die besten Anwälte habe, die hier in der Gegend praktizieren.«

»Glauben Sie etwa, das beeindruckt uns? Ich werde Sie drankriegen! Das können Sie mir glauben.«

Anne warf Olivia einen raschen Blick zu. Was war nur mit ihr los? Sie schien Aggression in Wellen auszustrahlen.

Hartmann war gesprächsbereit, und sie würden hier mit gutem Willen weiter kommen als mit Härte. Aber Olivia hatte die Kieferknochen zusammengepresst und schien unnachgiebig.

»Haben Sie denn etwas für uns?«, fragte Anne schnell, um ihr zuvorzukommen. »Dann beantworten wir auch Ihre Frage, falls es uns möglich ist.«

Er lachte halblaut und blickte amüsiert von einer zur anderen, als wüsste er genau, was unter der Oberfläche vor sich ging. »In Ordnung, Frau Kirsch. Ich kannte Levi nicht gut, aber seine Homosexualität hat er offen ausgelebt. Ja, Sie brauchen nicht so verwundert dreinzuschauen. Wir leben nicht mehr im letzten Jahrhundert. Die Heiße Reifen Sauerland sind weltoffen und tolerant. Auch Frauen sind bei uns Mitglieder.«

Beim letzten Satz verzog sich seine Miene spöttisch. »Jetzt sind Sie dran.«

Anne zögerte. »Wir vermuten tatsächlich, dass eine Straßenkralle im Spiel war. Können Sie sich vorstellen, wer ein Motiv für so eine Tat hat?«

»Das ist schon Ihre zweite Frage, und bisher haben Sie mir nichts verraten, was ich nicht schon wusste.«

»Nun tun Sie nicht so überheblich«, zischte Olivia. »Ihre Anwälte beeindrucken uns kein bisschen und Ihr Geld auch nicht. Wie stehen eigentlich die Menschen aus der Gegend zu diesem Bikertreff und Ihrem Verein? Und wie ist Ihr Verhältnis zu den benachbarten Motorradclubs? Was halten die Brothers MC Germany davon, dass Sie durch ihr Revier fahren? Und die Hells Angels? Die United Tribuns? Was sagen denn die *richtigen* Biker dazu?« Sie feuerte ihre Fragen wie Pistolenschüsse ab.

Anne beobachtete Hartmann, der aber ruhig blieb. Seine blauen Augen waren starr und reglos wie gefrorenes Wasser.

Er lächelte nicht mehr. »Ich denke, wir sind hier fertig.« Er erhob sich. »Schulz!« Er hatte nicht laut gerufen, doch die Tür öffnete sich augenblicklich. Pitbull musste direkt davorgestanden haben. »Die Damen von der Polizei wollen gehen.«

Der Koloss grinste anzüglich und machte eine auffordernde Geste. Anne zweifelte nicht daran, dass er Hartmanns Anweisungen mit Gewalt durchsetzen würde. Olivia blieb in der Tür stehen und wandte sich um.

»Der heutige Abend war aufschlussreich. Ich denke, dass es in diesem Verein Konflikte gibt, über die Sie nicht gesprochen haben. In Bezug auf Levi Stappert.«

Sie starrte Pitbull ins Gesicht. »Sie, Herr Schulz, möchte ich morgen um zehn Uhr auf der Polizeiwache Medebach sehen. Sonst werde ich Sie wegen Tätlichkeit festnehmen lassen. Von den Übrigen werden wir jetzt noch die Personalien aufnehmen.«

Sie schoss Hartmann noch einen letzten, unmissverständlichen Blick zu. *Wir werden Sie drankriegen!*

»Auf Wiedersehen«, sagte Anne.

Hartmann war aufgestanden.

Seine Miene blieb undurchsichtig.

Kapitel 13

Olivia ließ die Autotür zuknallen und umklammerte das Lenkrad. Im Schein der Innenbeleuchtung wirkte ihr Gesicht kalkweiß mit tiefen Schatten unter den Augen. Als sie den Motor anließ, sah Anne, dass ihre Hand zitterte.

»Soll ich fahren? Du hast immerhin Alkohol getrunken.«

»Geht schon, danke.«

Schneller als nötig kurvte sie über den Parkplatz und war mit einem Schwung auf der Straße, wo sie Gas gab.

»Du musst nach Bontkirchen, richtig?«

Anne nickte. »Wo wirst du übernachten? Du fährst doch jetzt nicht zurück nach Dortmund, oder?«

»Nein, ich schlafe im Hotel.«

»Kannst du so spät noch einchecken?«

»Ich habe Bescheid gegeben, dass ich später komme, also keine Sorge.« Bei den letzten Worten klang ihre Stimme giftig, und Anne beschloss, den Mund zu halten.

Die engen, gewundenen Landstraßen waren menschenleer. Hohe Fichten säumten die Straße und verschluckten alles Licht, und auch als sie den Wald verließen, wurde es kaum heller. Ein waberndes Grau umschloss sie und offenbarte die Konturen der Straße erst nach und nach im Kegel des Scheinwerfers.

Letzte Nacht waren die Wetterverhältnisse genauso gewesen, dachte Anne. Mit ähnlich eingeschränkter Sicht. Als Levi Stappert auf der langen Steigung nach dem Ortsausgang beschleunigt hatte, musste er fast blind gewesen sein. Mit viel zu hoher Geschwindigkeit war er durch die Nacht gejagt. Er kannte die Gegend, wusste, wo die Kurve kam und wann er die Geschwindigkeit drosseln musste.

Waren da tatsächlich scharfe Metallzähne gewesen? Eine Kralle, die vom Asphalt aufragte? Eine tödliche Gefahr, verborgen in der Dunkelheit? Hatte er das Metall im Scheinwerferlicht aufblitzen sehen, bevor er die Kontrolle über sein Motorrad verloren hatte, oder war er ohne jede Vorwarnung in den Tod gerast?

»Würdest du bitte langsamer fahren?« Annes Stimme durchschnitt die Stille, die sich zwischen ihnen aufgebaut hatte.

»Ich bin durchaus fahrtüchtig«, erwiderte Olivia. »Also behandle mich nicht wie eine verdammte Invalidin!«

Anne drängte die scharfe Entgegnung zurück, die ihr auf der Zunge lag, und atmete tief durch. »Ich meine, wegen möglicher Straßenkrallen«, sagte sie betont ruhig.

Olivia entgegnete nichts, ging aber vom Gas. Mit Tempo achtzig fuhren sie weiter durch die Dunkelheit.

»Tut mir leid«, sagte Olivia nach einer Weile. »Ich bin zurzeit überempfindlich.«

»Ich verstehe das. Wirklich.« Anne konnte nachvollziehen, dass Olivia nicht geschont werden wollte. Sehr gut sogar. Für Menschen wie sie, die ihren Job und den Nervenkitzel liebten, gab es nichts Schlimmeres, als aussortiert zu werden. Letztlich war es auch das, was Anne fürchtete, nur aus anderen Gründen. Sie waren sich nicht so unähnlich. »Trotzdem müssen wir reden.«

Olivia seufzte hörbar.

»Die Situation ist eskaliert, das hätten wir nicht zulassen dürfen. Wenn Hartmann nicht aufgetaucht wäre, hätte es übel ausgehen können. Wir hätten uns eher zurückziehen müssen. Das war ein unnötiges Risiko.« Anne wandte den Kopf und musterte Olivias bleiches Gesicht von der Seite. »Warum hast du die Waffe gezogen?«

Die Hauptkommissarin blickte starr geradeaus. »Das war ein Fehler.«

Anne nickte. »Ich wusste gar nicht, dass du dich mit Motorrädern auskennst.«

»Tu ich auch nicht«, entgegnete Olivia knapp. »Mein Bruder hat mal eine Ducati gefahren.«

Die Fenster von Heikos Wohnung waren dunkel. Anne kramte ihren Schlüssel hervor und drehte ihn so leise wie möglich im Schloss. Im Flur drang ihr ein fremdartiger Nikotingeruch in die Nase. Wo war Heiko gewesen? Sie kannte keine Kneipe, in der noch geraucht wurde.

Anne tappte durch den dunklen Wohnungsflur ins Badezimmer und schaltete das Licht ein. Ihr Gesicht im Spiegel sah müde und abgekämpft aus. Es war ein langer Tag gewesen, den sie lieber mit Heiko verbracht hätte.

Sicher, die Reaktionen auf Stapperts Namen waren interessant gewesen. Sie hatten erfahren, dass Pitbull ein hohes Aggressionspotenzial besaß und Hartmann ein Arschloch war. Aber hatte sie dieser hochriskante Einsatz irgendwie weitergebracht? Würde ein Biker einem anderen eine Straßenkralle in den Weg legen? Anne fand es schwer vorstellbar.

Wenn Pitbull etwas gegen Levi Stappert gehabt hätte, dann hätte er mit der Faust zugeschlagen. Die Vermutung, dass es jemand auf die Mitglieder des Bikervereins abgesehen hatte, lag viel näher.

Anne fuhr sich mit den Fingern durch die kurzen Haare. Sie hätte gerne geduscht, wollte aber Heiko nicht wecken. Also putzte sie nur die Zähne und schlich sich in die Küche, um eine Flasche Wasser aus dem Vorratsraum zu holen.

Hinter sich hörte sie ein Geräusch und drehte sich um. Heiko stand in der Tür.

Er war barfuß und trug nur Boxershorts. Die Sonne hatte seine Arme und das Gesicht gebräunt, und man sah genau, wo die Ärmel seiner T-Shirts endeten. Sein Haare waren zerzaust und platt gelegen.

Der Anblick rührte Anne. »Entschuldige! Habe ich dich geweckt?«

Er blinzelte ins Licht, kam näher, strich ihr über den Nacken und küsste sie.

»Nicht schlimm. Ich wollte auf dich warten und bin vor dem Fernseher eingeschlafen.«

»Tut mir leid, dass ich so spät komme.« Sie drückte ihn fest an sich. »Ich war mit Olivia unterwegs, und sie hat kein Ende gefunden.«

»Was habt ihr denn für einen Fall?«

»Ach.« Sie seufzte. »Ein Motorradunfall, der keiner ist. Kompliziert. Ich erzähle es dir morgen. Gehen wir ins Bett?«

Er nickte. »Ich habe auf dich gewartet, um dir zu sagen, dass wir einen Übernachtungsgast haben. Nicht, dass du erschrickst, wenn du ihm im Dunkeln begegnest.«

»Einen Gast? Wen?«

»Du kennst ihn nicht. Es ist ein alter Kumpel in Schwierigkeiten. Deshalb so spontan.«

Irritiert sah sie Heiko an. Etwas an dieser Information beunruhigte sie. »Okay.«

Natürlich hat Heiko Freunde, die ich nicht kenne. Wahrscheinlich Beziehungsprobleme, deshalb kann er nicht zu Hause schlafen.

Trotzdem riet ihr ein Instinkt, die Augen offen zu halten. Heiko hatte noch nie Freunde bei sich übernachten lassen.

Aber sie fragte nicht weiter nach, sondern nahm seinen Arm und ging mit ihm ins Schlafzimmer. Morgen würde sie diesen Kumpel kennenlernen, und das war früh genug.

Kapitel 14

Ein Zischen und Gurgeln weckte Anne. Die Kaffeemaschine. Warum war Heiko schon wach? *Am Samstag?* Dann spürte sie seinen warmen Körper neben sich, und die Erinnerung an gestern Nacht kehrte zurück. *Ein Kumpel in Schwierigkeiten.*

Sie warf einen Blick auf ihr Smartphone, ein LG G6, das ihr Heiko zum Geburtstag geschenkt hatte. 7.05 Uhr. Olivia erwartete sie erst um neun, also konnte sie die Augen wieder schließen und in den angenehmen Schlummerzustand zurücksinken, aus dem sie erwacht war.

War dieser Freund von Heiko ein Arbeitskollege? Das würde erklären, warum er nichts über ihn hatte erzählen wollen. Und warum er samstags in aller Frühe alleine am Frühstückstisch saß. Wenn es ein Lehrer war, hatte Anne wenig Lust darauf, ihn kennenzulernen. Die redeten immer so neunmalklug daher. *Oft*, korrigierte sie sich. *Heiko ist die Ausnahme.*

Es kratzte an der geschlossenen Zimmertür. Stella, die ihren Platz am Fußende des Bettes beanspruchte. Heiko reagierte nicht, also schälte sich Anne aus der Bettdecke und ließ die Hündin herein. »Na, Stella. Beunruhigt dich unser Besuch?«

Sie stellte fest, dass sie pinkeln musste und tappte aus dem Zimmer. Der leichte Nikotingeruch hing noch immer im Wohnungsflur. Er ging von einer speckigen schwarzen Lederjacke aus, die an der Garderobe hing. Jetzt bemerkte Anne auch den Motorradhelm, der neben dem Schuhschrank auf dem Boden lag. Die Sachen mussten Heikos Freund gehören.

Merkwürdig, wie viele Biker mir im Moment über den Weg laufen, dachte Anne, während sie auf dem Klo saß. Zum Glück schien er kein Mitglied des Vereins Heiße Reifen Sauerland zu sein, denn er trug keine Flammenaufnäher.

Auf dem Rückweg streifte ihr Blick die Jacke, und sie stutzte, nahm einen Ärmel in die Hand und fuhr mit den Fingerspitzen darüber.

Das Schwarz des Leders war ungleichmäßig ausgebleicht, und der Stoff erschien an einigen Stellen weniger abgenutzt. Außerdem entdeckte sie winzige Einstichlöcher, als wäre dort noch vor kurzer Zeit ein Aufnäher gewesen, den jemand entfernt hatte.

Jeder Gedanke an Schlaf war wie weggeblasen. Ohne darüber nachzudenken, dass sie nichts als ihren Pyjama trug, öffnete sie die Küchentür.

Der Mann am Tisch blickte auf. Er trug Lederhose und Stiefel, als wollte er jeden Moment aufbrechen. Vor ihm auf dem Tisch lag eine aufgeschlagene Zeitung, auf der er seine Kaffeetasse abgestellt hatte. Etwas zu essen sah Anne nicht.

Dies war keiner von Heikos Lehrerfreunden, das begriff sie augenblicklich. Dafür sah er zu abgerissen aus. Seine kurzen rotblonden Haare glänzten feucht, und neben der Spüle sah Anne ein zerknülltes Handtuch. Hatte er sich etwa in der Küche die Haare gewaschen? Die Tropfen auf dem Fußboden und der Arbeitsplatte legten genau dies nahe. Sein Hemd sah frisch, aber zerknittert aus.

Anne tat so, als würde sie all das nicht bemerken, und reichte ihm freundlich lächelnd die Hand. »Guten Morgen! Ich bin Anne.«

Er ergriff sie, lächelte aber nicht. »Ich will euch nicht stören. Bin gleich weg.« Mit einer raschen Bewegung leerte er seine Kaffeetasse und schlug die Zeitung zusammen.

»Du kannst gerne noch bleiben. Ich möchte dich nicht vertreiben.«

»Danke, aber ich muss los.« Der Mann richtete sich auf. Er überragte sie um mehr als einen Kopf und wirkte kräftig, aber nicht athletisch. Rötlicher Haarflaum bedeckte Unterarme und Handrücken.

»Wie schade! Ich kenne noch viel zu wenige von Heikos Freunden. Warum unterhalten wir uns nicht kurz?« Die erste Behauptung war eine glatte Lüge, doch die Lederjacke hatte alles verändert. Sie konnte nicht zulassen, dass er jetzt einfach ging.

Er schulterte seinen Rucksack, doch Anne stand in der Tür und machte keine Anstalten, ihn vorbeizulassen. Er zögerte.

»Ich war gestern im *Schuppen*«, sagte sie und beobachtete sein Gesicht dabei. »Cooler Bikertreff. Ich wollte früher auch einen Motorradführerschein machen. Aber meine Mutter war dagegen.«

Er starrte sie an. In seinen Augen lag etwas Gehetztes.

Weiß er, dass ich Polizistin bin?, dachte Anne. *Redet er deshalb nicht mit mir?* »Was für eine Maschine fährst du?«

Es dauerte, bis er antwortete, und sie konnte sehen, dass er mit dem Gedanken spielte, sie einfach zur Seite zu drängen. »Eine Ducati Monster.«

»Und wie fährt sie sich? Kannst du sie empfehlen?« Anne hatte kein Interesse an Motorrädern. Sie wollte ihn nur zum Reden bringen.

Er zuckte mit den Achseln. »Für einen Anfänger nicht. Dann doch eher eine Cruiser. Du hast kurze Beine. Eine Honda Shadow vielleicht.«

Was für ein zweifelhaftes Kompliment.

Sie spürte, dass er kurz davor war, die Geduld zu verlieren. Widerwillig trat sie zur Seite und ließ ihn vorbei. »Danke für den Tipp!«

Er antwortete nicht, sondern ging zur Garderobe und streifte sich seine Jacke über.

»Vielleicht können wir beide unser Gespräch irgendwann fortsetzen.«

Ohne sie noch einmal anzusehen, nahm er seinen Helm, murmelte einen Abschiedsgruß und verschwand aus der Tür. Durchs Fenster beobachtete Anne, wie er sich draußen auf ein rot glänzendes Motorrad schwang und davonfuhr.

Was um Himmels willen beunruhigte sie so?

Mit gleichmäßigen Bewegungen glitt ihr Messer durch das rote Fleisch der Tomate. Mit jedem Mal wurde sie besser, fand sie. Natürlich kam sie nicht an die Eleganz und Schnelligkeit der Köche im Fernsehen heran, aber sie konnte Gemüse schneiden, ohne sich selbst zu verstümmeln, und die Scheiben wurden sogar gleichmäßig. Es war Heikos Einfluss auf sie. In Dortmund aß sie morgens nicht mehr als einen Joghurt oder eine Schale Müsli und holte sich ihr Mittagessen in der Stadt. Wenn Heiko sie besuchte, kochten sie fast jedes Mal zusammen.

Er ist ungewöhnlich still heute Morgen, dachte sie, während sie die Scheiben auf dem Teller arrangierte. Auch als sie ihm gesagt hatte, dass sein Gast abgefahren war, ohne sich von ihm zu verabschieden, hatte er nur mit einem Achselzucken reagiert.

»Hoffentlich bekommt er sein Privatleben in den Griff.«

Er äußerte sich nicht dazu, schraubte die Kaffeekanne zu und stellte sie auf den Tisch. »Können wir?«

»Wir können.« Anne nahm Platz und griff nach einem Brötchen. »Wie heißt er eigentlich?«, fragte sie so beiläufig wie möglich.

»Mac«, antwortete Heiko. »Reichst du mir die Butter?«

»Was ist das für ein Name?«

»Er nennt sich eben so. Dein Gemüseteller sieht gut aus. Wie hast du geschlafen? Hat er dich gestört?«

»Nein. Ich habe sehr gut geschlafen. Bei dir schlafe ich immer gut.«

Sie lächelte. »Woher kennst du ihn?«

»Ach, seit meiner Kindheit. Aber wir hatten lange Zeit keinen Kontakt.«

»Ist er Mitglied in einem Motorradclub?«

Heiko seufzte leise. »Müssen wir über Mac reden? Ich bin froh, dass er weg ist und wir endlich Zeit für uns haben. Du musst so viel arbeiten, und es ist schon ewig her, dass wir zusammen frühstücken konnten. Erzähl mir lieber von dir. Wie geht es mit eurem Fall voran? Und wieso wart ihr gestern Abend so lange unterwegs?«

»Wir haben uns einen Bikertreff bei Medebach angesehen. Er gehört dem Verein Heiße Reifen Sauerland e. V., und unser Toter war dort Mitglied. Wir haben uns umgehört und ein paar unangenehme Leute getroffen.«

Heiko biss in sein Brötchen und kaute stumm.

Anne goss sich Kaffee nach. »Der Club gehört Andreas Hartmann. Kennst du ihn?«

»Nein, nicht persönlich.«

»Ein merkwürdiger Zufall. Die haben alle Flammenaufnäher an den Jackenärmeln. Einen Tag später taucht dein Kumpel bei dir auf, weil er in Schwierigkeiten steckt. Und seine Jacke …«

»Was soll das? Ermittelst du jetzt schon bei mir zu Hause?«

Erstaunt blickte Anne auf und sah, wie zornig er war. »Entschuldige!«

Sie griff nach seiner Hand und hielt sie fest. »Das tue ich natürlich nicht. Ich hatte bloß gehofft, mich ein wenig mit ihm unterhalten zu können. Um an Insiderinformationen zu kommen. Diese Biker kennen sich ja untereinander. Vielleicht kennt er sogar das Opfer.«

»Und? Habt ihr euch unterhalten?«, fragte Heiko gereizt.

»Nein. Er war sehr wortkarg.«

»Dann solltest du es dabei belassen.«

»In Ordnung«, sagte Anne beschwichtigend. *Er hat recht. In meinem Kopf vermischt sich alles. Ich sollte aufpassen und Berufliches und Privates trennen. Mac hatte Aufnäher auf den Jackenärmeln. Das muss nicht heißen, dass es Flammen gewesen sind. Aber ein komischer Zufall ist es schon. Auch, dass er ausgerechnet gestern bei Heiko aufgetaucht ist.*

80

»Was ist das überhaupt für ein Fall?«, fragte er. »Ein Unfall, der keiner ist. Das klingt merkwürdig.«

Anne seufzte. »Es ist ein Scheißfall, wenn ich ehrlich bin. Wir haben den Verdacht, dass jemand eine Straßenkralle auf die Fahrbahn gelegt hat. Aber es gibt nichts. Keine Zeugen, keine Beweise.«

»Deshalb musstest du bis spät in die Nacht ermitteln?«

Ein verdammter Fehler. Er hat recht, zornig zu sein. An seiner Stelle wäre ich das auch.

»Olivia. Sie nimmt den Fall persönlich.« Anne schüttelte den Kopf. »Es ist eine schwierige Situation. Sie war lange krank und hat das Gefühl, dass man sie nicht mehr für voll nimmt. Dass ihre Karriere auf dem Spiel steht. Leider macht es sie unberechenbar. Gestern hat sie uns in eine kritische Lage gebracht. Ich weiß nicht, wie ich mit ihr umgehen soll.«

Sie stürzte den Rest Kaffee herunter. »Ich muss los. Hoffentlich kann ich heute früher Feierabend machen. Olivia hat eine Menge Leute zur Vernehmung geladen. Wir haben also einen Berg Arbeit vor uns.«

Heiko stand auf. Sie umarmten sich fest. »Dann bis später! Und sei bitte vorsichtig, ja?«

»Versprochen.«

Kapitel 15

Samstag Morgen, 15.06. – Bontkirchen – Sauerland

Heiko beobachtete, wie das Auto von Annes Kollegin davonfuhr. Im Stehen goss er sich noch einen Becher Kaffee ein
und trank, doch die belebende Wirkung blieb aus. Er hatte
schon zu viel davon gehabt. Ob Anne ahnte, dass er ihr nicht
die Wahrheit erzählt hatte?

Er hatte ihr in die Augen gesehen und gelogen. *Als wäre es
eine Kleinigkeit, den Menschen, den man liebt, anzulügen.
Als wäre es normal. Ich bin ein Mistkerl. Es hätte mir schwe-
rerfallen müssen.*

Andererseits war seit gestern Abend nichts mehr, wie es
sein sollte. Dinge, die er für wahr gehalten hatte, waren verdreht worden. Er fühlte sich, als wäre er einen Baum hinauf-
gestiegen und hätte zu spät gemerkt, dass die dicken Äste,
die sein Gewicht sicher tragen konnten, sich weit unter ihm
befanden. Er war zu hoch geklettert und stand nur noch auf
dünnen Zweigen, die bedrohlich im Wind schwankten.

Das Gespräch mit seinem Bruder hatte ihn aufgewühlt,
und im Nachhinein wunderte er sich darüber, dass er trotzdem so schnell eingeschlafen war. *Der Wein vermutlich.*
Dann hatte Annes Ankunft ihn geweckt, und als er neben
ihr gelegen und ihren gleichmäßigen Atemzügen gelauscht
hatte, war das Gedankenkarussell in Fahrt gekommen. Ein
Chaos in seinem Kopf: Alte Vorwürfe, Erinnerungen, ver-
gangene Streitereien. Er war wieder der Teenager, der mit
seinen Kopfhörern im Bett lag, die Musik bis zum Anschlag
aufgedreht, damit er das Gebrüll nicht hörte, das durch das
Haus gellte.

»Du hast mir gar nichts zu sagen!«

»Doch! Ich bin immer noch dein Vater. Und solange du hier wohnst, tust du, was ich dir sage!«

»Dann zieh ich eben aus!«

»Und von welchem Geld?«

Dabei war das nicht einmal das Schlimmste, dachte Heiko, während er den Frühstückstisch abräumte. *Viel schlimmer war das Schweigen am Tisch gewesen. Das ging von Mutter aus. Ihr Schweigen war so aggressiv, dass auch sonst niemand redete.*

Wie oft hatte er sich durch diese endlosen Mahlzeiten gequält? Worum war es wirklich gegangen? Um Markus' Grasrauchen und Schuleschwänzen, wie sie ihn hatten glauben lassen?

Heiko dachte an die Poster von Nicolas Cage und Tom Cruise in Markus' Zimmer. Seinen sozialen Rückzug in der Pubertät. Wie hatte er nur so blind sein können?

Aber warum hatte Mac ihm nichts gesagt? Wieder dachte er an die gemeinsame Motorradtour, und ihm fiel ein, wie vehement sich seine Eltern dagegen gewehrt hatten. Doch hier hatten die Brüder sich durchgesetzt. Ein letztes Mal.

Er musste Anne die Wahrheit sagen, das war klar. Lange würde er es nicht mehr verbergen können, vielleicht nicht mal bis heute Abend. Trotzdem konnte er nicht mit ihr reden, bevor er nicht mit Mac über das gesprochen hatte, was er heute Morgen von Anne erfahren hatte.

Während des gemeinsamen Frühstücks hatte sich in seinem Kopf ein Puzzleteil ans andere gereiht und sich zu einem unheilvollen Etwas zusammengesetzt. Was sollte er jetzt tun? Anne war seine Freundin, Markus sein Bruder. Würde er sich zwischen den beiden entscheiden müssen?

Er nahm den Eimer mit den Bioabfällen und öffnete die Haustür, um ihn auszuleeren. Gedankenverloren nickte er seiner Nachbarin zu und stutzte, als er den schwarz gekleideten Biker sah, der bei ihr stand. Er hatte den Helm nicht abgesetzt und schien Heiko durch sein Visier anzusehen.

Für einen winzigen Augenblick dachte er, es sei Markus. Doch der fuhr keine Harley mehr. Außerdem war dieser Mann schlanker als sein Bruder.

Heiko kehrte zurück ins Haus, wischte den Tisch ab und holte Stellas Leine. Die Hündin war schon unruhig, drehte sich wie wild im Kreis und forderte ihren Spaziergang ein. Als Heiko und sie nach draußen kamen, war der Biker verschwunden, und die Nachbarin zupfte Unkraut und wandte ihm ihr breites Hinterteil zu.

Der Himmel war klar und wolkenlos. Heute würde endlich das Sommerwetter kommen, auf das alle schon sehnsüchtig warteten. Heiko ging an der Itter entlang. Winzige Insekten schwirrten über dem kleinen Fluss. Beim Gehen schob er die Hand in die Hosentasche und tastete nach dem zusammengefalteten Stück Papier.

♦

»Hier ist die Adresse.«

Anne nahm den Zettel, den Olivia ihr zuschob. »Hallenberg. Wo ist das denn?«

»Du kennst dich doch hier aus.«

»Ich fahr nur ins Sauerland, um Heiko zu besuchen. Wir gucken uns nicht jedes Dorf an.«

»Na, dann benutz das Navi. Du kannst meinen Wagen haben.« Olivia wandte sich wieder dem Computerbildschirm zu und klickte sich durch Polizeiberichte. Sie sah blass aus, und ihre dunklen Augen lagen in tiefen Höhlen. Als Anne ihr heute Morgen begegnet war, hatte sie sich regelrecht erschreckt. Doch sie hatte nicht gefragt, wie es Olivia ging oder ob sie geschlafen hatte. Mittlerweile wusste sie, wie die Chefin auf so etwas reagierte.

Anne dachte an die Liste der Vernehmungen, die heute anstanden. Olivia hatte alle herzitiert, die an dem Zwischenfall gestern beteiligt gewesen waren. Alle bis auf Hartmann selbst. Anne dachte an Pitbull und an die aggressive Stimmung von gestern. »Bist du dir sicher, dass ich nicht hierbleiben soll? Wenn wir die Vernehmungen zu zweit machen …«

»Das krieg ich schon alleine hin«, unterbrach Olivia sie rüde. »Ich hole mir einen Uniformierten dazu. Also mach du deinen Job und besorge uns noch einen anderen Ermittlungsansatz. Ich möchte bei meinem Gespräch mit dem Staatsanwalt ungern mit leeren Händen dastehen.«

Anne stieg in den Kuga, gab die Adresse ins Navigationsgerät ein und stellte fest, dass Hallenberg nur zwanzig Minuten entfernt lag.

Das Städtchen, das malerisch zwischen grünen Bergkuppen eingebettet war, wirkte wie das Postkartenmotiv einer ländlichen Kleinstadt. Schmucke Fachwerkhäuser, Kirchturm und eine Burgruine. Nichts fehlte.

Als Anne durch die sonnenbeschienenen Straßen fuhr, sah sie Motorräder an jeder Ecke. Biker saßen draußen in den Cafés und frühstückten. Männer und Frauen jedes Alters, in schlichter Lederkleidung, die meisten ohne Clubsymbole. Auch die Flammen des Vereins Heiße Reifen Sauerland fehlten heute. Das Navi führte sie in eine gepflegte Wohngegend. Einfamilienhäuser, große Grundstücke, durch sauber geschnittene Hecken getrennt. Jeder Garten mit Trampolin oder Kletterturm. Öffentliche Spielplätze schienen hier überflüssig.

Anne ging auf ein Haus mit einer großen doppeltürigen Garage zu, vor der ein rotes Gocart und ein Tretroller parkten. Dr. Menzel/Ratzlaff stand auf dem Türschild. Anne klingelte.

Eine Frau in Jogging Tights öffnete ihr. Die hautenge Kleidung zeigte, wie lang ihre Beine und wie schmal die Hüften waren. Im Vergleich dazu wirkten ihre Brüste auffällig groß. *Unecht?*

Lange, blond gefärbte Haare fielen ihr in einem Zopf über die Schulter. Auf verblüffende Art und Weise erinnerte die Frau Anne an Levi Stappert. Ihre Gesichtszüge sahen sich nicht unbedingt ähnlich, wirkten nur auf dieselbe Art und Weise perfekt.

»Ja?« Mit einer ungeduldigen Geste zog sie sich die Kopfhörer aus den Ohren und ließ sie aus dem Halsausschnitt herunterbaumeln.

»Ilka Ratzlaff? Kann ich kurz mit Ihnen sprechen? Es geht um Ihren Ex-Mann.«

»Polizei?« Die Frau musterte Annes Ausweis. »Was immer er angestellt hat, ich hab nichts mehr mit ihm zu schaffen.«

»Ich möchte nur mit Ihnen reden. Kann ich kurz hereinkommen?«

Sie zögerte.

»Wer ist da, Mami?« Ein etwa sechsjähriges Mädchen tauchte im Hausflur auf. Durch die geöffnete Tür neben ihr drangen Geräusche einer Kindersendung.

»Nichts Wichtiges, Ella, nur eine Tante, die sich mit Mami unterhalten will. Geh wieder fernsehen.«

War das Levis Tochter? Das Mädchen hatte dieselben blonden Haare, und ihr Gesicht war schmal und spitz.

Ilka Ratzlaff öffnete einen Schrank und holte Turnschuhe heraus. »Ich wollte gerade laufen gehen. Wenn Sie mit mir reden wollen, kommen Sie am besten mit. Dann sind wir ungestört.« Sie ging in die Hocke und knotete ihre Schnürbänder zu. »Als Levi mich mit dem Kind hat sitzen lassen, habe ich jahrelang zurückstecken müssen. Jetzt ist sie endlich alt genug, dass man sie mal alleine lassen kann.«

Sie stellte die Smartwatch an Ihrem Handgelenk ein. Dann musterte sie Annes sportliche Figur abschätzig. »Können Sie mithalten? Sonst walken wir.«

»Nicht nötig, ich laufe gern ein Stück mit Ihnen.«

Ilka Ratzlaff legte ein zügiges Tempo vor, in das Anne einfiel. Sie folgten der Straße durch das Wohngebiet. Die Häuser schienen allesamt aus dem letzten Jahrhundert zu sein, waren restauriert und wirkten gepflegt. An vielen Balken sah Anne Inschriften und Sprüche, die mit frischer Farbe nachgezeichnet waren.

Ilka Ratzlaff lief gleichmäßig und atmete kontrolliert. »Also? Was ist mit Levi?«

»Er ist in der Nacht von Donnerstag auf Freitag durch einen Motorradunfall ums Leben gekommen.«

Das brachte Ilka zum Schweigen. Mechanisch lief sie weiter. Anne hielt Schritt, obwohl das Laufen in der Jeans unbequem war und ihre Schuhe zu locker saßen.

»Sie wussten noch nichts davon?«

»Tot. Mein Gott. Nein, woher denn? Wir haben keinen Kontakt mehr.«

»Immerhin haben Sie ein gemeinsames Kind.«

Sie schnaubte.

»Allerdings. Nur hat es Levi nie interessiert.«

»Ella hatte keinen Kontakt zu ihrem Vater?«

»Nein. Die Rolle hat Friedhelm übernommen. Er ist Arzt, deshalb hat er leider wenig Zeit. Viele Bereitschaftsdienste. Aber er gibt sich Mühe.« Sie sah auf ihre Smartwatch und schnaufte. »Mein Puls ist zu hoch. Ein Unfall, sagten Sie. Was ist passiert?«

»Er ist vor einen Baum gefahren und war sofort tot. Der Notarzt konnte nichts mehr für ihn tun.«

»Muss ich ihn jetzt identifizieren?«

»Ich möchte Ihnen ein Foto zeigen. Wenn Sie bestätigen, dass er es ist, dann reicht mir das.« Sie kamen zum Stehen.

Ilka Ratzlaff keuchte und sah wieder auf ihre Smartwatch. »Ach verdammt! Ich komm heute nicht rein. Mein Kreislauf spielt verrückt.« Sie trocknete sich ihr Gesicht mit dem T-Shirt, und Anne konnte einen Blick auf ihren trainierten Bauch werfen. Sie rief das Foto von Levi auf und zeigte es ihr.

»Ja. Das ist er. Aber erwarten Sie nicht, dass ich jetzt in Tränen ausbreche.« Ilkas Atem ging stoßweise. Nahm es sie doch mehr mit, als sie zugeben wollte?

»Ich erwarte nichts von Ihnen. Aber ich hatte gehofft, dass Sie mir etwas über Ihren Ex-Mann erzählen können. Was er für ein Mensch war. Ob Sie seine Freunde kennen und ob er Feinde hatte.«

»Feinde?« Sie schnaubte. »Sie hören sich an, als wäre er ermordet worden!«

»Das können wir nicht ausschließen.«

»Aha.«

»Sie wirken nicht überrascht.«

»Na ja. Es ist vielleicht kein Wunder. Mit was für Leuten der sich rumgetrieben hat.«

»So? Was meinen Sie damit?«

»Na, genau was ich sage. Die vom Club Heiße Reifen. Dreckskerle! Bevor er die kennengelernt hat, war er in Ordnung. Ein Lieber. Wir waren zusammen auf der Schule. Dann ist er dort Mitglied geworden, und die haben ihn umgekrempelt. Er ist oft nachts mit denen los. Hatte ein Handy, von dem ich nichts wissen durfte. Ich hab's natürlich trotzdem mitgekriegt, bin ja nicht bescheuert.«

»Wofür hat er dieses Zweithandy benutzt?«, fragte Anne neugierig. »Haben Sie es sich angesehen?«

»Natürlich. Aber da waren keine Nachrichten drauf. Er hat es nur für Anrufe benutzt. Ich dachte erst, er hätte eine Affäre, weil es bei uns im Bett nicht mehr lief. Ich konnte ja nicht ahnen, dass er längst auf Männer stand.«

»Aber Sie sind sich sicher, dass es nicht um eine Affäre ging?«

Ilka Ratzlaff begann wieder zu laufen. Doch zu schnell und ungleichmäßig. »Er hat mir geschworen, dass die Affäre mit seinem Neuen erst anfing, als wir schon getrennt waren. Doch wer würde ihm schon glauben? Diesem Schwein! Wer weiß, was er in der Zwischenzeit getrieben hat und mit wem. Man wacht ja nicht auf und ist plötzlich schwul. Oder?«

Sie keuchte. Anne lief mit, doch lange würden sie das Tempo beide nicht durchhalten. Sie hatte einen merkwürdigen Gedanken. *Wäre es möglich? Eine Hinrichtung unter Motorradfahrern?*

Vielleicht trugen diese Menschen ihre Konflikte doch nicht mit körperlicher Gewalt aus. Vielleicht gab es noch eine weitere Art der Bestrafung? Ein Todesurteil der besonderen

Art. Nur für Mitglieder. Der Tod auf der Straße. *War das zu abwegig?* In Büchern wollten Krieger immer im Kampf sterben und Soldaten in der Schlacht und Kapitäne auf See. Vielleicht gab es etwas Ähnliches für Biker.

Vielleicht wollten sie auf der Straße sterben.

Während das Blut in ihren Ohren rauschte und ihre Oberschenkel brannten, testete Anne den Gedanken. Sie fand, dass er es durchaus wert war, weiterverfolgt zu werden. Olivia würde darauf anspringen. So, wie sie sich in diese Bikergang verbissen hatte.

Ilka Ratzlaff stoppte endlich und verfiel in ein ungleichmäßiges Gehen. Ihr Brustkorb hob und senkte sich. »Der Levi, in den ich mich verliebt hatte, ist schon vor langer Zeit gestorben. Hartmann hat ihn getötet. Er hat ihn aufgefressen und ausgespuckt und in eine verlogene, hinterfotzige Scheißschwuchtel verwandelt!«

Sie atmete schluchzend ein und aus und hielt an. Sah sich um. In einem Garten mähte ein Mann den Rasen, aber er konnte sie bestimmt nicht hören. Trotzdem wandte sich Ilka Ratzlaff abrupt um. »Gehen wir zurück.«

Anne spürte den Schweiß an ihrem Oberkörper und an den Schläfen. »Um noch mal auf das Zweithandy zurückzukommen«, sagte sie mit gedämpfter Stimme. »Was glauben Sie, wozu es diente? Wenn er tatsächlich keine Affäre hatte?«

»Na, um das zu tun, was diese Biker so tun, wenn es niemand mitbekommt. Drogenhandel, Einschüchterung, Raub, Hehlerei. Aber das haben Sie nicht von mir.«

Anne wurde hellhörig. »Wie kommen Sie darauf? Hat Levi Ihnen das erzählt?«

»Nein. Er hat nichts gesagt. Das ist nur Gerede. Alle glauben was zu wissen, aber niemand weiß etwas.«

Gerüchte, na toll! »Und Andreas Hartmann? Er ist ein einflussreicher Mann. Sozial engagiert. Hat er auch damit zu tun?«

»Hartmann?«

Sie schnaubte. »Der ist der größte Dreckskerl von allen!«

89

»Was meinen Sie damit?«

»Ach nichts. Der hockt auch nur auf seinem Geld. Haben Sie das Haus gesehen, in dem er wohnt?«

»Nein. Sie?«

»Levi hat mir Bilder gezeigt.«

Sie kamen in Sichtweite des Einfamilienhauses, in dem Ilka Ratzlaff lebte.

»Sie haben es auch nicht schlecht getroffen«, sagte Anne. »Eine schöne Wohngegend.«

»Ja, jetzt. Das ist Friedhelms Haus. Davor habe ich mit Ella in einer Sozialwohnung in Medebach gelebt. Der Strom fiel ständig aus, und wir hatten Schimmel im Flur. Das war kein Spaß. Und Levi?« Sie lachte kalt. »Der hat nicht einen Cent gezahlt. War Harzer auf dem Papier und fuhr die teuersten Motorräder. Ständig war er auf Tour und hat mich in der Scheiße sitzen lassen.«

Ein silberner Mercedes fuhr an ihnen vorbei und parkte vor der Doppelgarage ein. Ilka Ratzlaff beschleunigte ihre Schritte. Sie wirkte angespannt. »War das alles?«

»Ja.« Anne folgte ihr und beobachtete, wie ein Mann in Hemd und Anzughose aus dem Wagen stieg. Er stellte einen Koffer auf dem Boden ab und beobachtete sie. Sein Gesicht war glatt rasiert, die silbrig grauen Haare zur Seite gekämmt.

»Dann auf Wiedersehen!« Ilka zog sich ihr Stirnband vom Kopf und strich sich übers Haar. »Hallo, Schatz!«

Der Mann nahm seinen Koffer und bedeutete ihr vorzugehen. Es kam zu keiner Berührung. Ilka Ratzlaff verschwand im Haus, und der Mann drehte sich um und sah Anne an, die seinen Blick merkwürdig unangenehm fand.

Kapitel 16

»Es muss doch irgendetwas geben!«, murmelte Elsbeth energisch. Wilhelm wischte mit einem Tuch Spinnweben und Staub von dem nächsten Ordner und reichte ihn ihr. Elsbeth warf einen Blick auf das Etikett »1992–1999. Wir kommen der Sache näher.« Sie blätterte durch die ersten Seiten. Stromrechnungen, Versicherungen, Kontoauszüge. 1992 war uninteressant. Wohlfeil war erst 1994 dem Verein beigetreten. Trotzdem ging sie sorgfältig jedes Blatt durch.

1993. 1994. Endlich. Was ist das? Eine Werbebroschüre? Eine Karnevalseinladung? Klärchen hat tatsächlich alles aufgehoben. Kontoauszüge. Na bitte!

»Hier ist es.«

Sie zeigte Wilhelm die Einzahlung über zwanzigtausend Mark von dem Postbankkonto. Am 13.09.1994. Die Kontonummer war nicht zu sehen. »Die Miete für vierzig Jahre im Voraus. Wir haben gar kein Recht, schon wieder Geld zu verlangen.«

»H. Wohlfeil«, las Wilhelm. »Betreff: Mitgliedsbeitrag Gefrierverein Dreislar e. V. Vorauszahlungen. Wir hätten vor Klärchens Tod mit ihr sprechen sollen. Ich würde gern wissen, was sie mit ihm vereinbart hat.«

»Sie hat überhaupt nicht mit ihm gesprochen, Willi! Hörst du nicht zu? Das lief alles über diesen Anwalt.«

»Das weiß ich«, entgegnete er ruhig. »Trotzdem muss es eine Vereinbarung gegeben haben.«

»Laut Klärchen, nein. Wie oft habe ich mit ihr darüber geredet. All die Jahre konnten wir ihm die Einladung zur

91

Generalversammlung nicht zustellen. Das ist doch nicht richtig. Ganz zu schweigen von dem Putzplan. Sie hat damals eine Anfrage bei der Bank gestellt, aber die geben die Daten nicht heraus. Vielleicht war sie auch bei Pötzel, das weiß ich nicht. Sie war auf Zack, bis sie dement wurde und ihre Würstchen auf der Herdplatte gebraten hat.«

Elsbeth blätterte weiter. Das Geld von Wohlfeil war damals dringend nötig gewesen. Sie fand die Rechnung über die Reparatur eines Kühlaggregats und Belege über andere Reparaturen. Dann die Einladung zur Neujahrsparty des Gefriervereins. Bei der Erinnerung lächelte sie.

»Weißt du noch, Willi? Die Bowle von Ursel? Jesus, das ist schon fünfundzwanzig Jahre her. Da war ganz schön was los. Die größte Feier, die wir je hatten. Vielleicht war er auch da. Hol doch mal die alten Fotokisten raus!«

Wilhelm stellte sich auf einen Stuhl und begann oben im Schrank zu suchen.

»Nein, du musst unten im Schrank nachsehen. Oben sind nur die Hutschachteln und Wintersachen.«

Er fand die richtige Kiste, und sie sahen zusammen die Aufnahmen durch.

»Das gefällt mir nicht«, murmelte Wilhelm vor sich hin. Elsbeth betrachtete ihren Mann von der Seite. Diese tiefe Falte auf der Stirn hatte er nur, wenn es wirklich ernst war.

»Was ist los, Willi? Was hast du denn?«

Er legte seine Hand auf die ihre. »Ich denke schon eine Weile darüber nach, aber ich wollte dich nicht beunruhigen.«

Jetzt wurde Elsbeth tatsächlich nervös. Wenn er so sprach, musste es wirklich etwas Ernstes sein.

»Um Himmels willen, Willi!«

»Ich sage nur, dass es mir nicht gefällt, und ich bereue, damals nicht eingeschritten zu sein.«

»Eingeschritten? Aber was meinst du denn damit?«

»Ich meine, dass Wohlfeil eines unserer Fächer gemietet hat. Anonym. Wir haben das Geld dringend gebraucht, und deshalb kann man Klärchen keinen Vorwurf machen. Aber ich hätte Bedenken äußern und zumindest die Herkunft des Geldes überprüfen müssen. Und diesen Wohlfeil.«

»Für solche Überlegungen ist es ein bisschen spät.«

»Ja.«

»Aber das ist jetzt auch egal. Es wird eh bald alles egal sein. Weil wir den Verein auflösen müssen, wenn kein Wunder geschieht.« Sie rieb sich über das Gesicht und fragte sich, wie lange ihre Kraft noch reichen würde.

»Es ist nicht egal, Else. Denn wir haben noch sein Fach. Das Gefrierfach, das seit fünfundzwanzig Jahren verschlossen ist.«

»Das Fach wird leer sein. Er war doch nie hier, Willi. Niemand hat ihn gesehen.«

Er schüttelte langsam den Kopf. »Ich glaube nicht, dass es leer ist, Else. Deshalb sollten wir nachsehen.«

Etwas an seinem Tonfall machte ihr Angst. »Du glaubst nicht, dass es leer ist? Aber was glaubst du denn, was darin ist, Willi?« Sie legte beide Hände auf ihre Brust, ihr Herz schien wie ein Vogel zu flattern.

»Es wird alles gut, Else.«

Er legte seinen Arm um sie. »Aber wir müssen nachsehen. Nicht, dass es etwas Illegales ist.«

Elsbeth nickte schwer. Was er da vorschlug, war unerhört und einzigartig in der Geschichte des Gefriervereins. Noch nie hatten sie ein Fach aufgebrochen. Außer als Trienchen 1999 ihren Schlüssel verloren hatte und sie die Würstchen fürs Osterfeuer herausholen mussten. Aber das war schließlich etwas anderes gewesen.

»Dafür brauchen wir einen Beschluss des Gefriervereins. Es darf keine Gegenstimmen geben.«

»Dann sollten wir die Mitglieder möglichst schnell befragen.«

◆

Heiko hörte das Klingeln des Telefons in der Wohnung, eilte die Stufen hoch, schloss die Tür auf und löste die Leine von Stellas Halsband. Es klingelte noch immer, als er das Esszimmer betrat. Er warf einen Blick auf das Display. Die Nummer war unterdrückt. »Neuer?«

»Ist Markus da?«, fragte eine unbekannte Männerstimme.

»Nein«, erwiderte Heiko. Es wunderte ihn, dass Mac jemandem seine Nummer gegeben hatte. »Wer spricht dort?«

»Wo kann ich ihn erreichen?«

Heiko runzelte die Stirn. Er konnte es nicht ausstehen, wenn sich jemand am Telefon nicht mit Namen meldete. Schlimm genug, wenn es Freunde waren, die davon ausgingen an der Stimme erkannt zu werden. Doch diesen Mann kannte er nicht, dessen war er sich sicher.

»Wer will das wissen?«, fragte er deshalb schroff.

Es klickte in der Leitung.

Was war denn das gerade? Irritiert starrte Heiko vor sich hin, den Hörer noch in der Hand. Dann fischte er den Zettel aus seiner Hosentasche, auf dem Macs Handynummer stand. Eigentlich hatten sie ausgemacht, dass er heute Abend anrief. Wenn Mac »alles geregelt« hatte, was immer er damit meinte.

Aber jetzt wählte Heiko doch die Nummer. Es kam kein Freizeichen. Vermutlich hatte Mac sein Telefon ausgestellt, weil er auf dem Motorrad unterwegs war. Heiko wurde klar, dass er nicht einmal wusste, wo sein Bruder hinwollte.

Er begann staubzusaugen. Das tat er jeden Tag, denn seine beiden Mitbewohnerinnen verloren eine Menge Haare. Die Katze trieb sich zwar die meiste Zeit draußen herum, aber auch sie stromerte regelmäßig durch alle Zimmer, um Besitzansprüche auf ihr Revier anzumelden.

Als Heiko unter dem Küchenfenster saugte, sah er zwei Biker durch den Ort fahren. Auf der Straße in Richtung Willingen waren immer viele Motorradfahrer unterwegs, aber hier im Dorf war der Anblick ungewöhnlich. Wie auf ein unsichtbares Zeichen hin hielten die beiden und sahen in seine Richtung. Zumindest glaubte er das, denn die schwarzen Visiere ihrer Helme waren blickdicht. Auch ihre Lederkleidung war schwarz ohne jedes Abzeichen.

Heiko saugte auf der Stelle und wartete darauf, dass sie weiterfuhren, doch das taten sie nicht. Beobachteten sie sein Haus? Waren es Bekannte von Mac, die auf ihn warteten?

Er dachte an den merkwürdigen Anruf, und ihn überkam die dumpfe Ahnung, dass etwas ganz und gar nicht in Ordnung war.

Kapitel 17

Als Anne in die Polizeiwache Medebach zurückkehrte, warf sie einen Blick ins Wartezimmer. Die von Olivia vorgeladenen Biker waren tatsächlich gekommen. Auch Pitbull saß mit seinem massigen Körper auf einem der Stühle, die Beine auseinandergestellt. In der Hand hielt er eines der Prospekte über die Ausbildung bei der Polizei, das er desinteressiert musterte. Anne ließ sich das Zimmer zeigen, in dem Olivia die Vernehmungen durchführte, und trat ein.

Die Chefin saß am Schreibtisch, vor sich einen Notizblock, ein Aufnahmegerät und ein Glas Wasser. Schräg hinter ihr stand ein uniformierter Kollege, breitbeinig, mit herausgestreckter Brust und zusammengelegten Händen.

Anne grüßte leise und nahm ebenfalls am Schreibtisch Platz. Am anderen Ende des Tisches saß Berty, dem man ansah, dass er eine lange Nacht gehabt hatte. Seine Augen waren rot gerändert, und die Wangen hingen schlaff herab. Er roch intensiv nach abgestandenem Bier.

»Ich habe Sie gefragt, wie gut Sie Levi kannten«, sagte Olivia.

Bertys Miene wirkte gequält. »Und ich hab's Ihnen doch gesagt. Nicht gut. Er war'n netter Typ, aber er hat nicht viel von sich erzählt.«

»Warum haben Sie gestern Abend dann so merkwürdig reagiert?«

»Merkwürdig?«

»Ja, als wir Levi Stapperts Namen erwähnten, wirkten Sie regelrecht erschrocken.«

Berty blinzelte und rieb sich mit dem Handrücken über die stoppelige Wange. »Kann mich nich dran erinnern.«

»Herr Emde, Sie sagten wörtlich, dass es in letzter Zeit Ärger gab und dass wir manche Dinge besser nicht wissen sollten. Was haben Sie damit gemeint?«

»Hm. Weiß ich nich mehr. War betrunken, da redet man schoma dummes Zeug.«

»So betrunken schienen Sie mir nicht gewesen zu sein. Eher ängstlich. Fürchten Sie sich vor Herrn Schulz? Hat er sie eingeschüchtert?«

Berty schüttelte den Kopf.

»Wir können Sie schützen. Vertrauen Sie mir. Wenn Sie sich bedroht fühlen, dann sorge ich dafür, dass Sie beschützt werden. Sie müssen nur den Mund aufmachen.«

»Nich nötig. Ich weiß ja nix.«

Olivias Miene verdunkelte sich. »Sie sollten jetzt besser mit uns zusammenarbeiten, sonst muss ich Sie hier festhalten. Achtundvierzig Stunden, wenn es sein muss!«

Berty schien in seinem Stuhl zusammenzuschrumpfen. Er wirkte unschlüssig, lehnte sich dann zur Seite, damit er mit der Hand in die Hosentasche kam, und zog einen zusammengefalteten Zettel hervor, den er umständlich aufblätterte. Eine Visitenkarte.

»Ich möchte jezz meinen Anwalt anrufen.«

Olivia legte den Stift zur Seite. »Wir beschuldigen Sie nicht, Herr Emde. Warum sagen Sie uns nicht, was Sie wissen? Es wird niemand erfahren.«

»Brickenstein. Anwalt Brickenstein.«

»Nun gut.« Olivia wandte sich zu dem Uniformierten um. »Nehmen Sie Herrn Emde mit, und sorgen Sie dafür, dass er telefonieren kann.«

Sie sieht erschöpft aus. Als hätte sie bereits einen Vierundzwanzig-Stunden-Dienst hinter sich. Berty schlurfte hinaus.

»Wie läuft es?«, fragte Anne.

Frustriert schüttelte Olivia den Kopf.

»Drei Leute habe ich bisher vernommen, und angeblich

war Stappert ein netter Kerl, mit dem aber niemand befreundet war. Seine Homosexualität war kein Geheimnis und wurde akzeptiert. Der Motorradclub ist sozial engagiert, fördert Schulen und Kindergärten und sammelt Müll ein. Und Andreas Hartmann ist der tollste von allen. Ich könnte kotzen!« Sie war aufgestanden und rollte die Schultern, wobei sie schmerzhaft das Gesicht verzog.

»Druck scheint auch nicht zu funktionieren, zumindest bei Berty nicht. Keine Widersprüche?«

»Nein. Sie sind gut vorbereitet. Bis jetzt. Hast du mit Stapperts Ex-Frau gesprochen?«

»Ja. Sie heißt Ilka Ratzlaff, eine attraktive Frau. Sie wohnt bei ihrem Lebensgefährten Dr. Friedhelm Menzel und hat einen ziemlichen Hass auf Ihren Ex-Mann. Interessant ist, dass Levi wohl ein zweites Handy besaß. Dazu haben wir aber noch nichts, oder?«

»Nein, wir haben gar kein Handy. Deshalb müssen wir uns unbedingt Stapperts Wohnung vornehmen.«

»Ilka erzählt, dass Verein Heiße Reifen Sauerland in krumme Geschäfte verwickelt sei. Sie redet von Drogenhandel, Erpressung, Hehlerei, aber alles nur Hörensagen.«

»Ich wusste, da ist was.« Olivias dunkle Augen blitzten grimmig. »Und ich werde so lange bohren, bis einer redet. Man muss nur genug Druck ausüben. Das schwächste Glied finden.«

Anne dachte an Pitbull, der im Wartezimmer saß und alle anderen mit seinen kleinen Augen anstarrte. *Stellt sich die Frage, wer mehr Druck ausübt.*

»Ich habe Stapperts Wohnung versiegeln lassen«, sagte Olivia. »Schau sie dir an, bevor die Dorfpolizei alles kaputttrampelt. Und nimm Handys und Computer mit.«

»Ich glaube, die *Dorfpolizei* ist fähiger, als du denkst«, sagte Anne, die an ihre bisherigen Fälle im Sauerland mit dem Briloner Kriminalkommissar Anton Hellmann dachte. Schade, dass er dieses Mal nicht mit dabei war. Diese Ermittlung wäre nach seinem Geschmack gewesen.

»Aber ich fahre natürlich hin. Wann willst du Schulz befragen? Da würde ich gerne dabei sein.«

Olivia zog die Augenbrauen zusammen. »Warum?«

»Ich würde gerne sehen, wie er sich in anderer Umgebung verhält.«

»In Ordnung, dann erledigen wir das jetzt.«

Als der Uniformierte Pitbull hereinführte, schien der Raum zu schrumpfen. Er trug Jeans und ein enges T-Shirt, ging aber so breitbeinig, als hätte er ein Motorrad zwischen den Schenkeln. Seine klobigen Stiefel knarzten leise auf dem Linoleumboden. Olivia deutete auf einen Stuhl. Mit emotionsloser Stimme las sie ihm seine Rechte vor. Dabei beobachtete Anne ihn. Seine Körperhaltung schien entspannt, der Gesichtsausdruck gelangweilt. Nach einigen Minuten schloss er sogar die Augen.

»Nennen Sie bitte Ihren vollständigen Namen, Ihr Alter und Ihre Anschrift.«

»Sie wissen genau, wie ich heiße«, entgegnete er mit geschlossenen Augen.

»Trotzdem muss ich Sie auffordern, mir Ihren Namen zu nennen.«

Träge sah er sie an. »Manuel Schulz. Zweiundzwanzig. Lichtenfelser Straße 9. Medebach.«

Zweiundzwanzig Jahre, mein Gott! Anne hatte ihn auf Anfang dreißig geschätzt. Wie konnte jemand, der so jung war, schon so abgebrüht sein?

»Was sind Sie von Beruf, Herr Schulz?«

»Zerspanungsmechaniker.«

»Und wo arbeiten Sie?«

»Im Betrieb von Herrn Hartmann.«

»Er ist also im Berufsleben Ihr Chef und ebenso in dem Motorradclub, in dem Sie aktiv sind. Wie ist Ihr Verhältnis?«

Pitbull zuckte mit den Schultern. »Normal.«

»Wie viel verdienen Sie im Monat?«

»Geht Sie nix an.«

»Ich habe gesehen, dass Sie eine brandneue BMW S 1000

RR fahren. Wie können Sie sich das mit dem Gehalt eines Gesellen überhaupt leisten?«

»Ich lebe sparsam und zahl wenig Miete.«

Olivia faltete ihre Hände und sah ihn an. »Wie war Ihr Verhältnis zu Levi Stappert?«

Er erwiderte ihren Blick stoisch, mit vorgeschobenem Unterkiefer. »Ich hatte kein Verhältnis mit ihm. Ich steh auf Frauen.«

»Hat es Sie gestört, dass er homosexuell war? Hat er Sie mal belästigt?«

»Nein.«

»Was wollten Sie gestern von uns?« Ihre Stimme war hart geworden. Es ging zur Sache.

»Ich will nix von euch.«

»Sie haben versucht, uns mit Gewalt festzuhalten.«

»Ich wollte Sie rausschmeißen. Das ist ein privater Club. Nur für Mitglieder.«

»Nein. Sie sagten, wir gehen nach nebenan. Wortwörtlich. Meine Kollegin hier kann das bezeugen.«

Er blieb unbeeindruckt. »Ich meinte, nach draußen.«

Ärger verzerrte Olivias Gesicht. Abrupt stand sie auf und ging mit zwei langen Schritten auf Pitbull zu. »Sie stecken in der Klemme, Herr Schulz! Wir werden Sie wegen Körperverletzung, Freiheitsberaubung und Behinderung der Polizei anzeigen. Wissen Sie, was das heißt?«

Er zog einmal kurz und heftig den Speichel hoch und starrte Olivia an.

Sie wich zurück, und er rotzte auf den Boden.

Nur mit Mühe schien sie sich zu beherrschen. »Die Situation mag Sie völlig kaltlassen. Aber das wird sich ändern, das verspreche ich Ihnen!«

Sie holte tief Luft. »Es ist dumm von Ihnen, nicht mit uns zusammenzuarbeiten, wissen Sie das? Ziemlich dumm. Wir haben Hinweise auf kriminelle Aktivitäten des Motorradclubs erhalten. Meine Kollegen und ich, wir interessieren uns nur für Stapperts Tod. Wir wollen wissen, ob jemand etwas gegen ihn hatte. Oder gegen Ihren Club. Was Sie sonst so treiben, ist gar nicht unsere Baustelle. Dafür ist das LKA zuständig. Es wäre doch blöd für Sie, wenn wir die alarmieren müssten, oder? Wie würde Hartmann das gefallen?«

Pitbull antwortete nicht.

»Sie haben noch eine Chance, Herr Schulz! Reden Sie jetzt mit mir. Erzählen Sie mir, was da zwischen Stappert und Ihnen lief. Ich weiß genau, was in Ihrem Verein abgeht. Und Sie, Schulz, stecken mittendrin! Sie gehen nicht eher, bis Sie mit der Wahrheit rausgerückt sind.«

Pitbull hob die Hand und betrachtete seine Fingernägel. Sein Mund war geschlossen, aber die Zunge bewegte sich, als hätte er etwas zwischen den Zähnen.

Er rülpste leise. »Sie können mich hier nicht festhalten.«

»Und ob ich das kann«, zischte Olivia. »Ganze achtundvierzig Stunden, bevor Sie dem Haftrichter vorgeführt werden. Also?«

Sie ging auf Schulz zu, und Anne beobachtete beunruhigt, wie sie sich vorbeugte, um direkt in sein Ohr zu sprechen. »Er hat Sie doch angemacht, stimmt's? Und es hat Ihnen gefallen, deshalb waren Sie so wütend auf ihn. Weil Sie es mit ihm treiben wollten. Er war ja auch ein hübscher Kerl.«

Anne musste sich beherrschen, um nicht einzuschreiten.

Doch Pitbull wurde nicht wütend. Er schob die rechte Hand in seine Gesäßtasche und zog eine abgegriffene Visitenkarte hervor. »Ich möchte jetzt telefonieren.«

Anne wusste sofort, von welchem Anwalt diese Karte war.

Olivia wandte sich ab und ging zum Schreibtisch. Ohne Pitbull anzusehen, bat sie den Polizisten ihn hinauszubegleiten. Anne sah, wie ihre Brust sich hob und senkte.

Als sie alleine waren, ließ Olivia sich in ihren Stuhl fallen und griff nach dem Glas Wasser auf dem Tisch. Als sie es zum Mund führte, zitterte ihre Hand.

»Was war das gerade?«, fragte Anne scharf. »Du wolltest, dass er dich angreift, sehe ich das richtig?«

Olivia setzte das leere Glas ab und verzog den Mund.

»Pass auf, ja? Dein Ton gefällt mir nicht. Ich leite hier die Ermittlungen.«

»Und wie du das tust«, gab Anne zurück. »Das habe ich gestern Abend gesehen. Volles Risiko.«

»Ausgerechnet du hast was dagegen? Dann geh doch! Fahr zurück nach Dortmund! Ich nehme es auf meine Kappe. Keiner muss erfahren, warum.«

Anne schnaubte. So leicht würde Olivia sie nicht loswerden. Sie hatte das merkwürdige Gefühl, als ob die Rollen vertauscht wären. Dass sie selbst die Stimme der Vernunft spielen sollte, was keine Position war, die ihr gut gefiel. Sie hatte Mühe, in Olivia die Kollegin wiederzuerkennen, mit der sie vor drei Jahren zusammengearbeitet hatte.

»Ich gehe nirgendwohin. Aber bitte sei das nächste Mal vorsichtiger, Herrgott!«

Anne nahm sich auch ein Glas Wasser. Olivia goss sich ein zweites ein, zog einen Blister Tabletten aus ihrer Aktentasche, drückte sich eine davon in die Handfläche und spülte sie mit einem großen Schluck hinunter.

»Ist das gegen den Krebs?«

»Nein. Der ist weg, das sagte ich doch. Das Mittel soll dafür sorgen, dass es auch so bleibt.«

Kapitel 18

Heiko schob den Einkaufswagen zu seinem Auto und blickte hinüber zur Bushaltestelle, wo der schwarze Mann gestanden hatte. Doch dort war niemand mehr zu sehen. Heiko öffnete den Kofferraum und räumte die gekauften Tierfutterdosen hinein. Dabei sah er sich möglichst unauffällig auf dem Parkplatz um. Der dunkel gekleidete Mann, der ihn beim Betreten des Ladens beobachtet hatte, war verschwunden. *Du siehst Gespenster. Nicht jeder Typ in Lederjacke ist ein Biker.*

Er schüttelte den Kopf über sich selbst. Was war nur mit ihm los? Seit Macs Besuchs fühlte er sich unwohl. Er dachte unentwegt über die Sache nach, dabei hatte sie nichts mit ihm zu tun. Wahrscheinlich war der Fremde mit dem Bus abgefahren, während Heiko eingekauft hatte, aber aus irgendeinem Grund hatte er das Gefühl, dass der Mann noch hier war. Dass er in einem der Autos saß und ihn beobachtete.

Heiko rollte vom Parkplatz und sah dabei in den Rückspiegel. Hinter ihm fuhr eine Frau, aber im Wagen danach spiegelte sich gerade das Sonnenlicht in der Frontscheibe, sodass er den Fahrer nicht erkennen konnte. Der dunkelblaue Golf mit dem HSK-Kennzeichen kam ihm bekannt vor. Täuschte er sich, oder war er auf dem Hinweg schon hinter ihm gewesen?

»Du spinnst«, murmelte er vor sich hin. Er fuhr aus Brilon heraus auf die Kreuzung zur B251, hielt am Stoppschild und fuhr dann geradeaus auf die wesentlich weniger befahrene Landstraße in Richtung Hoppecke.

Die Frau bog ab, der Golf folgte ihm, hielt aber Abstand. Heiko sah immer wieder in den Rückspiegel und glaubte hinter dem Steuer die Silhouette eines Mannes zu sehen, der dunkle Kleidung trug. Mehr konnte er nicht erkennen.

Er fuhr an Hoppecke vorbei, blinkte links und bog auf die kleine K61 ein, die über den Buttenberg nach Bontkirchen führte. Der dunkle Golf folgte ihm. Heiko fuhr absichtlich langsam und betrachtete den Fahrer im Rückspiegel. *War es derselbe Mann?* Er hatte den Typ am Bushaltestellenhäuschen nur aus der Ferne gesehen und war sich nicht sicher. Wenn, dann war es merkwürdig, dass er ihm auf dieser Route folgte. Es war der kürzeste Weg von Brilon nach Bontkirchen, aber Heiko hatte ihn noch niemals in seinem Heimatort gesehen. *Dem Kennzeichen nach ist es kein Urlauber. Was also will er hier?*

Die Straße stieg steil an, und der Golf klebte an seinem Heck. Heiko verlor noch mehr an Geschwindigkeit. Sie krochen den Berghang empor. Hohe Fichten zu beiden Seiten der Straße schluckten das Sonnenlicht. Der Fahrer hinter ihm blendete auf. Heiko störte sich nicht daran. Er wurde immer langsamer und beobachtete den anderen im Rückspiegel. Seine Silhouette hatte eine kantige Form. Schultern und Arme blieben ruhig, doch er betätigte immer wieder die Lichthupe. Nach einer scharfen Rechtskurve erreichten sie die Bergkuppe, und Heiko ließ sich rollen. Er fuhr jetzt unter dreißig Stundenkilometern. Dann kam eine lange, übersichtliche Gerade.

Der Typ blinkte links und machte eine obszöne Geste, als er Heiko überholte. Sein Gesicht war nichtssagend. War er der Mann von der Bushaltestelle? Heiko konnte die Frage nicht beantworten. Er atmete aus, als die Rücklichter des Golfs hinter der nächsten Kurve verschwanden,

behielt aber sein Tempo bei. Er neigte sonst nicht zur Paranoia. Aber der anonyme Anruf, die Motorradfahrer vor seiner Wohnung und jetzt dieser merkwürdige Fahrer, das waren keine Zufälle. Etwas war anders, und es hatte mit

Markus zu tun. Was bedeutete, dass sein Bruder ihm nicht die ganze Wahrheit gesagt hatte. Wieder einmal. Der alte Zorn regte sich.

Als er nach Hause kam, hielt er nach verdächtigen Fahrzeugen oder Personen Ausschau, aber es war nichts zu sehen. Er räumte die Futterdosen ins Haus und packte eine Kaustange aus, die er für Stella gekauft hatte. Die Hündin erkannte das Geräusch und kam aufgeregt schnüffelnd an. Ihr Schwanz wedelte hin und her. Er warf ihr die Kaustange zu, und Stella fing sie im Flug auf. Dann machte sie sich mit ihrem Schatz davon.

Nach tagelanger Abwesenheit leuchtete die Sonne gleißend hell durch die Fensterscheibe und enthüllte unbarmherzig die vielen Pfotenabdrücke am Glas der Terrassentür. Wenn Anne heute keine Zeit hatte, konnte er ebenso gut die Fenster putzen. Leider hatte er überhaupt keine Lust dazu.

Er öffnete die Glastür, um die Sommerluft hereinzulassen. Heute Morgen war er schroff zu ihr gewesen, und das tat ihm leid. Sie hatte keine Ahnung von Mac, und das war seine Schuld.

Vielleicht konnte er heute Abend alles Ungesagte aussprechen. In Ruhe, bei einem Glas Wein. Aber zuerst musste er selbst begreifen, was passiert war und was Mac damit zu tun hatte. Er lehnte sich in den Türrahmen und drückte auf Wahlwiederholung. Draußen summten Bienen und Hummeln. Sie mochten die Kornblumen, die er in seinem wilden Staudenbeet angepflanzt hatte.

Es ertönte kein Freizeichen. *Was zum Teufel ist los? Wieso hat Mac mir seine Nummer gegeben, wenn er das Handy nicht einschaltet? Ist es vielleicht gar nicht die richtige Nummer? Hat er nie vorgehabt, noch mal mit mir zu sprechen?*

Er ärgerte sich über das Ziehen in seiner Brust. Hatte er sich nicht geschworen, dass sein Bruder ihn nicht mehr verletzen konnte? *Du bist ein verdammter Idiot, Heiko! Jahrelang hat er dich im Stich gelassen, und jetzt braucht er dir nur den kleinen Finger hinzuhalten, und du springst für ihn.*

Er dachte an das bleiche Gesicht seines Bruders. Sie hatten geredet. Noch nie war Markus so offen zu ihm gewesen. Das hatte Heiko zumindest gestern geglaubt. Warum hatte Mac ihm nie gesagt, dass er homosexuell war? Hatte er geglaubt, dass Heiko ein Problem damit haben würde? Der Gedanke schmerzte, und er fragte sich, wie er als Achtzehnjähriger reagiert hätte. Oder als Sechzehnjähriger? Er konnte es nicht sagen. *Aber verdammt, er hätte mir wenigstens eine Chance geben können!*

Jetzt wusste er, dass Markus und Levi ein Paar gewesen waren. Und dass Levi jetzt tot war. Was er nicht wusste, war, wo Mac wohnte. Was er vorhatte und wieso er zu ihm gekommen war. Er hatte sich mit dieser Handynummer zufriedengegeben, dabei hätte er es besser wissen müssen. Schließlich hatte Markus mehr als einmal die Verbindung zu ihm gekappt. Und jetzt hatte er es wieder getan.

Heikos Blick glitt über sein Staudenbeet und die Wiese dahinter, die in den letzten vier Wochen hochgeschossen war und auf der nun Löwenzahn und Klee blühten. Normalerweise freute er sich über den Anblick der Insekten, die sich dort tummelten. Er nannte den Garten seinen Rückzugsort für die Natur, für die bestäubenden Insekten, die auch im Sauerland immer weniger naturbelassene Wiesen fanden.

Jetzt fühlte er überhaupt nichts.

Hatte Mac gewusst, dass die Polizei wegen Levis Tod ermittelte? War er Anne deshalb ausgewichen?

Schluss mit dieser Grübelei!, dachte er zornig. Es machte ihn krank und war sinnlos. Er musste sich ablenken.

Heiko ging durch das hohe Gras zu seiner Gartenhütte, in der er sich eine kleine Hobbywerkstatt eingerichtet hatte. Unter der selbst gebauten Werkbank stand eine Kiste, die er hervorzog und aus der er sein neustes Projekt herausnahm. Er bastelte an einem Halter für Stifte, Büroklammern und Notizzettel in Form eines Polizeiwagens.

Sein erstes Probestück hatte er aus Nussbaumholz geschnitzt und an die Kofferraumklappe ein winziges Gelenk geschraubt, damit man sie aufklappen konnte. Doch es hielt nicht, brach zu leicht ab. Gestern Morgen war ihm eine neue Idee gekommen. Er dachte an ein Schiebesystem, wie es in japanischen Trickkisten vorkam, die ihn schon immer fasziniert hatten.

Heiko nahm das Probestück und seine Werkzeugkiste mit nach draußen und setzte sich auf die Bank, die vor der Hütte stand.

Was würde er tun, wenn Anne heute Abend wiederkam und er Mac bis dahin nicht erreicht hatte? Konnte er seinen Bruder an die Polizei ausliefern?

Er betrachtete das kleine hölzerne Auto in seiner Hand und dachte über den Schiebemechanismus nach. Dabei war er so in seine Überlegungen vertieft, dass er die Gestalt erst bemerkte, als sie direkt vor ihm stand.

Er zuckte zusammen.

Kapitel 19

Der Anwalt reichte zuerst Olivia, dann Anne die Hand.

»Brickenstein.« Sein stahlgrauer Dreiteiler sah ebenso exquisit aus wie die polierten Schuhe und das lavendelfarbene Einstecktuch. »Interessant, Sie mal kennenzulernen. Bei meiner Geschäftätigkeit im Sauerland hatte ich noch nicht mit der Kriminalpolizei Dortmund zu tun.«

Er bat sie, ihre Namen und Dienstbezeichnungen zu wiederholen und notierte sich beides in einem kleinen, ledergebundenen Notizbuch. »Ich möchte jetzt in Ruhe mit meinen Mandanten sprechen. Dazu würde ich die Räume unserer Kanzlei bevorzugen.«

Er sah sich mit einem herablassenden Lächeln in den Büroräumen um. »Oder haben Sie vor, einen Haftbefehl zu beantragen?«

»Nein«, antwortete Olivia.

»Dann werden wir jetzt gehen. Wenn Sie noch weitere Fragen an meine Mandanten haben, wenden Sie sich an meine Kanzlei.«

»Wir haben keine Vollmacht von Ihnen.«

Er verzog die Lippen zu einem dünnen Strich. »Die werden Sie heute Nachmittag vorliegen haben. Da meine Mandanten und ich Zeit brauchen, uns über diese Angelegenheit auszutauschen, erwarte ich, nicht vor Dienstag von Ihnen zu hören. Meine Damen, ich darf mich empfehlen.«

Brickenstein verließ den Raum, und Anne sah, dass er Berty und Schulz, die draußen auf ihn warteten, auf kumpelhafte Art und Weise begrüßte.

»Der steht auf Hartmanns Gehaltsliste«, knurrte Olivia. »Unter Garantie.«

Anne nickte. »Und er hat auf den Anruf gewartet. So schnell, wie er hier war.«

Olivias Hand wanderte zu ihrer Schläfe, verharrte aber in der Bewegung. Stattdessen rieb sie sich übers Kinn. »Verdammt!«

»Du solltest eine Pause machen.«

Anne ignorierte Olivias wütenden Blick. »Das hier bringt doch nichts. Sobald du einem von denen Druck machst, wird Brickenstein wieder aufkreuzen.«

»Ja, vielleicht. Trotzdem. Der ganze Verein stinkt zum Himmel. Aber irgendeiner wird reden. Ich muss ihnen nur Angst machen. Levi Stappert ist tot, und sie könnten die Nächsten sein.«

»Wahrscheinlicher ist, dass die Kralle jemand ausgelegt hat, der die Biker hasst.«

Olivia zuckte mit den Schultern. »Je tiefer man in der Scheiße gräbt, desto mehr fördert man zutage. Das weißt du doch.«

◆

»Mutter«, sagte Heiko überrascht.

Ruth Neuer stützte sich auf einen Rechen und brachte es trotz ihrer erdverkrusteten Handschuhe fertig, wie eine Gräfin auszusehen. Nicht nur der durchgedrückte Rücken, die strengen Wangenknochen und die straff gebundenen dunklen Haare erweckten diesen Eindruck. Ruth hatte immer schon eine gewisse Haltung bewahrt, auch früher auf dem Spielplatz oder beim Picknick. Eine Haltung, die von manchen als fehlende Herzlichkeit missdeutet wurde, auch gegenüber ihren Kindern.

»Wo ist denn deine Freundin? Ich dachte, sie kommt dieses Wochenende.« Sie gab sich keine Mühe, Bedauern zu heucheln. Heiko wusste nicht, warum sie Anne nicht leiden konnte. Vielleicht lag es daran, dass sie beide so unterschiedlich waren.

»Anne ist hier, muss aber arbeiten.«

Ruth seufzte. Er kam ihrem Kommentar zuvor.

»Lass es, Mutter!«

»Gut.« Ruth hob den Rechen an und deutete auf die wilde Wiese. »Willst du nicht mal Rasen mähen? Hier ist bald kein Durchkommen mehr.«

»Mir gefällt es so«, erwiderte Heiko. Es war ein Glück, dass er und Ruth sich zwar den Hauseingang, aber nicht den Garten teilten.

Sie schürzte die Lippen und deutete auf sein Werkstück. »Was ist das? Ein Spielzeugauto?«

»Vielleicht. Was willst du? Brauchst du Hilfe?«

»Nein.« Ruth rieb ihre Handschuhe aneinander, und Erde rieselte auf den Boden. »Die Nachbarin hat mir gerade erzählt, sie hätte Markus gesehen. Gestern Abend in deiner Wohnung.«

Ihr Blick wurde herausfordernd. Sie wartete darauf, dass er ihr widersprach, aber er wollte sie nicht anlügen.

»Es stimmt. Er ist heute Morgen wieder gefahren.«

Hinter ihrer unbeweglichen Miene lag Schmerz, das spürte Heiko, obwohl sie ihn nicht zeigte.

»Was wollte er?«

»Ich weiß es nicht genau. Einen Platz zum Schlafen, hat er gesagt.«

»Steckt er in Schwierigkeiten?«

»Vielleicht.« *Natürlich steckt er in Schwierigkeiten. Wie immer. Aber dieses Mal sind sie größer, als wir ahnen. Sein Freund ist gestorben, und die Polizei ermittelt. Wenn sie tatsächlich von einem Mord ausgehen, wird er einer der Hauptverdächtigen sein. Das ist doch immer so.*

»Markus wollte kein Geld von mir. Er hat hier geschlafen und ist heute Morgen wieder abgefahren.«

»Du hast es nicht für nötig gehalten, mir Bescheid zu sagen?«

»Er wollte das nicht. Ich denke, er schämt sich wegen des Geldes, das er dir geklaut hat. Wahrscheinlich wird er sich erst wieder bei dir sehen lassen, wenn er es zurückzahlen kann.«

»Er hätte mich einfach danach fragen können«, sagte Ruth bitter. »Ich hätte es ihm gegeben.«

Heiko hatte diesen Satz schon oft gehört und war immer auf der Seite seiner Mutter gewesen. Aber er hatte es satt, in ihren Streit mit hineingezogen zu werden. Vor allem, da ihm weder Mac noch Ruth die ganze Wahrheit erzählt hatten.

Sie setzte sich mit einer geschmeidigen Bewegung neben ihn und zupfte an den Fingerkuppen ihrer Handschuhe. »Wir haben ihn immer wieder aufgenommen. Jedes Mal. Wir wollten stets nur das Beste für ihn. Für euch beide.«

Sie beobachtete eine Weile, wie er an dem Holz herumschnitzte. »Du und Anne. Das ist so schade. Vergeudete Zeit. Ich dachte immer, du willst Kinder haben.«

Er starrte sie an. »Mutter«, sagte er warnend.

Sie stand auf. Die Handschuhe hatte sie ausgezogen und hielt sie säuberlich übereinandergelegt in der Hand. »Ich wünsche mir nur, dass es weitergeht. Ist das so schlimm? Seit dein Vater tot ist, bin ich allein und habe nur noch dich und Markus. Soll es damit vorbei sein?«

Er spürte den Zorn unterhalb seines Kehlkopfes wie jedes Mal, wenn sie davon anfing.

»Hat Markus dir gesagt, wie er zu erreichen ist?«

»Nein. Hat er nicht.«

Kapitel 20

Samstag Mittag, 15.06. – Medebach – Sauerland

Die Adresse, unter der Levi Stappert mit letztem Wohnsitz gemeldet war, lag in der Nähe eines Gewerbegebietes an einer vielbefahrenen Straße.

Anne stellte Olivias Wagen auf einem der Anwohnerparkplätze ab und ging die letzten Meter zu Fuß. Die Hausfassaden waren schmutzig. An jeder Ecke lehnten überquellende graue Tonnen. Auf eine hatte jemand eine prall gefüllte Mülltüte gelegt, die jeden Moment herunterzurutschen drohte.

Anne nahm Stapperts Schlüssel aus der kleinen Beweismitteltüte und schloss die Haustür auf. Sie ging durch einen muffig riechenden Flur bis in den obersten Stock hinauf. Der Klingelknopf war mit einem Klebestreifen überklebt, die Schrift darauf kaum zu lesen. Sie betrachtete das Polizeisiegel. Jemand hatte es mit einem groben Werkzeug durchtrennt und das Schloss aus der Tür gesprengt. Die Kanten waren ausgefranst, und die Tür zeigte Spuren roher Gewalteinwirkung. Annes erster Impuls war es, ihre Pistole zu ziehen und in die Wohnung zu gehen, doch die Waffe lag sicher im Schließfach in Dortmund verstaut. Außerdem hatte sie den Großteil des letzten Jahres damit verbracht, sich Regeln wiederanzueignen, die sie für überholt betrachtet hatte. *Niemals alleine in eine fremde Wohnung gehen, wenn die Lage unklar ist, zum Beispiel.*

Anne hatte keine Angst. Es bereitete ihr Freude, Risiken einzugehen. Doch sie war angezählt worden. Sie durfte sich keinen Fehltritt mehr erlauben. Sie lauschte, hörte aber keine Geräusche aus der Wohnung.

Entsprechend den Dienstvorschriften dokumentierte sie die aufgebrochene Tür durch ein Foto. Dann ging sie nach draußen, um sich ein Bild von der Lage zu verschaffen. Ein schmaler Durchgang führte hinters Haus. Die Rückseite des Gebäudes war eine fast fensterlose Wand.

An der östlichen Seite reihten sich blumenkastenartige Balkons aneinander. In den unteren Etagen hingen Handtücher zum Trocknen draußen. Auf Stapperts Etage war nichts zu sehen.

Die Leitstelle des Hochsauerlandkreises trug den Funknahmen Sorpe. Anne funkte sie an und meldete den Einbruch. Die nächstgelegenen Streifen waren im Einsatz. Es würde dauern. Kurz entschlossen ging sie zu Olivias Kuga und holte einen zusammengeklappten, schwarz glänzenden Mehrzweckschlagstock aus dem Handschuhfach. Auf dem Rückweg zum Haus bemerkte sie, dass sich eine Gardine bewegte. Ihre Anwesenheit war bemerkt worden.

Anne stieg die Treppen hoch. Die Türen im Haus blieben verschlossen, doch sie spürte, dass sie beobachtet wurde. Trotzdem stellte niemand sie zur Rede. In diesem Haus schien man im Verborgenen zu bleiben.

Vor der Tür zu Stapperts Wohnung blieb sie stehen und streifte sich Handschuhe über. Wenn sich noch jemand drinnen befand, wollte sie nicht riskieren, dass derjenige über den Nachbarbalkon flüchtete, während sie hier draußen auf die Streife wartete. Anne klopfte und drückte dann die Tür auf, als keine Reaktion kam »Hallo? Polizei hier! Ist jemand zu Hause?«

Den Schlagstock in der Rechten, betrat sie die Wohnung. Scherben eines Glasbilderrahmens lagen auf dem Boden. Ein halb nackter Lenny Kravitz sah sie durch seine Sonnenbrille hindurch an. Es hatte ihn hart erwischt. Ein Riss ging durch seinen Körper.

Anne lauschte und betrachtete den reinweiß gestrichenen Wohnungsflur. Er wirkte sonderbar kahl und leer.

Durch die offen stehenden Türen konnte sie in Wohnzimmer, Küche und Bad sehen. Eine weitere Tür war geschlossen.

»Antworten Sie, und kommen Sie heraus! Sonst bin ich gezwungen, von der Schusswaffe Gebrauch zu machen.«

In der Wohnung blieb es gespenstisch still. Alles, was sie wahrnahm, war der eigene Puls. Ein dumpfes Pochen hinter ihren Schläfen. Sie trat zur Wohnzimmertür. Jemand hatte das Sofa aufgeschlitzt und regelrecht ausgeweidet. Ein Berg aus Schubladen samt Inhalt lag auf dem Boden. Filme, CDs, ein kaputter Flachbildschirm. Anne sah sich nach einem Computer um, konnte aber keinen entdecken.

Sie scannte den Raum auf mögliche Verstecke und atmete langsam in den Bauch. Der geschlossene Wandschrank war groß genug, dass ein erwachsener Mann darin stehen konnte. Anne näherte sich ihm vorsichtig.

Der oder die Einbrecher waren systematisch und mit Brutalität vorgegangen. Sie musste davon ausgehen, dass sie bewaffnet waren. Zumindest mit einem Messer, denn anders hätten sie das Sofa nicht derart zerfetzen können. Aber was hatten sie hier gesucht?

Mit den Fingerspitzen öffnete Anne die Schranktür. Er war leer. *Merkwürdig. Wo sind die Sachen?* Der Haufen auf dem Boden war nicht groß genug. Was hatten die Einbrecher mitgenommen? Anne wandte sich ab, kontrollierte das kleine Bad und ging dann auf die geöffnete Küchentür zu.

»Was zum Teufel …?«, murmelte sie halblaut.

Die Gardine hing in Fetzen, und auf dem Boden sah Anne ein Durcheinander an zertrampelten Lebensmitteln. Jemand hatte Linsen, Cornflakes, Zucker und Haferflocken ausgekippt. Die Dosen lagen auf der Arbeitsplatte.

Den Raum zu betreten, ohne auf irgendetwas zu treten, war nahezu unmöglich, doch Anne musste sichergehen, dass sich niemand hinter dem Türblatt versteckte.

In der Küche war keiner mehr. Blieb die letzte Tür, die einzige, die geschlossen gewesen war. Hatten die Einbrecher den Raum ausgelassen?

Nein. Sie hatten die Wohnung akribisch durchwühlt und waren auch in diesem Zimmer gewesen. Aber warum war die Tür geschlossen? Und wo war der Lebensgefährte von Levi Stappert?

Es gab eine mögliche Antwort auf diese Frage, und bei dem Gedanken daran stellten sich ihr die Nackenhaare auf. Anne streckte die Hand nach der Türklinke aus und spürte, wie das Adrenalin in ihren Adern brannte.

Ein gutes Gefühl. Darum machte sie diesen Job, arbeitete vierundzwanzig Stunden am Stück und die Wochenenden durch. In Momenten wie diesem fühlte sie sich lebendig.

Die Tür ließ sich nicht öffnen. Erst jetzt bemerkte Anne die gelbliche Substanz zwischen Türblatt und Rahmen. *Was zum Teufel?* War das Kleber? Sie sah genauer hin und konnte das Zeug an allen Seiten des Türblatts entdecken. Jemand hatte die Tür verklebt. Doch zu welchem Zweck?

»Hallo?«, rief sie. »Hier ist die Polizei. Ist jemand dort drin?« Hinter der Tür blieb es still. Jetzt hätte sie Unterstützung brauchen können. Doch warten kam nicht infrage. Wenn jemand in dem Zimmer war, brauchte er vielleicht dringend Hilfe.

Um den Tatort zu dokumentieren, schoss sie zunächst ein paar Fotos und zog dann ihr Taschenmesser heraus. Mit der Spitze kratzte sie den Kleber weg, bis sie die Klinge zwischen Türblatt und Rahmen schieben konnte. Es war eine anstrengende, schweißtreibende Arbeit. *Warum kommt die verdammte Streife nicht?*

Schließlich gelang es ihr, einen Spalt für die Spitze ihres Schlagstocks freizubekommen. Sie benutzte den Tonfa als Hebel und trat zu. Die Tür sprang auf, und ein beißender Geruch schlug ihr entgegen. *Zu spät.*

Sie starrte auf den Körper, der auf dem Bett lag. Verwesungsgase hatten den Bauch aufgebläht. Aus dem Mund ragten riesige Schneidezähne, und die trockenen schwarzen Augen schienen sie direkt anzusehen.

Eine Ratte.

Warum hat jemand eine tote Ratte auf das Bett gelegt? Als Nächstes bist du dran! War das die Botschaft? Wenn, dann war sie an Stapperts Lebensgefährten gerichtet, von dem sie immer noch nicht den Namen kannten, und von dem sie auch keine Fotos in der Wohnung gesehen hatte.

Er kann noch nicht im Schlafzimmer gewesen sein. Die Botschaft hat ihn also nicht erreicht. Anne sah sich um. Der Kleiderschrank stand offen, die Fächer waren leer, aber der Wäscheberg, der sich auf dem Boden türmte, wirkte merkwürdig klein.

Hier stimmt doch was nicht.

Nachdenklich durchstreifte sie noch einmal die Wohnung. Nur Levi Stappert war hier gemeldet, doch das Doppelbett und der große Kleiderschrank ließen auf zwei Bewohner schließen. Anne kehrte noch einmal in das kleine Badezimmer zurück. *Wo sind die Zahnbürsten? Wo ist der Kamm? Das Duschgel?* Es gab auch keine Sammlung an Körperpflegemitteln, die man im Haushalt eines schwulen Pärchens vielleicht erwarten würde.

Sie funkte noch einmal Sorpe an und erfuhr, dass die Kollegen bald da sein würden. Dann wählte sie Ulrikes Nummer im Polizeipräsidium Dortmund und gab ihr die Informationen durch, die sie hatte. Wenn es über die Suchmaschinen der Ermittlungsbehörden oder im Internet etwas über Stappert oder seinen Freund zu finden gab, dann würde sie es entdecken.

Anne dachte über die Biker mit den Flammenaufnähern nach. Waren sie die Täter? Oder war der Motorradclub selbst Zielscheibe von Hassattacken?

Endlich rückten die Beamten der Polizeistreife und ein Kriminaltechniker an. Anne hielt eine kurze Einsatzbesprechung ab. Die Wohnung musste untersucht werden. Sie und ein anderer Kollege würden die Nachbarn befragen.

Anne klopfte an mehrere Wohnungstüren, die alle verschlossen blieben, und notierte sich die Namen, sofern sie lesbar waren. Dann ging sie ein Stockwerk tiefer. Die Tür mit der Nummer elf öffnete sich nur einen Spaltbreit. Sie war mit einer Kette gesichert.

Runde, ängstliche Augen lugten zu Anne empor.

»Hallo! Ich heiße Anne Kirsch. Ist deine Mama oder dein Papa da?«

»Nein.«

»Kannst du mir sagen, wann sie wiederkommen?«

»Nein.«

»Wie heißt du?« In der Wohnung war es dunkel, und Anne konnte das kleine Gesicht, das halb unter einem langen Pony verdeckt war, kaum erkennen, geschweige denn sagen, ob es ein Junge oder ein Mädchen war. Das Kind antwortete nicht, sondern starrte Anne erwartungsvoll an.

»Kennst du den Mann, der ganz oben wohnt? Levi Stappert? Ich bin von der Polizei. Man hat mich gerufen, weil der Mann einen Unfall mit seinem Motorrad hatte. Jetzt muss ich untersuchen, wie das passieren konnte. In der Wohnung oben hat jemand ziemlich viel kaputtgemacht. War das laut? Hast du etwas gehört?«

»Nein.« Mit einem Klicken wurde die Tür zugezogen.

Anne holte eine Visitenkarte aus ihrem Portemonnaie und schob sie unter der Tür durch. »Wenn dir etwas einfällt, darfst du mich gerne anrufen«, rief sie. »Oder wenn du Probleme hast. Oder Sorgen.«

Anne klopfte an der Nachbartür.

»Den oben? Nee, den kenne ich nicht«, sagte eine Seniorin mit Raucherstimme. »Fragen Sie den Vermieter. Der wohnt ganz unten.«

Die Wohnung des Vermieters lag im Erdgeschoss und war die größte im ganzen Haus. Er bat Anne herein, und sie sah sich im Wohnzimmer um, das wie ein Museum für Tand und Trödel wirkte. Der Mann selbst trug ein kariertes Hemd und musterte Anne über den Rand seiner Nickelbrille hinweg interessiert. »Sie sind also von der Polizei? Wo ist Ihre Uniform?«

»Ich trage keine, aber hier ist mein Ausweis.«

Der Mann rückte die Brille zurecht und hielt sich Annes Karte kurzsichtig vor die Augen.

»Kripo? Was wollen Sie dann bei uns im Haus?«

»In der Wohnung von Herrn Stappert wurde gestern eingebrochen. Haben Sie etwas gehört oder gesehen?«

»Nein. Aber freitags habe ich meinen Kegelabend. Ich war also nur bis fünf zu Hause.« Er spitzte nachdenklich die Lippen. »Er hatte einen Motorradunfall. Ob das jemand spitzgekriegt hat und die Bude ausräumen wollte?«

»Hat Stappert denn allein gelebt?«

Der Mann verzog das Gesicht. »Auf jeden Fall hat er nur für sich allein bezahlt. Ich habe ihm immer gesagt, wenn sein Freund hier auch wohnt, muss er sich an den Nebenkosten beteiligen. Das geht schließlich pro Kopf. Der war andersrum, wissen Sie? Aus dem *Milieu*.«

»Welches Milieu?«

»Na, Schwuchteln. Oh pardon! Das war nicht politisch korrekt, woll? Homos. Was weiß ich, was die machen und wo die sich treffen. Ich bin nicht so einer. Hab keine Angst vor Frauen.« Er zwinkerte ihr vielsagend zu.

Anne starrte ihn ausdruckslos an. *Was für ein Arschloch!*

»Wie hieß der Mitbewohner?«

Der Mann schnaubte. »Das hat er mir nicht verraten. Es war so ein großer Rothaariger.«

»Biker?«

»Ja, so ein Typ in Leder. Da stehen die wohl drauf.« Er hob anzüglich die Brauen.

Ein seltsames Gefühl überkam Anne. Eine Unruhe, die sie nicht zu greifen vermochte.

Kapitel 21

Anne legte eine zerfledderte Taschenbuchausgabe von Anne Rice' *Interview mit einem Vampir* auf den Tisch.

»Hier. Endlich.«

Olivia runzelte verständnislos die Stirn.

»Der Lebensgefährte von Stappert. Wir haben ihn.« Sie schlug die erste Seite auf. *Markus Neuer* stand dort in der krakeligen Schrift eines Jugendlichen.

»Der Name Markus taucht auch an anderen Stellen in der Wohnung auf. Ich bin mir sicher, dass er derjenige ist, den wir suchen, und habe Ulrike bereits auf ihn angesetzt.«

»Endlich eine gute Nachricht.« Olivia streckte sich in ihrem Stuhl und bewegte mit angespanntem Gesicht Nacken und Schulterblätter.

»Was hast du noch? Handy? Computer? Kontoauszüge?«

»Leider nichts. Es sieht aus, als hätten Levi und Markus ihre persönlichen Sachen fortgeschafft. Es fehlen auch Hygieneartikel und Kleidungstücke.«

»Du meinst, sie sind ausgezogen?«

»Es sieht so aus, als hätten sie die Wohnung überstürzt verlassen. Dazu passt die tote Ratte auf dem Bett. Vielleicht sind sie bedroht worden.« Anne holte ihr Smartphone heraus und zeigte Olivia die Bilder, die sie von der Wohnung gemacht hatte.

Die Hauptkommissarin betrachtete das Foto der Ratte. »Das Tier ist schon länger als ein paar Stunden tot.«

»Ja. Es ist nicht mehr frisch, kann aber nicht vor Freitagnachmittag dort abgelegt worden sein. Vormittags waren die Kollegen drin und haben die Wohnung versiegelt. Die Einbrecher wollten ein Zeichen setzen. Sie haben sogar die Tür verklebt und den Raum dadurch abgedichtet. Vielleicht um den Schock zu vergrößern. Oder aus Rücksichtnahme auf die Nachbarn.«

Olivia lächelte müde. »Das Letzte bezweifle ich.«

»Was hältst du von einer Fahndung?«

»Nach Markus? Mit welcher Begründung denn? Als Tatverdächtiger? Wir können nicht einmal nachweisen, dass es diese Straßenkralle wirklich gab. Bis jetzt haben wir nur ein wenig Rost, einen Unfall und den Einbruch.« Sie rieb sich die Schläfen.

»Wie war es bei dir?«, fragte Anne. »Hast du ein schwaches Glied in der Kette gefunden?«

Olivia schüttelte dumpf den Kopf.

Ihr Smartphone summte, und sie zog es heraus. »Ulrike hat etwas geschickt.« Sie öffnete eine E-Mail und las einige Minuten schweigend. »Hat Hartmann nicht gesagt, dass er Levi angeblich nicht gut kannte?«

»Ja.«

»Das kann nicht stimmen. Levi Stappert war schon seit Gründung 2002 Mitglied des Heiße Reifen Sauerland e. V. Zu dieser Zeit hat er als Industriekaufmann bei Hartmann Maschinenbau gearbeitet.«

»Das ist doch die Firma von Andreas' Vater.«

»Genau. Die beiden kannten sich seit langer Zeit. Wir sollten Hartmann noch mal auf den Zahn fühlen.«

Die nächsten Stunden verbrachten sie mit PC-Arbeit. Um sechzehn Uhr rief Ulrike an und verkündete mit triumphierender Stimme, Levi Stappert sei unter dem Nickname *Levi Athan* bei Facebook aktiv gewesen.

»Ich überprüfe das.«

Anne meldete sich mit ihrem eigenen Account bei Facebook an, den sie zu Recherchezwecken nutzte. Um ihr Profil zu füllen, teilte sie dort Bilder von Heikos Katze, die immer großen Anklang fanden.

Das Profil *Levi Athans* enthielt keine öffentlich zugänglichen Informationen und zeigte das Bild eines »Lonely Cowboy«, eines schattenhaften Reiters vor dem Hintergrund der Prärie. Auch die Liste seiner Freunde war verborgen. Solange sie kein Passwort hatte, konnte sie nicht das Geringste mit diesem Profil anfangen. Ihr kam ein Gedanke, und sie gab in das Suchfeld am oberen Ende des Browsers »Heiße Reifen Sauerland« ein.

Der Bikerverein schien im Netz aktiv zu sein. Sie scrollte sich durch die Beiträge und fand Bilder von aufgemotzten Maschinen und Tourfotos von Bikern, deren Gesichter leider selten zu erkennen waren. Aber interessanter als die Beiträge selbst fand Anne die Kommentare dazu.

»Geiles Teil!«, schrieb *Dark Dude*, und auf dem Profilbild erkannte Anne zweifelsfrei Barkeeper Rico wieder. In der nächsten Stunde klickte sie sich durch alle Kommentare. Auf einigen Profilen entdeckte sie Likes von *Levi Athan*. Mit Kommentaren war er allerdings sparsamer gewesen. Sie fand keinen einzigen. Dafür stieß sie auf die Namen *Mar Kushner* und *Markus Schwermer* und notierte sich beide.

Dann stutzte sie. Es gab einen neuen Kommentar zu einem Beitrag, der eine getunte Harley zeigte. »Ein toter Biker ist ein guter Biker! Fahrt zur Hölle!«, schrieb *Ha. Ss.*

Anne klickte auf das Profil. Nichts. Kein Profilbild, keine Informationen, keine Freunde. »Sieh dir das mal an.«

Olivia stand auf und stützte sich auf ihrem Tisch ab. Anne zeigte ihr die Hassbotschaft.

»Der Name ist nicht sehr subtil. Was schreibt er so?«

Anne ging durch die Beiträge. Er teilte oft martialische Sprüche von *Outlaw Gangster*, *Echter Deutscher* oder von einer Seite, die sich *Germanisches Blut* nannte.

»Ich möchte wissen, wer das ist. Ulrike soll die IP-Adresse für uns herausfinden.«

Annes Handy summte. Es war Heiko, der fragte, wann sie Feierabend hatte. *Abendessen? Filmabend? Massage?*

Sie lächelte.

Ja, ja und ja, schrieb sie zurück. *Hoffe, dass ich gleich hier wegkomme.* Sie sah Olivia an, die etwas auf ihrem Bildschirm las und immer wieder die Schultern bewegte. Sie sah aus, als hätte sie Schmerzen.

Als hätte Olivia ihren Blick bemerkte, wandte sie sich um. »Maiworm?«

»Wie bitte?«

»Karl Maiworm Junior müsste jetzt wieder zu Hause sein, und wir haben die Liste der Ersthelfer bekommen. Was möchtest du übernehmen?«

Anne schloss die Augen. Das hatte sie völlig vergessen. »Stimmt, Maiworm sollten wir heute noch sprechen. Die Ersthelfer, na ja.«

»Ich will wissen, wie Levi Stappert vorgefunden wurde. Wer ihn vom Motorrad weggezogen und wer den Helm abgenommen hat.«

»Ja, du hast recht. Dann fahre ich zu Maiworm.«

»Nimm den Dienstwagen. Danach kannst du meinetwegen Feierabend machen.«

Anne stand auf und ging zur Tür. »Was meinst du, wie viel Zeit uns noch bleibt?«

»Was?«

»Hast du mit Oberan gesprochen? Wie lange können wir in einem Mordfall ermitteln, der keiner ist?«

»Montag werde ich ihm Bericht erstatten müssen. Bis dahin sollten wir etwas Konkretes haben. Sonst wird es eng.«

Als Anne an der Unfallstelle vorbeikam, ging sie abrupt vom Gas. Am Rande ihres Sichtfeldes war etwas aufgeblitzt, das sie im Vorbeifahren nicht genau hatte erkennen können. Sie parkte am Straßenrand und ging noch einmal zu der Stelle zurück, an der Levi Stappert gestorben war.

An den Bäumen hatte jemand einen Strauß Wiesenblumen abgelegt, und daneben brannte eine Kerze. Anne ging näher heran und betrachtete die letzte Gabe, ohne sie zu berühren.

Warst du das, Markus? Dann bist du ganz in der Nähe.
Dann hast du mitbekommen, dass wir hier sind und den
Tod deines Freundes untersuchen. Warum hast du keinen
Kontakt mit uns aufgenommen? Sie zog ihr Smartphone heraus und machte ein Foto.

Es gab mehrere mögliche Antworten auf diese Fragen.
Wenn Markus sich hier in der Gegend aufhielt, würde sie
ihn hoffentlich bald finden.

Anne beschloss, das Auto am Fahrbahnrand stehen zu
lassen und ging die kurze Strecke bis zum Aussiedlerhof der
Maiworms zu Fuß. Felder säumten die Straße zu beiden Seiten, und es gab keine Beleuchtung. Wenn der Nachthimmel
wolkenbedeckt war, musste es hier sehr dunkel sein. Sie ließ
ihre Gedanken treiben.

Ich bin der Täter. Ich warte auf der Wiese, dass jemand in
meine Falle fährt. Jemand, den ich hasse. Einer der Biker des
Clubs oder Stappert selbst. Ich höre den Fahrer heranrasen
und gleich darauf den Knall. Jetzt muss ich die Straßenkralle
verschwinden lassen. Durch den Aufprall wurde sie weggeschleudert. Ich muss sie suchen, bevor jemand zum Unfallort
kommt. Aber ich kann nicht wissen, wo sie hingeschleudert
wurde, und es ist stockfinster. Ich brauche Licht.

Ist es so gewesen?

Auf dem Hof der Maiworms parkten sechs Fahrzeuge, und
Anne hörte Stimmen durch das gekippte Fenster. Irgendetwas war im Gange. Eine Feier? Anne sah auf die Uhr und
begriff, dass sie zu einer ungünstigen Zeit gekommen war.

Bundesliga. Pech für ihn. Sie klingelte.

»Jetzt kommt deine Alte und führt dich ab«, hörte sie,
begleitet von dröhnendem Lachen. Ein übergewichtiger
Mann im Dortmundtrikot öffnete ihr.

Anne hielt ihm ihren Ausweis entgegen. »Sind Sie Herr
Maiworm?«

Er musterte sie stirnrunzelnd. »Also dat iss schlecht jezz.
Kann dat nich warten?«

»Das Spiel können Sie gleich sehen. Gehen wir nach draußen?« Sie machte einen Schritt rückwärts und sah ihn auffordernd an.

»Ach menno!« Maiworm zögerte einen Moment, schloss dann aber die Tür hinter sich und kam mit raus.

»Eh, Kalle!«, rief jemand durchs Fenster. »Tête-à-tête oder was?«

Maiworm ignorierte den Rufer. »Wat wolln Se denn?«

Anne ging in Richtung Scheune. Dort war der Boden mit dunklen, verdächtig aussehenden Pfützen bedeckt. Sie blieb stehen. »Erzählen Sie mir bitte von Donnerstagabend.«

Maiworm schnaubte. »Sach ma, sprechta nich mit'nander oder was? Dat hab ich doch Ihren Kollegen schon erzählt.«

Anne reagierte nicht auf seinen gereizten Tonfall. »Dann erzählen Sie es mir bitte noch mal«, entgegnete sie kühl.

»Kein Wunder, datta überarbeitet seid, wenna wegen jedem Unfall so 'n Aufriss macht.«

»Wo haben Sie geschlafen, als der Knall Sie geweckt hat?«

Er sah sie an, als wäre sie blöde. »Im Bett natürlich!«

»Wo liegt Ihr Schlafzimmer? Zeigen Sie es mir!«

Er deutete auf die Gebäudeseite, die der Straße abgewandt war. »Aber nich der Knall hat mich geweckt, sondern dat Moped. Entweder war der Auspuff angebohrt oder kaputt, auf jeden Fall war dat ein Lärm, dat sach ich Ihnen. Wat fürn Arsch dachte ich nur. Dann der Knall. Ich wusste sofort, datta hin iss.«

»Haben Sie auf dem Weg zur Unfallstelle etwas bemerkt? Jemanden? Oder als Sie dort waren?«

»Jemanden außer Levi?«

»Ja.«

Er starrte sie an und kratzte sich am Bauch. Anne ließ ihm Zeit.

»Ich hatte die Taschenlampe ausser Scheune mitgenommen«, sagte er schließlich. »War stockfinster da draußen. Aber da oben hat wat geleuchtet. Ich dachte dat wärn die Scheinwerfer von dem Moped.«

Oder jemand, der die Unfallstelle abgesucht hat, dachte Anne. »Hat es noch geleuchtet, als Sie dort ankamen?«

»Nein.«

»Beschreiben Sie bitte, was Sie gesehen und gehört haben. Hat der Fahrer noch gelebt?«

Maiworm strich sich über den Mund. »Nein. Der war hinüber. Dat sah man gleich. Der sah schrecklich aus. Dat Bild vergess ich nimmer. Gehört hab ich nur dat Zischen vom heißen Motor. Und da war ein Geruch wie beim Grillen. Dat war dat Schlimmste. Mir is immer noch schlecht, wenn ich dran denke.«

»Haben Sie ihm den Helm abgenommen?«

Maiworm nickte.

»Haben Sie sonst noch etwas bemerkt? Hatten Sie das Gefühl, dass außer Ihnen jemand dort war? Oder haben Sie ein Auto davonfahren hören?«

»Nee. Dat haben mich auch die Polizisten gefragt, die da hingekommen sind. Da war sonst keiner.«

Annes Blick fiel auf das Häuschen des alten Kreimer auf der anderen Straßenseite, und sie schwieg nachdenklich.

»Aber wieso interessiert sich jezz die Kripo dafür? Hat doch einer wat damit zu tun?«

»Das wird sich zeigen. Sie können jetzt zu Ihrem Fußballspiel zurückkehren. Ich melde mich, wenn ich noch weitere Fragen habe.«

»Okay.« Er ging wieder ins Haus. Anne schob die Hände in die Hosentaschen und schlenderte über den Hof. Levis Motorrad war so laut gewesen, dass Maiworm schon von den Fahrgeräuschen aufgewacht war, obwohl sein Schlafzimmer auf der abgewandten Seite lag. Konnte es sein, dass Kreimer tatsächlich nichts gehört hatte?

Vielleicht war es sinnvoll, ihm noch mal auf den Zahn zu fühlen. Aber das hatte Zeit bis morgen. Jetzt würde sie zu Heiko fahren. Auf dem Weg zurück zu ihrem Auto summte ihr Smartphone, und sie warf einen Blick aufs Display.

Ulrike.

»Hi!«

»Hallo, Anne! Ich habe etwas herausgefunden und wollte zuerst mit dir sprechen.«

Ihre Stimme klang seltsam und versetzte Anne in Alarmbereitschaft. »So? Was denn? Was ist los?«

»Wegen Markus Neuer. Warum hast du nichts gesagt?«

»Gesagt?«

»Na, dass er Heikos Bruder ist.«

Anne blinzelte. Sie hatte das Gefühl, als würde eine Klippe unter ihren Füßen wegbrechen. Das Gefühl zu fallen. »Was?«

»Sag bloß, du wusstest das nicht.«

Ulrike klang schockiert. »Anne. Ich – ich schicke dir jetzt meinen Bericht per Mail. Vielleicht sprichst du mal in Ruhe mit Heiko. Und wenn du magst, kannst du mich auch gerne anrufen. Ich bin den ganzen Abend zu Hause.«

Anne schluckte. »Ja. Danke!«

Sie legte auf und sah das Briefsymbol am oberen Rand ihres Bildschirms auftauchen.

Markus *Neuer*. Die Wahrheit war direkt vor ihren Augen gewesen, doch sie hatte sie nicht gesehen.

Kapitel 22

Schotter knirschte unter seinen Füßen, als er auf den Feldweg einbog. Heiko achtete kaum darauf, wohin er ging. Seine Füße kannten den Weg, ebenso wie Stella, die mit hektisch wedelndem Schwanz am Wegesrand entlanglief und alle paar Meter stehen blieb, um zu schnüffeln. Offenbar gab es neue, spannende Gerüche.

Er hatte sein Handy in der Hand und wählte die Nummer seines Bruders, auch wenn er nicht damit rechnete durchzukommen. Tatsächlich ertönte nur die Bandansage, dass der Teilnehmer nicht erreichbar sei. Er musste sich damit abfinden, dass er Mac heute nicht mehr sprechen würde. Nicht, bevor Anne nach Hause kam.

Es war Zeit, sich darüber Gedanken zu machen, was er tun wollte. Wenn er überhaupt noch eine Wahl hatte. Schließlich war Anne eine gute Ermittlerin, und früher oder später würde sie die Wahrheit über seinen Übernachtungsgast herausfinden. Und wenn sie es herausfand, bevor er die Geschichte von sich aus erzählte, würde er dann überhaupt noch eine Chance haben, sich zu erklären? Für Anne wäre das ein Interessenkonflikt zwischen der Beziehung zu ihm und ihrer Arbeit, und er machte sich keine Illusionen, was für sie an erster Stelle stand. Wie würde sie reagieren, wenn sie von Markus erfuhr?

Am Horizont brauten sich dunkle Wolken zusammen. Der eben noch strahlend blaue Himmel war trüb geworden. Gestank lag in der Luft, als würde zwischen den hohen Gräsern etwas verwesen.

Gleich würde es gewittern. Heiko musste sich beeilen, wenn er trockenen Fußes nach Hause kommen wollte. Aber zuerst musste er einen Entschluss in Bezug auf Anne und seinen Bruder fassen. Wieder wählte er Macs Nummer.

Verdammt, jetzt schalt dein Handy ein, du Idiot! Er kam an einem allein stehenden Bauernhof vorbei und sah Bauer Werntze, der mit seinem Körpergewicht gegen die Stalltür drückte, um sie zuzuschieben.

»Solltest dich sputen!«, rief er Heiko zu. »Gibt gleich was.«

»Ja, ja. Bin nicht aus Zucker.« Heiko merkte, dass auch Stella unruhig wurde. Aber umzukehren machte keinen Sinn. In ein paar Hundert Metern würden sie eine Weggabelung erreichen, die wieder in Richtung Ortschaft führte.

Er beschleunigte seine Schritte und ging durch die Fichtenschonung, die den Großteil des schwächer werdenden Lichtes schluckte. Stella blieb stehen, und ihr Fell sträubte sich. Vor ihnen traten zwei Männer aus dem Schatten der Bäume.

Sie waren ganz in schwarzes Leder gekleidet und trugen geschnürte Stiefel. Sturmhauben bedeckten ihre Gesichter. Einer hatte etwa Heikos Statur, der andere war so groß wie ein Kleiderschrank. Heiko musste an die Biker denken, die sein Haus beobachtet hatten, und er zweifelte keine Sekunde daran, dass diese zwei auf ihn gewartet hatten.

Stella knurrte. Ihre Nackenhaare standen wie Stacheln zu Berge. Heiko meinte das dumpfe Wummern seines Herzens zu hören. Seine Handflächen fühlten sich feucht an, und ihm wurde klar, dass er nicht mehr in Hörweite das Bauernhofes war. »Was wollt ihr?«, rief er.

Die Männer kamen schweigend näher. Er hätte wegrennen sollen. Jetzt war es zu spät dazu. An der Hand des großen, massigen Kerls blitzte etwas auf. Ein Schlagring.

Stella bellte warnend und zerrte an der Leine. Instinktiv ließ Heiko sie los. Ohne ein Wort zu sagen, machte der Große einen Schritt nach vorn und schlug zu.

♦

Elsbeth stand am Fenster und beobachtete den Regen, der in dichten Fäden herabprasselte. Sie hatte Licht anschalten müssen, so dunkel war es draußen geworden. *Ein bisschen Wasser wird den Pflanzen guttun*, dachte sie und zuckte zusammen, als es draußen donnerte. Wieder ein malerischer Blitz. Elsbeth begann zu zählen. Bei drei schien der Himmel zu explodieren.

»Wo bleibst du denn, Willi?«, flüsterte sie. Hatte er sich vor dem Unwetter in eine Wohnung gerettet? Ja, so musste es sein. Wahrscheinlich saß er jetzt im Warmen und trank ein Glas Bier mit Ansgar oder einem der anderen. *Warum ruft er nicht an? Er muss doch wissen, dass ich mir Sorgen mache.*

Sie fröstelte in ihrer dünnen Bluse und zog eine Strickjacke darüber. Warum hatten sie so überstürzt handeln müssen? Willi war es gewesen, der darauf gedrängt hatte. Er musste die Mitglieder des Gefriervereins unbedingt heute aufsuchen, als wäre nicht schon genug Zeit verstrichen. Ob sie das Fach morgen oder in zwei Wochen öffnen würden, machte doch keinen Unterschied.

Elsbeth sah in den Himmel, der am späten Nachmittag schon beinahe schwarz war. Als würde die Welt untergehen. Ihr Vorhaben stand unter keinen guten Vorzeichen. *Warum ruft er nicht an?*

Sie nahm den Hörer des Drehscheibentelefons. Dann musste sie sich eben durchfragen, wo Willi untergekommen war. Nicht, dass der Kerl noch draußen umherlief und sich womöglich in einem Schuppen untergestellt hatte. Beim Gedanken daran blieb ihr Herz fast stehen. Sie legte den Hörer ans Ohr und stellte fest, dass die Leitung tot war.

Ein erneuter Knall brachte das Glas auf dem Tisch zum Klirren. Er kam Elsbeth noch lauter vor als der vorherige.

Dann klingelte es an der Tür. Halb erleichtert, halb verärgert seufzte sie auf. Er war also tatsächlich draußen gewesen.

Wie konnte man nur so leichtsinnig sein und sich bei Gewitter und strömendem Regen auf den Heimweg machen? Sie würde ihm ordentlich die Meinung sagen. Bevor er mit seinem Leben spielte, sollte er gefälligst an sie denken. Sie öffnete die Tür, doch die Worte blieben ihr im Halse stecken.

Der Mann, der mit vor Nässe starrer Jacke und tropfender Kapuze vor der Tür stand, war nicht Willi. Schnell drängte er sich an ihr vorbei in den Flur.

»He!«, stieß sie hervor, vor Schreck wie gelähmt.

»Guten Tag, Frau Eberbach!«

Die Stimme kam ihr bekannt vor. Er zog seine Kapuze nach hinten. »Entschuldigen Sie den Überfall! Erlauben Sie, dass ich die Tür schließe? Sonst wird der ganze Flur überschwemmt. Dieses Unwetter hat mich auf dem Weg hierher überrascht. Sonst hätte ich mir wenigstens einen Schirm mitgenommen.«

Der Schock wich aus ihren Gliedern, und sie stemmte die Fäuste in die Seiten. »Was zum Teufel wollen Sie denn hier?«

Rechtsanwalt Pötzel wischte sich die Feuchtigkeit von der Stirnglatze. »Ich habe eine gute Nachricht für Sie, eine sehr gute Nachricht. Darf ich?«

Er deutete auf die Treppe zur Wohnung, aber Elsbeth wich keinen Zentimeter zurück.

»Zuerst sagen Sie mir, was Sie hier wollen!«

»Ich würde es wirklich lieber – also gut. Herr Wohlfeil hat Kontakt zu mir aufgenommen und möchte Ihnen helfen. Ich würde wirklich gerne …«

Er sah hoffnungsvoll zur Wohnungstür, aber als Elsbeth keine Anstalten machte, ihn hineinzubitten, steckte er die Hand in die Brusttasche und holte einen dicken braunen Umschlag heraus. Ungläubig starrte sie auf die Fünfzigerscheine, die darin zu sehen waren.

»Ihm liegt viel am Fortbestehen des Gefriervereins, und er möchte für die Reparatur des Kühlaggregates aufkommen. Da die Zeit drängt, ist er der Meinung, dass Sie das Geld am besten in bar bekommen sollten.«

Elsbeth hatte das Gefühl, als sähe sie sich selbst im Film. Die Situation war zu verrückt, um real zu sein.

»Dies ist ein Vorschuss für die eiligsten Reparaturarbeiten. Sie können noch mehr bekommen, sobald Sie mir den Kostenvoranschlag vorlegen.«

»Aber ...« Elsbeth fand ihre Stimme wieder. »Wir sind nur ein kleiner Verein. Wir könnten ihm das nie zurückzahlen.«

»Das ist nicht nötig. Herr Wohlfeil ist zufrieden, wenn der Betrag wieder für seine zukünftige Mitgliedschaft verwendet wird. Er möchte diesen traditionsreichen Verein nicht verlieren. Das letzte Kalthaus im Sauerland, so wie Sie gesagt haben.«

Was war aus dem aufgeblasenen Schnösel geworden, den sie gestern in Paderborn aufgesucht hatten? Elsbeth erkannte ihn nicht wieder. Für einen Moment sah sie sich selbst bei der nächsten Versammlung. Wie sie Birgit und den anderen die Rettung verkündete. Dann wischte sie den Gedanken fort. Eine Frau der Tat, das war sie, keine Träumerin.

»Richten Sie Herrn Wohlfeil meinen Dank für sein großzügiges Angebot aus. Was ich noch von ihm brauche, sind Anschrift und Telefonnummer. Für unsere Unterlagen. Und es wäre mir lieber, wenn er uns das Geld überweisen könnte. So eine große Summe in bar? Nein!«

Pötzel hob bedauernd die Hände. »Ich fürchte, das wird nicht möglich sein. Herr Wohlfeil legt höchsten Wert auf seine Anonymität. Er hat mich angewiesen, keine Daten von ihm preiszugeben.«

»Dann kann ich das Geld nicht annehmen.«

»Das würde Herr Wohlfeil sehr bedauern. Wie Sie selbst sagten, Frau Eberbach: Es geht um ein Stück Geschichte.«

Elsbeth dachte an Willis Gesicht. *Das gefällt mir nicht, Else.* Sie dachte an den Gefrierverein. Eine kleine Gemeinschaft, die aus der Zeit gefallen war, überholt von Generation X und Y. Die letzten Ruderer auf einem Schiff, das längst mit Motorkraft fuhr. Ein Verein, der im Sterben lag und dessen Rettung mit einem Mal zum Greifen nah erschien.

Kapitel 23

Samstag Nachmittag, 15.06. – Bontkirchen – Sauerland

Regen prasselte auf das Dach des Dienstwagens. Anne bedankte sich bei der jungen Polizistin, die sie zu Heikos Wohnung gefahren hatte. Es brannte kein Licht. Sie schloss die Tür auf und zog ihre Turnschuhe aus, die vom Regen durchweicht waren. Drinnen sah sie auf ihr Handy. Keine Nachricht von Heiko, dabei stand sein Auto vor der Tür. Auch Stella kam nicht, um sie zu begrüßen. Die beiden waren doch nicht etwa bei diesem Wetter spazieren gegangen?

Anne schaltete die Kaffeemaschine ein, setzte sich an den Tisch und schlug die Tageszeitung auf. Gurgelnd tropfte heißes Wasser in den Filter. Sie starrte auf die Seite, schob die Zeitung aber nach wenigen Minuten zur Seite. Lesen machte jetzt keinen Sinn, zu groß war das Chaos in ihrem Kopf. Der Zorn auf Heiko. Er hatte sie tatsächlich angelogen.

Sie musste daran denken, wie einsilbig er heute Morgen gewesen war und wie schroff er auf ihre Fragen reagiert hatte. *Ein Kumpel in Schwierigkeiten! Pah!*

Es gab also einen Bruder. *Mac.* Anne dachte an Ulrikes Bericht. Ein Bruder, auf den er nicht stolz war. Ein dunkler Fleck auf Heikos weißer Weste.

Bisher wusste sie nur einen Bruchteil, auch wenn Ulrikes Bericht ausführlich gewesen war und sämtliche Stationen von Markus' Werdegang enthalten hatte. Wie sah Heikos Beziehung zu seinem Bruder aus? Und warum hatte er dessen Existenz Anne gegenüber nie mit einem Wort erwähnt?

Ist er deshalb weg? Weicht er einer Begegnung mit mir aus? Warum hat er denn heute Morgen nichts gesagt, ver-

132

dammt? Er muss damit rechnen, dass ich dahinterkomme. Ich habe ihm von dem Fall erzählt! Sie goss sich einen Kaffee ein und rief Ulrikes E-Mail auf.

Markus Neuer war schon als Kind auffällig gewesen. Von seiner Lehrerin in der siebten Klasse der Realschule wurde er als erziehungsschwierig beschrieben. Die Schule schloss er mit relativ guten Noten ab, bekam aber wenig später eine Jugendstrafe wegen Drogenbesitz. Seine Lehre als Schlosser brach er ab und wurde mit siebzehn Jahren als vermisst gemeldet.

Monate später tauchte er wieder auf, ohne zu verraten, wo er sich aufgehalten hatte. Er fing in den Willinger Bürgerstuben eine Ausbildung zum Koch an, die er beendete. Einige Jahre wurde er nicht auffällig, bis er sich mit sechsundzwanzig Jahren nach einer Discofete in Brilon alkoholisiert auf sein Motorrad setzte und nach Hause fuhr. Er übersah einen Fußgänger, der in dunkler Kleidung am Fahrbahnrand entlangging, und überfuhr ihn. Das Opfer war daraufhin querschnittsgelähmt.

Anne las den Namen: Tobias Kroll. Zum Zeitpunkt des Unfalls war er neunzehn Jahre alt gewesen.

Der Kaffee schmeckte bitter in ihrem Mund, und sie schob ihn von sich.

Das alles hatte Heiko ihr verschwiegen. Sie dachte an heute Morgen beim Frühstück, wie er sie nach dem Fall gefragt hatte. *Und ich Idiotin habe ihm alles erzählt. Als ich angedeutet habe, Markus' Jacke untersucht zu haben, ist er wütend geworden. Ich hätte merken müssen, dass er etwas zu verbergen hat.*

Sie dachte über die Jacke nach. Bedeutete das, auch Heikos Bruder war Mitglied des Vereins Heiße Reifen Sauerland gewesen? Warum hatte dann keiner seinen Namen erwähnt?

Sie bekam Bauchschmerzen und öffnete Heikos Kühlschrank. Beim Anblick der Forelle, die er gebraten hatte, wurde ihr übel. *Er hat mich angelogen. Er, der Lehrer, der Tierfreund, in dessen Leben alles so perfekt, so in Ordnung scheint. Eine Lüge.* Nichts war in Ordnung. Die nächste Frage lag auf der Hand. Wann hatte er noch gelogen?

Was tat er unter der Woche? Oder überhaupt während der langen Zeit, in der sie sich nicht sehen konnten? Wenn er ihr erzählte, dass er zu Hause auf dem Sofa saß und ein Buch las oder mit seinen Freunden unterwegs war? Mit Maren? Was tat er wirklich?

Anne presste sich die Fäuste gegen die Schläfen. *Hör auf! Das ist Wahnsinn. Du machst dich selbst verrückt. Er hat dich einmal angelogen. Aber trotzdem kennst du ihn doch. Du weißt, wie er ist. Heiko ist nicht wie dein Ex-Freund.*

Trotzdem fühlte sie sich mies. Als würde sie eine Grippe bekommen. Wenn man einmal betrogen worden war, hinterließ das Spuren.

Ihr Smartphone klingelte. Eine unbekannte Nummer mit Briloner Vorwahl. Mit klopfendem Herzen nahm sie an.

»Frau Anne Kirsch?«, fragte eine männliche Stimme.

»Ja.«

»Hier spricht Pfleger Decker vom Krankenhaus Maria Hilf in Brilon. Heiko Neuer wurde eben mit schweren Verletzungen bei uns eingeliefert.«

Kapitel 24

Annes Schritte hallten durch den weiß getünchten Gang des Krankenhauses, der von Deckenflutern in grelles Licht getaucht wurde. Sie war mit Heikos Volvo gefahren, hatte auf dem Parkplatz vor der Tür keine Lücke mehr gefunden und weit außerhalb parken müssen. Das Stück bis zum Krankenhaus hatte sie rennend zurückgelegt. Eigentlich stellte so eine kurze Strecke keine Herausforderung für sie dar, trotzdem fühlte sie sich, als wäre sie mehrere Kilometer gesprintet. Bei jedem Atemzug fühlte sie den Schmerz unter ihren Rippen.

Der Eingangsbereich und das Café im Erdgeschoss waren voll Besucher und Patienten. Anne entdeckte das Schild der Ambulanz, hastete darauf zu und ging mit schnellen Schritten durch den Wartebereich. Mehr als die Hälfte der Stühle waren belegt. Durch die Milchglastür sah sie, dass auch die Anmeldung von Patienten besetzt war.

Unruhig stellte sie sich vor das Schild mit der Bitte um Diskretion. *Warten Sie hier, bis die Anmeldung frei ist.*

Anne versuchte ihren Atem zu regulieren. Sie vibrierte innerlich. Was zum Teufel war passiert? Die Minuten, bis die Anmeldung frei wurde, schienen sich endlos in die Länge zu ziehen. Als Anne eintrat, sah ein Krankenpfleger mit müdem Gesicht zu ihr hoch.

Sie nannte ihren Namen. »Sind Sie Herr Decker? Haben Sie mich wegen Heiko Neuer angerufen?«

Er nickte. »Er wird noch operiert. Sie können in der Chirurgie warten. Ich gebe oben Bescheid, dass Sie da sind.«

»Was ist passiert? Wie schwer ist er verletzt?«

»Das weiß ich nicht. Der Arzt wird Ihnen mehr sagen.«

Anne lief die Treppen hoch, fand die Chirurgie und setzte sich ins Wartezimmer. Heiko wurde operiert? Hatte er einen Unfall gehabt?

Eine Weile saß sie so da und stützte das Gesicht in die Handflächen.

Sein Auto hatte noch vor dem Haus gestanden, er musste also zu Fuß unterwegs gewesen sein. Wahrscheinlich hatte er einen Spaziergang mit Stella gemacht. Vielleicht war er angefahren worden. Wann kam endlich jemand, der ihr Antworten geben konnte?

Sie dachte an Markus und an die tote Ratte auf Levis Bett. Ihr wurde kalt. Was war hier los? Was hatte er bei Heiko gewollt? Hatte er ihn in Gefahr gebracht? Sie rieb sich die Schläfen. Diese Spekulationen brachten sie nicht weiter. Gleich würde sie erfahren, was passiert war. Heiko musste ihr endlich die Wahrheit sagen. Wenn er konnte. Wenn er nicht im Koma lag. Wenn ... *Verdammt!*

Nach einer gefühlten Ewigkeit kam der Arzt. »Frau Kirsch?« Seine Haut war dunkel, die Stimme südländisch eingefärbt.

Anne sprang auf. »Ja?«

»Herr Neuer ist im Aufwachraum. Sie können jetzt zu ihm.«

»Wie geht es ihm? Was ist überhaupt passiert?«

»Kommen Sie! Ich rede ungern hier auf dem Flur über Privates.« Der Arzt ging voraus, und sie folgte ihm in ein Zimmer. Es gab mehrere Betten, von denen nur eines belegt war. Neben einem Monitor und einem Infusionsständer, an dem eine Schwester hantierte, lag eine Gestalt auf dem Krankenbett.

Das Gesicht war zum Teil bandagiert und sah fremd aus, aber Anne erkannte Heikos dunkelbraune Locken auf dem Kissen. Seine rechte Gesichtshälfte war angeschwollen und verfärbt, die Nase mit einem breiten Pflaster überklebt. In seiner rechten Hand steckte eine Kanüle, die mit dem Infusionsständer verbunden war. Anne schluckte gegen die Enge in ihrem Hals an und trat ans Bett.

»Ihr Mann hat Glück gehabt«, sagte der Arzt. »Mehrere Rippen sind gebrochen, aber die inneren Organe wurden nicht verletzt. Die Nase mussten wir operieren.«

Seine dunklen Augen ruhten auf ihr. »Er wurde zusammengeschlagen. Ein Anwohner hat ihn gefunden und die Polizei und einen Krankenwagen verständigt. Da muss er aber schon mindestens eine halbe Stunde im Regen gelegen haben, denn er war unterkühlt. Er hat eine Gehirnerschütterung, und wir werden ihn einige Tage hierbehalten müssen, um seinen Zustand zu überwachen.«

Annes Mund wurde trocken. *Während ich in seiner Wohnung gesessen habe, hat er bewusstlos im Regen gelegen.*

»Am besten setzen Sie sich zu ihm«, sagte der Arzt. »Wenn er aufwacht, wird er orientierungslos sein. Sollte es Probleme geben, drücken Sie diesen Knopf. Dann kommt sofort jemand.«

Anne holte sich einen Stuhl ans Bett und nahm Heikos unversehrte Hand. Sein linkes Augenlid flatterte, und er stöhnte leise.

»Schon gut«, sagte sie. »Du bist im Krankenhaus. Ich bin hier. Ich bleibe bei dir.«

Der Arzt stand bereits wieder in der Tür. »Die Polizei wird noch auf Sie zukommen.«

Anne hob den Kopf. »Wurden die Verletzungen dokumentiert?«, fragte sie.

»Ja. Natürlich.«

»Ich möchte eine Abschrift des Berichtes haben.«

Er hob die Augenbrauen, nickte aber. »Ich komme gleich noch einmal und sehe nach Ihrem Mann.« Dann fiel die Tür hinter ihm ins Schloss.

Die Schwester begutachtete Heikos Verbände. Dann nahm sie eine Schachtel vom Tisch und reichte sie Anne.

Heikos Portemonnaie lag darin.

»Das sollten Sie einstecken.«

»Danke!« Anne griff danach und sah, dass etwas lose drinlag. Sie schlug es auf und entdeckte eine Notfallkarte mit seiner Krankenversicherung und Blutgruppe. Hinter *Im Notfall verständigen* standen Annes Name und ihre Handynummer. Sie blinzelte gegen die Tränen an. Sie war sein Notfallkontakt. Dann wurde ihr klar, dass seine Mutter noch nicht Bescheid wusste.

»Melden Sie sich, wenn Sie noch etwas brauchen«, sagte die Schwester und verließ ebenfalls das Zimmer.

Heiko stöhnte und öffnete einige Male das Auge, das nicht bandagiert war, doch Anne schien es, als nähme er sie nicht richtig wahr. Dann drückte er sich plötzlich im Bett nach oben. »Nein!«, rief er heiser und stieß einen Schmerzenslaut aus, der Anne durch Mark und Bein ging. Wie ein verwundetes Tier sank er zurück ins Kissen.

»Bleib liegen!«, mahnte sie ihn. »Du bist verletzt. Du bist im Krankenhaus. Ich bin hier bei dir.«

Ein paar unverständliche Laute drangen aus seiner Kehle. Anne streichelte seine Hand und redete beruhigend auf ihn ein. Er blinzelte, und sein Blick wurde langsam klarer. Er sah Anne an und hörte auf, sich zu wehren.

»Es wird alles gut«, versprach sie ihm.

Er nickte und schien sich zu entspannen. Dann fuhr er keuchend auf. »Stella!«

Anne begriff, dass sie mit ihrer Vermutung recht gehabt hatte, er war mit der Hündin spazieren gewesen.

»Bestimmt ist sie fortgelaufen«, versuchte sie ihn zu beruhigen, während bereits eine schlimme Vorahnung in ihr aufkeimte. Der Arzt hatte gesagt, Heiko hätte einige Zeit bewusstlos im Regen gelegen. Stella hätte ihn nicht allein gelassen. Sie hätte wie wild gebellt, hätte versucht, Hilfe zu holen, und ganz bestimmt wäre sie nicht von der Seite ihres Herrchens gewichen.

»Ich fahre gleich los und suche nach ihr«, versprach Anne. »Ich frage im Dorf herum und rufe die Polizisten an, die dich hergebracht haben. In Ordnung?«

Er nickte schwach. Sein Atem beruhigte sich ein wenig.

»Du musst dich jetzt ausruhen. Aber vielleicht kannst du mir sagen, was passiert ist. Und wer das getan hat«, fügte sie grimmig hinzu.

»Ich weiß es nicht.« Seine Stimme klang angestrengt, aber er konnte sprechen. »Zwei Männer in schwarzer Lederkleidung. Sie trugen Sturmhauben.«

»Du hast ihre Gesichter nicht gesehen?«

Er schüttelte den Kopf.

»Kannst du sie sonst irgendwie beschreiben?«

»Einer war groß und breitschultrig. Er hatte einen Schlagring. Der andere war kleiner.« Er sprach langsam. Das Reden fiel ihm schwer. Sofort hatte Anne das Bild von Pitbull vor Augen. *Wenn du das warst, dann gnade dir Gott, du Schwein!*

Ihr Zorn weckte einen neuen Gedanken. »Heiko. Hat das hier etwas mit Markus zu tun? Damit, dass er gestern Nacht bei dir war?«

»Vielleicht. Keine Ahnung. Ich weiß nicht, wer sie waren.«

»Was hat er dir gesagt?«

»Anne, ich kann jetzt nicht reden. Du musst Stella finden! Bitte, du darfst keine Zeit verlieren. Ich sage dir, was ich weiß. Später.«

Sie seufzte. »In Ordnung. Ich finde sie. Wo haben sie euch überfallen?«

»Hinter Werntzes Hof. Im Wäldchen.«

Anne drückte den Notfallknopf. Wenige Minuten später kam die Schwester ins Zimmer. »Oh, Sie sind wach, Herr Neuer«, stellte sie erfreut fest. »Wie fühlen Sie sich?«

Heiko nickte schwach. »Geht so.«

Anne küsste ihn zum Abschied auf die Wange und wandte sich an die Schwester. »Ich muss ihm dringend ein paar Sachen holen und seine Mutter verständigen. Können Sie bitte auf ihn achtgeben?«

Die Krankenschwester sah befremdet drein. »Sie wollen jetzt fahren?«

»Ich habe etwas Dringendes zu erledigen.« Anne warf Heiko einen letzten Blick zu. Dann verschwand sie aus dem Zimmer. Auf dem Weg zum Auto rief sie Olivia an und berichtete ihr mit knappen Worten, was passiert war.

Eine Weile war es still am anderen Ende der Leitung. »Das tut mir leid. Wie geht es ihm?« Olivias Stimme klang frostig.

»Lebensgefahr besteht nicht. Er hat einige Rippenbrüche und eine gebrochene Nase. Aber er macht sich großen Sorgen. Er hatte seine Hündin bei dem Überfall dabei, und jetzt ist sie verschwunden. Ich werde zum Tatort fahren, und ich muss so schnell wie möglich mit den Kollegen sprechen, die den Fall aufgenommen haben.«

»Ich kümmere mich darum.«

»Danke!« Anne zögerte. »Hast du Ulrikes Mail gelesen?«

»Ja.«

»Ich wusste nichts davon. Ich hatte keine Ahnung, dass Heiko überhaupt einen Bruder hat.«

»Aha.« Olivia glaubte ihr nicht. Anne konnte es ihr nicht verübeln. Sie selbst hatte Mühe zu begreifen, was gerade geschah.

»Ich habe ihn heute Morgen zum ersten Mal getroffen, ohne zu wissen, wer er war. Er hat bei Heiko übernachtet. Aber ich hatte keine Gelegenheit, mit ihm zu reden. Ich habe es versucht, aber er ist regelrecht vor mir geflüchtet.«

»Heiko hat dir verschwiegen, dass Markus sein Bruder ist? Wieso das denn?«

»Ich weiß es nicht«, sagte Anne unglücklich. Noch vor einer Stunde war sie furchtbar wütend auf Heiko gewesen. Jetzt herrschte Chaos in ihrem Kopf, und sie machte sich Sorgen um Stella.

»Wir müssen darüber sprechen. Heute Abend noch.«

»Später. Ich …«

»Heute Abend!« Olivias Stimme ließ keinen Widerspruch zu. »Ich versuche jetzt die Kollegen zu erreichen, die alarmiert wurden. Dann reden wir.«

Kapitel 25

Anne klingelte zuerst bei Heikos Mutter und stieg die Stufen zu ihrer Wohnung hinauf. Es dauerte, bis Ruth Neuer öffnete. Als sie es tat, trug sie einen seidenen Morgenrock und hatte die Haare mit einem feuchten Handtuch umwickelt. Der scharfe Geruch von chemischem Haarfärbemittel drang Anne in die Nase. Als sie Ruth erzählte, was passiert war, verschwand ihr abweisender Gesichtsausdruck.

»Oje! Ich wasche mir die Haare und fahre zu ihm.« Sie hielt inne. »Es sei denn, ihr wollt unter euch sein.«

Anne schüttelte den Kopf. »Es wäre mir lieb, wenn du hinfährst. Dann könntest du ihm seine Sachen bringen. Ich muss jetzt Stella suchen. Du hast sie nicht gesehen, oder?«

»Nein. Hier ist sie nicht.«

»Heiko macht sich große Sorgen um sie. Deshalb kümmere ich mich zuerst um den Hund.«

Ruth umfasste den Kragen ihres Morgenmantels. Sie hatte sich wieder gefangen und erteilte ihre Zustimmung mit einem leichten Nicken. Anne zog ihren Schlüssel hervor und sperrte Heikos Wohnung auf. Sie würde schnell das Nötigste zusammenpacken. Den Rest konnte sie ihm später noch mitbringen.

Als sie die Tür öffnete, spürte sie einen kalten Luftzug auf dem Gesicht und gefror mitten in der Bewegung. Hatte sie ein Fenster offen gelassen? Sie konnte sich nicht erinnern, so kopflos, wie sie aufgebrochen war.

Leise schloss sie die Tür hinter sich. Ihr Blick fiel auf das Bild im Flur. Ein Foto in Postergröße, das Heiko bei einem

Wanderurlaub im Naturpark der Serra da Estrela in Portugal aufgenommen hatte. Es hing schief. Ganz leicht nur, doch der Unterschied sprang ihr sofort ins Auge. Sie war nicht allein in der Wohnung.

Anne blieb still stehen und lauschte. Sie war unbewaffnet, hatte aber in der Polizeiausbildung gelernt, dass in solchen Situationen auch Alltagsgegenstände als Waffe dienen konnten. Sie zog ihren Schlüsselbund hervor und schloss die Finger darum. Dabei dachte sie an einen schwarz gekleideten Mann mit Sturmhaube und Schlagring. *Wenn du hier bist, dann gnade dir Gott.*

So leise wie möglich drückte sie die Tür zur Küche auf und nahm mehrere Dinge gleichzeitig wahr: das sperrangelweit offen stehende Fenster und die regennasse Wiese dahinter; das Chaos auf dem Fußboden, das sie sofort an Levi Stapperts Wohnung erinnerte. In ihrem Kopf wurde eine Verbindung hergestellt. *Levi stirbt. Seine Wohnung wird durchsucht. Der Überfall auf Heiko. Seine Wohnung wird durchsucht. Wer auch immer das war, muss gewartet haben, bis ich ins Krankenhaus gefahren bin. Er hat das Haus beobachtet und wusste, dass er Zeit hatte.*

Anne betrachtete das Fenster. Es gab keine Einbruchsspuren, also war der Täter vielleicht gar nicht durch das Fenster hereingekommen. Wie dann? Hatte er den Schlüssel Heiko abgenommen? Anne drehte sich auf dem Absatz um und ging mit langsamen Schritten durch den Flur. Vielleicht war der Täter durchs Fenster getürmt, vielleicht befand er sich noch in der Wohnung. Die Tür zur Küche stand offen. Anne warf einen Blick hinein und fand ein ähnliches Chaos wie in Stapperts Wohnung vor. Ihr Magen verkrampfte sich, als sie Heikos Sachen auf dem Boden liegen sah. Sie holte tief Luft. *Es sind nur Gegenstände. Nichts, was man nicht ersetzen kann. Hauptsache, Stella geht es gut.* Sie blieb vor der geschlossenen Schlafzimmertür stehen und hatte plötzlich das Bild der toten Ratte vor Augen.

Stella. Nein!

Das Türblatt war nicht verklebt, doch das hieß nicht, dass die Einbrecher kein totes Tier auf dem Bett hinterlassen hatten. Mit einem bitteren Geschmack im Mund drückte Anne die Klinke herunter und packte den Schlüsselbund fester. Sie stählte sich innerlich. Wie würde sie es Heiko beibringen, wenn Stella tot war? Er hatte die Hündin mit der Flasche aufgezogen, und obwohl er es nie zugeben würde, wusste Anne, dass sie wie eine Tochter für ihn war.

Das Bett war leer. Zitternd ließ sie den Atem entweichen, den sie angehalten hatte. Gleichzeitig spürte sie, dass sie sich keine Entspannung erlauben durfte. Sie hatte noch nicht alle Zimmer durchsucht. Der Raum, in dem Markus geschlafen hatte, war leer. Sie öffnete die Tür zum Gästebad, und ein Schatten schoss ihr entgegen. Der Aufprall kam so plötzlich, dass ihr keine Zeit zum Schreien blieb. Etwas riss ihre Wange auf. Anne taumelte zurück und hielt sich die Hände vors Gesicht.

Ihre Angreiferin stand im Flur, den Rücken durchgebogen, den Schwanz hochstehend. Sie fauchte aggressiv und starrte Anne mit grünen Augen an.

»Minka! Ich bin es doch.« Anne ging in die Hocke, und die Katze schien sich zu beruhigen, kam auf sie zu und ließ sich über den Rücken streicheln. »Du Arme hast auch Angst gehabt, nicht wahr?«

Anne erhob sich und musterte ihr Gesicht im Badezimmerspiegel. Zwei blutige Striemen liefen quer über ihre Wange. Als sie ihr Smartphone herausholte und Olivias Nummer wählte, dachte sie an Hartmanns überhebliches Lächeln. *Irgendetwas läuft hier. Und du steckst mittendrin.*

»Ja?«, fragte ihre Chefin knapp.

»Wo bist du gerade?«

»Auf der Wache in Brilon. Ich spreche mit Kommissarin Simon, die den Überfall auf Heiko untersucht. Auf dem Weg gab es Spuren von Motorradreifen, leider noch keinen Hinweis auf den Verbleib des Hundes. Wenn du auch mit ihr sprechen willst, musst du jetzt kommen.«

»In Heikos Wohnung wurde eingebrochen, während ich im Krankenhaus war.«

Olivia schwieg. Anne hörte sie durch die Nase atmen.

»Wie bei Levi Stappert«, sagte die Chefin dann.

»Ja. Aber es gibt keine Ratte.«

»Gut. Bleib dort! Wir kommen.«

Dreizehn Minuten später hielten zwei Einsatzwagen in der Einfahrt. Es regnete nicht mehr, und dampfende Nässe stieg von der Wiese in die Luft auf. Anne war froh, dass Heikos Mutter schon auf dem Weg ins Krankenhaus war und von der Ankunft der Polizisten nichts mehr mitbekam. Sie wollte nicht, dass Ruth Heiko von dem Einbruch erzählte. Sie würde es ihm selbst sagen, sobald sie mehr wusste.

Olivia war in Begleitung eines jungen Kriminaltechnikers im weißen Schutzanzug und einer etwa vierzigjährigen Polizistin. Anne zeigte ihnen den Weg zu Heikos Wohnung. Der Techniker ging hinein, ohne sich mit einer Begrüßung aufzuhalten. Olivia war blass und hatte tiefe Falten um Augen und Mund. Mit finsterer Miene deutete sie in seine Richtung.

»Ich hab nur diesen Jungspund auftreiben können. Hoffentlich versteht er sein Handwerk. Wir können hier nicht auch noch die Arbeit der Spurensicherung machen. Gott, ich wünschte, wir wären in Dortmund!«

»Mein Name ist Simon«, sagte die Polizistin und reichte Anne die Hand. »Wie geht es Ihrem Lebensgefährten?«

»Danke, ich hoffe, er ist über den Berg. Haben Sie Hinweise auf die Täter?«

Frau Simon schüttelte den Kopf. »Ich hoffe, dass uns die Untersuchung der Wohnung weiterhilft. Hier werden sich sicher mehr Spuren finden lassen als draußen im Freien.«

Sie gingen hinein. Der Kriminaltechniker hatte im Flur bereits Trittplatten ausgelegt. Sein rundliches, glatt rasiertes Gesicht ließ ihn kaum älter als zwanzig erscheinen. *Viel Erfahrung kann er noch nicht haben.*

»Am besten machen Sie zuerst die Fotos«, sagte Olivia.

»Gibt es noch Leute, die wir zu Ihrer Unterstützung anrufen können?«

Der junge Mann holte seine Kamera heraus und erwiderte Olivias stechenden Blick mühelos. »Ich bin ausgebildeter Kriminaltechniker. Und Sie brauchen mir nicht zu erklären, wie ich meinen Job machen muss. Am besten entfernen Sie sich jetzt von meinem Tatort, damit ich in Ruhe arbeiten kann.«

Er hat recht, dachte Anne. Sie sollten gehen. Ja, er war noch jung, aber schließlich war Frau Simon auch noch da. »Komm«, sagte sie zu Olivia, »überlassen wir den Kollegen die Verantwortung. Ich möchte jetzt zu dem Feldweg fahren, wo Heiko überfallen wurde.«

Sie nahmen den Kuga, doch dieses Mal überließ die Chefin Anne das Steuer. Die Fahrt zu Bauer Werntzes Hof war nicht lang, reichte aber aus, um von der kurzen morgendlichen Begegnung mit Markus Neuer zu erzählen. Olivia hörte alles mit zusammengekniffenen Lippen an. Ihr Blick war starr nach vorne gerichtet. Als Anne auf dem Hof parkte, brach sie ihr Schweigen.

»Der Fall ist viel größer, als es gestern den Anschein hatte. Die Geschwindigkeit und die Präzision, mit der alles passiert, gefällt mir nicht. Auf jeden Fall sind es mehrere Täter, die zusammenarbeiten. Sie sind gut organisiert und werden geführt.«

»Du denkst an Andreas Hartmann?«

»Du etwa nicht?«

»Doch«, gab Anne zu. »Aber wenn er es tatsächlich war, müssen wir vorsichtig sein. Er hat viel Einfluss hier.«

Sie klingelte an der Tür des Bauern. Der alte Werntze öffnete und sprach Anne sein Mitgefühl aus.

»Wie geht es Heiko?«

»Danke, den Umständen entsprechend gut«, sagte sie. »Er muss noch ein paar Tage im Krankenhaus bleiben. Haben Sie die Männer gesehen, die das getan haben?«

Er schüttelte den Kopf. »Hier ist niemand hergekommen. Das hätte ich gemerkt. Aber es gibt ja noch 'n anderen Weg. Hab nur gesehen, wie der Heiko vorbeigekommen ist. Bin dann später noch mal raus, hab nämlich die Brille im Traktor liegen lassen. Ohne kann ich nix mehr lesen. Da erst hab ich gemerkt, dass er dort lag.«

»Haben Sie Stella gesehen?«

»Nee. Leider nicht.«

Anne führte Olivia über den Landschaftsweg in Richtung Fichtenwäldchen und musterte dabei aufmerksam die Umgebung. Die Fahrbahn war geteert und vom Regen sauber gespült worden. Auch das platt getretene Gras am Straßenrand hatte sich schnell wieder aufgerichtet. Spurentechnisch eine Katastrophe.

Die Sonne war noch nicht untergegangen, trotzdem ermöglichte das diffuse Licht des grauen Himmels keine gute Sicht. Anne zog die Taschenlampe heraus, die sie aus Olivias Wagen mitgenommen hatte, und ließ den Lichtkegel über den Boden wandern.

»Wir sollten auch diesen Tobias Kroll nicht außer Acht lassen«, sagte Olivia und brach damit das Schweigen. »Er hat vielleicht nichts mit dem Club Heiße Reifen Sauerland zu tun, aber er und seine Angehörigen haben Grund genug, Markus Neuer zu hassen. Und vielleicht nicht nur ihn, vielleicht richtet sich ihr Hass gegen Biker insgesamt.«

»Ja, du hast recht. Auch wenn ich nicht verstehe, wie die Wohnungseinbrüche damit zusammenhängen könnten.«

Anne entdeckte einen dunklen Fleck auf der Straße, der verwässert, aber nicht vollständig weggewaschen worden war. Sie schluckte. Es musste eine Menge Blut gewesen sein. »Hier ist es passiert.«

Olivia nickte.

Sie gingen noch ein Stück weiter und entdeckten hinter einem Gebüsch eine Stelle, an der das Gras noch platt gedrückt war. Olivia verglich sie mit den Fotos, die ihr Frau Simon geschickt hatte.

»Hier haben die zwei Motorräder gestanden.«

Sie begannen den Weg und die Wiese abzusuchen. Meter für Meter arbeiteten sie sich vor. Hin und wieder rief Anne leise Stellas Namen. Nicht das leiseste Winseln antwortete ihr. Schließlich trafen sie sich wieder am Ausgangspunkt.

»Ich werde dich von dem Fall abziehen müssen«, sagte Olivia.

»Aber …«

»Kein Aber! Ich kann dich nicht wegen des Überfalls auf deinen Freund ermitteln lassen.«

Sie rieb sich übers Gesicht. »Und wenn ich in Dortmund anrufe und Verstärkung anfordere, steh ich als völlig unfähig da. Die arme Kranke! Die Ermittlungen sind ihr über den Kopf gewachsen. Bassza meg!« Sie schlug sich mit der Faust gegen den Oberschenkel.

Anne zog eine Grimasse. »Der Fall ist zu umfangreich. Das schaffst du nicht alleine.« *Und ich werde mich nicht davon fernhalten lassen.*

Olivia schien vor Wut zu vibrieren. »Pah! Nur weil ich …«

»Nein! Das würde niemand schaffen. Was, wenn ich inoffiziell dabei bin? Wenn mein Name nicht auftaucht? Wir arbeiten zusammen, und du unterschreibst die Berichte?«

Olivia atmete aus und schüttelte finster den Kopf. »Und wenn das wirklich auf das Konto des Motorradclubs geht?« Sie deutete auf den Blutfleck. »Wenn es zum Prozess kommt? Brickenstein zerreißt unsere Beweise in der Luft. Nein, Anne, du bist raus. Dann muss ich halt mit diesen Dorfpolizisten weitermachen.« Im Dämmerlicht sah Anne die dünne Linie ihres Mundes.

»Das meinst du doch nicht ernst!«

»Natürlich! Sobald du privat betroffen bist, kannst du nicht mehr dabei sein. Das ist doch klar.«

In diesem Moment sah Anne etwas und stoppte plötzlich. Sie bewegte die Taschenlampe vor und zurück und ließ sich dann auf ein Knie nieder. Olivia trat neben sie.

»Was ist?«

Behutsam schob sie die nassen Grashalme zur Seite. »Hast du Handschuhe?«

»Ja.«

Ohne die Stelle aus den Augen zu lassen, zog Anne einen der Tatorthandschuhe über, den Olivia ihr reichte. Dann bewegte sie die Hand tastend nach vorn, bis sie eine harte Oberfläche spürte. Ihre Finger schlossen sich darum.

Die Oberfläche des Smartphones war zersplittert und nass. »Das ist Heikos.«

Kapitel 26

Es war dunkel geworden. Die Besuchszeit im Krankenhaus war vorbei, doch als Anne ihren Polizeiausweis zeigte, ließ man sie weitergehen. Ohne zu klopfen, betrat sie Heikos Zimmer. Ruth war nicht mehr da, und der Fernseher lief leise. Anne setzte sich aufs Bett und nahm seine Hand.

»Stella?«, fragte er.

Ihr wurde schwer ums Herz. »Ich habe sie noch nicht gefunden. Zu Hause ist sie nicht, aber auch nicht an der Stelle, wo sie dich überfallen haben. Das ist ein gutes Zeichen.« Obwohl sein Gesicht halb vermummt war, konnte sie sehen, wie sehr ihn die Nachricht mitnahm.

»Sie haben sie mitgenommen.«

»Das wissen wir nicht«, versuchte sie ihn zu beruhigen. »Vielleicht ist sie weggelaufen und hat sich verirrt. Ich werde morgen früh Steckbriefe drucken. Ich scanne ein Foto von ihr ein.«

»Nein. Sie wäre nicht weggelaufen. Diese Männer haben sie. Sie haben Stella getreten. Sie hat versucht mich zu schützen, deshalb haben sie sie getreten.« Seine Stimme klang fremd.

Anne spürte den plötzlichen Druck in ihrer Kehle. »Aber sie lebt. Sonst hätte ich sie gefunden.« Sie strich über seine Hand. »Wenn die Männer Stella wirklich mitgenommen haben, dann werden sie sie gut behandeln. Ich bin mir sicher, dass sie etwas von dir wollen. Sie waren in deiner Wohnung und haben dort alles durchsucht. Hast du eine Ahnung, warum?«

Unter dem Verband verzog er das Gesicht. Sie hatte den Eindruck, dass seine Irritation echt war. »Nein.«

»Hatte Markus etwas bei sich?«

»Mac.« Sie sah ihn schlucken. »Ich habe dir nicht die Wahrheit gesagt.«

»Ich weiß.« Sie seufzte. »Ulrike hat mir einen Bericht geschickt. Ich weiß jetzt einiges über deinen Bruder.«

»Ich wollte nicht, dass ihr euch so kennenlernt.«

»Nein.« *Du wolltest, dass ich ihn gar nicht kennenlerne.* Sie dachte an die Ratte. »Aber du musst mir sagen, wo ich ihn finde. Ich glaube, dass er in Gefahr ist.« *Oder selbst eine Gefahr für andere darstellt.*

Sie beobachtete sein Gesicht. Mit dem linken Auge sah er sie an. Würde sie es merken, wenn er erneut log?

»Meine Hose.« Er packte das Plastikdreieck, das über seinem Bett hing, und versuchte sich aufzurichten. Es blieb bei dem Versuch. Mit schmerzverzerrter Miene sank er ins Kissen zurück.

»Ah, meine Rippen!«

»Bleib liegen.« Anne sah sich um, konnte Heikos Kleidung aber nicht entdecken. »Deine Jeans wird bei der Spurensicherung sein. Was ist damit?«

Er keuchte. Die Bewegung hatte ihn angestrengt. »Ich hatte einen Zettel mit seiner Handynummer. Den ganzen Tag versuche ich schon vergeblich ihn anzurufen. Mehr habe ich nicht. Wirklich! Ich wollte dir alles sagen, aber ich musste zuerst mit ihm sprechen. Immerhin ist er mein Bruder. Trotz allem.«

Anne nickte nur. Dass Heiko sie angelogen hatte, war ein Schlag ins Gesicht gewesen, doch jetzt war nicht der richtige Zeitpunkt, um darüber zu streiten.

»Wir glauben, dass er eine Nacht bei dir untergetaucht ist. Er war auf der Flucht. Hat er dir gesagt, warum? Hatte er Angst vor jemandem? Was hat er dir erzählt?«

»Nichts«, stöhnte Heiko. »Wir haben über früher geredet, und er hat von Levis Unfall erzählt. Ich dachte, es wäre ein

Unfall. Erst am nächsten Morgen hast du mir gesagt, dass ihr wegen Mordes ermittelt. Und da dachte ich …«

Er schluckte. »Ich dachte, der Lebensgefährte ist immer der Hauptverdächtige.«

Womit du nicht unrecht hast.

»Ich habe keine Ahnung, worin er verwickelt ist. Er hat mir nie irgendetwas erzählt. Unser Verhältnis war nicht so.«

Wahrscheinlich sagte er die Wahrheit. Kann ich damit leben, dass er gelogen hat, um seinen Bruder zu schützen? Anne wusste es nicht. Ihre Wut war verflogen. Aber würde sie ihm wieder voll und ganz vertrauen können?

»Als Kind habe ich Mac bewundert«, sagte Heiko mit rauer Stimme. »Aber er war acht Jahre älter als ich. Der Abstand zwischen uns war zu groß. Außerdem kam er mit unseren Eltern nicht klar. Er war kein einfaches Kind, und ich weiß nicht genau, was er alles angestellt hat. Lange Zeit war ich sehr wütend auf ihn, aber mittlerweile glaube ich, dass auch unsere Eltern einen Teil der Schuld tragen, vor allem Mutter. Sie konnte ihn einfach nicht so akzeptieren, wie er war.«

»Seine Homosexualität?«

»Ja, aber nicht nur das. Ich glaube er hat einfach nicht ihren Vorstellungen entsprochen.«

Anne bemerkte, dass seine Lippen trocken und rissig waren. »Hast du Durst?«

Er nickte. Anne half ihm, den Kopf aufzurichten, und reichte ihm den Becher, der auf seinem Nachttischchen stand. Ein Trinkhalm war daran befestigt. Heiko leerte den ganzen Becher und atmete aus.

»Er hat einen Jungen angefahren.«

»Tobias Kroll.«

»Du weißt davon? Ja, natürlich weißt du es. Tobias ging in meine Schule. Er war ein Jahr älter als ich. Markus und er waren auf derselben Discofete, und Tobias ist im Dunkeln nach Hause gelaufen. Mein Bruder hat ihn mit dem Motorrad erwischt, und seitdem sitzt er im Rollstuhl.

Mac war betrunken, und zwar so sehr, dass er teilweise schuldunfähig war, das war zumindest die Auffassung des Gerichts. Er hat nur eine Strafe auf Bewährung bekommen und den Führerschein verloren. Nach dem Urteil haben wir nichts mehr von ihm gehört. Er ist nicht mehr ans Telefon gegangen. Irgendwann ist Vater zu seiner Wohnung gefahren, um mit ihm zu reden. Aber er war fort.«

»Und dann?«

»Markus war weg. Aber wir waren noch da, und irgendwo musste die Wut schließlich hin, nicht wahr? Der Hass von Tobias' Eltern und seinen Freunden. Den haben wir abbekommen.«

Der Blick seines gesunden, linken Auges war in die Ferne gerichtet, und Anne meinte, den Schmerz spüren zu können, den die Erinnerung ihm bereitete. Er strahlte von seinem Körper in Wellen aus.

»Mit der Zeit wurden die Anfeindungen weniger, doch vorbei war es erst nach dem Abitur, als ich die Schule verließ und mit dem Studium anfing. Vater hat es zugrunde gerichtet. Er starb irgendwann an einem Herzinfarkt, aber die Lebensfreude hatte er schon lange vorher verloren.«

Anne nahm wieder seine Hand in ihre. »Seitdem habt ihr nichts mehr von deinem Bruder gehört? Bis gestern?«

»Nur wenige Male. Zu Vaters Beerdigung ist er gekommen. Aber das war umso schlimmer. Er war zugedröhnt und hatte Levi dabei. Mutter und er haben sich furchtbar gestritten. Zu ihr hatte er danach hin und wieder Kontakt. Das letzte Mal hat er sie bestohlen. Zumindest hat sie mir das erzählt. So. Jetzt weißt du alles.«

»Jetzt weiß ich alles.« *Das war er also. Der dunkle Fleck in ihm, den er vor der Welt versteckt hatte.* »Danke, dass du es mir erzählt hast!«

»Was wirst du jetzt tun?«

Anne lachte bitter. »Eigentlich darf ich gar nichts mehr tun. Olivia hat mich von dem Fall abgezogen. Ich bin persönlich involviert.« Sie biss sich auf die Unterlippe.

»Aber du wirst dich nicht daran halten.« Es war keine Frage, nur eine Feststellung. Er kannte sie eben.

»Nein«, bestätigte sie. »Aber ich muss vorsichtig sein. Wir haben es hier mit skrupellosen und gut organisierten Leuten zu tun. Sonst hätten wir schon viel mehr Spuren gefunden. Kennst du den Verein Heiße Reifen Sauerland e. V.?«

Heiko dachte nach. »Ich kenne den Namen. Früher hatte ich auch ein Motorrad, da gab es den Verein schon. Sie haben diese Flammenaufnäher auf den Jacken.«

»Genau die.«

»Hm. Ich hatte noch nichts mit ihnen zu tun. Die beiden, die mich überfallen haben, trugen keine Abzeichen.«

»Natürlich nicht. Trotzdem können sie es gewesen sein. Levi war Mitglied bei ihnen. Freitagabend haben Olivia und ich das Clubhaus besucht. Die Stimmung dort war seltsam, eine Mischung aus Aggression und Furcht.«

»Vielleicht wollte Levi aussteigen. Das soll bei diesen Clubs nicht so einfach sein.«

»Darüber habe ich auch schon nachgedacht. Markus hat nichts dergleichen erwähnt?«

»Nein.«

In Heikos Wohnung brannte Licht, und der Wagen des Kriminaltechnikers stand noch in der Einfahrt. *Ein gutes Zeichen*, dachte Anne. *Er scheint gründlich zu sein.*

Sie öffnete die Tür. Drinnen stand eine Kiste, die mit Beweismittelbeuteln gefüllt war.

»Darf ich hereinkommen?«

Der junge Mann trat in den Flur. »Wenn Sie nichts anfassen. Sie haben den Ort eh schon kontaminiert. Wir brauchen noch eine Vergleichsprobe von Ihnen und von allen Berechtigten, die in der Wohnung waren.«

Er verschwand wieder im Wohnzimmer. Anne folgte ihm und sah, dass er damit beschäftigt war, am Boden mit Klebefolie nach DNA zu suchen. Auf seinem Koffer war ein Namensschild angebracht: *Lux* stand dort.

»Gibt es Täterabdrücke?«

»Nein«, sagte er, ohne aufzusehen. »Die hatten Handschuhe an.«

Anne ging langsam durch die Wohnung. Schon oft war sie am Tatort eines Einbruchs gewesen und hatte bereits größere Zerstörung gesehen. Für die Opfer bedeutete ein Einbruch oft eine psychische Belastung, die größer als der materielle Schaden war. Das hatte sie immer gewusst, aber erst jetzt bekam sie es zu spüren.

Im Schlafzimmer stand ein kleiner Apothekerschrank, den Heiko bemalt und mit Schnitzereien versehen hatte. Die Einbrecher hatten sämtliche Schubladen herausgerissen und ausgekippt. Annes Unterwäsche lag auf dem Boden.

Sie sah ihre Slips, auch die verfärbten und verwaschenen, die sie schon längst nicht mehr trug und eigentlich hatte aussortieren wollen. Die altbackenen Baumwollunterhemden, die im Winter im Sauerland gute Dienste leisteten. Für alle gut sichtbar lagen ihre Sachen dort. Fremde hatten sie durchwühlt, und Lux hatte sie fotografiert. Eine ganze Reihe von Kollegen würden sie sehen. Anne spürte die Scham wie einen stacheligen Klumpen im Bereich des Solarplexus.

Sie riss sich von dem Anblick los und betrachtete das Zimmer, in dem Markus geschlafen hatte. Der Inhalt der Schränke lag auf dem Boden. Die Matratze ragte halb aus dem Bett, der Bezug war aufgeschlitzt worden. Es erschien undenkbar, dass hier noch etwas war, das die Einbrecher nicht gefunden hatten.

Sie ging zurück zur Küchentür. »Waren Sie heute Nachmittag an der Untersuchung der Medebacher Wohnung beteiligt? Oder haben Sie nur Nachtdienst?«

Lux stand gebückt da und betrachtete ein Stück Klebefolie im Licht seiner Fünfhundert-Watt-Strahler. »Ja, war ich. Aber wie Sie sehen, hab ich den Arsch voll Arbeit. Bericht dauert also noch.« Er etikettierte die Folie und sortierte sie in eine Kiste ein.

»Das ist klar. Aber vielleicht können Sie mir trotzdem

schon etwas sagen. Zum Beispiel, ob es dieselben Täter waren.«

»Also der DNA-Abgleich –«

»– dauert noch, ich weiß«, unterbrach Anne ihn.

Er richtete sich mit einem Ächzen auf, das zu einem älteren Mann gepasst hätte. »Na gut. Kommen Sie mit!«

Lux ging ins Arbeitszimmer, wo Heikos gesamtes Unterrichtsmaterial verstreut lag. Der Anblick versetzte Anne einen Stich. Sie würde aufräumen müssen, bevor er aus dem Krankenhaus kam.

Lux ging bis zur hinteren Wand und deutete auf einen schmalen dunklen Strich auf dem Boden, der Anne noch nicht aufgefallen war. »Das haben wir auch in der Medebacher Wohnung gefunden.«

Sie ging in die Hocke. »Der Abrieb einer Sohle. Wir tragen nie Schuhe in der Wohnung. Er muss vom Täter sein.« Es sei denn, Markus war im Arbeitszimmer gewesen. Doch den Gedanken behielt sie für sich.

»Schwarzes Gummi. Stiefel, nehme ich an. Mehr haben wir im Moment noch nicht.«

»Untersuchen Sie diesen Bereich bitte ganz genau.«

»Was glauben Sie denn, was ich hier tue?«

Anne hob die Hände. »Natürlich. Entschuldigung!«

Sie dachte an den Zettel in Heikos Hosentasche, auf dem er Markus' Telefonnummer notiert hatte. Wie konnte sie nur da herankommen? Der offizielle Weg war ihr verschlossen. Sie musste eine andere Möglichkeit finden.

Die Polizeiwache Brilon lag im Dunkeln. Nur in wenigen Büros sowie unten in der Zentrale brannte Licht.

Anne betrat den Eingangsbereich, der immer geöffnet war. Der Beamte an der Pforte schien sie zu kennen. »Die Ermittlerin aus Dortmund, nicht wahr? Machen Sie denn nie Feierabend?«

»Doch, ich war schon zu Hause«, erklärte Anne wahrheitsgemäß. »Aber ich habe das Gefühl, etwas vergessen zu haben, und muss noch mal in die Asservatenkammer. Wenn ich es jetzt nicht überprüfe, kann ich heute Nacht nicht schlafen, kennen Sie das?«

Der Mann lachte gutmütig. »Ehrlich gesagt nicht, aber ich verstehe, was Sie meinen.« Er betätigte den Summer und ließ sie herein.

»Sagen Sie Bescheid, wenn Sie fertig sind. Nicht, dass Sie versehentlich dort eingeschlossen werden.«

Anne bedankte sich und ging mit raschen Schritten zu den Lagerräumen, wo die Beweismittel aufbewahrt wurden. Die Kartons waren nach Seriennummern und Datum sortiert. Anne zog den letzten heraus. Er war fast leer und enthielt weder Heikos Kleidung noch den Zettel mit der Telefonnummer oder das Smartphone, das Anne gefunden hatte. Ihre Zuversicht sank. Natürlich waren die Untersuchungen noch nicht abgeschlossen.

Sie ging durch den stillen Flur. Die Tür mit der Aufschrift *Kriminaltechnischer Dienst* war verschlossen. Sie versuchte es in den Büros der Kripo, aber auch hier hatte sie kein Glück. Entmutigt verließ sie die Polizeiwache. Was konnte sie jetzt noch tun?

Kapitel 27

Elsbeth lag auf der Seite. Ihre Hüfte schmerzte, und sie konnte nicht einschlafen. So leise wie möglich drehte sie sich um und betrachtete Wilhelm, der auf dem Rücken lag und kaum hörbar schnarchte.

Die Dunkelheit lag wie ein Weichzeichner über seinem Gesicht, verbarg die tiefen Furchen in den Wangen und glättete Stirn und Augenlider. Sie schmeichelte der hervorstechenden Nase, die mit den Jahren noch größer geworden war, sodass Elsbeth das Gefühl hatte, wieder den schneidigen jungen Mann zu sehen, in den sie sich damals verliebt hatte.

Sie erinnerte sich noch genau an den Abend, als sie sich vom Polterabend ihres Bruders davongeschlichen hatten, um draußen im Wald das Feuerwerk zu beobachten.

Komm mit zu mir, hatte sie Willi gedrängt. Auch noch nach fünfzig Jahren errötete sie bei der Erinnerung daran. Wilhelm hatte sie bis vor ihre Haustür gebracht und dann seinen Kopf geneigt und sie an den Hals geküsst.

»Ich würde nichts lieber tun, als mit dir hineinzukommen, und wahrscheinlich werde ich die ganze Nacht wach liegen und mich verfluchen. Aber als ich dort oben mit dir im Wald war, habe ich mir geschworen, das Richtige zu tun. Für dich. Mein ganzes Leben lang.«

Elsbeth strich mit den Fingerspitzen über ihren Hals. Dort, wo er sie damals geküsst hatte. Dann erhob sie sich mühevoll. Es half nichts. Sie konnte noch eine Stunde hier liegen und würde doch keinen Schlaf finden.

Ihre Knochen ächzten bei jeder Bewegung, und sie fragte sich, wann sie so alt geworden war. Und wie es so heimlich hatte geschehen können.

Leise ging sie ins Wohnzimmer und öffnete das Fenster. Sie spürte die kühle Nachtluft im Gesicht, atmete tief ein und schloss die Augen.

Um neunzehn Uhr hatte sie den Anwalt angerufen und ihm ihre Entscheidung mitgeteilt. Es war der erste Schritt auf einer Straße, die ins Ungewisse führte. Von jetzt an würde sie nur noch vorwärtsgehen können. Aber führte nicht jede Straße ins Ungewisse? *Das einzig Sichere ist doch der Tod. Letztlich führen alle Straßen dorthin.*

Draußen zwischen den Bäumen ragte ein langer Schatten auf. Es sah so aus, als würde dort ein Mann stehen. Elsbeth schloss schnell das Fenster, nahm ihren Wollmantel vom Haken und hüllte sich damit ein. Mit einem Mal war ihr entsetzlich kalt.

Kapitel 28

Olivia hielt vor einem liebevoll restaurierten Fachwerkhaus und stieß einen genervten Seufzer aus, als ihr Smartphone klingelte. Die Nummer auf dem Display hatte sie die letzten dreimal ignoriert. Jetzt nahm sie das Gespräch an, sonst würde sie nie Ruhe haben. »Szia, Alma. Was ist denn?«

Sofort ging der ungarische Redeschwall los. »Wieso gehst du nicht ans Telefon? Mutter und ich machen uns Sorgen. Du hast uns doch versprochen, Bescheid zu geben? Also?«

»Ich weiß nichts, der Termin ist erst morgen. Ist sonst noch was?«

»Das wissen wir! Aber warum gehst du nicht ans Telefon oder rufst zurück? Irgendwas stimmt doch nicht.«

»Ich arbeite«, entgegnete Olivia gereizt und spürte die vertraute Wut in sich hochsteigen. »Habt ihr das nicht verstanden? Wenn ich …«

»Wenn du arbeitest, hast du keine Zeit. Das haben wir kapiert. Trotzdem musst du erreichbar sein, also reg dich ab! Ich rufe nur an, um dir Bescheid zu sagen, dass Mutter auf dem Weg ist und du sie um neunzehn Uhr am Bahnhof abholen sollst.«

»Sie ist was? A francba!«

»Sie hat Urlaub gekriegt und will dich besuchen. Wenn du gestern ans Telefon gegangen wärst, hättest du es eher gewusst.«

Olivia war sprachlos. Sie schnappte nach Luft.

»Aber das geht nicht! Ich stecke mitten in einem schwierigen Fall, außerdem bin ich nicht mal in Dortmund!«

Alma schnaubte. »Heute Abend arbeitest du nicht mehr. Du wolltest dich schonen. Das hast du uns versprochen! Also fährst du hin, ja? Sie wartet auf dich.«

Olivia presste die Handfläche aufs Telefon und zischte einen Fluch. Dann atmete sie tief durch und hielt ihr Smartphone wieder ans Ohr.

»Also?«, fragte Alma.

»Ja, verdammt! Ich hole sie ab.«

Olivia feuerte das Telefon in ihre Tasche, öffnete das Seitenfach und kramte den Blister mit den Arimidex-Tabletten heraus, von denen sie sich eine in die Hand drückte und mit einem Schluck Wasser aus der Plastikflasche hinunterspülte.

Keine Sekunde lang glaubte sie der Aussage ihrer Schwester, Mutter hätte plötzlich Urlaub bekommen. Nein, der unangekündigte Besuch hatte andere Gründe. Olivia hätte ihnen nie von dem Termin erzählen sollen.

Mit einem Ruck schlug sie die Autotür zu und ging über einen Steinplattenweg zu dem Fachwerkhaus, an dessen Balken ein alter Segensspruch stand. Jeder Schritt jagte ein Stechen durch ihren Körper. An manchen Tagen spürte sie die Gelenkschmerzen kaum, manchmal kam sie sich vor wie eine Achtzigjährige. Heute war einer der schlechteren Tage. Zwar wusste sie, dass die Schmerzen nur Nebenwirkungen der Tabletten waren, doch das machte es nicht besser.

Bevor sie klingelte, überprüfte sie noch einmal die Adresse. Eine Frau mit stählerner Dauerwelle öffnete ihr.

»Guten Tag! Esterhazy. Kriminalpolizei. Ich möchte mit Tobias Kroll sprechen.«

Die Frau – vermutlich die Mutter – blieb in der Tür stehen. Ihr Gesicht verriet keinerlei Erstaunen, nur Ablehnung.

»Was wollen Sie von ihm?«

»Ich möchte mit ihm reden.«

»Tut mir leid. Er ist nicht da.« Frau Kroll presste die Lippen zusammen, und Olivia bemerkte, wie sie Nacken und Schultern straffte, als würde sie damit rechnen, Olivia körperlich abwehren zu müssen.

»Wo kann ich ihn finden?«

»Ich weiß es nicht.«

»Aber Ihr Sohn wohnt doch noch hier, oder?«

Ein fieser Schmerz strahlte von ihren Schulterblättern den Rücken hinab. »Wenn Sie mir nicht weiterhelfen, muss ich wiederkommen. Mehrmals am Tag, wenn es sein muss.«

»Meine Güte! Hat die Polizei nichts Besseres zu tun? Warum kümmern Sie sich nicht um Einbrecherbanden oder gewalttätige Ausländer?«

»Ich ermittle in einem Todesfall, Frau Kroll. Und nein, ich habe nichts Besseres zu tun.«

Der abweisende Gesichtsausdruck der Frau schien zu zerbröseln. Olivia sah Fassungslosigkeit. »Ein Todesfall?«

»Levi Stappert. Ein verunglückter Motorradfahrer.«

»Levi?« Frau Krolls Mund stand halb offen, und sie sah aus, als würde sie schlecht Luft bekommen.

»Geht es Ihnen gut?« *Was für eine dumme Frage!* »Frau Kroll, Sie sollten sich besser hinsetzen. Ist jemand im Haus, der sich um Sie kümmern kann?«

»Kommen Sie nicht näher!« Die Frau keuchte und hielt sich im Türrahmen fest. »Was soll Tobias damit zu tun haben? Er fährt schließlich kein Motorrad.« Sie lachte bitter. »Er wird nie Motorrad fahren. Oder Auto. Oder Fahrrad! Wissen Sie das denn nicht?«

»Ich weiß es«, sagte Olivia beschwichtigend. »Trotzdem möchte ich gerne mit ihm reden. Wir reden mit allen, die irgendwie betroffen sind.«

Frau Kroll schloss die Augen. »Ich sehe nicht ein, wieso das nötig sein sollte. Aber gut. Reden Sie mit ihm. Fahren Sie zum Schafstall, wahrscheinlich ist er dort.« Sie deutete nach links. »Hinter der Wiese.«

Olivia fuhr einen schmalen geteerten Weg entlang und fand ein gemauertes Gebäude ohne Fenster. Was hatte ein junger Mann hier zu suchen? Sie klopfte, und als niemand reagierte, schlug sie mit der flachen Hand gegen das Holz der

Tür. Auch das brachte kein Ergebnis. »Herr Kroll?«, rief sie. »Hier ist die Polizei! Wenn Sie mir nicht antworten, muss ich annehmen, dass Sie in einer Notlage sind. Dann werde ich die Tür aufbrechen.«

Tatsächlich hatte sie den Einsatzmehrzweckstock im Auto, und die Rillen zwischen Tor und Rahmen waren groß genug, um einen Hebel anzusetzen. Sie holte gerade Luft, um ein letztes Mal zu rufen, als sie Geräusche von drinnen hörte. Ein Riegel wurde zurückgeschoben, und das hölzerne Tor bewegte sich zur Seite.

Durch einen schmalen Spalt waberte ihr Rauch entgegen. Ein junger Mann im Rollstuhl sah heraus. Er trug ein verwaschenes T-Shirt, und dünne Bartfusseln bedeckten sein Gesicht. Die stumpfen Haare waren ungewaschen, und seine Fingernägel zeigten Schmutzränder. Hinter ihm sah Olivia, dass der Stall ausgebaut war und ihm offenbar als Wohnung diente. Es gab ein Bett und einen Tisch mit zwei Monitoren, einer Playstation und einem Computergehäuse.

Tobias Kroll sah mit trägem Blick zu ihr auf. »Ich kenne Sie nicht. Was ist mit dem Dicken, der sonst immer kommt?«

Olivia zögerte. Die Frage brachte sie aus dem Konzept. »Bekommen Sie häufig Besuch von der Polizei?«

Er starrte sie höhnisch an. »Na sicher! Und jedes Mal macht ihr Ärger. Manchmal wird mein Facebook-Account gesperrt, oder ich krieg 'ne Geldstrafe. Aber bei mir gibt es nix zu holen, das kann ich Ihnen gleich sagen. Kein pfändbares Vermögen.« Er reckte das Kinn vor. »Sie müssen mich schon einbuchten. Da haben Sie wohl ein Problem.«

Herausfordernd fläzte er sich in seinem Rollstuhl.

Olivia dachte an Annes Entdeckung. »Sie sind Ha. Ss?«

»Dazu muss ich nix sagen.«

»Das ist Ihr gutes Recht.« *Also ja. Ein Mordmotiv ist da. Bei der Gelegenheit wird es schwierig.*

»Kannten Sie Levi Stappert?«

Seine Miene veränderte sich kaum, doch da war etwas Lauerndes in seinen Augen. Langsam schüttelte er den Kopf.

»Aber Markus Neuer? Der Name sagt Ihnen etwas, oder?«

»Das Arschloch, das mich zum Krüppel gefahren hat.« Mit der Hand strich er über seine Oberschenkel. »Hat Fahrerflucht begangen. Mich umgenietet und ist einfach weitergerast. Ich war Leichtathlet. Hochsprung, das war meine Spezialität. Ich war auf der U-20-Bestenliste. Als er mich umgefahren hat, steckte ich in den Vorbereitungen für die Deutsche Meisterschaft. Hab jeden Tag trainiert. Wussten Sie das?«

Olivia schüttelte den Kopf. Die Wut, die in jedem seiner Worte mitschwang, war ihr vertraut. Sie wusste nur zu genau, wie es sich anfühlte, wenn das Leben sich von einem Tag auf den anderen änderte. Doch im Gegensatz zu ihr hatte er jemanden, dem er die Schuld geben und gegen den er seinen Hass richten konnte. Wie mochte das sein? Und wie weit war er gegangen?

»Levi Stappert ist bei einem Motorradunfall ums Leben gekommen. Er war der Lebensgefährte von Markus Neuer. Was sagen Sie dazu? Ist das ausgleichende Gerechtigkeit?« Beim letzten Satz klang ihre Stimme schneidend, doch Kroll ließ sich nicht provozieren.

»Es gibt keine Gerechtigkeit.«

»Nur Rache?«

»Das haben Sie gesagt.« Er mauerte. Sein Gesicht verriet nichts bis auf die Wut, die er gar nicht zu verbergen suchte.

»Warum fragen Sie nicht, wie der Unfall passiert ist? Und warum die Kriminalpolizei ermittelt? Sie wissen es bereits, nicht wahr?«

»Das habe ich im Netz gelesen, Frau Kommissarin. Also ja, natürlich weiß ich es. Sie glauben, jemand hat 'ne Straßenkralle auf die Fahrbahn gelegt. Und jetzt sind Sie hier, weil sie denken, dass ich das war.« Er hob die Arme. »Aber hey – Überraschung – ich bin ja querschnittsgelähmt.«

Du bist vielleicht gelähmt, aber du lebst, du verdammter Idiot! Du hast nichts in dir, was dich von innen auffrisst.

»Ich verstehe Ihren Zorn«, sagte sie laut. »Aber die Posts,

163

die Sie im Internet veröffentlichen, sind keine Kleinigkeiten, sondern Morddrohungen. Wenn Sie nicht damit aufhören, landen Sie tatsächlich irgendwann im Gefängnis.«

Er schnaubte. »Nicht, solange meine Mutter die Bußgelder bezahlt. Sie hat ein schlechtes Gewissen, weil sie diejenige war, die mich in der Nacht nicht abholen wollte.«

»Verlassen Sie sich nicht zu lange darauf. Alles hat mal ein Ende. Statt andere zu bestrafen, sollten Sie Ihr Leben leben, Sie Idiot.«

Er breitete die Arme aus. »Welches Leben denn?«

Olivia hatte genug gehört. »Machen Sie es gut.«

»Welches Leben denn?«, schrie er ihr hinterher.

Kapitel 29

Sonntag Vormittag, 16.06. – Bontkirchen – Sauerland

Anne nahm einen Schluck von ihrer zweiten Tasse Kaffee und aß den letzten Bissen des finnischen Brötchens, das sie sich getoastet hatte. In ihrem rechten Ohr trug sie ihren Ohrstöpsel und hörte den Polizeifunk mit. Nach Markus Neuer wurde bereits gefahndet, aber es gab noch keine Neuigkeiten.

Vor dem Frühstück hatte sie halbherzig begonnen aufzuräumen, dann jedoch mutlos festgestellt, dass diese Arbeit Stunden in Anspruch nehmen würde. Nach wie vor herrschte Chaos in der Wohnung, und überall klebte der Metallstaub der Spurensicherungsarbeiten.

Anne wählte die Nummer der Polizeiwache Brilon und fragte nach Frau Simon. Sie hatte Glück. Die Kollegin war wieder im Dienst, und Olivia schien ihr noch nicht gesagt zu haben, dass Anne von den Ermittlungen ausgeschlossen war.

»Ist in der Tasche von Heiko Neuers Jeans ein Zettel mit einer Handynummer gefunden worden?«

»Ja. Nach seinen Angaben ist es die Nummer seines Bruders. Wir versuchen bereits das Handy zu orten, aber es scheint abgeschaltet zu sein.«

»Können Sie mir die Nummer geben?«

Frau Simon diktierte, und Anne schrieb mit. Nachdem sie das Gespräch beendet hatte, versuchte sie selbst dort anzurufen, doch die Kollegin hatte recht. Markus Neuer war nicht erreichbar.

Danach googelte sie Andreas Hartmann. Die Suchmaschine spuckte allerhand Berichte über seine Mitgliedschaft in zahlreichen Vereinen und Verbänden aus, über die sie hinwegscrollte. Auch das Sponsoring des U3-Wagens für den örtlichen Kindergarten interessierte sie nicht.

Nach wenigen Klicks stieß sie überraschenderweise auf seine Privatadresse in Medebach. Anne rief Google Earth auf und tippte die Adresse ein. Wald baute sich auf dem Bildschirm auf.

Hartmanns Haus schien ein regelrechtes Anwesen zu sein. Um das Gebäude war ein parkähnlicher Garten mit einer kleinen Waldfläche angelegt. Rings um den Park gab es nur noch Bäume. Die Kleinstadt Medebach schien kilometerweit entfernt zu sein.

Es war zehn Uhr, und Anne beschloss, jetzt bei Hartmann vorbeizufahren. Sicher hatte er Personal, das auch sonntags im Dienst war. Sie würde ihn also nicht aus dem Bett klingeln.

Als sie die Tür zu Heikos Wohnung hinter sich zuzog, dachte sie an Olivia. Die Chefin wäre keineswegs mit ihrem Vorgehen einverstanden. Anne war jetzt als Privatperson unterwegs und hatte keinerlei polizeiliche Befugnisse mehr. Von Verdächtigen musste sie sich fernhalten.

Andererseits wollte sie nur mit Hartmann reden. Irgendetwas musste sie schließlich tun. Sie dachte an Heikos gebrochene Nase und sein zugeschwollenes Auge. An Stella. Olivia konnte nicht wirklich erwarten, dass sie sich raushielt, oder?

Anne ließ sich von Google navigieren. Hinter Medebach folgte sie der Bundesstraße durch den Wald und bog auf eine kleinere Landstraße ein. Dann folgte wieder eine Abzweigung. Nur eine schlichte Hausnummer verriet, dass sie am richtigen Ort war.

Kurz darauf endete ihre Fahrt vor einem drei Meter hohen Stahltor. Ein Sicherheitszaun mit Sichtschutz und Stacheldrahtrollen verlief an beiden Seiten. Jetzt begriff Anne, warum Hartmanns Adresse so leicht zu finden war. Er brauchte keine Anonymität, denn er wohnte in einer Festung.

Sie stieg aus und fand am Tor eine Klingel, die sie drückte.

»Ja?«, fragte eine metallisch verzerrte Stimme.

»Mein Name ist Anne Kirsch. Herr Hartmann und ich haben Freitagabend miteinander gesprochen. Ich möchte zu ihm.« *Besser nicht das Wort Polizei erwähnen,* dachte sie. Das würde das dünne Eis, auf dem sie sich bewegte, zum Einsturz bringen.

»Schauen Sie bitte in die Kamera.«

Anne blickte das kleine, rot blinkende Lämpchen an, das sich direkt über dem Tor befand.

»Einen Moment bitte!«

Anne wartete und spielte mit dem Autoschlüssel in ihrer Hand. Sie betrachtete den Zaun, der quer durch den Wald verlief. Bestimmt waren auch dort Kameras oder Bewegungsmelder angebracht. Kein Wunder. Ein so abgeschiedenes Grundstück würde auch bei einem weniger wohlhabenden Mann ein lohnendes Einbruchsziel abgeben.

Zu ihrer Überraschung begann sich das Stahltor langsam nach außen zu öffnen. Hartmann hatte tatsächlich Zeit für sie. »Fahren Sie bis zum Haus vor!«

Anne stieg wieder in Heikos Volvo und rollte durch die Einfahrt. Den Park dahinter hatte sie im Internet bereits aus der Vogelperspektive gesehen, tatsächlich hindurchzufahren war jedoch etwas völlig anderes. Vor ihrer Ankunft hatte sie sich vorgenommen, Hartmann wie einen ganz gewöhnlichen Menschen zu behandeln und sich durch seinen Reichtum nicht beeindrucken zu lassen.

Jetzt glitt ihr Blick bewundernd über den im Barockstil angelegten Garten. Die in streng geometrischen Formen angeordneten Beete blühten verschwenderisch. Zwischen ihnen standen weiß glänzende Marmorstatuen. Anne kam sich vor, als würde sie zu einer Audienz des Sonnenkönigs fahren. Es fiel ihr schwer, diese Bilder mit Freitagabend in Einklang zu bringen, wo sie mit Hartmann in einem schlichten Zimmer im *Schuppen* auf Holzstühlen gesessen hatten. Wer war dieser Mensch eigentlich?

Eine Antwort auf diese Frage bekam Anne bei ihrer Ankunft vor dem Herrenhaus zu sehen. Drei Motorräder standen davor und wurden von einem jungen Mann mit Politur eingerieben. Das eine wirkte windschnittig, das zweite hatte ein hohes Lenkrad und einen tiefen Sitz, das dritte schien ein Oldtimermodell zu sein. Alle sahen wertvoll aus.

Ein Mann in Hemd und Anzughose stand vor der Haustür und musterte Anne. Ein Feuermal bedeckte fast die gesamte rechte Hälfte seines Gesichts.

»Folgen Sie mir bitte, Frau Kirsch!«

Er führte sie durch eine große Empfangshalle, in der ihre Schritte widerhallten. Auf dem Gang kam ihnen eine Frau entgegen, die einen blassrosa Mantel und passende Pumps trug. Sie ging mit wiegenden Hüften und hatte ein irritierend schönes Gesicht. Ein muskelbepackter Kerl begleitete sie. Keiner der beiden schenkte Anne die geringste Aufmerksamkeit.

»War das Herr Hartmanns Lebensgefährtin?«, fragte sie ihren Führer, aber der Mann reagierte nicht.

Sie betraten einen modern eingerichteten Besprechungsraum mit einem nachtschwarzen Tisch und einem Monitor an der Wand. Durch eine offen stehende Tür hörte sie Hartmann telefonieren.

»Warten Sie hier!«, befahl der Mann mit dem Feuermal.

Anne blieb stehen und betrachtete die großformatigen Fotografien, die an den Wänden hingen. Schwarz-Weiß-Aufnahmen aus der Wüste.

Eines der Fotos zeigte ein verlassenes Lager. Im Bildmittelpunkt war ein umgekippter Schemel zu sehen, der halb verbrannt auf einem erloschenen Feuer lag. Ein dünner Rauchfaden stieg in die Höhe, und dahinter flatterte eine abgerissene Zeltplane im Wind. Aus irgendeinem Grund berührte Anne das Bild, doch sie konnte nicht sagen, wieso.

Hartmann redete noch immer. Sie verstand keine einzelnen Wörter, doch er wirkte gut gelaunt, und sie war sich fast sicher, dass er mit einer Frau sprach. Dann wurde seine Stimme lauter.

»Ich muss aufhören. Ja, Liebes, das verspreche ich dir. Pass auf dich auf! Ja. Ciao, ciao!«

Mit dem iPhone am Ohr kam er herein. Sein Haar war zur Seite gegelt, und er trug ein kurzes Hemd und eine perfekt sitzende Leinenhose und bot ein vollkommen anderes Bild als gestern.

»Bitte entschuldigen Sie, dass Sie warten mussten. Das war meine Schwester. Wir haben nicht häufig Gelegenheit, miteinander zu sprechen. Sie lebt im Kongo, wissen Sie?«

»Nein, das wusste ich nicht. Tut mir leid, dass ich Sie unterbrochen habe und dass ich so unangemeldet hier auftauche.«

»Ach was! Kommen Sie bitte!« Er führte sie durch einen Flur in ein großzügiges Wohnzimmer mit lederbezogener Couch. »Setzen Sie sich! Was möchten Sie trinken?«

Sie befanden sich in seinen Privaträumen, wie Anne zufrieden feststellte. Während sie tat, als überlegte sie, sah sie sich unauffällig um. Leider gab es auch hier wenige Gegenstände, die etwas über ihren Gastgeber aussagten. Anne entdeckte ein einziges Foto, das auf einem Sekretär an der Wand stand. Es zeigte eine junge Frau im Abendkleid. Auch auf die Entfernung konnte Anne sehen, dass sie irritierend blaue Augen besaß. Dieselben Augen wie Andreas Hartmann.

»Haben Sie Kaffee?«

Er verzog spöttisch den Mund. »Ich kann Ihnen alles anbieten, von Espresso bis Latte macchiato mit Karamellgeschmack. Alles frisch gemahlen und magenschonend geröstet.«

»Nur Kaffee, danke.«

»Nun gut.«

Hartmann drückte den Knopf einer Freisprechanlage, die an der Wand hing. »Ivan, bringst du uns bitte zwei Kaffee?«

Anne deutete auf das Bild auf dem Sekretär. »Ist das Ihre Schwester?«

»Ja, das ist Mia. Sie ist nur ein knappes Jahr älter als ich. Unsere Eltern haben damals direkt nachgelegt, kaum vorstellbar, nicht wahr? Aber deshalb hatten wir in unserer Kindheit schon ein enges Verhältnis. Beinahe wie Zwillinge.«

Anne betrachtete das Foto, auf dem Mia Hartmann nicht viel älter als zwanzig sein konnte. Sie war klein und zart gebaut, trotzdem meinte man hinter den eisblauen Augen ungewöhnliche Kraft und Willensstärke zu erahnen.

»Was tut sie im Kongo?«

»Entwicklungshilfe. Sie hat noch zu Lebzeiten unserer Eltern eine Stiftung gegründet, die sich um die Opfer des Bürgerkriegs kümmert. Sie arbeitet eng mit *Ärzte ohne Grenzen* und anderen Organisationen zusammen, die dort tätig sind. Aber eigenverantwortlich. Sie ist unglaublich, ein wahres Wunder.«

Und weit genug weg, um von den kriminellen Tätigkeiten ihres Bruders nichts mitzubekommen, dachte Anne. Sie betrachtete Hartmann. Hatte dieser Mann, der ihr ruhig gegenübersaß und sie so zuvorkommend behandelte, Heiko zusammenschlagen lassen?

Laut sagte sie: »Ihre Eltern sind früh verstorben?«

Die Tür ging auf, und der Mann mit dem Feuermal kam herein. Er setzte das Tablett mit dem Kaffee behutsam auf den Tisch. Für einen Moment stand er zwischen ihnen.

»Danke, Ivan!« Als der Mann zur Seite trat, sah Hartmanns Gesicht aus wie zuvor, und seine blauen Augen verrieten keine Gefühlsregung.

»Es passierte auf dem Flug von Skopje nach Zürich. Die Maschine stürzte kurz nach dem Abflug ab. Fast alle Passagiere kamen ums Leben. Meine Eltern waren zum ersten Mal in Mazedonien. Sie sind an Geschichte interessiert, und dieses Land ...« Er stockte kurz.

»Sie *waren* an Geschichte interessiert und haben sich für Südosteuropa begeistert. Aber genug davon. Sicher sind Sie nicht hier, um über meine Familie zu reden. Wir hatten Freitagabend eine interessante Unterhaltung, und ich fand es bedauerlich, sie so früh abbrechen zu müssen. Wie weit sind Ihre Ermittlungen gediehen?«

»Leider nicht weit, fürchte ich. An diesem Wochenende gab es einige Vorfälle, die uns abgelenkt haben. Wohnungseinbruch. Körperverletzung.« Sie beobachtete ihn genau. Wenn Hartmann wirklich involviert war, hatte er sich gut im Griff.

»Ach, tatsächlich? Wie seltsam. Sonst ist das hier eine ruhige und friedliche Gegend.«

»Wir haben Grund zu der Annahme, dass die Täter sich im Kreis des Heiße Reifen Sauerland e. V. bewegen.«

Hartmann erwiderte ihren Blick gelassen. »Wenn es tatsächlich so wäre, würde ich das bedauern. Ich habe den Verein aufgebaut. Aber Sie werden verstehen, dass ich nicht für jedes Mitglied meine Hand ins Feuer legen kann. Dafür sind wir einfach zu viele. Haben Sie denn einen konkreten Verdacht?«

»Dazu kann ich Ihnen nichts sagen.«

»Nun.« Sein Gesichtsausdruck wurde desinteressiert, und Anne spürte, dass er sie gleich hinauskomplementieren würde. Sie musste zum Angriff übergehen.

»Sie leben allein, nicht wahr?«, fragte sie, während sie ihren Kaffee nahm und den aromatischen Duft frisch gemahlener Bohnen einatmete.

Eine winzige Falte auf seiner Stirn zeigte ihr, dass der Themenwechsel ihn überraschte. »Was soll die Frage?«

»Nun. Levi Stappert war ein hübscher Mann und offen homosexuell. Ich frage mich, welcher Art Ihre Beziehung eigentlich war.«

Die Falte vertiefte sich. »Wir hatten keinerlei Form von Beziehung, Frau Kirsch. Wie kommen Sie denn auf so etwas? Außerdem hatte Levi einen Lebensgefährten. Ist jeder Mann, der allein lebt, in Ihren Augen homosexuell?«

»Sicher nicht. Allerdings haben wir erfahren, dass Sie in Bezug auf Levi Stappert gelogen haben. Er war Auszubildender in der Firma Ihres Vaters und eines der ersten Mitglieder Ihres Clubs. Sie kannten ihn besser, als Sie am Freitagabend behauptet haben.«

Hartmann sah sie einen Moment lang an, dann lächelte er entwaffnend. »Sie haben Ihre Hausaufgaben gemacht, Frau Kirsch. Levi war tatsächlich in der Firma meines Vaters beschäftigt, und ich habe dort während meines Studiums gearbeitet. Der Junge hat zu mir aufgeblickt. Ich war so etwas wie ein Mentor für ihn und nahm ihn einige Male auf meinem Motorrad mit. Durch mich entdeckte er seine Leidenschaft fürs Zweiradfahren, und bald darauf machte er seinen Führerschein. Natürlich war er später auch dabei, als ich meinen Verein gründete.«

»Warum haben Sie uns dann angelogen?«

»Es war nicht gelogen.«

Hartmann führte seinen Kaffee zum Mund und nahm einen tiefen Schluck. Dann griff er nach einer Serviette und tupfte sich mit einer kontrollierten Bewegung die Feuchtigkeit ab. »Wir standen uns früher nahe, aber seitdem sind Jahre vergangen. Jahre der Entfremdung. Wissen Sie, was ich bei meinen Leuten am meisten schätze, Frau Kirsch? Loyalität. Und zwar bedingungslose.«

Das habe ich gemerkt, dachte Anne grimmig. »Und was passiert mit denen, die nicht mehr loyal sind? Werden sie aus dem Verein ausgeschlossen? Hatten Sie das mit Levi vor? Wie praktisch, dass sein Unfall dazwischenkam.«

Ihre Provokation schien an ihm abzuprallen.

»Der Zynismus steht Ihnen nicht, Frau Kirsch. Unser Sport ist ein immerwährendes Spiel mit dem Tod. Das macht den Reiz aus. Geschwindigkeit, die Schwerkraft überwinden, abheben. Das ist eine Erfahrung auf Messers Schneide, ein Balancieren am Abgrund. Nicht alle Biker denken so – natürlich. Aber Levi war einer von ihnen. Er wollte immer austesten, wie schnell er durch die Kurve kam. Wollte die Fliehkräfte spüren. Bumm!«

Er schlug mit der flachen Hand auf die Tischplatte. Seine eisblauen Augen glitzerten.

»Was ich mit fehlender Loyalität meine, Frau Kirsch, ist, dass Levi mich enttäuscht hat. Und deshalb war unsere

Freundschaft Geschichte. Ich habe Ihnen also die Wahrheit gesagt, als ich meinte, dass ich ihn nicht gut kenne. Früher mag das anders gewesen sein. Als er noch mit Ilka verheiratet war. Damals waren wir oft zusammen. Er und Ilka sowie ich mit meiner damaligen Freundin. Aber die Zeiten ändern sich. Die Menschen ändern sich.«

»Was genau ist zwischen Ihnen vorgefallen?«

Er schüttelte den Kopf. »Das tut nun wirklich nichts zur Sache.« Mit einer bedächtigen Handbewegung schob er die Kaffeetasse zur Seite und erhob sich. »Wenn das alles war, entschuldigen Sie mich bitte. Ob Wochentag oder Sonntag, Arbeit gibt es immer. In dieser Hinsicht sind wir uns offenbar sehr ähnlich.«

Anne stand ebenfalls auf. Viel hatte sie nicht in Erfahrung bringen können. Hartmann drückte wieder den Kopf seiner Fernsprechanlage. »Ivan, würdest du Frau Kirsch hinausbegleiten?«

Sie warteten weniger als eine Minute. Während dieser Zeit ruhte der Blick von Hartmanns eisblauen Augen auf Anne. Der Mann mit dem Feuermal trat ein und hielt ihr die Tür auf.

Als Hartmann seine Frage stellte, hatte sie ihm schon den Rücken zugewandt. »Wie geht es Ihrem Freund, Frau Kirsch?«

Anne merkte, wie Adrenalin ihren Körper flutete. Sie drehte sich um.

»Den Umständen entsprechend«, sagte sie so ruhig, wie es ihr möglich war. »Sollte es mir zu denken geben, dass Sie davon wissen?«

Er schmunzelte. »In dieser Gegend geschieht nichts, ohne dass ich davon Kenntnis erhalte. Und ich lege Wert darauf, gut informiert zu sein. So vieles kann davon abhängen.«

Anne starrte ihn an, versuchte hinter die Fassade zu blicken. Vergeblich. »Dann wissen Sie auch, dass bei ihm eingebrochen wurde?«

»In der Tat.«

Er machte eine betroffene Miene. »Wurde denn etwas gestohlen?«

»Es sieht nicht danach aus.« *Köder legen kann ich auch, Herr Hartmann. Mal sehen, ob Sie diesen schlucken.* »Sein Hund ist verschwunden«, fuhr Anne fort. »Für die Täter hoffe ich, dass er wieder auftaucht. Sonst haben wir Mittel und Wege, ihnen das Leben unangenehm zu machen.«

»Sie haben etwas in der Hand?«, fragte er interessiert.

Anne lächelte kühl.

»Vielleicht habe ich tatsächlich etwas.«

»Und das wäre?«

Sie beugte den Kopf nach hinten und sah zu ihm auf. »Ach, Herr Hartmann. Das wissen Sie doch ganz genau.«

Einen Moment schwieg er. Dann fing er an zu lachen.

»Sehr gut, Frau Kirsch. Das war aufschlussreich. Ich freue mich schon auf unser nächstes Gespräch. Jetzt entschuldigen Sie mich bitte.«

Anne folgte Ivan aus dem Raum. Auf dem Weg fühlte sie jeden Herzschlag in ihrer Brust vibrieren. Was war da gerade passiert? Als sie aus der Haustür trat, spürte sie die warmen Sonnenstrahlen im Gesicht und atmete befreit ein und aus. Dann hielt sie inne. Da war etwas gewesen. Ein Geräusch.

»Halten Sie hier Hunde?«

Ivan stand direkt hinter ihr und machte eine Geste, die ihr bedeutete, dass sie weitergehen solle. Seine Miene war undurchsichtig.

»Dieser Garten ist umwerfend schön. Ich würde ihn mir gerne näher ansehen. Ist das möglich?«

»Das geht nicht. Herr Hartmann hat mich angewiesen, Sie auf direktem Weg hinauszugeleiten.«

Widerstrebend ging Anne zu Heikos Wagen und lauschte dabei. Wieder hörte sie die Hunde. Gerne hätte sie sich über Ivans Anweisung hinweggesetzt, aber sie hatte keinen Durchsuchungsbeschluss. Sie war noch nicht einmal im Dienst. Durch ihren Besuch hatte sie ihre Kompetenz schon weit überschritten.

Jeder weitere Fehltritt konnte eine Lawine auslösen, die sie unter sich begraben würde. Anne startete den Motor und rollte mit ihrem Wagen außer Reichweite der Kamera. Dann blieb sie stehen. Etwas nagte an ihr. Der Zaun. Das Anwesen. *Das Bellen.*

War es möglich, dass Hartmann tatsächlich so dreist war, Stella bei seinen Hunden unterzubringen? Andererseits schien er sich für unangreifbar zu halten, und die Wahrscheinlichkeit, dass ein Richter bei ihm eine Hausdurchsuchung genehmigen würde, ging gegen null. Zumindest bei der derzeitigen Faktenlage.

Anne parkte den Wagen am Wegesrand und beschloss, noch einen kleinen Spaziergang zu unternehmen. Der Waldrand war mit dichtem Gestrüpp bewachsen, doch sie fand eine Stelle, an der sie hindurchgehen konnte. Auf dem Waldboden wurde das Fortkommen einfacher. Anne mied das Tor mit der Überwachungskamera und näherte sich seitlich dem Zaun, erreichte ihn nach wenigen Minuten und spazierte daran entlang.

Durch die kleinen, mit dickem Draht verstärkten Maschen konnte sie nur auf den Sichtschutz aus Rattangeflecht sehen, der dahinter angebracht war und jeden Blick auf das Grundstück verhinderte. Der Zaun wurde von Stahlstützen gehalten, an denen Anne probehalber rüttelte. Sie waren fest im Boden verankert.

Oberhalb der drei Meter hohen Maschenwand waren doppelte Rollen von Stacheldraht befestigt. Anne ging am Zaun entlang, hielt aber Abstand – einerseits wegen etwaiger Kameras, andererseits weil der Boden am Zaun durch Gestrüpp und Büsche zugewachsen war. Bäume standen nicht in Zaunnähe.

Nicht, dass Anne vorgehabt hätte hinüberzuklettern. Doch selbst wenn, musste sie sich eingestehen, dass es absolut unmöglich wäre.

Nach einer halben Stunde Fußmarsch entdeckte sie einen Baum mit niedrigen Ästen, der in etwa vier Metern Abstand vom Zaun wuchs. Kurz entschlossen griff sie nach dem unteren Ast und zog sich hinauf. Sie kletterte langsam und war sich bewusst, dass sie lange Zeit niemand finden würde, wenn sie hier abstürzte und das Bewusstsein verlor.

Von oben wirkte der Zaun noch höher, und sie sah die brutalen Spitzen des Stacheldrahtes aus der Nähe. Vielleicht würde es ihr gelingen, einen Blick auf das Grundstück zu erhaschen.

Anne zog sich weiter hinauf und vermied es, nach unten zu sehen. Wieder hörte sie das Bellen, das hier ein wenig lauter klang. Einen Moment lang war sie versucht, Stellas Namen zu rufen. Stattdessen biss sie die Zähne zusammen und zog sich auf den nächsten Ast.

Sie war jetzt in Höhe des Stacheldrahtes und musste sich nur noch umdrehen, um über den Zaun sehen zu können. Ein Vorhaben, das sich als gar nicht so leicht erwies, da sie auf zwei unterschiedlichen Ästen stand, um das Gewicht zu verteilen. Ihre Oberschenkel brannten. Anne hielt den Atem an, klammerte sich an einen Ast, der halbwegs stabil aussah, und bewegte den rechten Fuß zum linken, während sie sich langsam drehte.

Dort waren die Zwinger. Sie sah sie ganz deutlich: Kleinere Bauten, die sich von der Hauswand abhoben. Sie lagen rechts von ihr und leider so weit vom Zaun entfernt, dass sie keine Einzelheiten erkennen konnte. Gut möglich, dass Hartmann auch Kampfhunde hielt. Tiere, die nachts das Gelände bewachten. Ob Stella dort war? Sie hatte keine Möglichkeit, es herauszufinden.

Entmutigt stieg Anne vom Baum herunter und atmete auf, als sie wieder soliden Waldboden unter den Füßen spürte. Sollte sie umkehren? Aber was würde sie Heiko sagen, wenn sie ins Krankenhaus fuhr?

Wie lange mochte es dauern, das Gelände zu umrunden? Und war es verlorene Zeit?

Sie wählte Markus' Nummer und ging weiter.
Wieder nicht erreichbar.

Zum Glück hatte sie die Funkkopfhörer, über die sie von wichtigen Einsätzen erfahren würde.

Nach einer Weile konsultierte sie Google Maps und stellte fest, dass sie mehr als die Hälfte des Weges zurückgelegt hatte und sich bereits wieder der Straße näherte. Dann bemerkte sie einen seltsamen Gegenstand. Hatte jemand ein Brett an den Zaun gelehnt?

Anne ging näher heran und erkannte, dass es tatsächlich ein Brett war, oder vielmehr eine quadratische Spanplatte von circa ein mal einem Meter Kantenlänge, die jemand mit Schrauben am Zaun befestigt hatte. Anne rüttelte an dem Brett, doch es saß bombenfest. Hinter dem Rattangeflecht musste noch ein anderes Holz verschraubt sein.

Warum befestigte jemand ein Brett am Zaun? Anne dachte nach, und ihr fiel nur eine einzige Antwort darauf ein, die Sinn ergab.

Kapitel 30

Olivia saß allein in dem kleinen Büro der Polizeiwache. Jetzt, wo Anne nicht mehr dabei war, lag ein Berg Arbeit vor ihr.

Es klopfte. Ein Kollege in Uniform und mit grauem Walrossbart trat ein. Sein Bauch hing ein Stück über seinen Gürtel. »Waalkes«, stellte er sich vor. »Eben ist ein Anruf zu Ihrer Fahndung eingegangen.«

Sie drückte den Rücken durch. »Was für ein Anruf?«

»Jemand hat den Mann wiedererkannt. Er sagt, er hat ihm letzte Woche ein Zimmer vermietet.«

»Endlich eine gute Nachricht! Wo?«

»Ein Landgasthof in Dreislar, der sich *Bikertreff* nennt.«

Der Name elektrisierte sie. *Endlich eine Spur!* »Ich fahre sofort hin. Meine Kollegin hat Urlaub. Begleiten Sie mich?«

Im Hinausgehen fragte sie sich, wie lange sie das Gespräch mit Oberan noch aufschieben konnte. Würde es ihr gelingen, den Fall vorher aufzuklären? Wie würde Thorsten reagieren, wenn er von dem Überfall auf Heiko erfuhr? Anne und er standen sich nahe. Würde er kommen und ihr den Fall abnehmen? Waalkes fuhr mit quälender Langsamkeit und hielt sich exakt an die Geschwindigkeitsbegrenzungen.

Der Landgasthof mit Fachwerkcharme und Blumenkästen machte einen gutbürgerlichen Eindruck und warb mit wehenden Fahnen um Zweiradfahrer. Der Biergarten war gut gefüllt. Viele Biker genossen das sonnige Wetter bei Kaffee und Kuchen. Waalkes Uniform zog die Blicke an, die dann unweigerlich an Olivia hängen blieben. Sie straffte die Schultern und trat ein.

Der Duft von Rosmarin und geschmortem Fleisch stieg ihr in die Nase, und ihr Magen zog sich schmerzhaft zusammen. Sie fragte sich, wann sie wieder mit Appetit würde essen können. Ohne den schalen Tablettengeschmack im Mund.

»So schnell hatte ich gar nicht mit Ihnen gerechnet!«, rief die Wirtin aus der Küche. Sie kam heraus und reichte ihnen die Hand.

»Ich bin Frau Backhaus.« Ihre Körpergröße bildete einen Gegensatz zu ihrer klangvollen Stimme. Sie erreichte nicht mehr als eineinhalb Meter.

»Mein Mann und ich betreiben den Gasthof schon seit zwanzig Jahren. Heute ist es das erste Mal, dass wir die Polizei im Haus haben, und ich hoffe, auch das letzte Mal.« Sie klopfte auf das Geländer der Holztreppe. »Entschuldigung! Dienstlich meine ich natürlich. Privat sind Sie hier jederzeit willkommen.«

Olivia bemühte sich, ihr breites Lächeln zu erwidern. »Meinten Sie diesen Mann bei Ihrem Anruf?« Sie zeigte ihr ein Bild von Heikos Bruder.

»Ja. Das ist Herr Neuer«, bestätigte Frau Backhaus. Olivia sah, dass Waalkes die Hand auf den Griff seiner Waffe legte.

»Er und sein Freund haben hier ein Zimmer gemietet. Aber sie sind nicht mehr da.« Sie zog ein Schlüsselbund hervor und schloss die Tür zu einem der Zimmer auf. »Sind sang- und klanglos abgereist. Hubert hat eben den Fahndungsaufruf in den Nachrichten gesehen. – Das ist mein Mann«, fügte sie hinzu. »Als wir die beiden zur Rede stellen wollten, haben wir bemerkt, dass sie abgereist sind. Auf und davon, wahrscheinlich durchs Fenster, das stand nämlich offen. Den Schlüssel haben sie leider mitgenommen. Also werden wir das Schloss auswechseln müssen – zusätzlich zu der offenen Rechnung. Die haben sie auch nicht bezahlt. Deshalb wären wir dankbar, wenn Sie die kriegen, Frau Kommissarin.«

Olivia sah sich in dem kleinen Schafzimmer um. Darin standen ein ordentlich gemachtes Doppelbett aus Birkenholz, zwei Stühle und ein kleiner Tisch in der hinteren Ecke. Sie öffnete die angrenzende Tür mit der Spitze eines Ellenbogens: Ein winziges Bad.

»Wir haben alles so gelassen, wie es war«, erklärte Frau Backhaus. »Aber viel ist nicht zu sehen. Zum Glück haben sie nichts kaputtgemacht.«

Keine Einbrecher, dachte Olivia. *Der Täter, der Stapperts und Heikos Wohnung durchwühlt hat, weiß nichts von diesem Zimmer. Diesmal sind wir ihm einen Schritt voraus.* »Ich werde den Raum ein bis zwei Tage versiegeln müssen«, sagte sie laut. »Bis wir alles untersucht haben.«

»Natürlich.«

»Kennen Sie den Namen von Herrn Neuers Begleiter?«

Die Wirtin schüttelte bedauernd den Kopf. »Nein. Der hat sich nicht vorgestellt. Ein hübscher junger Mann.«

Olivia zeigte ihr ein Foto von Levi Stappert.

»Ja, der ist es!«

»Wann haben sie das Zimmer angemietet?«

»Das war letzten Freitag.«

»Und wann haben Sie die Männer zuletzt gesehen?«

Die Wirtin überlegte. »Donnerstag. Sie haben unten im Gastraum gefrühstückt. Das ist bei uns nicht mit im Preis enthalten, deshalb haben wir uns nicht gewundert, dass sie Freitag nicht mehr gekommen sind. Eigentlich habe ich sie nur das eine Mal gesehen. Sie waren viel mit ihren Motorrädern unterwegs. Aber das Wetter ist im Moment auch toll zum Fahren. Nicht zu heiß und wenig Regen.«

»Ist Ihnen etwas Besonderes aufgefallen?«

»Mir nicht, nein. Aber einige unserer Gäste haben sich beschwert. Es sei laut gewesen. Die beiden hatten wohl einen Streit.«

Olivia merkte auf. »Mit diesen Gästen würde ich gerne sprechen.«

»Oh, das tut mir leid. Die sind ebenfalls abgereist. Aber ich kann Ihnen die Namen geben.«

Olivia ließ sich von Waalkes zurück ins Büro fahren und

telefonierte dann die Namen von der Liste ab. Die Gäste hatten am Donnerstagabend tatsächlich einen Streit gehört, konnten sich aber nicht mehr an Einzelheiten erinnern.

Zurück in der Polizeiwache, machte sie sich an die Büroarbeit. Nach über einer Stunde ploppte an ihrem unteren Bildschirmrand das Skype-Symbol auf. Olivia klickte auf Annehmen, und das hagere Gesicht von Gerichtsmediziner Doktor Lange erschien in einem Fenster.

Er saß in seltsam gekrümmter Haltung vor seinem Monitor, infolgedessen wirkten Stirn und Nase überdimensional groß, während sein Kinn kaum zu sehen war.

»Schön, Sie wieder an Bord zu haben, Frau Esterhazy«, bemerkte er. »Wie Sie sehen, hat der technische Fortschritt der Verwaltung während Ihrer Abwesenheit nicht innegehalten und uns mit diesem neumodischen Videokram überschwemmt. Nun kann jeder von Ihnen sogar zur Obduktion live zugeschaltet werden. In naher Zukunft werde ich während der Arbeit überhaupt keinen Kontakt mehr zu Lebenden haben. Bis auch ich durch einen Roboter ersetzt werde.«

»Ich wage zu bezweifeln, dass ein Roboter unsere Arbeit erledigen könnte«, entgegnete Olivia.

»Oh, Sie würden sich wundern. So kompliziert unser Gehirn auch ist, letztendlich besteht es nur aus Schaltkreisen und Synapsen. Ein Kunstwerk, das jedoch bei einigen Menschen enttäuschend simpel arbeitet. So wie bei unserem gemeinsamen Fall hier, wo ich dieses Machwerk mangelnder Dokumentation seitens eines Doktor Gernegroß auf den Tisch bekommen habe, der seinen medizinischen Titel Gott weiß woher bekommen hat. Wahrscheinlich in Ungarn. Entschuldigen Sie, werte Kollegin! Es gibt durchaus fähige Ärzte, die Ihr Physikum in Budapest gemacht haben. In meinem Zorn auf den besagten Mann wollte ich Ihr Heimatland nicht durch den Kakao ziehen. Denn dieser Mensch hier …«

Er warf eine Kladde neben sich auf den Tisch. »… hat meinen Leichnam ruiniert und die Forensik mit Füßen getreten! Leber, Nieren, Herz wurden entnommen. Eventuelle Flüssigkeiten sind fort, es wurden keine äußeren Verletzungen dokumentiert, und ich soll jetzt einen gerichtsfesten Obduktionsbericht schreiben. Wie soll ich das anstellen, Frau Esterhazy? Können Sie mir das verraten? Soll ich meine Glaskugel befragen oder in meinem Kaffeesatz lesen? Das nächste Mal bringen Sie mir den Toten, und ich führe die Organentnahmen durch!«

Olivia zuckte mit den Schultern. »Glauben Sie mir, ich finde es ebenso zum Kotzen wie Sie! Den Fall hat das Verkehrskommissariat verbockt. Als die endlich merkten, dass es kein Unfall war, lag die Leiche schon auf dem Seziertisch. Danach hat man mir die Sache zugeschoben. Den Herren aus Dortmund mag es in den Kram passen, wenn ich scheitere und sie mich wieder in den Innendienst abschieben können. Also geben Sie verdammt noch mal Ihr Bestes, Doktor! Wenn einer uns aus diesem Chaos herausholen kann, dann sind Sie das.«

Er strich sich mit seinen langen Fingern übers Kinn. »Ich gebe immer mein Bestes, werte Kollegin. Aber in diesem Fall scheint besondere Anstrengung vonnöten. Ich werde alles noch einmal überprüfen. Was ich Ihnen jetzt schon sagen kann, ist, dass der Körper Ihres Opfers neben den Verletzungen infolge des Unfalls auch ältere aufweist. Ein Riss im Kiefer und ein gebrochener Unterarm, beide lange verheilt.«

Olivia holte tief Luft. »Bedeutet das, Levi Stappert war körperlicher Gewalt ausgesetzt?«

»Die Schlüsse überlasse ich wie immer Ihnen«, entgegnete Doktor Lange. »Ein Unfall oder Gewalt, dazu lässt sich nichts mehr sagen, Auch den Zeitpunkt der älteren Verletzungen kann ich nicht bestimmen.«

»Okay.« Olivia dachte an das brutale Gesicht von diesem Schulz. Hatte der Mann Levi verprügelt? Hatte er Heiko überfallen?

»Das ist nicht viel, Doktor. Haben Sie sonst nichts für mich?«

»Ich habe zahlreiche Gewebeproben entnommen, und die laborchemischen und toxikologischen Untersuchungen laufen noch. Aber trotz der Verstümmelung der Leiche habe ich eine interessante Entdeckung in der Serosa der Lunge machen können, die, Gott sei es gedankt, nicht entfernt wurde. Petechiale Blutungen, sogenannte ›Tardieusche Flecken‹, die mich veranlasst haben, die oberen Atemwege erneut unter die Lupe zu nehmen. Und da habe ich sie gefunden.« Er hielt eine kreisrunde, durchsichtige Dose hoch. »Faserspuren, die durch Aspiration in den Körper eingedrungen sind.«

»Das heißt?«

»Ich habe diese Fasern sofort zur Analyse gegeben. Sie sind dunkelblau. Die Kleidung, die dem Körper mitgeliefert wurde, bestand aus einer schwarzen Lederhose, grauen Socken, schwarzen Boxershorts und einem Sweatshirt in Grüntönen. Kein Blau. Insbesondere kein Hals oder Mundtuch, das bei dem Unfall vor die Atemwege geraten sein könnte.«

»Aha? Verstehe ich Sie richtig, er ist an dunkelblauem Stoff erstickt?« Ihr Puls hatte sich beschleunigt, und ihre Gedanken rasten.

Doktor Lange nickte. »Genau.«

Aber da war kein blauer Stoff am Unfallort.

Der Ziegengestank war so schlimm wie beim letzten Mal. Olivia senkte ihren Finger auf den Klingelknopf und ließ ihn minutenlang darauf liegen. Die Tür wurde aufgerissen. »Kerr! Wat isn los?«

Maiworm trug eine grüne Latzhose und ein merkwürdiges ärmelloses T-Shirt darunter. Er blickte irritiert auf Olivia hinab, dann fiel sein Blick auf den uniformierten Polizisten mit dem Walrossbart, der hinter ihr stand. Sie sah ihn schlucken.

»Wat wollen Se denn noch? Ich hab doch mehrmals …«

»Wir wollen Sie mit aufs Revier nehmen, Herr Maiworm«,

erwiderte Olivia frostig. »Wir haben festgestellt, dass Sie uns angelogen haben.«

»Aufs Polizeirevier? Dat könn Se nich machen!«

»Oh doch, das können wir! Es geht hier nicht länger um einen Unfall, sondern um Mord.«

»Mord. Aber dat geht nich! Ich kann nich mitkommen. Der Hof!«

»Wir können uns auch hier unterhalten. Wenn Sie uns dieses Mal die Wahrheit sagen.«

Er schluckte und nickte.

»Aber sobald ich auch nur den geringsten Verdacht habe, dass Sie nicht alles sagen, was Sie wissen ...« Sie ließ die Drohung unausgesprochen.

Aber Maiworm schien bereits weichgekocht. »Es tut mir leid. Ich versprechs Ihnen. Ich werd allet sagen. Ich weiß selbst nich. Es war saublöd, eine saublöde Idee. Ich hätte ...«

»Haben Sie einen Raum, wo wir uns in Ruhe unterhalten können?«

»Aber sicher, ja!« Er führte Olivia durch die gute Stube. Waalkes folgte ihnen schweigend. Auf dem Tisch bemerkte sie ein angebissenes Brot mit Blutwurst und eine Schale saure Gurken. Sie musste dringend daran denken, selbst etwas zu essen.

»Hier, nehmen Se Platz.« Maiworm deutete auf eine alte Eckbank, die in einem komplett gefliesten Hauswirtschaftsraum stand. Der Geruch von warmer Fleischbrühe hing in der Luft. Er schien von dem großen Topf zu kommen, der auf dem Herd vor sich hin köchelte. Maiworm wischte sich mit einem Trockentuch übers Gesicht. Olivia schaltete ihr Smartphone ein.

»Ich weise Sie darauf hin, dass wir Ihre Aussage aufzeichnen werden. Morgen Vormittag werden Sie aufs Polizeirevier kommen und diese unterschreiben. Durch eine Falschaussage machen Sie sich strafbar. Haben Sie das verstanden?«

Maiworm nickte schwach.

»Antworten Sie bitte laut!«

»Ja.«

»Geben Sie mir Ihren Ausweis!«

Er kramte in seiner Hosentasche nach seiner Geldbörse, zog den Personalausweis heraus und gab ihn Olivia, die ihn an Waalkes weiterreichte. Der verließ ohne ein weiteres Wort den Raum, um die Personendaten zu überprüfen.

Olivia lehnte sich zurück. »Nun schildern Sie bitte die Geschehnisse vom Unfalltag. So präzise wie möglich.«

Er gehorchte, und sie verglich seine Aussage Wort für Wort mit den Angaben, die er Anne gegenüber gemacht hatte. Nach wenigen Minuten kam Waalkes wieder und schüttelte stumm den Kopf. Maiworm hatte keine Einträge oder Vorstrafen.

Olivia gab ihm den Ausweis zurück. »Fahren Sie fort!«

Als Maiworm zu der Stelle kam, an der er Levi Stappert gefunden hatte, stockte er.

»Sie können es ruhig sagen«, ermunterte Olivia ihn. »Wir wissen bereits alles.«

Seine Schultern fielen herab, und ein Mundwinkel bog sich nach unten. »Es war falsch. Ich wusste, dat es ein Unfall war. Ich hatte es doch selbst gehört. Deshalb hab ich nich kapiert, was ich dort sah. In seinem Mund.«

»Was war in seinem Mund?«

»Ein Tuch. Ein blaues Tuch. Es war tief hineingestopft, und der Mund stand offen. Ich begriff nicht, warum. Ich mein, er hatte doch diesen schrecklichen Unfall. Sein Körper war verdreht, verbrannt. Da war Blut überall. Und ich kapierte nich, warum das Tuch da war. Deshalb ... deshalb ...«

»Sie haben ihm den Helm also nicht abgenommen? Verstehe ich Sie richtig?«

»Nee. Er hatte keinen auf.«

»Was haben Sie mit dem Tuch gemacht?«

Maiworm schluckte. »Ich habs rausgezogen. Er konnte ja nich atmen. Dann kapierte ich erst, dat er tot war.«

»Was haben Sie mit dem Tuch gemacht?«

»Ich habs verbrannt.«

185

Olivia fluchte innerlich. »Warum? Warum haben Sie der Polizei nichts gesagt?«

Er senkte den Kopf und schwieg.

»Haben Sie ihm das Tuch in den Rachen gestopft?«, fragte sie mit harter Stimme. »Sie hatten die Gelegenheit, denn Sie waren allein mit ihm. Haben Sie Levi Stappert gehasst, Herr Maiworm?«

Der Bauer war kalkweiß geworden und hob die Hände in einer abwehrenden Geste. »Nee, ich war dat nicht! Dat müssen Se mir glauben!«

»Dann reden Sie jetzt mit uns! Dies ist Ihre letzte Chance. Halten Sie nichts zurück!«

Er schüttelte gequält den Kopf. Dann atmete er aus. »Da war noch jemand.«

»Am Unfallort? Wer?«

»Ich hab ihn nich richtig gesehen. So 'ne Gestalt in schwarzer Kleidung.«

»Mann oder Frau?

»Ich weiß nich. Ich hab nur 'ne Bewegung im Dunkeln gesehn. Jemand stand gebückt; als ich die Lampe hob, hat er sich wechgedreht, aber ich sah wat aufblitzen. Ein Visier von 'nem Helm. Dann hat er den Motor gestartet, und ich sah nur noch dat Rücklicht davonrasen.«

»Haben Sie ein Nummernschild gesehen?«

»Nein! Bitte glauben Se mir. Es is die Wahrheit.«

»Sie kommen reichlich spät damit. Warum haben Sie das nicht eher gesagt?«

Er schniefte. »Ich weiß es nich. Weil es falsch war. Weil es doch ein Unfall war.«

»Es war kein Unfall, Herr Maiworm«, sagte Olivia kalt. »Es war Mord, und das wussten Sie genau. Und ich glaube, dass Sie wissen, wer es war. Sie wollen ihn schützen. Warum hätten Sie sonst gelogen?«

Der Bauer senkte den Kopf. »Nein. Ich weiß wirklich nix. Dat müssen Se mir glauben.«

»Aber vermuten tun Sie etwas.«

Er zuckte hilflos mit den Schultern. »Na ja. Es gibt nur einen, der ziemlich deutlich zeigt, datter die Biker hasst. Der die mit dem Tod bedroht. Dat müssen Se doch auch wissen, Frau Kommissarin. Natürlich dacht ich deswegen an ihn. Aber er kanns ja nich gewesen sein, woll? Der sitzt ja im Rollstuhl.«

»Er selbst kann es wohl nicht gewesen sein. Aber ein Freund. Ein Angehöriger. Wen hatten Sie im Verdacht, Herr Maiworm?«

»Na, den Vatter natürlich. Sonst fährt ja keiner Mopped.«

»Den Vater?« An Tobias Krolls Wohnanschrift waren nur er und seine Mutter gemeldet gewesen.

»Ja. Matthias Vogel.«

»Der Feuerwehrmann?«

»Ebender.«

Kapitel 31

Anne betrat Heikos Schuppen und ließ ihren Blick suchend über die Werkbank und die Kisten schweifen. Am Boden lagen frische Sägespäne, und es roch nach Holz. Heiko schien wieder ein neues Projekt zu haben. In einer Schublade fand sie einen Akkuschrauber und das passende Ladegerät. Sie war nicht gut in handwerklichen Dingen, aber von Heiko wusste sie, dass es verschiedene Aufsätze gab. Sie durchsuchte die Schubladen und fand ein kleines Kästchen, das vielversprechend aussah.

In der Wohnung probierte sie den Akkuschrauber aus, drehte an der Spitze, versuchte den Aufsatz herauszuziehen und drehte erneut. Sie hatte Heiko schon oft dabei beobachtet, aber erst nach mehrmaligem Probieren gelang es ihr, einen Aufsatz zu wechseln. Sie übte noch einige Male und steckte den Akkuschrauber anschließend in das Ladegerät.

Dann ließ sie sich auf einen Stuhl sinken. Erst allmählich sank der Adrenalinpegel in ihrem Körper, und ihr wurde klar, dass sie es nicht tun konnte.

Sie konnte unmöglich das Brett von Hartmanns Sicherheitszaun losschrauben und sich unerlaubt Zugang zu seinem Grundstück verschaffen. Das wäre Einbruch. Außerdem gab es Hunde auf dem Gelände, die Alarm schlagen oder, schlimmer, die sie angreifen würden.

Nein. So gut es auch tat, sich dem Gedanken hinzugeben, sie konnte es nicht tun. Anne atmete aus und begann aufzuräumen. In ihrem Ohr rauschte der Polizeifunk. Sie merkte auf, sobald sich der Bereitschaftsdienst Medebach unter Sorpe 32/83 meldete, aber es wurde nichts gesagt, das sie interessierte.

Eine Stunde später fuhr Anne ins Krankenhaus, klopfte einmal kurz an Heikos Zimmertür und trat ein. Er saß aufrecht im Bett. Der Verband um sein Gesicht war erneuert worden und zeigte nun ein großes Stück geschwollener und verfärbter Haut. Der Anblick versetzte Anne einen Stich. Er war nicht allein. Neben seinem Bett saß Maren.

Sie erhob sich und begrüßte Anne mit einer flüchtigen Umarmung. »Hey!«

»Sieh mal, was Maren gemacht hat.« Heiko zeigte Anne einen Flyer mit einem Foto von Stella. *Gesucht* stand oben in fetten Buchstaben und darunter war eine Handynummer abgedruckt, die Anne nicht kannte, wahrscheinlich Marens.

»Ich habe auch einen Facebook-Aufruf gestartet, der schon über fünfzigmal geteilt worden ist. Wenn Stella irgendwo unterwegs ist, finden wir sie.«

»Das ist toll, Maren!« Anne zwang sich zu einem Lächeln. *Warum habe ich nicht daran gedacht? Es wäre meine Aufgabe gewesen.*

»Ich bin so froh, dass du das getan hast«, fügte sie hinzu. »Wir können die Flyer gleich zusammen aufhängen.«

Maren nickte enthusiastisch. »Ein paar Kollegen und Freunde helfen auch mit. Wir haben fünfhundert Stück und werden sie überall verteilen. Irgendjemand muss Stella gesehen haben.«

Anne setzte sich zu Heiko aufs Bett. »Du siehst schon besser aus. Wie geht es dir?«

»Gut. Die Ärzte wollen mich noch einen Tag zur Beobachtung hierbehalten. Dann darf ich vielleicht schon nach Hause.«

Er griff nach ihrer Hand. »Was gibt es Neues? Hast du meinen Bruder erreicht?«

Anne warf einen unschlüssigen Blick auf Maren. Ihr herzförmiges Gesicht mit den buschigen Augenbrauen war voller Anteilnahme.

»Maren weiß Bescheid«, fügte Heiko hinzu. »Ich habe ihr alles erzählt.«

Alles? Wieder zog sich etwas in Anne zusammen. Als Polizistin ging es ihr automatisch gegen den Strich, wenn Außenstehende über Ermittlungen Bescheid wussten. Aber das hier war seine persönliche Angelegenheit. Sie seufzte. »Okay. Ich habe Markus' Nummer bekommen. Aber du hattest recht. Das Handy ist nicht am Netz.« *Auch die Polizei wird es nicht orten können.*

Heiko nickte mutlos. Er hatte nichts anderes erwartet.

»Ich werde im Internet nach ihm suchen«, sagte Maren. »Und in den alten Aufzeichnungen der Grundschule und der Marienschule in Brilon. Ich kenne da Kollegen, die uns helfen werden. Vielleicht gibt es noch alte Schulfreunde, die etwas wissen.«

Heiko lächelte schwach. »Danke! Das ist lieb von dir.«

»Ach, das ist doch selbstverständlich.« Sie setzte sich auf die andere Bettseite. »Ich habe ein schlechtes Gewissen, weil ich deinen Bruder am Freitagmorgen vom Schulgelände jagen wollte.« Anne kam sich angesichts von Marens Funken sprühendem Engagement langsam und nutzlos vor. *Hör auf,* mahnte sie sich. *Du bist müde. Sei doch froh über ihre Hilfe!*

Heiko schien ihre Niedergeschlagenheit zu spüren. Er legte eine Hand auf ihren Arm. »Was ist mit dem Bikerclub? Hast du schon etwas herausgefunden?«

Anne zögerte. »Das würde ich gerne allein mit dir besprechen.«

Er runzelte die Stirn, aber Maren reagierte sofort. »Na klar. Ich muss sowieso los.« Sie beugte sich vor und küsste Heiko auf die Wange. »Komm schnell wieder auf die Beine.« Zu Anne gewandt sagte sie. »Also, wegen der Flyer sprechen wir uns gleich noch, ja?«

Anne nickte. »Ich rufe dich an. Danke noch mal!« Dann verschwand Maren aus dem Zimmer.

»Du kannst ihr alles sagen«, meinte Heiko. »Ich lege meine Hand für sie ins Feuer.«

Anne lächelte schwach. »Sie ist toll, ich weiß. Tut mir leid, aber ich kann nicht anders. Berufskrankheit. Ich war heute Morgen bei Andreas Hartmann. Natürlich hat er nichts zugegeben. Aber er wusste von dem Überfall auf dich. Er hat mich sogar darauf angesprochen.« Ihre Miene verhärtete sich. »Ich konnte ihm nachweisen, dass er in Bezug auf Levi Stappert gelogen hat. Er kannte ihn nämlich schon lange, und ich bin mir sicher, dass er auch deinen Bruder kennt.«

Heiko dachte nach und schüttelte den Kopf. »Warum sollte jemand wie Andreas Hartmann meinen Bruder kennen?«

»Seine Jacke. Markus' Jacke, die bei dir an der Garderobe hing. Sie sah aus, als wären auf den Ärmeln Aufnäher gewesen, die jemand abgetrennt hat.«

»Du hast Markus' Jacke untersucht?« Heiko wirkte irritiert. »Wieso? Du wusstest doch gar nicht, wer er war.«

»Es ist mir zufällig aufgefallen.«

»Aha.«

»Ich hab dir doch von dem Abend im *Schuppen* erzählt. Wie seltsam sich diese Biker verhalten haben. Dann übernachtet jemand bei dir, den ich nicht kenne, und er ist ebenfalls Biker. Natürlich hab ich ihn mir genau angesehen.«

Sie rieb sich über die Augen und seufzte frustriert. »Ich hätte Markus nicht gehen lassen dürfen. Wenn ich ihn aufgehalten hätte, wäre alles anders gekommen. Vielleicht hätte ich den Überfall auf Stella und dich verhindern können.«

»Quatsch! Dich trifft keine Schuld. Ich hätte etwas tun müssen. Hätte früher merken müssen, was hier abgeht. Schließlich kenne ich Mac und weiß, in was für einem Milieu er verkehrt.«

»Und was für ein Milieu ist das?«, fragte Anne. »Was weißt du?«

»Das hab ich dir doch gesagt.«

»Wir brauchen Namen. Freunde. Jemanden, der ihm nahesteht. Wie kann es sein, dass du so wenig über deinen Bruder weißt?«

»Tja«, sagte Heiko bitter. »Das frage ich mich auch.«

191

Kapitel 32

Olivia fand Matthias Vogel im Schwerspatmuseum Dreislar, wo er an den Wochenenden arbeitete. Sie zeigte an der Kasse ihren Ausweis vor und wurde durch abgedunkelte Gänge mit Vitrinen an den Wänden geführt, aus denen bläuliches Licht sickerte. Olivia ging mit schnellen Schritten hindurch und warf nur flüchtige Blicke auf die Barytkristalle, die in den Schaukästen ausgestellt waren.

Vogel stand neben der Figur eines Grubenarbeiters und war von einer Gruppe von Zuhörern umgeben. Als er Olivia erkannte, stockte er mitten im Satz, sprach dann aber weiter. »Ich bringe Sie jetzt in einen Raum, wo Sie die schönsten Fundstücke aus Nordrhein-Westfalens letzter Schwerspatgrube bewundern können. Betrachten Sie die Kristalle einfach mal eine Weile, schauen Sie, wie das Licht sich auf den Oberflächen bricht. Ich bin gleich wieder bei Ihnen.«

Er wartete, bis der Letzte der Gruppe an Ihnen vorbeigegangen war. Dann erst richtete er seinen Blick auf Olivia.

»Kann ich noch etwas für Sie tun, Frau Esterhazy?«

»Ja.« Olivia ließ ihre Stimme neutral klingen. »Sie können mir verraten, warum Sie uns nicht erzählt haben, dass Ihr Sohn von Markus Neuer angefahren worden ist. Einem Motorradfahrer und dem Lebensgefährten von Levi Stappert.«

Vogel wich ihrem Blick nicht aus. »Warum hätte ich das tun sollen? Es ist viele Jahre her.«

»Weil es ein Mordmotiv ist, Herr Vogel. Auch der Hass von Tobias scheint in all der Zeit nicht nachgelassen zu haben.«

Der Feuerwehrmann nickte erschöpft. Er lehnte sich gegen die Wand des nachgebauten Bergbaustollens. »Mein Sohn ist erwachsen, Frau Kommissarin. Er kann hassen, wen er will. Übrigens auch mich. Schließlich gehöre ich selbst zu den Bikern, die er verabscheut. Und dass seine Mutter und ich uns getrennt haben, ist sowieso meine Schuld. Wie könnte es anders sein?« Er lachte bitter.

»Wo genau waren Sie Donnerstag Nacht, als Ihr Pieper losgegangen ist? Und bitte antworten Sie so präzise wie möglich. Es geht um Ihr Alibi.«

»Mein Alibi? Pah. Wieso sollte ich ein Alibi brauchen? Ich war es doch, der Sie gerufen hat! Ich habe die Verkehrspolizei darauf hingewiesen, dass der Reifen aufgeschlitzt wurde. Wieso hätte ich das tun sollen, wenn ich die Straßenkralle ausgelegt hätte? Das ergibt doch keinen Sinn!«

Einige der Besucher des Museums sahen neugierig in ihre Richtung.

Olivia ließ sich durch seinen aggressiven Ton nicht beeindrucken. »Ich weiß es nicht, Herr Vogel. Es mag unterschiedliche Gründe dafür geben. Zum Beispiel könnte es sein, dass der Riss im Reifen zuerst einem Ihrer Feuerwehrkollegen aufgefallen ist. Und um den Verdacht möglichst effektiv von sich abzulenken, sind Sie ihm mit der Meldung zuvorgekommen. Es gibt viele Möglichkeiten. Also?«

»Also.« Er hob die Hände. »Ich habe kein Alibi. Donnerstag Nacht habe ich im Bett gelegen, bis ich alarmiert wurde, und es gibt niemanden, der das bezeugen kann. Ist es das, was Sie hören wollten?«

»Wenn es die Wahrheit ist?«

Eine Pause entstand. Olivia beobachtete Vogel genau, doch der vermied es, sie anzusehen. »Natürlich. Ich muss jetzt mit der Führung weitermachen. Die Leute werden ungeduldig.«

Motiv. Gelegenheit. Kein Alibi. Gut möglich, dass er Levi getötet hat und danach in der Nähe geblieben ist. Vielleicht, um die Straßenkralle zu suchen und verschwinden zu lassen.

Das Tuch. Hat Karl Maiworm ihn überrascht und beschlossen, Vogel zu helfen, indem er das Tuch vernichtet? Für ihn gelogen hat er bereits.

»Was wissen Sie über Heiße Reifen Sauerland e. V.?«

»Nichts. Das hab ich Ihnen schon gesagt.«

»Sie haben uns von Gerüchten erzählt, aber ich glaube, dass Sie mehr wissen, als Sie zugeben wollen. Sehen Sie mich bitte an!«

Widerwillig drehte er den Kopf in ihre Richtung. »Nein. Ich weiß nichts.«

Olivia ließ ihn stehen. Sie hatte zwei Spuren, die in unterschiedliche Richtungen führten. Ihr Bauchgefühl sagte ihr, dass Hartmann und sein Club hinter allem steckten, aber natürlich durfte sie sich der anderen Möglichkeit gegenüber nicht verschließen.

Um 17.30 Uhr checkte Olivia aus ihrem Hotel aus und fuhr in Richtung Autobahn. Die A 46 war menschenleer.

Ungebetene Gedanken schlichen sich in ihren Kopf. Sie fühlte eine Enge unter dem Brustbein, die sich mehr und mehr zu verstärken schien und ihr Atmen behinderte. Sie legte eine CD ein und drehte die Lautstärke auf. Avicii. Dabei konnte sie sonst immer abschalten.

Doch heute half die Musik nicht. Sie dachte an morgen. Sie hatte den frühestmöglichen Termin genommen, um danach wie gewohnt zur Arbeit gehen zu können. Niemand sollte davon wissen, damit sie keine unangenehmen Fragen beantworten musste. Nur leider hatte sie den Fehler begangen, ihre Familie einzuweihen.

Werden sie etwas finden? Und wo? Brustkrebs streut gerne. In die Lymphdrüsen, in die Lunge. In die Knochen. Und wenn es passiert, was werde ich tun? Hab ich die Kraft, alles noch einmal durchzustehen? Von Anfang an? Kann ich es ertragen, wieder krank zu sein? Noch immer haftete ihr die Diagnose wie ein Stigma an.

Obwohl der Krebs fort war, litt ihr Körper noch unter

den Nebenwirkungen der Behandlung. Die Gliederschmerzen und das Unwohlsein durch die Tabletten. Ihr Haar, das spröde und brüchig geworden war, sodass sie es extrem kurz hielt. Vor jeder Kontrolluntersuchung kam die Angst.

Olivia biss sich auf die Lippen, bis es schmerzte. Die Ärztin würde nichts finden. Bisher waren die Nachuntersuchungen ohne Befund verlaufen, warum sollte es jetzt anders sein? Sie hatte gedacht, dass sie zuversichtlicher werden würde, je mehr Zeit verstrich. Dass sie Hoffnung schöpfen würde.

Aber das Gegenteil war der Fall. Vielleicht weil sie tief in sich wusste, dass es noch nicht ausgestanden war. Dass die Ärztin früher oder später etwas finden würde.

Ihre Mutter und ihre Schwester hatten unrecht. Ihr Optimismus war fanatisch und duldete keinen Zweifel. Doch er war eine Lüge. Olivia hatte das Gefühl, zu wenig Luft zu bekommen, und atmete durch den offenen Mund. Warum hämmerte ihr Herz so dermaßen wild? Sie musste bremsen!

Viel zu schnell lenkte sie das Auto auf den Standstreifen und trat die Bremse durch. Die Räder brachen aus. Ihr Wagen schlingerte. Mit einem Ruck kam sie zum Stehen. Links zog jemand laut hupend an ihr vorbei.

Olivia presste die Augen zusammen und umklammerte keuchend das Lenkrad. Ihre Handflächen waren kalt und feucht. Wieder raste ein Auto vorbei.

Du musst dich beruhigen. Die Atmung kontrollieren. Die Augen öffnen. Sie stand schräg auf dem Standstreifen, und nur wenige Zentimeter trennten sie von der Leitplanke.

Die Gestalt ihrer Mutter, die mit einem großen Rollkoffer auf dem Bahnhofsvorplatz stand, erkannte sie schon von Weitem. Bianka Esterhazy war die Einzige, die bei dem milden Sommerwetter einen Mantel trug. Sie war der Meinung, in Deutschland wäre es kalt und würde ständig regnen. Dem strahlend blauen Himmel traute sie nicht über den Weg.

»Szia, anya.«

Biankas Gesicht erhellte sich, als sie Olivia sah. Sie umarmte sie und drückte ihr Küsse auf beide Wangen.

»Szia, kedves! Schön, dich zu sehen. Mit der deutschen Pünktlichkeit hast du es nicht so. Das heißt wohl, du bist im Herzen Ungarin.«

Olivia hievte den schweren Koffer ins Auto. »Was hast du eingepackt? Ziegelsteine? Oder willst du drei Wochen bleiben?«

Bianka öffnete die Beifahrertür. »Ich habe dir ein wenig von zu Hause mitgebracht. Nur ein paar Dinge. Was du gern magst.«

In Olivias kleiner Küche öffnete ihre Mutter den Koffer und begann Frischhaltedosen auf dem Tisch zu stapeln.

»Ich hoffe, du hast eine Gefriertruhe.« Sie stellte verwaschene Plastikflaschen auf den Tisch, die randvoll mit einer hellen Flüssigkeit gefüllt waren.

Olivias Gesicht erhellte sich. »Onkel Peters Wein?«

Bianka grinste selbstzufrieden. Sie holte noch eine Dose roter Gewürzmischung heraus, die für deutsches Essen zu scharf war, ein Netz hellgrüne Paprika, Tomaten und Salami.

»Was ist das?« Olivia deutete auf die Frischhalteboxen mit undefinierbarem Inhalt.

»Pörkölt und ein Stück Dobostorte. Alles, was du gerne magst.«

»Pörkölt.« Olivia schüttelte erschöpft den Kopf. »Ich habe dir doch gesagt, dass meine Geschmacksnerven verrücktspielen. Scharfes kann ich gar nicht essen. Nimm es wieder mit und gib es Alma. Die Salami und die Gewürze auch.«

»Kommt gar nicht infrage. Verrückte Geschmacksnerven brauchen Geschmäcker aus der Heimat. Und wenn du es wirklich nicht essen kannst, schenk es deinen Kollegen. Dazu fällt mir ein: Alma sagt, du wärst schwer zu erreichen. Wir hatten doch vereinbart ...«

»Nein, Mama! Wir reden jetzt nicht über die Arbeit.«

»Dann essen wir etwas. Du bist zu dünn, und so wie es hier aussieht, kochst du auch nicht.«

Sie bückte sich und kramte in Olivias Schrank herum, bis sie einen großen Topf fand. »Ich weiß, was du jetzt brauchen kannst. Paprikás krumpli! Das hast du früher immer gerne gegessen. Ich hoffe, du hast wenigstens Kartoffeln da.«

»Ja, im Keller.«

»Dann schneid schon mal die Paprika.«

Olivia setzte sich mit einem Schneidebrett an den Esstisch, und Bianka begann Kartoffeln zu schälen. Dabei redete sie unentwegt von Almas Kindern und anderen Verwandten.

Weder der Krebs noch die Arbeit, noch Olivias Scheidung kamen zur Sprache. Olivia merkte, dass sich etwas in ihrem Inneren löste. Der Angsttermin morgen war noch da, aber es fühlte sich an, als wäre er ein Stück weit in die Ferne gerückt.

Kapitel 33

Montag Morgen, 17.06. – Dreislar – Sauerland

Die blank geputzten Türen der Gefrierfächer glänzten im kalten Deckenlicht. Als Elsbeth den kleinen Raum betrat, ließ sie ihren Blick über die mit Spanplatten abgehängte Decke und die gelblichen Wandfliesen wandern. Sie reichten nur bis Hüfthöhe. Darüber begann weiß gestrichener Putz, der an einigen Stellen abblätterte.

Für einen Augenblick dachte Elsbeth an Wohlfeils Geld und stellte sich vor, was sie aus diesem Raum hätten machen können. Ein neues Kühlaggregat und die längst überfällige Renovierung. Blütenweiße Fliesen und eine Zierleiste.

Fliederfarben. *Dieser Raum ist wie wir. Alt und nicht mehr zeitgemäß.*

»Ich kann es kaum fassen, dass wir es endlich tun«, sagte Birgit aufgeregt. »Vielleicht finden wir darin etwas, das uns Aufschluss über Wohlfeils Identität gibt. Vielleicht seinen Vornamen auf einer Dose oder den seiner Frau.«

Elsbeth begegnete Wilhelms Blick. Sie hatten beschlossen, den anderen nichts von ihren Befürchtungen zu sagen.

Birgits Mann Boris stellte seinen Werkzeugkasten ab. Er trug einen Blaumann, musste gleich zur Arbeit, deshalb hatten sie sich vor acht Uhr morgens getroffen. Wilhelm schloss die Tür.

Sie befanden sich nun zu fünft in dem kleinen Raum. Ansgar hatte darauf bestanden, dabei zu sein, und Birgit hielt ein Klemmbrett mit Zettel und Kugelschreiber in den Händen. Sie würde die Bestandsaufnahme dokumentieren.

»Welches ist es?«, fragte Boris.

Elsbeth deutete auf das Fach mit der kleinen Zahl vierzehn. Dann ging sie aus dem Weg und stellte sich neben Birgit, die laut hörbar atmete. Niemand sagte ein Wort, als das leise Geräusch der Bohrmaschine ertönte. Auch nicht, als Boris das Schloss abzog. »Das wär's«, sagte er und trat zur Seite.

Elsbeth schluckte. Sie spürte, dass Wilhelm hinter ihr stand, als sie die Hand ausstreckte und die Klappe des Kühlfachs aufzog. Licht flammte im Inneren auf. *Das Fach ist nicht leer.*

»Was ist das?«, fragte Birgit und bückte sich, um hineinzusehen.

»Es sieht aus wie ein schwarzer Müllsack«, bemerkte Ansgar. »Herr Wohlfeil scheint etwas Großes darin verpackt zu haben. Ein Reh vielleicht.«

Elsbeth sagte nichts. Sie stand wie angewurzelt da und dachte, dass Wilhelm irgendetwas tun musste, um dieses Fach wieder zu schließen. Was sie hier taten, war nicht richtig. Es war ein Fehler. Wilhelm schob sich an ihr vorbei und packte mit an. Gemeinsam zogen Ansgar und er das lange Paket ein Stück aus dem Fach.

»Los, holen wir es raus«, sagte Ansgar und zog mit einem Ruck. Der dumpfe Aufprall, mit dem das gefrorene schwarze Ding auf die Fliesen schlug, ging Elsbeth durch Mark und Bein. Sie sah Wilhelm an und entdeckte das Grauen in seinem Blick.

»Die Frauen sollten rausgehen«, sagte er.

»Wieso? Wollen wir nicht erst mal nachsehen, was darin ist?« Ansgar kniete sich hin und nestelte an der Folie herum. »Es ist zugeklebt. Hast du eine Schere, Boris?«

Elsbeth schluckte. Sie konnte sich nicht bewegen. Sie konnte nicht sprechen, als wäre da ein Fremdkörper in ihrer Kehle.

»Keine Dosen«, sagte Birgit entmutigt. »Wir brauchen das Paket nicht aufzuschneiden. Du glaubst doch nicht, dass sein Name innen auf dem Rehbraten steht.«

»Zwei Rehbraten«, korrigierte Ansgar, den die Entdecker-lust gepackt zu haben schien. »Oder drei, so lang, wie das Ding ist. Aber ich frage mich, warum er sie nicht einzeln verpackt hat.«

Boris reichte ihm eine Schere, und er begann die Folie aufzuschneiden.

Elsbeth spürte Wilhelms Arm um ihre Schultern.

»Du solltest dir das nicht ansehen«, sagte er.

Sie hielt ihn fest. Er hatte recht. Sie sollte das nicht sehen, aber sie konnte den Blick nicht abwenden.

Ansgar schlug die Folie zur Seite und legte zwei schlanke weiße Füße frei.

Kapitel 34

Olivia betrat hinter ihrer Mutter das Wartezimmer der Frauenarztpraxis. Bianka hatte einen fruchtigen Duft aufgelegt, der sofort den ganzen Raum erfüllte. Sie trug ihre gute langärmlige Seidenbluse, die sonst nur bei Festen aus dem Schrank geholt wurde. Mit einer Selbstverständlichkeit, die nur Mütter haben, deutete sie auf den Stuhl neben sich und sah ihre Tochter auffordernd an.

Obwohl sie nur ein T-Shirt trug, fühlte Olivia sich unwohl und verschwitzt. Sie hätte lieber näher bei der Tür gesessen, ließ sich aber wortlos neben Bianka nieder. Ihnen gegenüber saß eine schwangere Frau, die sie über den Rand ihrer Zeitschrift hinweg unverhohlen musterte.

Olivia ignorierte ihren Blick und zog ihr Smartphone heraus. Sie hatte eine neue E-Mail. Der vorläufige Obduktionsbericht war angekommen. Es gab nichts Besseres, um sich abzulenken. Konzentriert las sie Doktor Langes Befunde durch. Wie er ihr gestern Abend schon mitgeteilt hatte, legte er sich auf Ersticken als Todesursache fest. Insgesamt war Levi Stappert durch den Unfall so stark verletzt gewesen, dass er sich gegen seinen Mörder nicht mehr hatte wehren können.

Der Täter muss Blut an seiner Kleidung gehabt haben, dachte Olivia. *Was gegen Vogel als Täter spricht. Es sei denn, er hatte Gelegenheit, sich umzuziehen. Aber dann muss er die blutige Kleidung irgendwo versteckt haben.* Vielleicht bekam sie eine Hausdurchsuchung genehmigt. Sie musste dringend mit dem Staatsanwalt telefonieren.

»Na sag schon! Was hältst du davon?«

Olivia blickte irritiert auf.

Bianka hielt ihr eine Zeitschrift vors Gesicht. »Die Sitzgruppe aus lackierten Paletten! Toll, oder?«

»Schön«, murmelte sie abwesend und konzentrierte sich wieder auf den Obduktionsbericht. Doktor Lange hatte etwas unter den Fingernägeln des Toten gefunden. Genmaterial? Die Ergebnisse waren noch nicht da, natürlich. Aber da war noch etwas. *Koks?*

»Frau Esterhazy?«

Verwirrt blickte Olivia auf.

»Komm!« Bianka nahm ihren Arm. »Vergiss deine Handtasche nicht.«

Kokain. Sie folgte der Arzthelferin und dachte daran, dass sie einen Drogenspürhund anfordern musste.

Als sie das blütenweiße Zimmer betrat und den unverkennbaren Geruch von Reinigungs- und Desinfektionsmitteln einatmete, spürte sie, wie ihre Beine weich wurden.

»Setzen Sie sich bitte dort hin. Wir machen gleich den Ultraschall.«

Olivia ging mit wackligen Beinen auf die Liege zu, und war froh über Bianka, die ihren Arm festhielt. Sie setzte sich und versuchte in den Bauch zu atmen.

»Alles in Ordnung?«

»Natürlich. Alles gut.«

Kokain. Das war der entscheidende Hinweis. Sie spürte es. Es ging um Drogen. Jetzt musste sie das Koks nur noch finden.

Die Tür öffnete sich, und die Frauenärztin kam herein.

»Wie fühlen Sie sich, Frau Esterhazy? Haben Sie Ihre Mutter mitgebracht? Das ist sehr gut. Sie können den Oberkörper jetzt frei machen.«

Olivia zog ihr T-Shirt über den Kopf, streifte ihren BH ab und legte die Silikoneinlage daneben. Den Blick hielt sie starr nach vorne gerichtet, während die Ärztin das Narbengewebe dort untersuchte, wo ihre linke Brust gewesen war.

Dann musste sie sich hinlegen. Das Ultraschallgerät glitt über ihre Haut, verteilte das kalte Gel. Die Ärztin drehte den Monitor in ihre Richtung. Olivia starrte auf das körnige Grau, das über den Bildschirm flimmerte.

Dann sah sie den Fleck, und ihr wurde übel.

Den Rückweg legten sie schweigend zurück, und Olivia war dankbar dafür. Ihr Kopf war wie leer gefegt. Der Fall, der sie tagelang beschäftigt hatte, war noch da, doch in weiter Ferne. Wie hinter einer Mauer. Und davor war – nichts. Ungewissheit. *Ein Fleck.*

Olivia schloss die Tür auf, und ihr Blick fiel auf die Flasche Moët, die auf dem Küchentisch stand. Bianka musste sie dorthin gestellt haben, bevor sie losgefahren waren.

»Bist du wahnsinnig? Du kannst doch nicht deinen halben Monatslohn für Champagner ausgeben.«

»Ich wollte mit dir darauf anstoßen, dass du gesund bist. Nun müssen wir noch auf das Ergebnis der Biopsie warten. Oder möchtest du schon einen Schluck?«

Olivia schloss die Wohnungstür. »Nein. Nimm ihn wieder mit. Vielleicht kannst du ihn zurückgeben.«

»Ich gebe ihn doch nicht zurück!«, erwiderte ihre Mutter heftig. »Ich habe ihn für dich gekauft. Aber wenn du jetzt nicht willst, stelle ich ihn in den Kühlschrank. Was machen wir heute? Du könntest etwas Ablenkung brauchen. Wir sollten uns einen schönen Tag machen. Wann warst du das letzte Mal shoppen?« Sie musterte Olivias Bluse mit kritischem Blick.

Olivia seufzte. »Ich kann jetzt nicht, anya. Ich muss arbeiten. Wie lange willst du in Deutschland bleiben?«

Bianka zuckte mit den Schultern. »Mal sehen. Ich bleibe auf jeden Fall, bis wir das Ergebnis haben, vielleicht auch länger. Das kommt darauf an.«

Worauf es ankam, fragte Olivia nicht. Sie nickte nur.

»Wenn du arbeiten musst, gehe ich eben alleine einkaufen und später in den Westfalenpark. Schreib mir eine Nachricht, wann du heute Abend wiederkommst, dann können wir zusammen essen.«

»In Ordnung.«

Olivia trat das Gaspedal durch und ließ die grauen Schallschutzmauern der A 44 an sich vorbeijagen. Sie hatte das Radio laut gedreht, hörte die Musik aber nicht, so ohrenbetäubend brausten die Gedanken in ihrem Kopf.

Sie überholte einen Lkw, als ein dunkler Audi von hinten angerauscht kam. Ein Blick auf die Tachonadel verriet ihr, dass sie 140 km/h draufhatte. Es war ein junger Mann mit Sonnenbrille, der vermutlich vor Gesundheit nur so strotzte. Er fuhr so dichtauf, dass sie sein Nummernschild nicht mehr sehen konnte.

»Verdammtes Arschloch!« Grimmig tickte sie mit dem Fuß für einen Augenblick das Bremspedal an und beobachtete seine Reaktion im Rückspiegel. Für einen kurzen Augenblick glaubte sie die Panik hinter den dunklen Brillengläsern zu sehen. Dann gab sie wieder Gas und zog an dem Lkw vorbei und auf die rechte Spur.

Der Audifahrer fuhr hupend an ihr vorbei. Olivia ließ das Fenster herunter und streckte ihm den erhobenen Mittelfinger entgegen.

»Machen Sie sich keine Sorgen«, hatte die Ärztin gesagt. »Ich entnehme eine Gewebeprobe. Danach wissen wir mehr. Wahrscheinlich ist der Knoten harmlos.«

Machen Sie sich keine Sorgen. Etwas Ähnliches hatte sie auch vor der ersten Brustkrebserkrankung gehört. *Der ersten. Nein, nicht der ersten.* Sie durfte nicht in diese Richtung denken, musste verhindern, dass die Angst sie lähmte. Sie ärgerte sich über sich selbst, über die Ärztin, die ihr nichts sagen konnte, und über Bianka, die so viel Geld für eine verdammte Flasche Champagner ausgegeben hatte. Als würde das irgendwas ändern. Auch dass ihre Mutter hier war und ihren ganzen Urlaub verschwendete, obwohl Olivia gar keine Zeit für sie hatte, machte sie wütend.

Ihr Handy klingelte. Anne hatte mehrmals versucht, sie zu erreichen, aber Olivia hatte keine Lust, mit ihr zu sprechen.

Als sie einen Blick auf das Display warf, sah sie, dass es nicht Annes Nummer war, sondern die der Dortmunder Polizeidienststelle.

»Ja?«

Es war Thorsten Seidel. »Hallo, Olivia! Wie läuft es mit deinem Fall?«

»Es geht vorwärts«, erwiderte sie kurz angebunden. Sie war ihm keine Rechenschaft schuldig. »Ich komme klar.«

»Da bin ich mir sicher.« Thorstens Stimme veränderte sich. »Aber es gibt eine neue Lage. Heute Morgen wurde in einem Gefriergemeinschaftshaus in Dreislar eine Leiche gefunden. Dort, wo du ermittelst.«

»Wie bitte?« *Markus*, dachte sie sofort. Sie haben ihn gefunden. *Ich bin zu spät.* Für einen Moment war da nichts als Panik. Hatte sie einen Fehler gemacht? Etwas übersehen? Sie schluckte und brauchte einige Sekunden, ehe sie sprechen konnte. »Was ist ein Gefriergemeinschaftshaus?«

»Das war für mich auch neu. Früher gab es in ländlichen Regionen viele davon. Es ist eine Anlage mit Gefrierfächern, die man mieten kann. In einem dieser Fächer wurde die Leiche gefunden. Mehr weiß ich noch nicht.«

»Ich fahre sofort hin. Wie ist die Adresse?«

»Ölfestraße, ohne Hausnummer. Ein kleines weißes Gebäude auf der linken Straßenseite, wenn man von Medebach kommt. Du kannst es nicht verfehlen. Wann kannst du dort sein?«

Olivia sah auf ihr Navi. »In einer Dreiviertelstunde.«

»Dann kommst du vor mir an. Ich fahre jetzt mit einem Team von Dortmund los.«

»In Ordnung.«

Olivia schluckte schwer und trat das Gaspedal durch. Der Krebs, die Biopsie, alles rückte in den Hintergrund.

Kapitel 35

Anne fuhr an der Polizeiwache Medebach vorbei und hielt nach Olivias Wagen Ausschau, konnte ihn aber nicht entdecken. Deshalb fuhr sie zu Stapperts ehemaliger Wohnung, hielt am Straßenrand und starrte in die leeren Fenster.

Was tat sie hier eigentlich? Glaubte sie wirklich, dass Markus in seine alte Wohnung zurückkehrte? Würde er so leichtsinnig sein?

Sie warf einen Blick auf ihr Smartphone, das auf dem Beifahrersitz lag. Marens Nachricht leuchtete auf dem Bildschirm auf. Sie schrieb, dass ihr Facebook-Post über hundertmal geteilt worden war und es zahlreiche Kommentare gab. Die meisten waren Sympathiebekundungen. Einige hatten auch einen umherstreunenden Hund gesehen, aber bisher hatte Maren Stella nicht gefunden.

Anne bezweifelte, dass Stella fortgelaufen war, trotzdem versetzte ihr Marens Aktionismus einen Stich. Sie selbst hatte das Gefühl, auf der Stelle zu treten. Den Sonntagabend hatte sie mit Recherchearbeiten zu Markus und dem Motorradclub zugebracht, hatte alte Zeitungsberichte und Internetmeldungen gelesen.

Die Hundezwinger auf Hartmanns Grundstück gingen ihr nicht mehr aus dem Kopf. Doch selbst wenn Stella dort festgehalten wurde, wie sollte Anne sich Zutritt verschaffen?

Seufzend rieb sie sich die Schläfen. Dachte sie ernsthaft über einen Einbruch nach? Dann war ihre Zeit bei der Kripo Dortmund endgültig vorbei. Oberan würde sie mit einem Tritt in den Hintern hinausbefördern.

Sie musste einen Durchsuchungsbeschluss bekommen, doch wie? Hartmann war wie ein Aal. Sobald man zuzupacken versuchte, glitt er davon.

Die Haustür ging auf, und eine ältere Frau trat mit schwerfälligen Schritten heraus. Anne sah, wie sie einen Putzeimer auskippte und einen Stapel Werbeblättchen aus dem Briefkasten zog. Sie rollte sie zusammen und bückte sich, um die Rolle in die Tür zu schieben, damit sie offen blieb. Anne ergriff die Gelegenheit und stieg aus. Die Treppenstufen im Flur glänzten vor Feuchtigkeit. Vor Stapperts Wohnung stellte sie fest, dass das Polizeisiegel noch intakt war.

Dann hörte sie ein Geräusch von unten. Als sie herunterkam, sah sie das Kind in der Wohnungstür stehen. »Sie waren wieder da.«

Jetzt konnte Anne erkennen, dass es ein Mädchen war. Es trug einen übergroßen Pullover, und seine Haare waren verfilzt. »Wer war wieder da?«

»Die Männer.«

»Was für Männer?«

»Schwarze Männer. Einbrecher.«

»Sie waren hier? Waren sie oben in der Wohnung?«

Das Mädchen zuckte mit den Schultern. »Sie sind die Treppen hoch- und runtergetrampelt.«

Schwarze Männer. Anne suchte auf ihrem Smartphone nach Bildern der Biker, die Olivia vernommen hatte. Nacheinander zeigte sie dem Kind die Fotos. Als Pitbulls Gesicht auftauchte, deutete es mit dem Finger darauf. »Der war da.«

»Bist du dir sicher?«

Das Mädchen nickte heftig.

»Danke!« Anne steckte ihr Smartphone ein. »Sag mal, musst du heute nicht zur Schule?«

Es schüttelte den Kopf. »Mein Papa ist krank. Ich muss mich um ihn kümmern.«

»Aber jemand muss sich auch um dich kümmern. Kümmert sich jemand um dich?«

Das Kind zögerte und biss sich auf seine Zungenspitze.

»Ich würde gerne ein paar Leute anrufen«, sagte Anne. »Nette Leute. Die werden sich mit dir unterhalten und werden dich fragen, ob immer einer da ist, der für dich sorgt. Ob du genug zu essen hast und ob du in die Schule gehst.«

Was nun?, dachte Anne, als sie wieder im Auto saß. Heiko würde nicht vor zehn Uhr entlassen werden, vielleicht auch erst am Nachmittag. Am liebsten hätte sie Schulz damit konfrontiert, dass er vor Stapperts Wohnung gesehen worden war, aber sie hatte nichts in der Hand, nur die Aussage eines kleinen Mädchens. Sie musste darauf warten, dass die Spurensicherung Beweise fand, die zu ihm führten.

Das nächste Problem war Andreas Hartmann. Selbst wenn sie Schulz überführen konnten, hatten sie noch lange nichts gegen den Anführer in der Hand. Er würde eine Armee von Anwälten auffahren, gegen die sie ohne Beweise keine Chance hatten. Und wie sollten sie Pitbull und die anderen dazu bringen, gegen ihren Chef auszusagen?

Anne hörte Sirenen und sah zwei Polizeiwagen mit eingeschaltetem Blaulicht die Hauptstraße entlangfahren. Sofort schaltete sie den Polizeifunk an. Es gab eine Leiche in Dreislar. Sie wendete und trat das Gaspedal durch. Mit etwas Glück würde sie vor Olivia da sein.

Bereits in der Ortsmitte sah sie die Leute in Gruppen zusammenstehen. Die Ölfestraße war komplett abgesperrt worden. Anne parkte hinter einem Feuerwehrauto, zeigte ihren Dienstausweis und wurde durchgewunken.

Mehrere Polizisten standen vor einem kleinen, unscheinbaren Häuschen mit weiß getünchten Wänden und einem flachen Dach. Sie erkannte den Hauptkommissar aus Medebach mit seinem akkurat geschnittenen Vollbart.

»Guten Tag, Herr Pichler!«

Der Mann gab ihr die Hand und schob diese dann zwischen Gürtel und Hosenbund. »Gut, dass Sie da sind. Frau Esterhazy kommt aus Dortmund. Das kann noch dauern. Ich zeige Ihnen die Leiche.«

Anne folgte ihm zu einem Einsatzfahrzeug und streifte die Schutzkleidung über, die er ihr reichte. Dass Olivia nicht hier war, kam ihr gelegen. Sie hatte befürchtet, wieder nach Hause geschickt zu werden. Die Tür des kleinen Häuschens stand offen. Im Inneren sah Anne Trittplatten auf dem Fußboden und machte einen vorsichtigen Schritt. Sie befand sich in einem gefliesten Raum, an dessen Wand sich die Tiefkühlfächer befanden. *Beinahe wie in einem Leichenschauhaus.*

»Bleiben Sie stehen!«, herrschte sie eine weiß gekleidete Gestalt an. Anne erkannte das rundliche, glatt rasierte Gesicht sofort. Lux hielt eine Fotokamera in der Hand und schoss Bilder von einem großen schwarzen Leichensack, der auf dem Boden lag. Dann begriff Anne, dass es kein Leichensack war, sondern schwarze Folie oder Mülltüten, in die jemand den Körper eingewickelt hatte.

»Sie können näher kommen, aber bleiben Sie auf den Trittplatten!«

»Ja, natürlich.«

Anne wusste, wie man sich an einem Tatort zu verhalten hatte. Vorsichtig trat sie auf die nächste Platte. Bisher war nur ein Ende des Pakets aufgeschnitten worden, und sie konnte zwei schlanke Füße sehen. Es war ein junger Mensch, der hier lag. Der Form und dem Aussehen der Füße nach zu urteilen, wahrscheinlich eine Frau.

Kälte ging von dem Körper aus. Sie strahlte in den kleinen Raum, und Anne merkte, dass sich auf ihren Armen Gänsehaut bildete.

»Haben Sie einen Gerichtsmediziner gerufen?«

»Nein«, sagte Pichler, der hinter ihr stand. »Wir hielten es für sinnvoller, sie sofort in die Pathologie bringen zu lassen, bevor sie auftaut. Natürlich nur, wenn Frau Esterhazy nichts dagegen hat.«

»Die Leiche ist tiefgefroren?« Anne stockte. Die Frage war überflüssig. Schließlich spürte sie die Kälte am eigenen Leib.

»Ja. Sie war in dem Fach mit der Nummer vierzehn. Dort

drin herrscht eine Temperatur von minus achtzehn Grad Celsius.«

Anne musterte das Fach. Jemand hatte die Tür wieder geschlossen. »Ist noch etwas darin?«

Es war Lux, der antwortete. »Nein. Das Fach ist leer. Man sollte den Inhalt und das Eis trotzdem komplett auf DNA-Spuren hin untersuchen.«

»Ja. Das wird die KTU aus Dortmund übernehmen. Am besten kümmern Sie sich um das Außengelände.« Anne überlegte. »Sie haben recht, der Körper sollte so schnell wie möglich abtransportiert werden. Aber zuerst möchte ich das Gesicht sehen. Trennen Sie bitte die Hülle auf.«

»Besser wäre es, sie erst in der Gerichtsmedizin zu öffnen«, widersprach der Techniker.

»Ich weiß. Aber wir befinden uns bereits in einer laufenden Mordermittlung hier vor Ort, und es kann sein, dass wir schnell reagieren müssen. Deshalb muss ich sofort wissen, wer die Tote ist.«

Lux nahm eine Schere und begann vorsichtig die Folie zu zerschneiden. Anne merkte, wie sie die Luft anhielt, als er nach und nach einen nackten weißen Körper freilegte. Es war tatsächlich eine Frau mit schlanken Gliedern, einem flachen Bauch und kleinen, festen Brüsten. Sie schien makellos wie eine Statue. Nur der Hals wies dunkle Verfärbungen auf.

Anne schluckte hart. »Großer Gott! Wo ist ihr Kopf?«

Nur entsetztes Schweigen antwortete ihr.

Anne verließ das Gefrierhaus und atmete auf, als sie in die Sonne trat. Als könnten die warmen Strahlen auf ihrem Gesicht die Erinnerung an die Kälte abmildern, die von dem toten Körper ausgegangen war. *Wer bist du, und wer hat dir das angetan?* Pichler trat neben sie. Er war blass geworden und sah aus, als müsste er sich gleich übergeben.

»Und so etwas bei uns in Dreislar.«

»Haben Sie eine Ahnung, wer die Frau sein könnte?«

»Nein, wie zum Teufel soll man das erkennen?«

Die Tatsache, dass man ihr den Kopf abgetrennt hatte, schien ihn mehr zu belasten als der Fund der Leiche an sich.

»Kommen Sie von hier? Aus dem Ort?«

»Ja.« Er starrte vor sich hin. »Meine Mutter hatte früher auch ein Gefrierfach in diesem Haus. In unserem Garten waren viele Johannisbeersträucher und Apfelbäume. Sie hat immer literweise Apfelmus gekocht und es hier gelagert. Als Kind bin ich oft hergekommen, um welches zu holen.«

Er suchte in seinen Taschen und zog eine Schachtel Zigaretten heraus. Dann steckte er sich eine in den Mund und betätigte mit zitternden Fingern das Feuerzeug.

Auf der abgesperrten Straße stand der Krankenwagen, in dem eine korpulente Frau versorgt wurde. Ihr Gesicht war weiß wie ein runder Käse. Ein Mann saß neben ihr und hielt ihre Hand. Draußen auf einer provisorischen Liege saßen nebeneinander zwei Senioren.

»Haben diese Leute die Tote gefunden?«, fragte Anne.

Pichler nickte. »Die beiden auf der Liege sind Elsbeth und Wilhelm Eberbach. Sie ist die Vorsitzende des Gefriervereins. Möchten Sie auch eine Zigarette?«

»Nein danke.«

Anne ging zu den beiden Senioren, die trotz der grausigen Entdeckung gefasst aussahen. »Mein Name ist Anne Kirsch«, stellte sie sich vor. »Ich bin Kriminalkommissarin aus Dortmund. Fühlen Sie sich in der Lage, mir ein paar Fragen zu beantworten?«

Der Mann musterte sie mit ruhigem Blick, dann legte er den Arm um die schmächtigen Schultern der Frau. »Ich denke schon. Was meinst du, Else?«

Die alte Dame nickte entschieden. »Natürlich sind wir in der Lage dazu. Wir sind ja nicht senil.« Ihre überkronten Zähne glänzten, während sie redete.

»Ist es richtig, dass Sie die Tote gefunden haben?«

»Ja. Ich bin Elsbeth Eberbach. Unser Verein unterhält dieses Kalthaus seit mehr als fünfzig Jahren. Einige Bauern lassen noch schlachten und lagern das Fleisch in unseren

Fächern. Und natürlich Obst und Gemüse. Das hier …« Sie fuhr sich mit trockenen Fingern über das Gesicht. »Das ist das Ende.«

»Können Sie sich erklären, wie die Leiche hierhergekommen ist?«

Elsbeth tauschte einen Blick mit ihrem Mann, der ihr aufmunternd zunickte. »Wir haben sie im Fach vierzehn gefunden. Das Gefrierfach wird seit 1994 von ein und demselben Mieter gehalten«, erklärte sie. »Er nennt sich Wohlfeil und hat damals die Miete für vierzig Jahre im Voraus bezahlt. Das war noch unter der alten Kassiererin Klara Weinau, aber mit der können Sie nicht mehr sprechen. Sie ist vor zwei Jahren verstorben. Es standen einige größere Reparaturen an, und der Verein brauchte Geld.«

Anne notierte sich die Namen.

»Wohlfeil, und wie weiter?«

Elsbeth schüttelte den Kopf. Sie blinzelte schnell, und Anne sah, dass sie mit den Tränen kämpfte. Sie atmete konzentriert durch die Nase ein und aus, während Wilhelm ihr über die Hand strich und keine Anstalten machte, selbst etwas zu sagen.

»Das wissen wir nicht. Niemand kennt ihn, und in den alten Ordnern steht nicht mehr als der Nachname. Ich habe in den vergangenen Tagen selbst verzweifelt versucht, etwas herauszufinden. Ich war bei diesem Anwalt in Paderborn. Pötzel. Über sein Büro hatte Wohlfeil ein Postfach gemietet. Aber weiter bin ich nicht gekommen. Unser Verein steckt in finanziellen Schwierigkeiten und steht kurz vor der Auflösung. Deshalb haben wir beschlossen, sein Fach zu öffnen.«

Anne konnte kaum glauben, was sie da hörte. »Das Fach war seit 1994 vermietet, und niemand weiß an wen?«

»Richtig.«

»Und es ist seitdem verschlossen? Wieso wurde es nicht eher geöffnet?«

Die alte Frau schüttelte den Kopf. »Warum sollten wir es

öffnen? Die Miete war bezahlt. Ich für meinen Teil dachte, es sei leer.«

»Das bedeutet, die Tote kann seit fünfundzwanzig Jahren dort drin liegen.«

»Ja. Das ist möglich.«

Anne schauderte. Die Vorstellung war ein Albtraum. Für die Angehörigen, die jahrelang in Ungewissheit gelebt hatten, und auch für die Ermittler, die keine Zeugen mehr befragen konnten. Wenn es an der Leiche keine belastbaren Spuren gab, standen die Chancen für eine Aufklärung schlecht. »Gibt es vermisste Frauen in der Umgebung? Wer könnte die Tote sein?«

Die beiden Alten tauschten wieder einen Blick. »Über Vermisste haben wir uns schon Gedanken gemacht«, sagte Frau Eberbach. »Aber uns ist niemand eingefallen. Wenn wir das Gesicht sehen könnten … Nicht, dass wir noch mal da reinwollen, aber vielleicht können Sie uns ein Foto zeigen.«

Anne schüttelte bedauernd den Kopf. »Das ist leider nicht möglich.«

»Warum nicht?«

Details konnte sie nicht preisgeben. Das war Täterwissen. »Es gab Gewalteinwirkung gegen den Kopf«, sagte sie daher vage. »Deshalb wird eine Identifizierung schwierig werden.«

»Mein Gott!« Die beiden Senioren wirkten schockiert. Anne hatte das Gefühl, dass sie die Wahrheit sagten.

»Noch mal zurück zu diesem Anwalt. Sie sagten, Sie waren bei ihm. Erzählen Sie mir bitte von dem Treffen.«

Elsbeths Gesichtsausdruck verhärtete sich. »Am Freitag hat er uns abgewimmelt und geleugnet, Wohlfeil zu kennen. Einen Tag später ist er in meiner Wohnung aufgetaucht und hat mir Geld angeboten. Angeblich hätte Wohlfeil ihn kontaktiert. Er wollte wieder einen Mietvorschuss zahlen und so verhindern, dass sein Fach geöffnet wird. Den sollten Sie sich vorknöpfen.«

Anne konnte kaum glauben, was sie da hörte. Das war eine gute erste Spur.

Sie überlegte. »Woher könnte Wohlfeil wissen, dass Sie das Fach öffnen wollten? Haben Sie das öffentlich gemacht?«

Elsbeth schüttelte den Kopf. »Das wussten nur wir, die fünfzehn Mitglieder unseres Vereins. Und Pötzel natürlich. Ihm war bekannt, dass unser Verein kurz vor der Auflösung steht, und er muss es Wohlfeil gesagt haben.«

Anne sah Olivias Kuga an der Absperrung vorbeifahren. Er hielt mit quietschenden Reifen.

»Vielen Dank für die Auskunft! Gehen Sie nach Hause, und versuchen Sie sich zu erholen. Es kann sein, dass wir uns noch einmal melden, wenn wir weitere Fragen haben.«

Sie ging zu ihrer Chefin und ignorierte deren finsteren Blick. »Wir haben eine bisher nicht identifizierte tiefgefrorene Frauenleiche ohne Kopf.«

Olivia schluckte.

»Verdammt! Gib mir ein kurzes Briefing.«

Anne berichtete. »Wir müssen so schnell wie möglich nach Paderborn und uns diesen Anwalt schnappen, bevor er abtaucht«, schloss sie. »Oder?«

Olivia überlegte. »Gut. Ich gehe davon aus, dass Thorsten die Leitung hier übernimmt, aber wir können jetzt nicht auf ihn warten.« Sie funkte mit der Leitstelle Paderborn und forderte Einsatzkräfte für eine eilige Durchsuchung an. Anne beobachtete Lux, der draußen vor dem Gefrierhaus kniete und den Boden untersuchte.

Also würde Thorsten Seidel gleich mit seiner Truppe anrücken. Ob er schon wusste, dass Heiko zusammengeschlagen worden war und nach seinem Bruder gefahndet wurde? Wie würde er reagieren? Würde er Anne gestatten, wenigstens bei der Toten im Gefrierhaus mitzuarbeiten?

Es ist gar nicht schlecht, dass wir jetzt nach Paderborn fahren und Fakten schaffen. Vielleicht gelingt uns schon eine Festnahme. Sie sah, wie Olivia zu dem Gefriergemeinschaftshaus ging und in der Tür stehen blieb. Minutenlang stand sie da und wirkte selbst wie eingefroren.

Kapitel 36

Montag Vormittag, 17.06. – Paderborn – Ostwestfalen

Der Treffpunkt mit den Paderborner Kollegen war der Parkplatz eines großen Supermarkts. Olivia teilte die Einsatzkräfte ein. Einen Streifenwagen schickte sie zu Pötzels Privatwohnung, die um diese Zeit erwartungsgemäß leer sein würde. Olivia, Anne und zwei weitere Kollegen fuhren zur Kanzlei. Sie parkten vor einem Trödelladen und bezogen vor dem Haus mit dem Kanzleischild Aufstellung.

Olivia zeigte auf eine athletisch gebaute, rothaarige Polizistin. »Sie sichern die Gebäuderückseite.«

Ihr Kollege mochte schon aufs Rentenalter zugehen, wirkte aber körperlich noch fit. »Sie kommen mit uns, Herr …«

»PHM Northolm, Frau Hauptkommissarin«, erwiderte er zackig.

Olivia nickte zufrieden. Sie funkte den anderen Streifenwagen an.

»Atlas 31/72 von Union 41/01. Kommen.«

»Hier Atlas 31/72. Kommen.«

»Hier Union 41/01. Sind Sie am Zielort?«

»Hier Atlas 31/72. Wir sind am Zielort. Kommen.«

»Hier Union 41/01. Dann gehen wir jetzt rein. Kommen.«

»Hier Atlas 31/72. Verstanden. Kommen.«

»Hier Union 41/01. Ende.«

Polizeihauptmeister Northolm drückte die Haustür auf. Sie stiegen das Treppenhaus nach oben und betraten die Kanzlei.

»Polizei!«, bellte Northolm. Die einzige Person im Raum war die junge Frau hinter dem Empfangstresen, die sichtlich zusammenfuhr. Ihre vor Schreck geweiteten Augen waren stark geschminkt.

Olivia ließ ihr keine Gelegenheit zu reagieren. »Ich bin Hauptkommissarin Esterhazy von der Kriminalpolizei Dortmund. Diese Kanzlei ist geschlossen. Die Staatsanwaltschaft hat eine sofortige Durchsuchung nach § 105 Absatz 1 StPO angeordnet. Sie treten bitte zur Seite und berühren nichts mehr. Wo ist Herr Pötzel?«

Die Frau stand unsicher auf und schlug die Arme um den Oberkörper, als würde sie frieren. »Herr Pötzel ist nicht da.«

»Wo ist er?«

»Das weiß ich nicht.«

Es knisterte im Funkgerät. »Northolm, sehen Sie sich die Räume an«, befahl Olivia. »Anne, du bleibst hier.« Sie selbst ging zurück auf den Flur. »Hier Union 41/01.«

Anne zückte Zettel und Stift.

»Setzen Sie sich hier auf einen der Besucherstühle«, sagte sie mit freundlicher Stimme zu der jungen Frau. »Es wird eine Weile dauern, bis wir fertig sind. Wie ist Ihr Name?«

»Jasmin Hester.«

»Geboren am?«

»06.10.1999.«

»Sind Sie Rechtsanwaltsgehilfin?«

»Ja.«

»Wie lange arbeiten Sie schon für Herrn Pötzel?«

Jasmin faltete die langen Finger ineinander. »Seit ungefähr einem Jahr.«

»Hat er noch andere Angestellte?«

»Nein. Meine Vorgängerin habe ich nie kennengelernt. Die war schon krankgeschrieben, als ich hier anfing. Herr Pötzel sagte, ich käme schon klar.«

Olivia kam zurück und war mit wenigen langen Schritten bei Anne und Jasmin. »Wie ist die Anschrift von Rechtsanwalt Pötzel?«, fragte sie barsch. »An seiner Meldeadresse wohnt er nicht mehr.«

Die Rechtsanwaltsgehilfin wurde blass.

»Ich kenne nur die eine Adresse«, beteuerte sie stockend.

»Haben Sie seine Handynummer?«

Jasmin nickte und holte ein mit Strasssteinen bedecktes Mobiltelefon heraus.

»Darf ich?« Olivia nahm ihr Handy und wählte. »Nicht erreichbar.«

Northolm kam aus einer Tür. »Dort hinten ist Pötzels Büro. Die erste Tür ist ein WC, daneben das Besprechungszimmer. Die dritte Tür ist verschlossen.«

»Wo ist der Schlüssel?«, fragte Olivia an Jasmin gewandt.

Die junge Frau schüttelte hilflos den Kopf. »Den hat Herr Pötzel immer bei sich. Ich darf dort nicht rein, nicht mal zum Saubermachen.«

Anne und Olivia tauschten einen bedeutungsvollen Blick.

»Herr Northolm, rufen Sie den Schlüsseldienst, und bleiben Sie bei der jungen Dame. Wir sehen uns das Büro an.«

Auf dem Schreibtisch stand ein Computer, der jedoch mit einem Passwort geschützt war. Anne probierte die gängigen Kombinationen, hob die Schreibtischunterlage an und bückte sich, um die Unterseite der Tischplatte zu untersuchen. Nirgendwo war eine Notiz mit einem möglichen Passwort zu sehen.

»Hier ist ein Adressbuch.« Olivia zog eine mit braunem Kunststoff überzogene Kladde aus der Schublade und blätterte darin. Es gab nur wenige Einträge in unordentlicher Schrift. »Kein Wohlfeil. Überhaupt kein Eintrag bei W.«

»Das ist bestimmt nicht sein richtiger Name.«

Olivias Handy klingelte. »Hallo, Thorsten!«

Mit halbem Ohr lauschte Anne der Unterhaltung, während sie den Rest des Schreibtischs durchsuchte. In einer Schublade fand sie die Speisekarte eines türkischen Imbisses, eine Packung Taschentücher, eine Tüte Halsbonbons und eine Schachtel teuer aussehender Zigarren.

Sie hörte, dass jemand die Wohnung betrat, und verließ das Büro. Es war der Mann vom Schlüsseldienst. Er öffnete das Schloss des dritten Zimmers innerhalb von Minuten.

»Danke, wir brauchen Sie nicht mehr«, sagte Olivia, die ihr Telefonat beendet hatte. Sie drückte selbst die Klinke herunter und öffnete die Tür.

»Die Sache mit der Anschrift hat sich wohl erledigt.«

Anne musterte die Umzugskisten, die sich an der rechten Wand bis unter die Decke stapelten. Links lehnten auseinandergebaute Schränke an der Wand, und in der Mitte des Raums stand ein ungemachtes Bett, auf dem Boden daneben eine halb volle Flasche Eistee und ein Zahnputzbecher.

»Hier wohnte er also.«

Olivia wandte sich mit angeekeltem Gesichtsausdruck ab. »Ich gebe jetzt die Fahndung raus.«

Kapitel 37

Montag Mittag, 17.06. – Paderborn – Ostwestfalen

Anne hatte ihr Handy im Auto vergessen und nachdem sie die erste Kiste mit Pötzels Sachen in den Kofferraum geladen hatte, öffnete sie die Beifahrertür, um einen Blick darauf zu werfen. *Zwei Anrufe von Heiko.*

War er entlassen worden? Sie hatte versprochen, ihn abzuholen, doch das war jetzt unmöglich. Sie drängte das schlechte Gewissen beiseite und steckte das Smartphone ein. Dann ging sie zurück in die Kanzlei. Olivia telefonierte, und in ihrer Miene sah Anne, dass etwas passiert war. Sie wartete.

Olivia nahm das Telefon vom Ohr. Ihr Gesicht war eine Maske des Triumphs. »Sie haben ihn.«

»Wo?«, fragte Anne elektrisiert.

»Er ist jetzt auf der Wache in der Riemekestraße. Wir packen hier noch ein, dann fahren wir hin.«

Heiko wird es verstehen. »In Ordnung.«

Olivia wandte sich an Jasmin. »Sie können jetzt nach Hause gehen.«

Die junge Frau erhob sich erleichtert. »Werden Sie Herrn Pötzel verhaften? Oder befragen Sie ihn nur? Ich meine, was ist hiermit? Habe ich morgen noch einen Job?«

»Dazu kann ich Ihnen leider nichts sagen. Am besten sprechen Sie später selbst mit Ihrem Chef.«

Anne betrachtete den Mann, der mit geschlossenen Augen an dem Metalltisch im Vernehmungsraum saß. Auf den ersten Blick wirkte er wie ein gewöhnlicher Rechtsanwalt. Er trug Krawatte, Hemd und einen dunkelblauen Anzug.

Sein schütteres Haar war nach hinten gekämmt, und er saß mit gesenktem Kopf und ineinander verschränkten Fingern da. Anne fragte sich, ob er nachdachte oder sogar eingeschlafen war.

Wenn man genauer hinsah, fielen allerdings Kleinigkeiten auf, die den Gesamteindruck störten. Seine Anzughose saß nicht gut, war an den Beinen zu weit geschnitten und schien ein oder zwei Zentimeter zu kurz zu sein. Die beiden Socken, obwohl ähnlich dunkel, waren verschiedenfarbig, und an seinem Hals klebten kleine Blutreste, wo er sich beim Rasieren geschnitten hatte.

»Lass mich mit ihm sprechen«, bat sie Olivia. »Ich versuche es mit Freundlichkeit. Wenn es nicht klappt, kannst du ihn unter Druck setzen.«

Olivia nickte und stellte sich hinter die Scheibe, durch die sie alles beobachten konnte. Hatte sie begonnen, ihr zu vertrauen? Anne ging im Geist die Fragen durch, die sie ihm stellen wollte. Dann trat sie ein, stellte sich vor und erklärte ihm, dass er als Zeuge in einem Mordfall vernommen wurde. Sie sagte ihm, dass er das Recht habe zu schweigen und dass er nichts sagen müsse, womit er sich selbst belastete.

Pötzel hob den Kopf und sah sie an. Seine Augäpfel waren von roten Äderchen durchzogen, und die Gesichtshaut schien aufgeschwemmt. *Zu wenig Schlaf. Zu viel Alkohol.*

»In welcher Mordsache?« Seine Stimme klang belegt. Er räusperte sich.

Anne legte ihm eine Fotografie auf den Tisch.

Pötzels Gesichtsfarbe wechselte über Kalkweiß ins Grünliche. Er legte beide Hände an den Mund. »Mein Gott!«

»Kommt Ihnen das bekannt vor?«

»Wie bitte? Nein! Natürlich nicht. Was ist das?«

»Haben Sie diese Frau in ein Tiefkühlfach gelegt?«

»Was?« Er starrte sie an, als hätte sie etwas völlig Absurdes gesagt.

»Ich habe gefragt, ob Sie diese Leiche in ein Gefrierfach gelegt haben.«

»Nein!« Er stöhnte gequält.

»Das Fach wurde über Ihre Kanzlei gemietet. Als Adresse wurde ein Postfach angegeben, das Ihre Kanzlei eröffnet hat. Und nach Zeugenaussagen haben Sie gestern Abend versucht, die Mietzeit des Faches zu verlängern. Sie wollten verhindern, dass es geöffnet wird.«

»Ich …« Er brach ab und schüttelte den Kopf.

»Trifft es etwa nicht zu?«

»Ich hatte keine Ahnung, das müssen Sie mir glauben!«

»Wovon hatten Sie keine Ahnung? Von der Leiche? Was dachten Sie denn, was in dem Fach aufbewahrt wird? Ein paar Himbeeren?« Anne bemerkte ihren ätzenden Tonfall und rief sich zur Ordnung.

»Sie sind Anwalt«, sagte sie mit milderer Stimme. »Wenn Sie die Frau nicht umgebracht haben, muss Ihnen klar sein, dass Sie sich zumindest der Beihilfe zur Vertuschung einer Straftat schuldig gemacht haben. Im ungünstigsten Fall sogar der Beihilfe zum Mord. Sie sollten jetzt anfangen, mit uns zusammenzuarbeiten. Meiner Meinung nach kann es sich nur günstig für Sie auswirken.«

Sie machte eine Pause und beobachtete ihn. Er schien verzweifelt nachzudenken. War er in der Lage, eine Frau zu töten und ihr den Kopf abzutrennen? So, wie er jetzt aussah, konnte Anne es sich nicht vorstellen. Allerdings durfte sie nicht vergessen, dass die Tat eine lange Zeit, viele Jahre zurücklag. Was für ein Mensch war Pötzel vor fünfundzwanzig Jahren gewesen?

Er rieb sich das Gesicht. »Ich wusste nichts von der Frau. Herr Wohlfeil hat mich nur beauftragt, das Fach zu mieten.«

»Erzählen Sie mir mehr über diesen Wohlfeil.«

»Ich weiß nichts über ihn.«

»Wie hat er Sie kontaktiert?«

Seine Hände bewegten sich unruhig. Er verschränkte wieder die Finger und starrte mit dumpfem Blick vor sich hin. »Ich habe ihn nie getroffen. Die Anweisungen kamen per Post. Frankierte Briefumschläge, aber die Poststempel änderten sich ständig. Computerbeschriebene Blätter mit genauen Anweisungen und Bargeld. Erst sollte ich ein Postfach eröffnen und dann einige Transaktionen durchführen. In den Gefrierverein Dreislar eintreten zum Beispiel. Den Schlüssel zu dem Fach sollte ich an das Postfach schicken.«

»Das haben Sie getan? Was waren das für Transaktionen?«

Pötzel zuckte schwach mit den Schultern. »Einige Überweisungen. Ich sollte Depots in Luxemburg, in der Schweiz und in Honduras eröffnen. Hin und wieder habe ich Geld entgegengenommen oder ausgezahlt. Herr Wohlfeil wollte Rechnungen über Anwaltshonorare von mir. Sie gingen an Briefkastenfirmen im Ausland, aber auch an ein Restaurant und einen Bowlingclub in Paderborn.«

Anne schüttelte fassungslos den Kopf. »Sie haben Geld für ihn gewaschen und kennen seinen richtigen Namen nicht? Sie wissen nicht einmal, wie er aussieht?«

Er rieb sich über die geschwollenen Augen.

»Fragen Sie mich nicht, wieso, Frau Kirsch. Warum gibt ein Anwalt mit einem Zweierexamen und einer eigenen Kanzlei sich mit Verbrechern ab? Ich könnte sagen, dass es an dem einen großen Prozess lag, den ich verloren habe. Danach fiel ich in ein Loch, verlor den Glauben an mich selbst. Oder daran, dass meine Frau mich verlassen hat. Die Scheidung ging übel für mich aus, und ich hatte Geldprobleme. Ich verbrachte jeden Abend in der Kneipe und vergraulte die wenigen Mandanten, die mir geblieben waren. Dann kam der erste Brief. Er klang harmlos. Nur ein Postfach eröffnen, was ist schon dabei? Es wurde gut bezahlt, also hab ich es getan. Ich dachte noch, dieser Wohlfeil sei bestimmt im Ausland und könne deshalb nicht persönlich kommen. Ich konnte mein Glück nicht fassen, einen reichen Mandanten an der Angel zu haben. Dann kam noch ein Brief und noch einer. Immer gab es gutes Geld. Und als ich begriff, was da vor sich ging, steckte ich selbst zu tief drin, um unbeschadet wieder herauszukommen.« Er ließ die Schultern hängen.

»Was haben Sie mit den Briefen gemacht?«

»Ich habe sie verbrannt. Alle. So lautete der Deal.«

»Wirklich? Das glaube ich nicht. Sie müssen doch wenigstens einen zurückbehalten haben. Als Absicherung.«

Pötzel griff in die Hosentasche und zog ein zusammengefaltetes Stück Papier heraus.

»Nur den letzten.«

Anne hielt den Atem an. »Bitte legen Sie ihn auf den Tisch.«

Pötzel gehorchte. Anne hatte keine Handschuhe bei sich und würde das Beweisstück nicht mit bloßen Händen anfassen. Sie warf einen flüchtigen Blick zur verspiegelten Scheibe. Wenige Augenblicke später kam ein Polizist herein, der das Blatt mit einer Pinzette auffaltete und behutsam in durchsichtige Folie packte.

»Ich hatte schon lange nichts mehr von Wohlfeil gehört. Das alles ist viele Jahre her, und ich wusste nicht, ob die Postfächer noch existierten. Ob er überhaupt noch lebt. Dann kam dieser Brief aus heiterem Himmel.«

Anne beugte sich vor, um das Schriftstück zu lesen. Es war ein Computerausdruck auf gewöhnlichem Papier. Der Brief war formell gehalten.

Sehr geehrter Herr Pötzel,
ich benötige Ihren Dienst in einer eiligen Angelegenheit.

Es folgten genaue Instruktionen, welche Botschaft er Elsbeth Eberbach übermitteln sollte. Darunter die Unterschrift *W* und die Anweisung, den Brief zu vernichten.

»Nachdem ich bei Frau Eberbach war, wollte ich den Brief verbrennen. Aber dann hatte ich plötzlich Angst.«

Er stockte, und Anne wartete darauf, dass er weitersprach.

»Ich ahnte, dass sie nicht auf den Deal eingehen würde. Dann begann ich mich zu fragen, was sie finden würde, wenn sie das Gefrierfach öffnete.« Er hob den Blick seiner rot geränderten Augen.

»Was ist mit dem Briefumschlag? Haben Sie den noch?«

»Den habe ich in den Müll geworfen. In die schwarze Tonne, die vor der Kanzlei an der Straße stand. Die ist jetzt aber schon geleert worden.«

Anne unterdrückte ein Seufzen. Wenn der Umschlag unter dem Restmüll des Gewerbegebietes Paderborn vergraben war, hätte Pötzel ihn genauso gut verbrannt haben können. Das Ergebnis war das gleiche.

Sie nahm einen Stift zur Hand. »Okay. Kommen wir jetzt zu den älteren Transaktionen, die Sie in Wohlfeils Namen durchgeführt haben. Versuchen Sie sich möglichst genau zu erinnern. Wir starten mit der Eröffnung des Postfachs. An welchem Tag haben Sie den Brief erhalten?«

Als Anne eine Stunde später den Vernehmungsraum verließ, fühlte sie sich gerädert. Sie hatten zwei Seiten mit Daten und Namen zusammengetragen, die sie nun überprüfen musste.

Kapitel 38

Die kleine Dienstbesprechung fand in ihrem Büro in Medebach statt. Anwesend waren neben Anne und Olivia Kriminalhauptkommissar Thorsten Seidel und der Dortmunder Kriminaltechniker Holger, der die Spurensicherungsarbeiten geleitet hatte. Holger war ein Freund, auf den Anne große Stücke hielt. Seine roten Haare hingen ihm unordentlich ins Gesicht. Er schob den viel zu langen Pony beiseite und schenkte ihr ein kleines Lächeln.

Als Thorsten begann, wurde es still im Raum. Er erteilte Olivia das Wort, die von dem Leichenfund berichtete. Abwechselnd mit Anne skizzierte sie die Vernehmung von Elsbeth Eberbach und den anschließenden Einsatz in Paderborn.

»Frau Kirsch hat Herrn Pötzel vernommen und eine Liste von Transaktionen zusammengestellt, die der Anwalt angeblich im Auftrag von Wohlfeil durchgeführt hat«, sagte Olivia. »Wir sind dabei, diese zu überprüfen. Gleichzeitig werden wir die Fälle aller seit 1994 vermisst gemeldeten Frauen sichten. Wir müssen unbedingt herausfinden, wer die Tote ist.«

Thorsten nickte. »Das sehe ich auch so.« Er wandte sich an Holger. »Haben wir verwertbare Spuren?«

»Bisher gibt es noch nicht viel. Das Gefrierhaus wurde regelmäßig gereinigt, und die Verschlüsse der Fächer wurden erst vor Kurzem abgewischt. Am Schloss von Fach vierzehn haben wir ein Set Fingerabdrücke, am Fach selbst und auf der Folie drei verschiedene Sets gefunden. Diese stammen jedoch ausschließlich von den Personen, die bei der Öffnung anwesend waren.« Er kratzte sich am Hinterkopf. »Von den Fingernägeln der Toten wurden Proben genommen, doch da sie keine Abwehrverletzungen an den Armen hat, dürfen wir uns nicht viele Hoffnungen machen. Das Fach wurde vollständig geleert, und ich habe die Tauflüssigkeit zur DNA-Analyse eingeschickt. Wir müssen allerdings damit rechnen, dass wir eine Vielzahl von Ergebnissen bekommen, die nicht tatrelevant sind.«

»Danke, Holger!«

Thorsten faltete die Hände und blickte ernst in die Runde. »Wir befinden uns in einer schwierigen Lage. Momentan ermitteln wir in zwei Mordfällen, von denen der eine dich persönlich betrifft, Anne. Dir ist klar, dass du dich aus den Ermittlungen raushalten musst. Der Fall Levi Stappert bleibt daher bei Olivia. Gleichzeitig interessiert sich die Presse brennend für den Leichenfund im Gefrierhaus, deshalb müssen wir auch da möglichst bald Ergebnisse liefern. Den Fall übernimmst du, Anne. Ich werde beide Fälle koordinieren.«

Anne warf einen Blick auf Olivia. Ihr Gesicht hatte einen blassen Teint, die Wangen wirkten eingefallen, aber ihre Augen waren hellwach. Sie nickte entschieden.

»Anne?« Thorsten sah sie fragend an.

»Ja, natürlich«, antwortete sie und ignorierte das Unbehagen, das sich in ihr breitmachte. Sie musste den Fall übernehmen. Es war die Gelegenheit, im Sauerland zu bleiben und auch den anderen Ermittlungen nahe zu sein. Andererseits wusste sie, dass der Fall sie ganz und gar in Anspruch nehmen würde. Sie hatte die Witterung bereits aufgenommen und würde nicht eher ruhen, bis sie die Identität der Toten offengelegt und den Mörder überführt hatte. Aber wie sollte sie sich noch um Heiko kümmern, der sie jetzt brauchte? Und wie sollte sie Zeit finden, um nach Stella und Markus zu suchen? Es war nicht zu schaffen, trotzdem hatte sie keine andere Wahl.

Vielleicht ist es doch kein Zufall. Zwei Tote im selben Dorf innerhalb weniger Tage. Vielleicht gibt es einen Zusammenhang, und der Fall im Gefrierhaus bringt mich Stella und Markus näher. Doch das war mehr Wunsch als eine wirkliche Hoffnung.

Nach der Besprechung nahm Anne Olivia beiseite. »Ich muss dir noch etwas sagen«, begann sie. Darüber zu reden fiel ihr nicht leicht, doch sie konnte die Information nicht für sich behalten.

»Ja?«

»Ich war gestern bei Hartmann.«

Olivias Gesicht blieb ausdruckslos, während sie sich Annes Bericht anhörte.

»Es tut mir leid«, schloss sie. »Du hast mich von dem Fall entbunden, aber ich musste noch mal mit ihm reden. Ich konnte nicht anders.«

»So, du konntest nicht anders«, wiederholte Olivia eisig. »Ich sag dir mal was. Du hältst dich von jetzt ab an die Regeln, sonst kann ich nicht anders, als dich zu feuern. Ist das klar?«

»Ja.«

Anne schluckte und sah Olivia nach, die ohne ein weiteres Wort hinausging. Dann wählte sie Heikos Nummer. Ein Freizeichen ertönte, aber es nahm niemand ab. Auch Markus' Leitung war nach wie vor tot.

Sie schrieb Maren eine Nachricht und fragte, ob es Neuigkeiten gab. Dann setzte sie sich an den Computer, öffnete die Liste der vermissten Frauen in der fraglichen Altersgruppe und machte sich an die Arbeit.

Kapitel 39

Olivia starrte auf den Monitor ihres Computers und bewegte die schmerzenden Schultern. Sie legte ihre Hände auf ihre Schlüsselbeine und knetete die Nackenmuskeln. Ihre Augen brannten.

Thorsten öffnete die Tür. Er hatte einen Computerausdruck in der Hand. »Ich habe vielleicht etwas.«

Sie drückte den Rücken durch. »Ja?«

»Ich habe alte Zeitungsberichte und Fotos aus der Umgebung durchgesehen. Sieh mal, auf was ich gestoßen bin.« Er legte den Ausdruck vor ihr auf den Tisch. Es war ein Zeitungsbericht über Straßenbaubeiträge. Das Foto zu dem Artikel zeigte eine Ortsansicht von Dreislar. Thorsten deutete auf den Bildrand. Dort war eine Straßenlaterne zu sehen, an die ein Zettel geklebt war. »Hier.«

Olivia hatte Mühe, Einzelheiten zu erkennen. Was sie aber sah, waren aufrecht stehende Klingen. Darüber stand etwas in fetten roten Buchstaben. *RT LANG*. Schlagartig war sie hellwach. »Was bedeutet das?«

»Darf ich?« Thorsten rief ihren Internetbrowser auf und suchte nach dem Bild. Dann vergrößerte er den Ausschnitt. Das Foto wurde undeutlicher, trotzdem konnte Olivia jetzt mehr erkennen. Sie sah eine Straßenkralle, die aus einer Gummimatte gebastelt worden war. Die Klingen waren so eng nebeneinander angeordnet, dass sie einen Reifen nicht verfehlen würden.

»Darunter steht *Fahrt langsam!*«, sagte Olivia fasziniert. »Das ist sie!«

»Der Artikel ist acht Jahre alt. Ich bin sicher, wenn wir die Anwohner nach dem Plakat fragen, erinnert sich noch jemand daran.«

»Ich übernehme das.«

Olivia druckte das Bild in bestmöglicher Qualität aus und ging zu ihrem Kuga. Die Bewegung tat gut. Sie hatte viel zu lange am Schreibtisch gesessen. Als sie ihr Smartphone an die Freisprecheinrichtung anschloss, sah sie einen Anruf ihrer Mutter. Außerdem hatte sie ein Foto geschickt. Olivia öffnete es und sah Bianka in einem grellgrünen T-Shirt mit der Aufschrift *GIRLZ* vor dem Spiegel einer Umkleide. *Für Alma. Grün oder Pink?*

»Grün«, schrieb Olivia zurück und fuhr los.

In dem kleinen Dorf Dreislar gab es nicht viele Straßen, dafür fand Olivia die Stelle, an der das Foto aufgenommen worden war, ohne Schwierigkeiten. Sie klingelte an der ersten Haustür.

Eine Frau um die sechzig öffnete. Sie sprach mit starkem niederländischem Akzent und konnte Olivia nicht weiterhelfen, da sie und ihr Mann die Immobilie erst vor Kurzem als Ferienhaus gekauft hatten.

Bei der nächsten Tür hatte Olivia mehr Glück. Herr Schmidt war Ortsheimatpfleger und betrachtete den Ausdruck mit Interesse. »Kommen Sie rein! Ich habe gerade einen Kaffee gekocht.«

Olivia nahm am Esstisch Platz. Auf einer Tischdecke stand eine Kaffeetasse aus altmodischem Porzellan. Herr Schmidt stellte noch eine weitere dazu.

»Ich sammle alles, was mit unserem Ort zusammenhängt«, erklärte er und schenkte ihr tiefschwarzen Kaffee ein. »Seit meiner Rente habe ich begonnen, alles zu ordnen und zu digitalisieren. Was Sie da haben, ist ein Bericht des Sauerlandkuriers von 2011 oder 2012. Da wurde hier die ganze Straße neu gemacht.«

Er öffnete eine Dose mit Buttergebäck und stellte sie in die Mitte des Tisches.

»Mich interessiert das Plakat im Hintergrund. Können Sie sich daran erinnern?«

Herr Schmidt nickte. »Sehr gut sogar. Die hingen überall im Dorf. Das gab eine Menge Ärger. Unser Dorf lebt vom Tourismus, und ein großer Teil unserer Gäste sind Motorradfahrer, die hier Urlaub machen oder die auf ihren Touren hier vorbeikommen. Der Fremdenverkehrsverein hat Anzeige erstattet, aber die wurde zurückgezogen, nachdem die Plakate abgehängt worden waren.«

»Wer hatte sie aufgehängt? Wissen Sie das?«

Herr Schmidt tunkte einen Keks in seinen Kaffee und biss ab. »Offiziell ist nicht bekannt, wer es war.«

»Aber Sie wissen es?«

»Natürlich. Jeder im Dorf weiß es. So etwas bleibt hier nicht geheim. In einem größeren Ort vielleicht, aber nicht in Dreislar.«

»Wer war es?«

»Der Mann heißt Gilbert Kreimer und ist Rentner. Er wohnt in einem Aussiedlerhof an der Straße Richtung Medelon.«

Olivia erinnerte sich gut an den verbitterten alten Mann. *Bingo!*, dachte sie und erhob sich. »Danke für die Auskunft und für den Kaffee! Sie haben mir sehr weitergeholfen.«

Draußen sah sie, dass er ihr durch das Fenster hinterherstarrte. Sie ignorierte die Blicke und rief im Gehen Thorsten an. »Ich habe den Namen!« Rasch gab sie die wichtigsten Informationen an ihn weiter. »Bekommen wir einen Durchsuchungsbeschluss?«

»Ja, gib mir fünfzehn Minuten«, sagte er. »Eben ist noch ein Anruf reingekommen. Du hattest einen Drogenspürhund angefordert. Der ist auf dem Weg. Sollen wir ihn mitnehmen?«

Zu Kreimer? »Nein. Er soll den Unfallort untersuchen. Außerdem die beiden Wohnungen, die durchwühlt worden sind. Ich möchte wissen, ob dort Rauschgift versteckt war oder ob Levi Stappert welches bei sich hatte.«

Sie legte auf und genoss für einen Augenblick die Euphorie, dass sie endlich einen Durchbruch erzielt hatten. Es musste die Straßenkralle sein, die sie suchten.

Ihr wurde klar, dass sie schon seit Stunden nicht mehr an den Fleck auf dem Ultraschallbild gedacht hatte. Auch jetzt war dieser Gedanke zwar da, aber weit weg, als beträfe er nicht sie, sondern eine andere, fremde Person.

Kapitel 40

Gilbert Kreimer verschränkte die Arme über dem ausgemergelten Brustkorb. Er stand am Fenster und starrte auf das zuckende Blaulicht hinaus.

Da war wieder das Mannweib. Er sah, wie sie mit ihren kleinen, gemeinen Augen zu seinem Haus stierte. Sie wollte ihn bei den Eiern packen. Frauen wie sie waren wie Terrier. Wenn sie einmal zugeschnappt hatten, ließen sie nicht wieder los. Nicht von allein jedenfalls. Man musste ihnen schon die Kiefer brechen. Doch das würde schwierig werden, denn heute hatte sie echte Männer mitgebracht. Einen Langen, der Ähnlichkeit mit dem Schauspieler aus »The Da Vinci Code« hatte, und zwei Bullen in Uniform.

Er ließ sie warten. Ließ sie ein bisschen klopfen und rufen. Als hätte er nicht kapiert, dass die Polizei vor der Tür stand. Dann schlurfte er zur Tür.

Tom Hanks hielt ihm einen Brief unter die Nase, den er ignorierte. »Wir müssen Ihr Haus durchsuchen, Herr Kreimer. Können Sie uns sagen, wo sich die Straßenkralle befindet?«

»Tut halt, was ihr nich lassen könnt«, brummte er und ließ sich in seinem Sessel nieder. Seit Wochen bretterten die Motorradfahrer an seinem Haus vorbei. Autofahrer hatten die Fenster runtergelassen und die Musik aufgedreht, als gäbe es im Urlaub keine Regeln. Seinen Frieden würde er wohl erst haben, wenn er unter der Erde lag.

Er sah, wie das Mannweib sich in seinem Wohnzimmer breitmachte, und schaltete den Fernseher ein. Extralaut.

»Würden Sie bitte den Ton leiser drehen«, keifte das Mannweib.

Er ließ sich von ihr nicht stören. Sie stampfte ins Bild und fingerte an seinem Fernsehgerät herum.

»Geh da weg, du ...« Er schluckte das Schimpfwort hinunter. Beamtenbeleidigung, den Gefallen würde er der Schlampe nicht tun.

Mit einem Mal stand Hanks neben ihm und nahm ihm die Fernbedienung aus der Hand. Er hatte ihn nicht kommen hören. Der Lange schaltete den Fernseher aus.

»Hey, ich darf mir doch wohl eine Sendung anschauen.«

»Sie beantworten uns jetzt erst ein paar Fragen.«

»Ich tu verdammt noch mal, was ich will!«

»Wir können Sie gerne mit auf die Wache nehmen, wenn Ihnen das lieber ist. Oder Sie sagen uns, wo die Straßenkralle ist. Wir haben Beweise gegen Sie. Schweigen nutzt Ihnen gar nichts.«

»Auf diese Gastfreundschaft kann ich verzichten«, knurrte Gilbert. »Kann mir nicht vorstellen, was ihr für Beweise habt. Ich hab mal 'ne Kralle gebaut. Das ist richtig. Irgendwie muss man sich ja gegen diese Scheißbiker zur Wehr setzen.«

»Dann ist dieses Plakat von Ihnen?«

Er sah auf das Foto, das der Lange ihm hinhielt. »Ja. War aber nur 'ne kurze Aktion. Hat nicht viel gebracht. Die Scheißtouristen kommen immer noch. Verpesten hier die Luft und machen einen Lärm, dass man im Sommer nicht mehr draußen sitzen kann. Das Ding steht in der Garage. Könnt ihr mitnehmen und untersuchen. Dann werdet ihr schon merken, dass ich mit dem Unfall nix zu tun hab.«

Der Lange ging, und Gilbert hörte, wie sich das Garagentor quietschend öffnete. Kurz darauf kam er wieder zurück.

»In der Garage ist nichts.«

Waren nicht mal in der Lage, eine rostige Straßenkralle zu finden! »Die muss da sein.«

Der Bulle schüttelte den Kopf. Er war wütend, das sah

Gilbert deutlich. Aber Manns genug, ihm eine reinzuhauen, war er nicht.

»Sie ist nicht in Ihrer Garage, Herr Kreimer. Denken Sie noch einmal nach.«

»Brauch ich nicht. Wenn sie nicht mehr in der Garage liegt, wurde sie wohl geklaut. War seit Jahren nicht mehr dort drin.«

♦

»Der alte Mistkerl lügt«, sagte Olivia. »Der weiß ganz genau, was auf seinem Grundstück vor sich geht. Wahrscheinlich hat er die Straßenkralle verschwinden lassen.«

Thorsten Seidel beschattete seine Augen und betrachtete Karl Maiworms Hof und die Straße, die in Richtung Medelon führte. »Kann sein, ja. Aber wenn Kreimer die Straßenkralle vor acht Jahren gebaut hat, warum sollte er sie erst jetzt auslegen? Warum nicht schon früher?«

»Vielleicht hat er sich am Donnerstag besonders geärgert. Ich glaube nicht, dass er einen bestimmten Auslöser gebraucht hat. Der ist so voller Hass. Da reicht eine Kleinigkeit.«

Thorsten ging zu Holger, der den Boden der Garage untersuchte. »Hast du schon irgendetwas?«

Der rothaarige Kriminaltechniker sah auf. »Hier sind definitiv Fasern und Rostrückstände. Der Alte hat anscheinend nie sauber gemacht. Gut für uns. Wenn er die Straßenkralle hier gebaut hat, dann finden wir was.«

Kapitel 41

Anne rieb sich die Augen und starrte minutenlang auf die Vermisstenmeldung auf ihrem Monitor. War sie jetzt so überarbeitet, dass sie Gespenster sah? Sie rief den Fall in der internen Datenbank auf.

Lara Pötzel, siebzehn Jahre, blond, Schülerin des Pelizaeus-Gymnasium in Paderborn, war im Jahr 1993 von ihrer Mutter Monika als vermisst gemeldet worden. Der Nachname und das Wort Paderborn ließen sofort sämtliche Alarmglocken in ihrem Kopf schrillen. Noch ein paar Klicks, und sie hatte Gewissheit: Monika und der Anwalt Pötzel waren Geschwister. *Dann ist Lara seine Nichte. Die meisten Tötungs- und Sexualdelikte passieren innerhalb der Familie.*

Sie spürte, wie ihr Atem sich beschleunigte. Der Fall um Eisfach vierzehn war kälter als kalt – im wahrsten Sinne des Wortes –, aber diese Spur war es wert, weiterverfolgt zu werden. Anne suchte die Adresse der Mutter heraus. Es war eine Straße in Paderborn.

Sie rief Olivia an. Ihre Chefin war mit Thorsten nach Dreislar gefahren, und als sie sich meldete, hörte Anne einen Traktor im Hintergrund. »Wie läuft die Durchsuchung? Habt ihr die Straßenkralle gefunden?«

»Leider nicht. Aber Holger ist sich sicher, dass sie hier gewesen ist. Er nimmt gerade die Garage unter die Lupe. Rufst du deshalb an?«

»Nein. Ich muss nach Paderborn, um eine Vermisstenmeldung zu überprüfen. Lara Pötzel. Kann ich dein Auto nehmen?«

»Pötzel«, wiederholte Olivia. Anne hörte die Verwunderung in ihrer Stimme.

»Ja.«

»Natürlich. Der Schlüssel liegt in der Schreibtischschublade. Gute Arbeit.«

Auf den ersten Blick wirkte Monika Pötzel wie das genaue Gegenteil ihres Bruders. Ein akkurat geschnittener Bob umrahmte ihr herzförmiges Gesicht. Sie wirkte gepflegt, trug elegantes Make-up, und niemals hätte Anne vermutet, dass sie schon siebenundsechzig Jahre alt war.

»Ich bin gerade auf dem Sprung«, verkündete sie, als Anne sich vorgestellt hatte, und trug tatsächlich schon die Handtasche über der Schulter. »Worum geht es?«

»Das würde ich gerne unter vier Augen mit Ihnen besprechen. Kann ich einen Moment hereinkommen?«

Monika Pötzel seufzte. »Ingo hat mich angerufen und mir erzählt, dass Sie ihn festgenommen haben. Ich weiß aber beim besten Willen nicht, was Sie jetzt von mir wollen.«

»Ich bin nicht wegen Ihres Bruders hier. Es geht um Lara.«

»Ach ja?« Monika verzog irritiert das Gesicht, und jetzt wurden die tiefen Falten sichtbar, die sie gekonnt überschminkt hatte.

»Kann ich reinkommen?«, wiederholte Anne.

Monika warf einen Blick auf ihre schmale goldene Uhr. »Auf den Termin beim Osteopathen habe ich drei Monate warten müssen. Was ist denn mit Lara?«

»Ich bin eben auf Ihre Vermisstenmeldung gestoßen.«

»Ah.«

»Sie wird doch noch vermisst, oder?«

»Nun, sie ist zumindest nicht wieder aufgetaucht. Aber sie ist erwachsen, nicht wahr? Das hat zumindest ihr Kollege damals gesagt.«

»Ich dachte, sie war siebzehn, als sie verschwunden ist.«

»Ja, zwei Wochen vor ihrem achtzehnten Geburtstag. Was ist jetzt? Haben Sie Lara gefunden?«

»Das wissen wir noch nicht. Ich würde mich gerne mit Ihnen über sie unterhalten. Aber vorher möchte ich ihr Zimmer sehen.«

»Das ist jetzt ein Gästezimmer.«

Monika hielt Annes Blick stand und schob das Kinn vor. »Das alles ist fünfundzwanzig Jahre her. Was erwarten Sie? Dass ich ihr Jugendzimmer konserviere und einmal die Woche Staub putze, falls ihr einfällt, dass sie noch ein Zuhause hat?«

»Ich erwarte gar nichts.« Anne bemühte sich um einen neutralen Tonfall. Was war das für eine Mutter?

»Haben Sie noch persönliche Dinge vor ihr? Vielleicht ärztliche Unterlagen?«

Nun schien Monika unter ihrem Make-up zu erblassen. »Wieso ärztliche Unterlagen? Ist sie etwa … ist sie tot?«

Anne hatte sich die Worte bereits während der Fahrt zurechtgelegt. Sie wollte Frau Pötzel nicht belügen. Es sprach viel dafür, dass die Tote ihre Tochter war.

»Es ist möglich«, sagte sie daher. »Wir haben eine junge Frau gefunden, die wir noch nicht identifizieren konnten. Wollen Sie sich lieber hinsetzen?«

Monika ließ ihre Handtasche sinken. »Ich … nein. Nicht nötig. Was für eine Frau? Haben Sie ein Foto?«

Das wäre keine gute Idee. »Leider nein.«

»Wo haben Sie sie gefunden? Wieso glauben Sie, dass diese Tote meine Tochter ist?«

»Einzelheiten kann ich Ihnen leider noch nicht nennen. Aber ich verspreche Ihnen, dass ich Sie sofort informiere, sobald wir Gewissheit haben. Dazu muss ich mehr über Lara wissen.«

»Dann kommen Sie mit! Ich habe ihre Sachen auf dem Dachboden.«

Anne folgte ihr in eine aufgeräumte Wohnung. Mit einem Haken zog Monika Pötzel eine Dachbodenluke auf. Dann streifte sie ihre hochhackigen Schuhe ab und kletterte auf Strümpfen die Stiege hinauf. Kurze Zeit später erschien oben in der Luke der erste Karton, den Anne entgegennahm. Als Monika wieder herunterkam, hingen Staubfäden in ihrem Pony. Sie reichte Anne ein Küchenmesser. »Was wo drin ist, weiß ich nicht. Sehen Sie selbst nach, ich muss kurz telefonieren.« Sie verschwand im Nebenzimmer.

Ein ganzes Leben in fünf Kisten. Sauber zugeklebt und konserviert, so wie der Körper im Tiefkühlfach.

Anne setzte die Klinge an und trennte den Klebestreifen vom ersten Karton auf. Sie fand Briefe, Fotos, ein Freundschaftsbuch, CDs, eine lustige Tasse und ein Sammelalbum. Das Leben eines Teenagers. Sie betrachtete das Foto, das zuoberst lag. Es zeigte ein Mädchen im Trainingsanzug auf einem Rhönrad, das sich kraftvoll in die Luft drückte. Rotblonde Strähnen klebten ihr im Gesicht. Ihre Wangen waren gerötet, aber sie lächelte breit, mit einer Zahnlücke zwischen den Schneidezähnen.

»Das ist sie«, sagte Monika Pötzel hinter ihr.

Nein, dachte Anne. In Gedanken sah sie den gefrorenen, blassen Körper der Toten, der das Bild des Mädchens auf dem Foto überlagerte. Alles in ihr sträubte sich dagegen.

»Ich möchte diese Frau sehen. Ich muss wissen, ob es Lara ist!«

»Später«, wich Anne aus. *Nie, wenn ich es verhindern kann.* »Der Leichnam wird noch untersucht. Wir können ihre Identität durch DNA-Abgleich feststellen. Am besten geben Sie mir gleich eine Speichelprobe von sich mit. Dann können wir den Verwandtschaftsgrad bestimmen. Oder haben Sie vielleicht noch eine alte Bürste von Ihrer Tochter?«

»Nein.« Monika Pötzel runzelte die Stirn. »So ein DNA-Abgleich dauert doch Wochen. So lange kann ich nicht warten. Warum lassen Sie mich die Tote nicht sehen?«

Anne schüttelte bestimmt den Kopf. »Das würde nichts bringen. Man erkennt nicht viel.« Sicher könnten sie nur Beine und Rumpf aufdecken. Aber Anne bezweifelte, dass die Mutter ihre Tochter erkennen würde. Nicht ohne das Gesicht zu sehen. Nicht nach fünfundzwanzig Jahren.

»Ist sie etwa verbrannt?«

»Es tut mir leid. Sobald ich kann, gebe ich Ihnen mehr Informationen.« Sie deutete auf die Kartons. »Diese Sachen würde ich gerne mitnehmen und untersuchen. Sie bekommen sie auf jeden Fall zurück. Wann haben Sie Ihre Tochter zuletzt gesehen?«

Monika Pötzel ging mit unsicheren Schritten zu einem Stuhl und ließ sich darauf nieder. Ihre nächsten Worte waren nur ein Flüstern. »Sie wurde ermordet.«

»Wir untersuchen das«, versprach Anne mit ruhiger Stimme, »aber dabei brauchen wir Ihre Unterstützung. Können Sie mir sagen, wann Sie Ihre Tochter zuletzt gesehen haben? Oder brauchen Sie noch ein wenig Zeit?«

»Nein.« Monika strich sich über den Mund. »Das kann ich Ihnen sagen. Es war ein Samstag. Da war eine Feier im Darksideclub. Oktober 1993. Wir hatten Lara Hausarrest erteilt. Sie wollte zu dieser Feier, aber wir hatten es ihr verboten, weil sie die Schule geschwänzt hatte. Hausaufgaben machte sie schon lange nicht mehr. Sie tobte, wollte nie wieder mit uns reden und schloss sich in ihrem Zimmer ein. Den ganzen Tag hörten wir nichts von ihr. Abends riefen wir sie zum Essen, aber es antwortete niemand. Da hat mein Mann die Tür aufgebrochen. Mein damaliger Mann, mittlerweile leben wir getrennt. Lara war verschwunden. Sie hatte ihren Koffer mitgenommen und ist durchs Fenster abgehauen. An dem Abend und am nächsten Tag haben wir versucht, sie zu finden. Dann hab ich die Vermisstenanzeige aufgegeben.«

Anne nickte langsam. Sie hatte Monikas Aussage von damals gelesen. Merkwürdig war, dass sie die gleichen Wörter und Sätze wie vor fünfundzwanzig Jahren benutzte. Als hätte sie diese auswendig gelernt.

»Wenn Jugendliche vor Hausarrest davonlaufen, tauchen Sie meist früher oder später wieder auf«, sagte Anne. »Wenn sie nicht auftauchen, dann kann es zwei Gründe haben: Entweder ist ihnen etwas zugestoßen. Oder es ging nicht nur um Hausarrest.« Sie beobachtete Frau Pötzel und wartete.

Kapitel 42

Heiko öffnete die Schränke in seinem Arbeitszimmer und zog nacheinander die Schubladen auf, in denen er seine Unterrichtsmaterialien aufbewahrte. Dann ließ er sich in seinen Drehstuhl fallen und schloss für einen Moment die Augen. Anne hatte alles wieder eingeräumt, was die Einbrecher herausgerissen hatten, aber sie hätte seine Sachen genauso gut auf dem Boden liegen lassen können. Die Unterlagen von mehr als zehn Jahren waren durcheinandergeworfen, teilweise zerrissen. Er nahm die Zeichnung eines Schülers, die er zuoberst in einer der Schubladen gesehen hatte. Sie war zerknickt und eingerissen. Sorgfältig strich er das Blatt auf seinem Tisch glatt, dann schob er es frustriert in die Schublade zurück. Hier wieder Ordnung zu schaffen würde Monate dauern.

Er erhob sich und zog eine Grimasse, als der Schmerz wie eine Lanze durch seinen Brustkorb stach. Die Ärzte hatten ihm befohlen, sich zu schonen, und ihn für die nächsten zwei Wochen krankgeschrieben. Nachdem er Anne nicht hatte erreichen können, war seine Mutter gekommen und hatte ihn nach Hause gefahren. »Ich habe eine Hühnersuppe gekocht. Komm mit hoch und iss ordentlich. Du hast überhaupt nichts mehr auf den Rippen.«

Während er aß, fragte sie ihn aus. »Du hast mir immer noch nicht gesagt, was das für Leute waren und wie es genau passiert ist.«

Heikos Kopf schmerzte. »Die Polizei ermittelt das noch. Bald werden wir mehr wissen.«

»Du glaubst doch wohl nicht, dass die das rauskriegen. Wie sahen sie denn aus? Es ist wichtig, dass wir alles aufschreiben, solange die Erinnerung noch frisch ist.«

»Ich bin mit einer Polizistin zusammen, Mutter. Bitte frag du mich nicht auch noch aus.«

»Wo ist sie denn, deine Anne, wenn du sie brauchst? Hat sie dich nicht abholen wollen?«

Heiko fragte sich das Gleiche, doch er würde den Teufel tun, das vor Ruth zuzugeben. »Sie kommt gleich. Ich werde mich jetzt ein wenig hinlegen. Danke für die Suppe!«

Er war nach unten in seine Wohnung gegangen und hatte festgestellt, dass Anne das größte Chaos des Einbruchs beseitigt hatte. Nur wo sie war, das wusste er nicht. Er kramte in seiner Reisetasche nach dem Ersatzhandy, das Maren ihm geliehen hatte. Mit der SIM-Karte, die eine Frau Simon von der Briloner Polizei ihm mitgebracht hatte, war er seit gestern wieder erreichbar. Viele Kollegen und Freunde hatten ihm geschrieben. Anne hatte versucht anzurufen, und Maren hielt ihn regelmäßig über die Suche nach Stella auf dem Laufenden. Leider hatte bisher niemand auch nur eine Schwanzspitze von ihr gesehen.

Heiko legte sich auf sein Bett und starrte auf Stellas Körbchen, in dem eine frische Decke lag. Anne musste sie gewechselt haben. Würde er je wieder sehen, wie die Hündin die Decke mit der Nase ordnete und sich dabei immer wieder um sich selbst drehte, bis sie mit dem Ergebnis zufrieden war? Wie sie mit vor Müdigkeit steifen Gliedern aufstand und sich wie eine Katze streckte? Würde er je wieder von ihrer kalten Nase in seinem Gesicht geweckt werden?

Zwei Tage war sie nun schon verschwunden. War sie irgendwo eingesperrt? Hatte sie Angst? Bestimmt war sie einsam. Er hatte sie zu sich genommen, als sie noch ein junger Welpe gewesen war und mit der Flasche gefüttert werden musste. Seitdem waren sie so gut wie nie getrennt gewesen. Anne glaubte, dass sie noch lebte. Anne würde sie finden.

Stella und Markus. Welche Rolle spielte sein Bruder in

dieser Sache? Wieso war er so plötzlich aufgetaucht und dann wieder verschwunden? Hatte er ihm die Wahrheit erzählt? Heikos Kopf brummte. Er schloss die Augen. Wenn er nur selbst nach Stella suchen könnte! Dieses Nichtstun war unerträglich.

Die Türklingel riss ihn aus dem Halbschlaf, und er brauchte einige Minuten, um zu begreifen, wo er war. Mühsam erhob er sich und ignorierte den Schmerz hinter seinen Schläfen. Vor der Tür standen zwei fremde Polizisten in Uniform. Einer von ihnen hielt einen großen Schäferhund an der Leine.

»Ja?«

»Heiko Neuer?«

»Ja. Das bin ich.«

»Wir müssen noch mal in Ihre Wohnung«, sagte der Mann mit der Leine. »Bei Ihnen ist eingebrochen worden, und wir haben Grund zu der Annahme, dass Rauschgift gesucht wurde. Das hier ist Gesa. Wir müssen sie einmal durch alle Zimmer führen.«

Heiko betrachtete bewundernd die schöne belgische Schäferhündin, die diszipliniert an der Seite ihres Hundeführers wartete. »Bitte, kommen Sie herein!«

Er trat zur Seite und beobachtete interessiert, wie die Hündin jeder Handbewegung ihres Herrchens mit der Nase folgte. »Ein schönes Tier. Wie alt ist sie?«

»Drei Jahre«, antwortete der Mann, ohne bei seiner Arbeit innezuhalten.

»Ich habe selbst eine Hündin«, sagte Heiko und schluckte gegen die Enge in seinem Hals an. »Wird Gesa durch den Geruch nicht abgelenkt?«

»Nein. Sie ist gut trainiert.« Sie untersuchten Esszimmer und Bad und betraten dann das Gästezimmer, in dem Markus geschlafen hatte. Als der Hundeführer die hintere Wand erreichte, fing Gesa an zu bellen. Sie schnüffelte aufgeregt, ihre Nackenhaare standen zu Berge.

»Was ist?«, fragte Heiko. »Hat sie etwas gefunden?«

Der Hundeführer gab Gesa ein Spielzeug, die daraufhin sofort ruhig wurde. Der andere Polizist drängte Heiko zur Seite. Der Hundeführer untersuchte die Holzvertäfelung. »Gibt es hier ein Geheimfach?«, fragte er barsch. »Bleiben Sie zurück!«

Heiko gehorchte. »Nein«, sagte er verwundert.

»Wir brauchen einen Werkzeugkoffer. Ich bringe Gesa in den Wagen.«

Sie warteten schweigend darauf, dass der Hundeführer wiederkam. Dann schraubte der Mann die Fußleiste ab und bearbeitete die Holzvertäfelung mit dem Schraubenzieher.

Heiko sah schweigend zu. Er lebte seit seiner Kindheit in diesem Haus, aber das hier war Markus' altes Zimmer gewesen. Der Hundeführer bog eine Zierlatte nach vorn und tastete mit den Fingern in den Hohlraum dahinter. Dann zog er einen platt gedrückten Beutel hervor. Und noch einen. Und noch einen.

Heikos Knie wurden weich. Er musste sich aufs Bett setzen. Fassungslos starrte er auf die Beutel, die in seiner Wohnung versteckt gewesen waren. Der Inhalt war weiß und sah ein bisschen wie Mehl aus.

Der eine Polizist stand plötzlich vor ihm. »Gehört das Ihnen?«

Heiko dachte an Freitagmorgen. An Markus' blasses Gesicht. Er hatte ihm geglaubt.

»Ich möchte dazu nichts sagen«, erwiderte er.

»Das ist Ihr gutes Recht.« Der Hundeführer erhob sich. Die beiden Beamten tauschten einen Blick. »Drehen Sie sich bitte mit dem Gesicht zur Wand und strecken Arme und Beine aus. Ich werde Sie jetzt durchsuchen.«

Heiko gehorchte. Er spürte den Druck auf dem Schulterblatt und die Hände, die ihn routiniert abtasteten. Dann wurde ihm der rechte Arm auf den Rücken gedreht.

»Ich nehme Sie wegen Verdacht auf Verstoß gegen das Betäubungsmittelgesetz vorläufig fest. Sie haben das Recht, einen Anwalt anzurufen. Sie haben das Recht zu schweigen.«

Kapitel 43

Montag Nachmittag, 17.06. – Paderborn – Ostwestfalen

Anne wartete. Monika Pötzel hantierte an ihrer Espressomaschine. Dampf stieg zischend auf. Die Küche war modern eingerichtet, aber klein. Anne saß auf einem Barhocker an einer Theke, an der Platz für zwei Personen war. Auf den Fensterbänken standen Orchideen in weißen Töpfen, und dazwischen lagen Steine mit den eingravierten Worten *Frieden* und *Glück*.

Es gab keine Fotos und keinen Hinweis darauf, dass außer Monika noch eine weitere Person in diesem Haushalt lebte.

»Ich glaube, es ging nicht nur um Hausarrest«, durchbrach Anne die Stille. »Warum ist Ihre Tochter wirklich weggelaufen? Gab es einen Zwischenfall? Hat jemand ihr etwas angetan? Ein Familienangehöriger vielleicht?«

Ihr Onkel?

Monika Pötzel stellte die erste Espressotasse mit einem Klirren auf der Theke ab. »Nein! Wie kommen Sie denn darauf? *Ihr* hat niemand etwas angetan.«

Die Betonung ließ Anne aufhorchen. »Dann ist es also Lara gewesen, die etwas getan hat? Hatten Sie Streit?«

Monika hatte sich wieder umgedreht, und Anne konnte ihr Gesicht nicht sehen. Ihre Schultern bebten leicht. Schweigend füllte sie die nächste Kaffeetasse und setzte sich auf den zweiten Barhocker. Ihr Gesicht war starr, die Augen trocken.

»Lara war immer schon weit für ihr Alter. Sehr selbstständig. In der Schule lief alles problemlos. Wie meine Freundin mich darum beneidet hat! Bei ihrem Sohn war es immer ein Kampf mit den Hausaufgaben. Bei Lara nicht. Sie erledigte sie einfach. Man konnte sich auf sie verlassen, und das haben wir auch getan. Wir haben ihr alle Freiheiten gelassen. Schließlich wussten wir, wie vernünftig sie war. Leider war das ein Fehler. Aber als wir es bemerkten, war es schon zu spät.«

Sie brach ab, und es kostete Anne Selbstbeherrschung, sie nicht zum Weitersprechen zu drängen. Monikas Gesicht sah abwesend aus. Versuchte sie sich zu erinnern, oder legte sie sich gerade eine Geschichte zurecht, um die Wahrheit abzuschwächen? Das eigene Versagen zu verschleiern?

Nach einer gefühlten Ewigkeit kehrte ihr Blick ins Hier und Jetzt zurück. »Lara verliebte sich in einen ihrer Lehrer. Miller hieß er und war über zwanzig Jahre älter als sie. Wir wussten von nichts. Sie war kaum noch zu Hause, und wir haben uns natürlich gedacht, dass sie einen Freund hat. Wir hätten doch nicht ahnen können, dass sie mit ihrem Lehrer schläft!«

»Wie haben Sie es herausgefunden?«

Monika Pötzel schnaubte bitter. »Wir waren die Letzten, die es erfuhren. Die anderen Schüler hatten die beiden in flagranti auf einer Klassenfahrt ertappt. Dann rief man uns an, und wir mussten Lara abholen. Miller wurde beurlaubt und strafversetzt. Aber genützt hat es gar nichts. Lara und er trafen sich weiterhin. Wir hatten einen Riesenstreit. Wir wollten Anzeige erstatten, weil Lara erst siebzehn war. Aber sie hat gedroht, dass sie dann von zu Hause fortläuft.«

Frau Pötzel stand abrupt auf, öffnete den Kühlschrank und holte eine halb volle Flasche Baileys heraus. »Möchten Sie auch?«

»Nein danke.«

Sie schenkte sich ein und trank den Likör mit einem großen Schluck.

»Haben Sie Anzeige erstattet?«, fragte Anne.

»Nein. Aber wir haben ihr Kontaktverbot erteilt und sie gezwungen, seine Nummer zu löschen. Wir sind zu ihm nach Hause gefahren, und mein Ex hat ihm gedroht, dass wir zur Polizei gehen, wenn er Lara noch einmal trifft. Aber es war aussichtslos. Haben Sie Kinder?«

Anne schüttelte den Kopf.

»Wenn sie jung sind, denkt man noch, man könnte sie formen. Beeinflussen. Manchmal sieht man sie an und glaubt, die jüngere Version von einem selbst zu erahnen. Aber irgendwann treffen sie Entscheidungen, und man erkennt, dass man jeden Einfluss auf sie verloren hat. Und dann ist es zu spät.«

»Erzählen Sie von dem Tag, an dem Sie Ihre Tochter zuletzt gesehen haben.«

Monika Pötzel goss sich ein weiteres Glas ein. »Wir haben nichts geahnt. Es war ein Streit wie viele andere davor. Lara wollte auf eine Party, aber wir wussten genau, dass sie sich in Wirklichkeit mit Miller treffen wollte. Ich habe sie eingeschlossen. Habe ihr gesagt, sie kommt erst wieder raus, wenn sie Vernunft annimmt. Sie hat geschrien, sie wäre bald achtzehn, und es ginge mich nichts an, mit wem sie sich trifft. Außerdem solle ich nicht so scheinheilig tun, schließlich hätte ich ihren Vater betrogen.«

Frau Pötzel trank ihr Glas leer, erhob sich hölzern und stellte es in die Spülmaschine. Die Baileysflasche räumte sie in den Kühlschrank zurück und wischte dann mit einem Spültuch über den Tisch, obwohl kein Fleck zu sehen gewesen war. »Während dieser Zeit hatten mein Ex und ich Probleme. Aber dass ich ihn betrogen habe, stimmt so nicht. Es gab eine Vereinbarung. Auch er traf sich damals mit anderen Frauen. Ich weiß nicht, woher Lara es wusste. Die Kinder sehen oft mehr, als man ahnt, und mein damaliger Liebhaber und ich waren unvorsichtig. Verliebt. Hatten Sex an ungewöhnlichen Orten. Lara muss uns dabei beobachtet haben. Anders kann ich mir den Hass nicht erklären, den sie plötzlich mir gegenüber empfand.«

»Hass?«

»Sie hat schlimme Sachen zu mir gesagt. Sie benutzte

246

Beleidigungen, die sie nie in den Mund genommen hätte. Es schien, als hätte sie alle Hemmungen verloren. Sie wollte mich nicht mehr sehen, und das hab ich akzeptiert.«

»Und Laras Vater?«

Frau Pötzel zuckte mit den Schultern. »Wir sind nicht im Guten auseinandergegangen. Ich weiß nicht, ob sie Kontakt hatten. Ich habe mich von beiden zurückgezogen. Wenn man sich nur noch Verletzendes zu sagen hat, sollte man lieber gar nicht mehr miteinander reden.«

Sie starrte auf ihre Hände. »Ich dachte, Lara kommt irgendwann zur Vernunft. Aber Miller hat sie aufgehetzt. Ich dachte, wir hätten noch Zeit. Aber wenn sie jetzt tot ist …« Sie schluckte mehrmals.

»Wir wissen es noch nicht mit Sicherheit.« Anne legte der Frau die Hand auf den Arm. Dabei sah sie den weißen, tiefgefrorenen Körper vor sich. Sie hatte Mühe, den Zorn zurückzudrängen, der in ihr aufwallte.

»Warum haben Sie der Polizei damals nicht die Wahrheit gesagt? Warum haben Sie Lara überhaupt als vermisst gemeldet, wenn sie doch wussten, wo sie war?«

Etwas von ihren Emotionen musste doch zu hören gewesen sein, denn Monika Pötzel versteifte sich.

»Na, weil wir es eben nicht wussten. Am Tag nachdem sie abgehauen war, sind wir zu Miller gefahren und haben die Herausgabe unserer Tochter verlangt. Wir haben damit gedroht, ihn wegen Missbrauchs Schutzbefohlener anzuzeigen. Er hat uns angelogen und gesagt, er wisse nicht, wo sie ist. Er würde sich auch Sorgen machen. Dieser Mistkerl! Er wirkte überzeugend. Deshalb sind wir zur Polizei gegangen. Erst nach Wochen hat Lara uns geschrieben. Sie würde bei Miller bleiben, weil wir solche verbohrten Spießer und Versager seien. Ach, sie hatte viele Namen für uns, vor allem für mich. Sie würde wegziehen, und wir sollten gar nicht erst versuchen, es zu verhindern. Weil sie nämlich bald erwachsen wäre und auf eine Familie wie uns verzichten könne.«

»Und damit haben Sie sich zufriedengegeben?«

Frau Pötzel sah sie verständnislos an.

Anne hätte sie schütteln können.

»Sie haben nicht mehr persönlich mit Lara gesprochen? Was, wenn diese Briefe unter Zwang entstanden sind?«

»Sie meinen, Miller hat sie entführt?«

Miller. Der Onkel. Das waren die beiden möglichen Täter, die als Erstes infrage kamen. War einer von ihnen skrupellos genug, dem Mädchen den Kopf abzutrennen, um ihre Identität zu verschleiern? Gerissen genug, um anonym ein Gefrierfach zu mieten, in dem sie ein Vierteljahrhundert lang unentdeckt geblieben war? Frau Pötzel hatte die Augen geschlossen. Ihr Mund zitterte, und sie legte beide Hände vors Gesicht.

Anne drückte ihren Arm. »Quälen Sie sich jetzt nicht mit Vermutungen. Wir finden es heraus, und Sie werden bald Gewissheit haben. Sie sollten jetzt nicht alleine sein. Haben Sie eine Freundin, mit der Sie reden können?«

Sie nickte.

»Rufen Sie sie an. Mit ihr können Sie reden, aber mit niemandem sonst, in Ordnung? Wenn Lara tatsächlich einem Verbrechen zum Opfer gefallen ist, dann wiegt der Täter sich jetzt in Sicherheit, weil er lange unentdeckt geblieben ist. Das ist unser Vorteil, verstehen Sie das? Wir wollen nicht, dass er gewarnt ist.«

Wieder nickte sie. Anne wartete, bis Monika Pötzel mit ihrer Freundin gesprochen hatte. Dann fuhr sie noch einmal zur Polizeiwache Paderborn.

Ein uniformierter Polizist schloss ihr die Zellentür auf. Rechtsanwalt Pötzel saß auf einer dünnen Matratze am Boden. Sein Gesicht hatte die graue Farbe der Wände angenommen. »Ach, Sie sind es.«

»Schließen Sie bitte die Tür«, sagte Anne zu dem Polizisten. »Es dauert nicht lange.«

»Wie lange muss ich hier drinbleiben? Nicht mal einen Tisch oder Stühle gibt es hier. Kein Buch, keine Zeitschrift.«

Anne musterte ihn kühl. Wenn es nach ihr ginge, könnte er noch einen Tag länger in der Zelle schmoren. Aber der Platz wurde benötigt, und die JVA war nicht weit entfernt.

»Der Haftrichter wird gleich Zeit für Sie haben. Möchten Sie mir etwas zum Verschwinden Ihrer Nichte sagen?«

»Wie bitte?«

»Ihre Nichte Lara ist im Jahr 1993 verschwunden. Möchten Sie mir dazu etwas sagen?«

Er blinzelte. Sein Gesichtsausdruck zeigte Verwirrung, aber Anne konnte nicht sagen, ob sie gespielt oder echt war.

»Lara? Warum?«

Sie wartete.

»Die ist mit ihrem Lehrer durchgebrannt. Fragen Sie meine Schwester.«

»Wann haben Sie Lara zum letzten Mal gesehen?«

»Wie bitte?«

»Sie haben mich schon verstanden.«

»Aber …« Er schluckte. »Geht es hier um die Tote aus dem Gefrierfach? Glauben Sie … glauben Sie etwa, dass es Lara ist?«

»Das ist eine unserer Hypothesen. Und mit einem DNA-Abgleich werden wir bald Gewissheit haben. Also, möchten Sie mir etwas sagen?«

»Ich? Wieso ich? Warum fragen Sie nicht diesen Miller?«

»Das werden wir tun, glauben Sie mir. Aber jetzt frage ich Sie.«

»Ich kann Ihnen nichts sagen.«

»Wann haben Sie Lara zuletzt gesehen?«

»Das weiß ich nicht mehr. Bei einer Familienfeier höchstwahrscheinlich. Oder beim Schützenfest. Ich habe keine Ahnung.«

»In Ordnung. Das reicht fürs Erste. Wenn Sie reden wollen, rufen Sie mich an.« Anne warf ihm ihre Visitenkarte vor die Füße. Dann klopfte sie an die Zellentür und wurde hinausgelassen.

Kapitel 44

Als Hauptkommissar Thorsten Seidel die Polizeiwache in Brilon betrat, wurde er für einen Moment von Erinnerungen überwältigt. War es erst vier Jahre her, dass sich die Reporter hier unten im Flur gedrängt hatten, sodass er kaum bis zur Treppe durchgekommen war? Oben hatte Kriminaldirektor Oberan auf ihn gewartet und ihn vor eine Entscheidung gestellt. Eine Entscheidung zwischen zwei Dingen, die sich nicht ausschließen *durften*, es aber trotzdem auf merkwürdige Art und Weise immer wieder taten: seine Freundschaft zu Anne und seine Karriere bei der Kriminalpolizei.

Damals hatte er sich zum ersten Mal entschieden. Für Anne. Er hatte ihr den Rücken freigehalten, als sie ihren Undercovereinsatz ohne sein Wissen beschlossen und durchgeführt hatte. Keine zwei Jahre später hatte sie bei der Jagd nach einem Mörder auf halsbrecherische Art und Weise ihr Leben riskiert, und er hatte sie abgemahnt. Hatte seine Pflicht getan, hatte in Kauf genommen, dass ihre Freundschaft Schaden nahm. Er erinnerte sich noch gut an den Zorn, der damals sein ständiger Begleiter gewesen war. Wenn er sich nicht darauf verlassen konnte, dass Anne auf sich selbst achtgab, dann würde er sie lieber feuern, als mit anzusehen, dass sie sich in Gefahr brachte.

Doch seine Abmahnung hatte Wirkung gezeigt. Der letzte große Fall in Obermarsberg hatte ihn Hoffnung schöpfen lassen. Aber jetzt stand er wieder hier, in der Polizeiwache Brilon, wo alles begonnen hatte, und er war auf dem Weg zu der kleinen, dreieckigen Zelle, in der Annes Freund einsaß.

Der Drogenspürhund hatte 400 g Kokain in Heikos Wohnung gefunden, und Heiko hatte die Aussage verweigert. Mehr wusste Thorsten nicht.

»Das Rauschgift gehört seinem Bruder«, hatte Olivia sofort gesagt. »Markus Neuer hat die Nacht von Freitag auf Samstag bei Heiko übernachtet, und er hat bereits wegen Verstoßes gegen das BtMG eingesessen.«

Der Bruder, nach dem gefahndet wurde.

»Wenn Heiko das aussagt, können wir ihn entlassen«, überlegte Thorsten laut. *Bevor Anne überhaupt Wind von der Sache bekommt. Bevor sie etwas tut, was mich wieder vor die Wahl stellt, mich zwischen meiner Freundschaft zu ihr und meiner Karriere entscheiden zu müssen.*

»Er wird aussagen!« Olivias Miene war entschlossen. »Ich fahre hin.«

»Nein. Ich muss das tun.«

Thorsten war der leitende Hauptkommissar, und diese Sache betraf eine Angehörige seiner Abteilung. Sie konnten sich jetzt keinen Fehler erlauben. Insbesondere durfte nicht der Eindruck entstehen, dass er die Mitglieder seiner Behörde und deren Familien vor Strafverfolgung schützte. Dass irgendjemand außerhalb des Gesetzes stand.

Bevor er zu den Zellen hinunterging, klopfte Thorsten an die Tür von Anton Hellmann, einem jungen Kriminalkommissar, den er gut kannte. Doch Antons Bürotür war abgeschlossen. Ein Zettel über seinem Namensschild wies darauf hin, dass er im Urlaub war.

Schweren Herzens machte Thorsten kehrt und ging zum Vernehmungsraum, wo Heiko Neuer auf ihn wartete. Es gab keinen Grund mehr, die Begegnung aufzuschieben.

Er drückte die Klinke herunter und trat ein. Eine Kollegin war dabei, Heiko Finger- und Handabdrücke abzunehmen. Thorsten wartete, bis sie fertig war, und musterte Annes Freund dabei unauffällig. Bisher hatte es keine Berührungspunkte zwischen ihnen gegeben. Anne erzählte nicht viel von ihrer Beziehung. Thorsten hatte Heiko mal auf einer

Feier getroffen, aber Anne hatte es nicht für nötig gehalten, sie einander vorzustellen. So war es nicht zu einem Gespräch gekommen.

Heiko trug ein schlichtes T-Shirt, und hatte eine beneidenswerte Menge Haare auf dem Kopf. Er wirkte kernig und naturbelassen. Ein Gegenentwurf zu Thorsten, der Wert auf sein gepflegtes Erscheinungsbild legte, es aber nie übertrieb. Er war der Sohn eines Zechenarbeiters und stolz darauf. Heiko trug ein breites Pflaster über der Nase und hatte Hämatome und Quetschungen im Gesicht.

Ob er wusste, dass Anne und er sich geküsst hatten? Der Gedanke kam aus dem Nichts, und Thorsten ärgerte sich darüber. Der Kuss war lange her und die Situation zwischen Anne und ihm längst geklärt. Er war glücklich verheiratet, sie in einer Beziehung. Sie waren Freunde.

Noch, dachte er bitter. Was würde mit ihrer Freundschaft passieren, wenn er Heiko nicht hier herausbekam?

»Hallo, Heiko!« Thorsten setzte sich zu ihm. Obwohl sie sich fremd waren, schien es ihm falsch, ihn zu siezen. Seine größte Chance bestand darin, eine Beziehung aufzubauen. Er musste dafür sorgen, dass Heiko ihm vertraute.

»Hallo, Thorsten! Bist du hier, um mich zu vernehmen?«

»Ja. Ich werde gleich das Aufnahmegerät einschalten. Wir müssen alles aufzeichnen. Es darf nicht der Eindruck entstehen, dass ich dich anders behandle als unsere anderen Gäste.«

»Klar.« Heiko lehnte sich im Stuhl zurück. War er tatsächlich so entspannt, wie er wirkte?

»Möchtest du mir vorher noch etwas sagen?«

»Was sollte das sein?«

»Etwas, das nicht ins Protokoll soll.«

Heiko schüttelte den Kopf. »Ich werde überhaupt nichts sagen.«

Thorsten beschloss, den Satz vorerst zu überhören.

»Ich werde zum Sie wechseln. Ich hoffe, das ist in Ordnung für dich.«

Heiko zuckte die Achseln.

Nicht entspannt, dachte Thorsten. *Resigniert.* Er schaltete das Gerät ein und begann mit der üblichen Belehrung.

»Herr Neuer. Sie wissen, warum Sie hier sind. In Ihrer Wohnung wurden vierhundert Gramm Kokain gefunden. Können Sie uns dazu etwas sagen?«

»Nein.«

»Ihr Bruder heißt Markus. Wie ist Ihre Beziehung zueinander? Hatten Sie in der Vergangenheit regelmäßig Kontakt zu ihm? Hat er Sie in letzter Zeit besucht? Am Freitag?« Er machte nach jeder Frage eine Pause, aber Heiko schien tatsächlich nicht reden zu wollen.

Thorsten versuchte sich seine Frustration nicht anmerken zu lassen. »Nach unseren Informationen hat er eine Nacht in Ihrem Gästezimmer geschlafen.«

Heiko hatte den Blick abgewandt. Er sah durch die nackte Wand hindurch ins Nichts.

»Für eine solche Menge Kokain könnten Sie einige Jahre ins Gefängnis gehen. Wollen Sie das wirklich? Möchten Sie uns nicht lieber sagen, wie es in Ihren Besitz gelangt ist? Sie könnten mit einem Anwalt sprechen. Er würde Ihnen raten, mit uns zusammenzuarbeiten.«

Heiko reagierte nicht. Thorsten schloss die Augen. Dann drückte er auf den Knopf, der das Aufnahmegerät stoppte.

»Du schützt deinen Bruder nicht, indem du schweigst, Heiko. Nicht vor Strafverfolgung. Und erst recht nicht vor den Leuten, die ihn bedrohen. Die dich zusammengeschlagen haben.« Er spürte Wut in sich aufsteigen. »Du ziehst Anne da mit rein, ist dir das bewusst?«

Heikos Blick klärte sich, als würde er aus einer Trance erwachen. Er starrte Thorsten an. »Anne zieht sich selbst mit rein. Du kennst sie doch. Glaubst du, sie würde den Fall aufgeben, nur weil ich betroffen bin?«

»Sie muss. Ich kann nicht zulassen, dass sie daran beteiligt ist.«

Ein Lächeln stahl sich auf Heikos Lippen.

»Ich bin gespannt, wie du das anstellen willst.«

Thorsten hatte das Gefühl, als würde eine kalte Hand nach seinem Magen greifen. »Du hast keine Ahnung, in welche Lage du mich bringst.«

»Oh, das verstehe ich gut. Anne ist ein Mensch der Tat. Sie wird es kaum ertragen, dass eure Ermittlungen keine Ergebnisse bringen. Du wirst sie wegschicken müssen. Ich wünsche dir viel Glück dabei.«

Sie starrten sich an. Keiner wandte den Blick ab.

Ein lächerliches Duell. Das habe ich nicht nötig. Thorsten erhob sich. »Ist das dein letztes Wort?«

»Ja.«

»Ich will dich nicht einsperren, Heiko. Aber du lässt mir keine andere Wahl.« Er nahm das Gerät und ging. Vor der Tür zögerte er. Hatte er alles versucht? Gab es noch eine Möglichkeit, ihn zur Aussage zu bewegen? Vielleicht konnte Anne es schaffen. Er musste mit ihr reden. Irgendwie musste er verhindern, dass es zur Katastrophe kam.

Kapitel 45

Lara auf dem Rhönrad. Die Zahnlücke. Das verschmitzte Lächeln. Anne hatte das Foto auf den Schreibtisch gelegt. Das Büro in der Polizeidienststelle Paderborn war nicht mehr als eine Abstellkammer, aber ausreichend. Anne brauchte nur ein wenig Ruhe, um Laras Sachen durchzusehen. Sie wollte es hier erledigen, denn es konnte gut sein, dass sie dabei auf Personen aus Laras Umfeld stieß, die sie befragen musste. Mit der ersten Kiste war sie bereits fertig.

In der zweiten befanden sich ebenfalls Fotos. Anne betrachtete die Bilder genau. Lara war ein sportliches Mädchen gewesen. Eins zeigte sie in Joggingkleidung im Wald. Ein anderes auf einer Minigolfanlage. Sie hielt den Schläger lässig über der Schulter und lächelte in die Kamera. *Ein starkes Mädchen,* dachte Anne. Sie sah nicht so aus, als hätte sie Angst. Zum Beispiel vor ihrem Onkel, weil er Dinge von ihr verlangte, die sie nicht tun wollte. Allerdings durfte sie in diese Bilder nicht zu viel hineininterpretieren. Sie waren nur Momentaufnahmen. *Bist du das Mädchen aus dem Tiefkühlfach?*

Anne hatte zu Miller schon ein wenig recherchiert. Er lebte in Würzburg und war dort mit einer Frau gemeldet, die nicht Lara hieß. Die lokale Polizei würde ihn befragen, und Anne musste auf das Ergebnis warten. Sie fand ein kleines Tagebuch, das noch aus Laras Grundschulzeit stammte. In krakeliger Schrift erzählte das Mädchen von einem weißen Kaninchen namens Tiffany. Annes Hals fühlte sich rau an. Sie legte das Buch zur Seite. Unter dem Tagebuch war noch eine Schachtel mit Fotos. Lara als Kind. Es gab zahlreiche Bilder von dem weißen Kaninchen. Eins betrachtete Anne genauer. Sie meinte Pötzel als jungen Mann zu erkennen. Mit einem verlegenen Lächeln sah er in die Kamera. Es war das Foto von Laras Einschulung.

Beim nächsten Bild stutzte Anne. Es zeigte drei Mädchen von etwa fünfzehn oder sechzehn Jahren, die Arm in Arm vor einem blinkenden Fahrgeschäft standen. Sie spürte ein Vibrieren im Zwerchfell, ein jahrelang geschulter Instinkt, der ihr sagte, dass dieses Foto wichtig war. Eingehend betrachtete sie die Mädchen. In der Mitte stand Lara, unverkennbar mit ihrer Zahnlücke. Das Mädchen links vor ihr hatte ein Gesicht von eigentümlicher Schönheit, die erst beim näheren Hinsehen auffiel. Ihre Züge waren unregelmäßig mit kräftigem Kiefer und eckigen, blitzend weißen Zähnen. Die Sonne hatte ihre Haut gebräunt und ihr einen goldenen Ton verliehen. Ihr schwarzes Haar glänzte, und die katzenhaften, weit auseinanderstehenden Augen erinnerten an die junge Kate Moss.

Die Rechte, Blondhaarige kam Anne bekannt vor, auch wenn sie nicht wusste, woher. Neben den beiden anderen Mädchen wirkte sie farblos. Ihr Lächeln war nicht so frech wie Laras, und ihr Gesicht wirkte zart und noch kindlich mit ein paar Sommersprossen auf der Nase. Das Auffälligste an ihr waren die eisblauen Augen. Anne starrte sie an und überlegte. Woher kannte sie dieses Mädchen?

Zum zweiten Mal an diesem Tag klingelte Anne bei Monika Pötzel. Laras Mutter sah überrascht aus. Sie trug gelbe Plastikhandschuhe und ein Schwammtuch. Ihre Gesichtshaut wirkte geschwollen.

»Entschuldigen Sie die Störung. Es geht um ein Foto, das ich bei den Sachen Ihrer Tochter gefunden habe.«

»Schon gut. Kommen Sie rein!« Ein starker Geruch von Reinigungsmittel schlug Anne entgegen.

»Vorsicht! Treten Sie nicht gegen den Putzeimer.«

Die Türen eines großen Schrankes standen offen, und

der Inhalt war auf Tischen, Kommoden und auf dem Boden verteilt. Anne umrundete den Putzeimer und folgte Monika Pötzel ins Esszimmer. Laras Mutter zog sich die Handschuhe aus und legte sie in die Spüle. Dann wusch sie sich minutenlang die Hände.

»Ich möchte nicht lange stören«, begann Anne und legte das Foto mit den drei Mädchen auf den Tisch. »Können Sie mir sagen, wer die Personen auf diesem Bild sind?«

Monika trocknete sich die Hände ab und warf einen Blick darauf. »Das sind Lara und ihre Freundinnen. Fabienne und Mia.«

»Mia?« *Die eisblauen Augen.*

Schlagartig wurde Anne klar, wieso ihr das Mädchen bekannt vorgekommen war. »Mia Hartmann?«

»Ja. Sie waren zusammen auf dem Pelizaeus. Lara und Fabienne waren in derselben Klasse. Mia ein Jahr darüber.«

»Und Mias Bruder?«

»Andreas war in Laras Klasse.« Monika wirkte überrascht. »Sie kennen ihn?«

»Ich habe bei den Ermittlungen zu einem anderen Fall mit ihm gesprochen. Er wohnt auf einem großen Anwesen in Medebach, von dem ich angenommen hatte, dass es sein Elternhaus ist. Deshalb wundert mich, dass er und seine Schwester in Paderborn zur Schule gegangen sind.«

»Das Anwesen, oh ja, das hatten sie damals schon. Ich erinnere mich gut daran. Wir waren einmal dort zum Kaffee eingeladen. Ein tolles Haus. Dieser Garten, fantastisch! Ihr Haus in Paderborn war kleiner. Dort haben sie hauptsächlich gewohnt, solange die Kinder zur Schule gegangen sind. Alfred, der Vater, war im Aufsichtsrat von Nixdorf. Er und Viola sind bei einem Flugzeugabsturz ums Leben gekommen. Schrecklich, nicht wahr?«

»Ich habe davon gehört. Kannten Sie die Familie gut?«

Monika Pötzel wurde bewusst, dass sie sich immer noch die Hände abtrocknete, und legte das Tuch beiseite. »Nein, die Eltern nicht. Mia war oft bei uns. Ein schlaues und ehrgeiziges Mädchen. Wir haben immer geglaubt, dass sie eines Tages den Konzern der Eltern übernimmt. Von Andreas haben wir nicht viel gesehen. Er und die Mädchen haben häufig etwas zusammen unternommen, aber er war schüchtern und hat wenig gesprochen. Fabienne und er waren ein Paar.«

Ein schüchterner Junge? Anne konnte es kaum glauben. Das passte überhaupt nicht mit dem Bild zusammen, das sie von Andreas Hartmann hatte. Erregung packte sie. Das war die Verbindung, nach der sie gesucht hatte! Sowohl der Fall Levi Stappert als auch der zweite Leichenfund wiesen in Hartmanns Richtung. Er und sein Motorradclub hatten damit zu tun. Es musste so sein. »Erzählen Sie mir mehr über Laras Freunde. Diese Fabienne, wie hieß sie weiter?«

»Adler. Die Eltern waren Ärzte und hatten in Paderborn eine Praxis. Sie waren damals schon älter als ich und dürften jetzt im Ruhestand sein.«

»Dürften? Also wissen Sie nicht, ob es die Praxis noch gibt?«

»Die Praxis ist schon länger geschlossen. Die beiden haben sich für *Ärzte ohne Grenzen* engagiert und sind irgendwann ins Ausland gegangen.«

Anne notierte sich Stichworte. »Andreas Hartmann war also mit Fabienne zusammen? Was ist mit Lara? Haben die beiden sich nicht füreinander interessiert?«

»Lara und Andreas? Nein, nicht, dass ich wüsste. Aber das muss ja nichts heißen. Seine Eltern haben sich über die Verbindung mit der Arzttochter bestimmt gefreut. Sie waren zwar immer zuvorkommend und höflich zu mir, aber wir spielten nicht in derselben Liga. Ich war nur Industriekauffrau. Außerdem waren mein Ex und ich nicht einmal verheiratet.«

»Sie denken, die Eltern haben bei der Beziehung von Andreas und Fabienne ihre Finger im Spiel gehabt?«

»Nein, das weiß ich nicht. Aber ich könnte es mir vorstellen. Alfred war sehr dominant und besonders streng zu Andreas. Das ist mir bei den wenigen Gelegenheiten aufgefallen, an denen ich dort zu Gast war. Aber der Junge hatte auch Pech, seine Schwester war eine Überfliegerin, und nichts, was er tat, war gut genug.«

Blitzschnell versuchte Anne die Informationen zusammenzusetzen. Ihr kam ein Gedanke: »Könnte Lara mit dem Lehrer angebändelt haben, um Andreas eifersüchtig zu machen?«

Monika Pötzel sah sie überrascht an. »In diese Richtung habe ich noch nie gedacht. Aber ich glaube es nicht. Sie war total in Miller vernarrt. Als hätte er ihr eine Gehirnwäsche verpasst. Sie war gar nicht mehr sie selbst.«

Vielleicht hatte Hartmann Junior zu spät gemerkt, was er für Lara empfand. Vielleicht hatte er es nicht ertragen können, sie mit einem anderen zu sehen. »Als Lara verschwunden ist, haben Sie doch bestimmt Fabienne und Mia kontaktiert, oder?«

»Natürlich. Aber das Dreier-Team gab es nicht mehr.« Monika betrachtete das Foto und schob es dann von sich. »Als Fabienne mit Andreas zusammenkam, kühlte die Freundschaft mit Lara nach und nach ab. Sie trafen sich kaum noch. Und Mia war zu dieser Zeit in Boston, wo sie ein Auslandsjahr machte. Lara und sie haben sich regelmäßig geschrieben, aber von der Sache mit Miller hatte sie Mia auch nichts erzählt.«

Diese Mia müsste ich befragen, dachte Anne. Nur wie sollte sie die Adresse und Telefonnummer im Kongo herauskriegen? »Hatten Sie später noch Kontakt zu den Mädchen? Nachdem Lara weg war?«

»Nur zu Mia. Sie hat mich nach ihrer Rückkehr aus den USA besucht. Das war sehr lieb von ihr. Wir haben lange geredet. Über Lara hauptsächlich. Mia war traurig, dass Lara auch den Kontakt zu ihr abgebrochen hatte. Wir haben es beide nicht verstanden.« Monika knetete das Trockentuch zwischen ihren Fingern. »Mia hat mich auch später noch hin und wieder angerufen und sich nach Lara erkundigt.

Hat erzählt, dass sie BWL studiert, und gefragt, wie es mir geht. Eine treue Seele. Nicht wie Fabienne. Die hat sich nie wieder bei mir gemeldet.«

Anne saß am PC in der Polizeiwache, um die Aufenthaltsorte von Mia Hartmann und Fabienne Adler zu recherchieren, als ihr Telefon klingelte. *Heiko?*, dachte sie. *Hat er endlich meine Nachricht gelesen?* Sie erkannte Thorstens Handynummer und schluckte trocken. Die Informationen, die sie gesammelt hatte, waren explosiv.

Es gab eine Verbindung zwischen den Fällen. Leider lag die Konsequenz auf der Hand. Thorsten würde ihr den Fall entziehen und sie in den Urlaub schicken. Sie würde bei Heiko auf dem Sofa liegen, Däumchen drehen und wahnsinnig werden. Das würde passieren, es war unausweichlich. Trotzdem hatte sie gehofft, die Recherchen noch ein wenig weiter treiben zu können, bevor sie den Fall verlor. Sie wollte mehr über Lara und ihre Freundinnen herausfinden.

Ihr Daumen schwebte über dem Display. Dann stieß sie einen Seufzer aus und schob das Smartphone zur Seite, wo es hartnäckig weiterklingelte. Sie konnte nicht zulassen, dass Thorsten sie jetzt schon von dem Fall abzog. Stattdessen suchte sie im Melderegister nach Fabienne und fand heraus, dass auch sie nicht mehr in Deutschland lebte. Die letzte hier gespeicherte Adresse war Zürich.

Verdammt!, fluchte Anne innerlich. *Ausgerechnet die Schweiz. Das kann dauern.* Sie lehnte sich in ihrem Stuhl zurück. Das Klingeln hatte aufgehört. *Ein verpasster Anruf.* Anne schaltete den Ton aus. Heiko würde hoffentlich schreiben und nicht anrufen. Solange Thorsten sie nicht erreichte, konnte sie weitermachen. Alles Wichtige bekam sie über Polizeifunk mit. Anne rieb sich die Augen und dachte nach. Hartmann war der Schlüssel, und sie musste ihm näher kommen. Wer konnte ihr dabei helfen?

Die Antwort war plötzlich da. So einleuchtend, dass sie sich ärgerte, nicht früher darauf gekommen zu sein.

Kapitel 46

Montag Abend, 17.06. – Medebach – Sauerland

Der Anruf kam um 18.15 Uhr. Olivia hörte schweigend zu, während sie sich im Stuhl zurücklehnte und ihren Nacken massierte. An der Halswirbelsäule war ein Schmerzpunkt, der bis in ihre Schultern und Arme ausstrahlte. *Diese verdammten Medikamente.* Außerdem hatte sie die vergangenen Stunden in verkrampfter Haltung vor dem Bildschirm verbracht.

Berichte schreiben, Ergebnisse auswerten, langsame und mühevolle Ermittlungsarbeit, all das war Gift für ihren Körper. Doch was sie am Telefon hörte, ließ sie jeden Schmerz vergessen. »Nehmen Sie das genau unter die Lupe, und besorgen Sie mir die Aufzeichnungen der Überwachungskameras. So schnell wie möglich!«

Sie stand auf und öffnete die Tür des Nachbarbüros. Thorsten telefonierte ebenfalls. »Ich halte Sie auf dem Laufenden. Auf Wiederhörn! – Der Staatsanwalt«, erklärte er. »Die Durchsuchung bei Matthias Vogel ist genehmigt, aber an Heiße Reifen Sauerland e. V. traut er sich nicht ran. Dazu müssten wir den Fall an das LKA abgeben.«

»Das LKA?« Bei dem Gedanken sträubte sich alles in ihr. Sie hatte nicht so viel in diesen Fall investiert, um ihn jetzt abzugeben. »Das willst du doch nicht tun, oder?« *Was wird dann aus Heiko? Wenn er nicht redet, könnte er monatelang im Gefängnis schmoren. Vielleicht wird er sogar von den Ermittlungen zur Bandenkriminalität verschluckt.*

»Erst mal nicht. Noch habe ich Hoffnung, dass wir das alleine hinkriegen. Aber wir müssen den Staatsanwalt bei

Laune halten, damit er uns den Fall nicht entzieht. Das heißt, wir brauchen Ergebnisse.«

Mein Stichwort, dachte Olivia. »Es gibt Neuigkeiten! Wir haben das Motorrad von Markus Neuer. Es wurde in einem Parkhaus in der Nähe des ICE-Bahnhofs Kassel-Wilhelmshöhe gefunden. Das Parkticket ist gestern Mittag um dreizehn Uhr gezogen worden. Ich gebe eine Meldung raus und lasse die Anschlussbahnhöfe überprüfen.«

Thorstens Gesicht hellte sich auf. »Endlich eine gute Nachricht!«

Als Olivia sich wieder an ihren Computer setzte, sah sie, dass die E-Mail aus Kassel bereits eingetroffen war. Die Videos der Überwachungskamera waren als Anhang beigefügt. Ungeduldig wartete sie auf das Ende des Downloads und klickte dann das Video an.

Der Bildausschnitt der Kamera zeigte die Einfahrt des Parkhauses. Unten wurde die Uhrzeit eingeblendet. Olivia spulte die Aufzeichnung bis 12.45 Uhr vor und beobachtete die einfahrenden Autos. Die Nummernschilder waren gut erkennbar. Sie legte die Hände in den Nacken und massierte ihn mit den Fingerspitzen. Der Druck veränderte den Schmerz, konzentrierte ihn auf einen Punkt. Um 12.57 Uhr fuhr eine rote Ducati Monster ein. Olivia stoppte den Film und versuchte die Gestalt des Fahrers zu erkennen, der vor dem Ticketautomaten eingefroren war. Sie sah schwarze Lederkleidung und einen schwarzen Helm. Keine Chance, seine Identität festzustellen. Frustriert und müde stützte sie den Kopf in die Hände.

Warum war Markus Neuer auf der Flucht vor der Polizei? Lag es nur am Kokain, oder hatte er noch ein weit schlimmeres Verbrechen begangen? Der Mord an seinem Lebensgefährten? Und was hatte der Verein Heiße Reifen Sauerland e. V. damit zu tun? Gerne hätte sie Andreas Hartmann in die Mangel genommen, aber dafür brauchte sie ein konkretes Verdachtsmoment gegen ihn. Eine Aussage von Markus Neuer. Sie musste ihn unbedingt finden.

Kapitel 47

Montag Abend, 17.06. – Bontkirchen – Brilon

Anne dankte dem Polizisten, der sie hergefahren hatte, und legte sich zurecht, was sie Heiko sagen würde. Ja, sie war den ganzen Tag unterwegs gewesen. Sie hatte ihn nicht aus dem Krankenhaus abgeholt, aber sie hatte eine Spur, und mit etwas Glück führte diese Spur sie nicht nur zum Mörder einer jungen Frau, sondern auch zu Stella. Sie brauchte nur seinen Volvo und musste noch einmal kurz weg.

Doch zu ihrer Verwunderung war die Haustür verschlossen. War Heiko doch nicht entlassen worden? Sie sah auf ihr Handy. Drei Anrufe in Abwesenheit. *Thorsten.* Warum antwortete Heiko ihr nicht auf ihre Nachricht? War er sauer?

Anne sperrte die Wohnungstür auf. An der Garderobe stand die Tasche, die sie ihm fürs Krankenhaus gepackt hatte. Also war er doch entlassen worden. Sie sah auf dem Esstisch nach, aber dort lag kein Brief. Das Auto stand vor der Tür. *Heiko ist doch nicht etwa losgelaufen, um Stella zu suchen?* Die Vorstellung machte ihr Sorgen. *Nein*, dachte sie dann. *So unvernünftig ist er nicht. Vielleicht ist er bei Maren.*

Anne zog ein Blatt aus der Schublade und schrieb, dass sie sich seinen Wagen ausleihen müsse, weil sie noch einer Spur nachgehe. *Bin gleich zurück. Love you! Anne.*

Dann nahm sie den Autoschlüssel von seinem üblichen Platz auf der Kommode und fuhr in Richtung Medebach.

Die Garageneinfahrt war frei, die Tore geschlossen. Anne parkte vor dem linken Tor, stieg aus und drückte die Klingel mit der Aufschrift *Dr. Menzel/Ratzlaff*. Sie wartete, klingelte noch einmal, doch niemand öffnete.

Gerade als sie sich zum Gehen umwandte, kam ein Motorradfahrer die Straße entlanggefahren und bog auf das Grundstück ein. Er parkte rechts neben Anne und stieg mit geschmeidigen Bewegungen von der Maschine. Dann erkannte Anne ihren Irrtum. Es war eine Frau. Ilka Ratzlaff setzte den Helm ab. Dünne hellblonde Strähnen hatten sich aus ihrem Zopf gelöst und flirrten statisch aufgeladen um ihren Kopf herum. »Wollen Sie zu mir?«

Anne nickte, bemüht, sich ihre Überraschung nicht anmerken zu lassen. »Ich muss noch mal mit Ihnen sprechen.«

Die blonde Frau seufzte und schloss die Haustür auf. »Ich habe seit Jahren nicht mehr so viel über Levi gesprochen.«

»Es geht mir gar nicht um Ihren Ex-Mann.«

Ilka Ratzlaff warf ihr einen Blick über die Schulter zu. »Gehen Sie gerade durch. Ich ziehe mir eben die Stiefel aus.«

Anne betrat ein aufgeräumtes Esszimmer mit blütenweißen Wänden und einer luxuriösen Einbauküche aus Glas und Edelstahl. Nichts wies auf die Existenz eines Kindes in diesem Haushalt hin.

»Wo ist Ihre Tochter?«, fragte Anne, als Ilka Ratzlaff den Raum betrat.

Die löste den Zopf und schüttelte ihr Haar aus. »Ella ist bei meiner Mutter. Mich hasst sie, aber sie vergöttert das Kind. Soll mir recht sein. So hab ich auch mal Zeit für mich.«

»Ihr Lebensgefährte arbeitet?«

»Friedhelm hat heute Bereitschaftsdienst und verbringt den ganzen Tag und die Nacht im Krankenhaus.« Sie ließ sich auf dem weißen Ledersofa nieder und schlug die Beine übereinander. »Also. Worüber wollen Sie mit mir sprechen?«

»Es geht um Andreas Hartmann.« Anne beobachtete Ilka und hatte das Gefühl, dass ihr Blick wachsam wurde.

»So?«

»Ja. Er hat mir erzählt, dass sie sich früher regelmäßig getroffen haben. Sie und Levi und er mit seiner damaligen Freundin.«

»Fabienne.«

264

Sie nickte. »Das ist richtig. Meine Güte! Wie lange ist das her? Bestimmt sieben Jahre.«

»Frau Ratzlaff, als ich Sie am Samstag befragt habe, sagten Sie wörtlich, Andreas Hartmann sei der größte Dreckskerl von allen. Was haben Sie damit gemeint?«

Ilka schürzte die Lippen. Anne kam es so vor, als wäre ihr die Frage unangenehm.

»Nichts Besonderes. Es war einfach so dahergesagt.«

»Da bin ich anderer Meinung.«

Anne versuchte hinter die ebenmäßige Stirn zu blicken, die zu glatt war, um natürlich zu sein. »Hat man Sie bedroht? Möchten Sie deswegen nichts sagen? Wir können Sie schützen. Aber dafür müssen Sie mit mir zusammenarbeiten.«

Ilka zögerte. Dann schien sie zu einer Entscheidung zu kommen und schüttelte den Kopf. »Nein. Ich wurde nicht bedroht.«

»Sondern?«

»Es ist mir unangenehm. Ich spreche nicht gern darüber.« Sie strich sich die blonden Haare aus der Stirn. Anne wartete.

»Wahrscheinlich kennen Sie Andreas Hartmann. Wissen, wie charmant er sein kann?«

Überheblich war das Wort, das Anne in den Sinn kam. »Ich kenne ihn.«

»Er liebt es zu flirten. Mit Männern, mit Frauen, es ist ihm gleichgültig. Er liebt es, im Mittelpunkt zu stehen. Wenn alle beeindruckt von ihm sind.«

Sie sah Anne an, wie um abzuschätzen, welchen Eindruck ihre Worte auf sie machten. Als sie nicht reagierte, erzählte sie weiter. »Wie gesagt, er flirtet gern. Zumindest war das so, als wir vier uns regelmäßig trafen. Diese Flirts waren oberflächlich, keine Frau ließ er näher an sich heran. Es gab nur Fabienne. Deshalb hat Levi auch keinen Verdacht geschöpft, wenn Andreas gleichzeitig mit mir zur Toilette ging. Auch wenn er sagte, er würde es mir in der Besenkammer besorgen. Das war nur Gerede, Levi wusste das. Fabienne auch. Und ich dachte, ich wüsste es auch. Nur dass er mir beim zweiten Mal in die Damentoilette folgte. Als ich vom Pinkeln kam, stand er vor mir und drängte mich in die Kabine zurück.«

»Was?«, fragte Anne entsetzt. »Hat er Sie vergewaltigt?«

»Nein, das kann man nicht sagen. Er drückte mich gegen die Wand und flüsterte mir ins Ohr. Er sagte, wenn ich mich umdrehe und mich von ihm ficken lasse, gibt er mir fünftausend Euro. In bar. Er hatte das Geld dabei und hielt mir die Scheine vors Gesicht.« Sie sah Anne herausfordernd an. »Levi und ich waren nicht reich. Ich hatte mich als Kosmetikerin selbstständig gemacht, aber der Laden lief nicht gut, verursachte mehr Kosten, als er einbrachte.«

»Wie oft haben Sie sich auf diese Art und Weise getroffen?«

»Hin und wieder. Nicht so oft, dass es auffällig wurde.«

War Fabienne ihnen trotzdem auf die Schliche gekommen? Hatten Andreas und sie sich gestritten? Vielleicht war die Tote im Gefrierfach gar nicht Lara, wie Anne zuerst gedacht hatte. Vielleicht war es Fabienne. Hatte Hartmann sie im Affekt getötet? War er dann in Panik geraten und hatte deshalb den Kopf abgetrennt?

»Wie war Hartmanns damalige Freundin so? Was ist sie für ein Mensch?«

Ilka zuckte mit den Schultern. »Ich kenne sie nur von unseren gemeinsamen Treffen. Wir beide waren uns nicht besonders sympathisch.«

»Hat sie nie eine Bemerkung fallen lassen, wenn Hartmann und sie zusammen verschwunden sind?«

»Nein. Sie hat sich blendend mit Levi verstanden. Ich glaube, er gefiel ihr, auch wenn sie sich natürlich nie mit ihm eingelassen hätte. Dafür hatte er zu wenig Kohle.« Sie verzog bitter den Mund.

»Wo lebt sie jetzt, wissen Sie das?«

»Nein.«

»Sagt Ihnen der Name Lara Pötzel etwas?«

»Nein.«

»Beim letzten Mal haben Sie über den Club Heiße Reifen Sauerland gesprochen. Ich wusste nicht, dass Sie selbst Motorrad fahren.«

»Ja. Eine alte Leidenschaft, die Levi und mich damals verband.«

»Warum haben Sie mir das nicht eher gesagt?«

»Ich wusste nicht, dass es wichtig ist.«

Sie gab vieles nur scheibchenweise preis. Wie es ihr gerade in den Kram passte.

Müde erhob Anne sich. »Vielen Dank für Ihre Zeit! Ich melde mich, falls ich noch weitere Fragen habe.«

Es hat keinen Zweck, dachte sie, während sie zum Wagen ging. Heute würde sie nicht weiterkommen, und es wäre unverantwortlich, ihre Ergebnisse länger zurückzuhalten. Im Gehen wählte sie Olivias Nummer.

»Wie bitte?« Anne konnte nicht glauben, was sie da hörte.

»Heiko wurde festgenommen«, wiederholte Olivia. »Es tut mir leid. Er verweigert die Aussage, deshalb sind uns die Hände gebunden. Thorsten möchte mit dir sprechen.«

Anne saß am Steuer des Volvos und hielt das Lenkrad mit der linken Hand umklammert. Ilka Ratzlaff kam aus der Haustür und ging zu ihrem Motorrad. Sie warf Anne, die immer noch in ihrer Garageneinfahrt stand, einen irritierten Blick zu.

»Warte eine Sekunde«, sagte sie zu Olivia. »Ich muss umparken.« Mit dem Smartphone in der Hand fuhr sie ein Stück die Straße runter und hielt wieder an. Sie merkte, dass ihr Herz laut und schmerzhaft pochte. »Verdammt noch mal! Euch muss doch klar sein, dass das Kokain seinem Bruder gehört. Markus muss es bei ihm versteckt haben. Heiko hat nichts davon gewusst. Er hätte das niemals zugelassen.«

»Das glauben wir auch. Aber solange er nicht redet, können wir nichts tun.« Olivia klang erschöpft. »Wo bist du?«

»Habt ihr überhaupt versucht, ihm das klarzumachen?«, fauchte Anne.

267

»Natürlich! Thorsten hat mit ihm gesprochen. Hör mal, Anne, können wir das persönlich besprechen? Wo bist du gerade? Kannst du nach Medebach kommen? Thorsten und ich sind noch in der Wache.«

»Ich rede jetzt mit Heiko.«

Olivia wurde laut. »Wo steckst du? Und warum reagierst du nicht auf Thorstens Anrufe?«

»Ich war in einer Vernehmung. In zehn Minuten bin ich bei euch.« Anne beendete das Gespräch ohne ein weiteres Wort. Während der Fahrt hatte sie das Gefühl, innerlich zu kochen.

Anne lief durch die Polizeiwache und stieß noch auf dem Flur auf Thorsten. Er schien sie erwartet zu haben, denn er drückte sie an sich. Sie versteifte sich.

»Es tut mir so leid, Anne.«

Der mitfühlende Klang seiner Stimme brachte sie nur noch mehr auf. Als was war er hier, als ihr Chef oder als ihr Freund? Sie löste sich von ihm und ging kommentarlos in ihr Büro. Die Tür ließ sie hinter sich offen. Vom Freund war sie enttäuscht, sollte der Chef sie doch zusammenfalten, es war ihr egal. Olivia erhob sich von ihrem Schreibtischstuhl. Ihre Bewegungen wirkten steif, und sie sah blass und müde aus.

»Also? Hier bin ich!«, rief Anne herausfordernd.

»Ich habe zehnmal versucht, dich anzurufen«, sagte Thorsten hinter ihr. Er hatte die Tür geschlossen. Sein Miene war gleichmütig. Wenn er wenigstens wütend werden würde.

Dann könnte sie ihren Zorn aus sich herausbrüllen und müsste nicht das Gefühl haben, jeden Moment zu zerplatzen. »Ich war in einer wichtigen Vernehmung«, wiederholte Anne mit zusammengebissenen Zähnen. »Deshalb hatte ich das Handy ausgeschaltet.«

»Okay. Dann gibt es eine Spur? Hast du eine Vermisstenmeldung überprüft?«

»Ja.« Anne zog die beiden Fotos heraus und warf sie vor

ihnen auf den Tisch. »Das Mädchen mit der Zahnlücke ist Lara Pötzel. Sie wurde 1993 vermisst gemeldet. Ich habe mit der Mutter gesprochen. Als Teenager war sie mit Andreas Hartmann und seiner Schwester Mia befreundet.«

Die Verblüffung in beiden Gesichtern erfüllte sie mit Genugtuung, aber auch mit Zorn. Sie hatte den entscheidenden Hinweis gefunden, zum Dank würde sie von dem Fall abgezogen werden. Und alles, was Thorsten und Olivia geschafft hatten, war, ihren Freund ins Gefängnis zu bringen. »Ich schreibe euch einen Bericht.«

»Heute Abend noch bitte«, sagte Thorsten. »Der Staatsanwalt macht bereits Druck.«

Anne würdigte ihn keines Blickes. »Ich gehe jetzt zu Heiko und bringe ihn dazu, eine Aussage zu machen. Ist er hier?«

Thorsten zögerte. Anne sah von einem zum anderen. »Was zum Teufel ist los?«

»Du hättest mich zurückrufen sollen. Dann wäre es vielleicht nicht so weit gekommen.«

»Was?«

»Dann hättest du mit ihm reden können, bevor der Haftrichter entschieden hat, ihn in die JVA Hagen zu überstellen.«

Anne starrte ihn mit offenem Mund an. Dann schloss sie die Augen.

Kapitel 48

Anne drehte sich auf die andere Seite und versuchte sich zu entspannen. Ihr Instinkt sagte ihr, dass sie schlafen musste. Sie versuchte, den Kopf frei zu machen, doch immer wieder tauchten Bilder von Heiko auf. Wie er mit verbundenem Gesicht im Krankenhausbett lag. Wie er morgens am Frühstückstisch saß und Stella ihren Kopf auf sein Knie legte und um einen Happen bettelte. Wie es ihm jetzt wohl ging?

Nach dem, was er ihr erzählt hatte, war es ihr nicht so vorgekommen, als ob Markus ihm nahestünde. Trotzdem hatte er sich entschieden, für seinen Bruder zu schweigen. Wusste Markus, dass er seinetwegen im Gefängnis saß?

Anne drängte den Zorn zurück, der von Neuem in ihr aufflammte. Er hielt sie vom Schlafen ab, dabei brauchte ihr Körper dringend Ruhe. Ihr Wecker stand auf ein Uhr, bis dahin musste sie versuchen, etwas Kraft zu tanken.

Sie blieb bis 0.45 Uhr liegen, ohne eine Minute geschlafen zu haben. Dann zog sie sich an: Jeans, Sweatshirt, Jacke und feste Schuhe. Sie nahm den Rucksack, den sie am Abend gepackt hatte, und setzte sich in Heikos Volvo.

Die Landstraße hinter Medebach war stockfinster. Anne bog auf einen Wirtschaftsweg kurz vor der Einfahrt zu Hartmanns Grundstück ein und rollte langsam über den Kies, der unter ihren Rädern knirschte. Um sie herum war dichter Wald. Als sie den Schlüssel abzog und die Scheinwerfer ausschaltete, schrumpfte ihre Sicht auf das Autoinnere zusammen. Sie stieg aus und verriegelte den Wagen. Die Innenbeleuchtung erlosch, und die Finsternis schluckte sie.

270

Anne schulterte ihren Rucksack, schaltete die Taschenlampe ein und zog ihr Handy heraus. Es hatte zu regnen begonnen, und sie hob die Hand über das Display, um es vor Nässe zu schützen. Sie stellte die gewünschten Zielkoordinaten ein, zog sich die Kapuze ihrer Jacke über den Kopf und ging los.

Nach den ersten Hundert Metern im Wald schaltete sie die Taschenlampe aus und steckte sie in die Tasche ihrer Jacke. Dann dimmte sie das Display des Smartphones. Der schwache Lichtschein genügte nicht, um den Weg vor ihr zu erhellen, aber sie konnte nicht riskieren, dass eine Überwachungskamera das Licht ihrer Taschenlampe einfing.

Es dauerte, bis Annes Augen sich an die Dunkelheit gewöhnt hatten, und sie kam nun viel langsamer vorwärts. Dafür war sie beinahe unsichtbar. Zusätzlich spielte das Wetter ihr in die Hände. Der leichte Regen minderte die Sicht der Kameras und verschleierte auch Geräusche und Gerüche.

Anne verlor jedes Zeitgefühl. Immer wenn sie das Handy herauszog, um zu kontrollieren, ob sie sich noch auf dem richtigen Weg befand, waren weitere kostbare Minuten verstrichen. Nach einer halben Stunde hatte der Regen ihre Ponyfransen durchnässt, und Tropfen rannen ihr ins Gesicht.

Etwas blieb an ihrer Socke hängen, riss die Haut an ihrem Knöchel auf. Wie eine Blinde streckte sie die Hände aus und ging mit langsamen, tastenden Schritten vorwärts.

Der Regen ließ nach. Mit einem Mal gefror Anne mitten in der Bewegung. Da war ein Rascheln rechts von ihr. Gab es hier im Wald eigentlich Wölfe oder Wildschweine? Sie schluckte. Heiko hatte ihr begeistert erzählt, dass im Sauerland Wölfe gesichtet worden waren. Schon damals hatte sie seine Faszination nicht teilen können.

Sie horchte mit klopfendem Herzen.

Es ist kein Wolf. Sicher würde er sich nicht so nah an Hartmanns Anwesen wagen.

Schritt für Schritt ging sie weiter. Bis auf Heikos Schweizer Taschenmesser hatte sie keine Waffe dabei, und sie bezweifelte, dass ihr das kleine Messer gegen einen Wolf etwas nützen würde. Falls sie angegriffen wurde, blieb ihr nur, auf einen Baum zu klettern und Hilfe herbeizurufen. Nur dass weit und breit kein Baum war, den zu erklettern sie sich zutraute.

Fast hatte sie ihr Ziel erreicht. Zumindest zeigten die Koordinaten das an. Sehen konnte sie nicht das Geringste. Nässe kondensierte an ihren Schläfen. Sie ging weiter, atmete flach und versuchte, nicht auf knackende Äste zu treten, was bei der Dunkelheit ein Ding der Unmöglichkeit war.

Endlich erreichte sie den drei Meter hohen Zaun, der Hartmanns Grundstück umschloss. Nun musste sie ein Risiko eingehen und die Taschenlampe einschalten. Als sie die Spanplatte sah, atmete sie auf. Sie war noch nicht entfernt worden. Anne holte Heikos Akkuschrauber hervor, drehte die Schrauben los und ließ sie in ihre Jackentasche gleiten. Dann legte sie die Lampe auf den Boden und griff mit beiden Händen nach der Platte. *Der Moment der Wahrheit. Gibt es einen Eingang, oder ist alles umsonst gewesen?*

Sie zog, und die Spanplatte löste sich. Anne hob die Lampe an. Tatsächlich. Jemand hatte ein Loch in den Zaun geschnitten. Es war rechteckig, etwa einen halben Meter hoch und breit. Anne drückte mit der Hand gegen das Rattangeflecht dahinter, das ein wenig nachgab. Kurz entschlossen schaltete sie das Licht aus, nahm ihren Rucksack und kletterte durch das Loch. Dann zwängte sie sich zwischen Rattan und Maschendrahtzaun durch eine Lücke ins Freie.

Jetzt konnte sie das riesige Anwesen sehen, auf dem selbst mitten in der Nacht noch einige Lichter brannten. Bestimmt beschäftigte Hartmann einen Wachdienst, der rund um die Uhr im Einsatz war. Hinter dem Haus erstreckte sich der barocke Garten. Die geometrischen Formen der Büsche und Beete hoben sich schwarz vom blasseren Rasen ab. Die Marmorfiguren leuchteten fahl im Mondlicht.

Leider gab es dort, wo Anne sich befand, keine Büsche oder Hecken, hinter denen sie in Deckung gehen konnte. Sie musste sich entscheiden, ob sie sich an der Mauer entlang weiterbewegte oder die offene Rasenfläche überquerte.

Da die Mauer auch keinen Schutz bot, und dort vermutlich Kameras installiert waren, wählte Anne den kürzesten Weg. Sie ging zügig über den Rasen, ohne zu rennen. Falls jemand sie sah, würde es hoffentlich so aussehen, als gehörte sie hierher. Mit einem mulmigen Gefühl im Magen steuerte sie auf die Hundezwinger zu. Dies war der gefährlichste Teil ihres Plans.

Sie wusste nicht, ob Hartmanns Tiere eingesperrt und wie gut sie trainiert waren. In ihrem Rucksack befand sich ein Großteil von Heikos Vorräten an Trockenfutter und Leckerlis, aber ein gut ausgebildeter Wachhund würde sich davon nicht beeindrucken lassen. Leider blieb ihr nichts anderes übrig, als das Risiko einzugehen.

Ihr Plan war simpel. Sie würde Stella finden und einen anonymen Anruf bei der Polizei absetzen. Sie würde behaupten, dass sie für Hartmann arbeite und den Hund, nach dem bei Facebook gesucht wurde, in seinem Zwinger gesehen habe. Dann konnten Thorsten und Olivia endlich die Hausdurchsuchung beantragen, und mit etwas Glück würde niemand je von Annes waghalsiger Aktion erfahren

Sie musste nur verhindern, dass Hartmanns Wachleute sie vorher unschädlich machten oder seine Kampfhunde sie zerfleischten. Anne war nur noch zweihundert Meter von den Zwingern entfernt, als das Bellen einsetzte. Jetzt musste sie sich beeilen.

Sie zog die Tüte mit den Leckerlis aus dem Rucksack. »Hallo, ihr lieben Hunde! Schaut mal, was ich euch mitgebracht habe.«

Im schwachen Licht, das aus dem Haupthaus drang, konnte sie hinter den Gittern zwei riesige schwarze Schatten ausmachen. Annes Herz pochte laut und schnell, aber sie durfte sich ihre Nervosität nicht anmerken lassen. Trotzdem zuckte sie zusammen, als einer der Hunde am Gitter hochsprang und drohend knurrte.

Seine Krallen kratzten über das Metall der Gitterstäbe. Der andere bellte laut.

»Sch!«, machte Anne verzweifelt und warf Futter durchs Gitter. Das Bellen verstummte für den Moment. Die Hunde schnüffelten. »Brav! Seid schön leise, dann bekommt ihr noch mehr davon.«

Sie warf noch ein paar Hände voll durchs Gitter und atmete auf, als die Hunde fraßen. Mit behutsamen Schritten ging sie an den Zwingern vorbei. »Alles ist gut. Alles in Ordnung. Es ist nur die nette Anne. Die nette Anne sucht nach Stella.«

Sie schaltete die Taschenlampe ein und dämpfte das Licht mit dem Jackenärmel. Im nächsten Käfig war ein Rottweiler, der sie mit hochgezogenen Lefzen musterte. Seine kleinen Augen glänzten. Als Anne ihm Futter hinwarf, starrte er sie minutenlang an. Dann setzte er sich langsam in Bewegung und schnüffelte.

Anne gab ihm noch mehr und hoffte, das ihn das Futter eine Weile beschäftigen würde. So ruhig wie möglich ging sie weiter und leuchtete in den vorletzten Zwinger. Erst jetzt drang ihr der Geruch von Urin und Blut in die Nase.

Auf dem Käfigboden lag ein Mensch in zusammengekrümmter Haltung. Sein nackter Körper war blutverkrustet, das Gesicht geschwollen und die roten Haare verfilzt und verdreckt. Er sah völlig anders aus als bei ihrem letzten Treffen, doch sie erkannte ihn sofort. Es war Heikos Bruder. *Markus.*

Kapitel 49

»Markus«, flüsterte sie.

Er hatte die Augen zusammengekniffen, sein Gesichtsausdruck war schmerzverzerrt. Anne senkte ihre Taschenlampe, um ihn nicht zu blenden. »Ich bin es. Heikos Freundin.«

Ihre Gedanken rasten. Der schöne Plan war hinfällig. Ein anonymer Anruf würde nicht genügen. Sie konnte Markus nicht hier zurücklassen und verschwinden.

Nein, Sie musste sofort Verstärkung anfordern, doch als sie ihr Smartphone herausholte, sah sie, dass die Navigationsapp ihren Akku leer gesaugt hatte. Es war nur noch ein schmaler Balken übrig, und sie war sich nicht sicher, ob er für einen Anruf reichte.

Stöhnend rollte Markus sich auf die Knie und richtete den Oberkörper auf, wobei er beide Unterarme vor seinen Bauch presste. Seine Stimme war nicht mehr als ein Flüstern.

»Keine Polizei!«

Was? Anne ging vor dem Gitter in die Hocke.

»Warum nicht?«

Er atmete keuchend. Die Bewegung schien ihn anzustrengen. »Bitte nicht.«

Sie dachte an das Kokain und glaubte zu verstehen. Wut flammte in ihr auf.

»Weißt du eigentlich, dass Heiko deinetwegen im Gefängnis sitzt?« Entschlossen richtete sie ihr Smartphone auf ihn und machte ein Foto.

»Im Gefängnis? Wieso?«

Anne schnaubte und sendete das Bild an Olivia. Markus

war sie keinen Gefallen schuldig. Im Gegenteil. Ein Geräusch aus dem letzten Zwinger ließ sie aufhorchen. »Stella!«

Mit zwei schnellen Schritten war sie dort und streichelte der Hündin den Kopf, die sie aufgeregt und schwanzwedelnd begrüßte. »Wie schön, dass ich dich gefunden habe. Heiko vermisst dich schrecklich, weißt du das?« Sie hatte den Eindruck, dass Stella bei dem Namen ihres Herrchens noch aufgeregter wurde, und gab ihr reichlich von den Leckerlis. »Ich hole euch hier raus.« Sie betrachtete die Vorhängeschlösser. »Markus, hast du eine Ahnung, wo sie die Schlüssel aufbewahren?«

Er saß gegen die Gitterstäbe gelehnt und zitterte vor Kälte. Immer noch hielt er die Arme vor dem Bauch. *Er ist verletzt*, dachte sie.

»Ja. Im Futterhäuschen. Dort. Ich habe den Wachdienst darüber reden hören. Sie müssten in einem Kasten hängen.«

Anne sah das kleine Holzhäuschen, auf das er deutete. Die Fenster waren dunkel.

»Was ist mit meinem Bruder?«

»Später!«, zischte sie ihm zu. Mit leisen Schritten bewegte sie sich auf das Futterhäuschen zu. Die Tür war nicht verschlossen. Anne drückte die Klinke herunter und betrat die kleine Holzhütte. Der Geruch von Hundefutter war überwältigend. An einer Wand waren Haken angebracht, an denen Leinen aus Leder und Halsbänder hingen. Eines davon war mit Stacheln besetzt. An der anderen Seite des Raumes standen Metallregale, daneben hing der Schlüsselkasten. Anne leuchtete hinein. Die Schlüssel waren mit *Z 1, Z 2, Z 3* durchnummeriert, aber die letzten beiden fehlten.

Shit! Anne ging zu den Regalen und suchte in den Kisten, die dort lagerten. Gab es hier etwas, das sie benutzen konnte, um das Schloss aufzubrechen? Die ersten enthielten lediglich Decken und Reinigungsmittel. Am besten würde sie jetzt zuerst Verstärkung rufen. Dann würde sie zugeben müssen, hier eingedrungen zu sein. Aber gab ihr der Fund von Markus und Stella nicht recht? Sie zog ihr Smartphone heraus und wählte mit klopfendem Herzen Olivias Nummer. Ein Freizeichen ertönte. Hoffentlich hatte die Chefin ihr Handy nicht auf lautlos gestellt. Das nächste Tuten hatte kleine Aussetzer. *Verdammter Akku, halt durch!*

Die Tür wurde aufgerissen, und ein hochgewachsener Mann stand direkt vor Anne. Das Feuermal glänzte rot in seinem Gesicht. Sie prallte zurück.

Ivan setzte ihr nach und schlug ihr das Telefon aus der Hand, das scheppernd auf dem Boden aufkam. Anne hob die Arme in Verteidigungsposition, aber Ivan war schneller als sie, und seine Faust traf ihren Kiefer. Schmerz explodierte. Anne schrie auf und taumelte zurück. Ein Tritt fegte sie von den Füßen. Sie schlug hart auf dem Boden auf und schmeckte Blut.

Neben ihr lag die Taschenlampe, die sie hatte fallen lassen. Anne griff danach, doch Ivan war bereits über ihr. Sein Stiefel drückte sie zu Boden. Sie sah, wie er ihr Smartphone aufhob und den Akku entfernte. Dann öffnete er ihren Rucksack und untersuchte den Inhalt. Seine Bewegungen waren präzise und routiniert. Bestimmt hatte er eine militärische Ausbildung erhalten. Die ganze Zeit über sprach er nicht ein einziges Wort. »Ivan …«, begann sie.

»Schnauze!« Er packte sie grob am Nacken, während er sie nach einer Waffe abtastete. Dann ließ er sie los.

»Steh auf! Der Chef will dich sehen.«

Im Hauptgebäude brannte nur die Notbeleuchtung. Schmale Lichtstreifen an der Decke tauchten alles ins Zwielicht. Ihre Schritte hallten durch die stillen Flure. Ivan hielt sie mit festem Griff am Oberarm und bugsierte sie durch das Halbdunkel in einen kleinen Raum, der Ähnlichkeit mit der Kommandozentrale eines Filmstudios hatte. Monitore bedeckten die Wand. Auf dem Tisch stand eine Apparatur mit Knöpfen und Hebeln, die wie das Mischpult eines DJs aussah. Davor saß Andreas Hartmann in einem Drehstuhl.

Er trug einen Morgenmantel und hielt eine Espressotasse in der Hand. Auf einem der Monitore konnte Anne die Hundezwinger sehen. Ein anderer zeigte das Freigelände, über das sie gekommen war. Die Bilder waren schwarz-weiß, aber gestochen scharf.

»Frau Kirsch«, sagte Hartmann mit einem dünnen Lächeln. »Was haben Sie sich dabei gedacht, hier einzubrechen? Ihretwegen hat Ivan mich wecken müssen. Ich schätze es gar nicht, mitten in der Nacht aus dem Schlaf gerissen zu werden.«

»Was haben Sie sich dabei gedacht, einen Mann in einen Hundezwinger einzusperren?«, gab Anne kalt zurück.

Hartmann beachtete sie nicht weiter. Seine Aufmerksamkeit war auf Ivan gerichtet, der Annes Smartphone und Akku hochhielt. »Schaden?«

»Ich glaube nicht, dass sie telefoniert hat. Ich habe sie nicht sprechen hören.«

»Aber ihr Mobiltelefon war hier eingewählt. Die Bullen werden das Signal zum nächsten Sendemast zurückverfolgen können. Früher oder später werden sie hier auftauchen. Die beiden müssen weg.«

Der Blick seiner Eisaugen richtete sich auf Anne. »Wo steht Ihr Auto?«

Sie verzog den Mund und schwieg. Sollte er doch den Wald absuchen. Vielleicht würde ihr das kostbare Zeit schenken.

Hartmann wandte sich an Ivan. »Hast du den Schlüssel?«

Er nickte.

»Finde den Wagen und schaff ihn her. Wir werden ihn als Transportfahrzeug benutzen. Dann setzt du das Handy wieder zusammen. Es soll noch ein paar Signale senden, die von uns wegführen. Am besten nach Dortmund. Dann beseitigst du die Polizistin. Wie wäre es mit einem Verkehrsunfall? Bei dem das Auto auf tragische Weise in Flammen aufgeht und sämtliche Spuren des Unfallhergangs vernichtet werden?«

Er beobachtete Anne. Seine Miene war unbeteiligt, während er so gleichmütig über ihren Tod sprach.

»Was ist mit dem Köter?«, fragte Ivan.

»Um den kümmere ich mich. Markus kann auch weg. Das Gespräch mit ihm war Zeitverschwendung. Sorg dafür, dass unsere Leute herkommen. Ich möchte, dass hier alles blitzblank ist, wenn die Bullen auftauchen.«

»Damit kommen Sie nicht durch!«, fauchte Anne. »Die Polizei hat Sie durchschaut. Wir wissen, dass Sie das Fach im Gefrierhaus in Dreislar gemietet haben. Sie haben Ihre Ex-Freundin umgebracht und ihre Leiche dort verschwinden lassen.«

»Sie wissen gar nichts, Frau Kirsch. Sonst wären nicht Sie, sondern ein Sondereinsatzkommando hier aufgetaucht.« Er verzog die Lippen. »Aber Ihre Theorien finde ich amüsant. Ein Jammer, dass Sie nie erfahren werden, was wirklich passiert ist.«

»Ich an Ihrer Stelle würde nichts tun, was Sie später bereuen, Herr Hartmann. Vielleicht war der Tod des Mädchens ja nur ein Unfall. Dann hätten Sie noch eine Chance, nicht lebenslänglich ins Gefängnis zu kommen. Laden Sie jetzt nicht den nächsten Mord auf Ihr Gewissen.«

Er lachte und lehnte sich zurück. »Mit Ihnen zu plaudern ist wirklich unterhaltsam, Frau Kirsch. Und wie es aussieht, haben wir Zeit, bis Ivan Ihren Wagen geholt hat.«

Seine blassen Augen waren völlig empathielos. »Ich will Sie nicht belügen. Das ist nicht meine Art. Sie werden sterben. Leider gibt es keine andere Möglichkeit. Sie haben zu viel gesehen, und ich werde Sie nicht dadurch beleidigen, dass ich Ihnen Schweigegeld anbiete. Dafür sind Sie zu integer, nicht wahr?« Genüsslich leerte er seinen Espresso.

Anne durchforstete ihren Kopf. Es musste doch eine Möglichkeit geben, ihn zu verunsichern.

»Was ist mit dem, was Ihre Leute in Heikos Wohnung gesucht haben? Was, wenn ich Ihnen sagen könnte, wo Sie es finden?«

Er lächelte überlegen. »Ach, bemühen Sie sich nicht, Frau Kirsch. Mittlerweile weiß ich, wo mein USB-Stick hingekommen ist. Machen Sie sich keine Sorgen. Ich werde ihn mir zurückholen, aber dabei können Sie mir weiß Gott nicht helfen.«

Ein USB-Stick? Also ging es gar nicht um die Drogen?

Ivan stand in der Tür. Hartmann nickte ihm zu, und er packte Annes Arm.

»Warten Sie …«

»Ich würde Auf Wiedersehen sagen, doch wir werden uns nicht wiedersehen. Also dann!«

Ivan band ihre Hände mit Kabelbindern zusammen, die er so fest zuzog, dass sie nach Luft schnappte. Dann zerrte er sie nach draußen, wo Heikos Wagen stand.

Auf dem hinteren Sitz saß Pitbull und grinste ihr mit unverhohlener Schadenfreude entgegen. Neben ihm lag Markus wie ein Häufchen Elend. Er trug Hose und Shirt. Sie hatten ihn angezogen, damit der Unfalltod glaubhafter wurde.

Ivan öffnete die Beifahrertür für Anne. »Madame.«

Sie schenkte ihm einen eisigen Blick und setzte sich.

Der Mann mit dem Feuermal umrundete den Wagen und startete den Motor. Wie von Geisterhand öffnete sich das Tor für sie, und Ivan bog auf die einsame Landstraße ein.

»Sie werden Hartmann kriegen. Dann seid ihr alle mit dran.«

»Halt die Schnauze!«

»Sie sind ihm bereits auf der Spur. Ich würde mir überlegen …«

Ivans Faust traf sie auf den Mund, und sie spürte, wie ihre Lippe aufplatzte. Dieses Mal hatte sie sich genug in der Gewalt, um nicht aufzuschreien. Der Wagen raste los, und Anne betastete vorsichtig ihre Zähne. Zum Glück schienen noch alle fest zu sitzen. Nicht, dass es einen Unterschied machte, wenn Ivan und Pitbull sie wirklich umbrachten.

Kapitel 50

Olivia schreckte auf. Etwas drückte gegen ihre Hüfte. Einen Moment lang war sie orientierungslos. Sie befand sich nicht im Hotel und auch nicht zu Hause in Dortmund. Ein langer weißer Tisch glänzte im matten Licht der Straßenlaterne, das von draußen hereinsickerte. Sie sah säuberlich aufgereihte schwarze Stühle und erinnerte sich an den Aufenthaltsraum der Polizeiwache mit dem alten Sofa. Daran, dass sie sich nur kurz hatte ausruhen wollen.

Mit der Erinnerung kam auch alles andere zurück. Annes Bericht, den sie bis spätabends gelesen hatte. Ihr eigener Fall, die neuen Hypothesen, die Erregung, die Sorgen. Der Drogenfund warf ein neues Licht auf alles. Sie wusste nun, worum es ging, und war beinahe enttäuscht. Heiße Reifen Sauerland war ein gewöhnlicher Drogenring. Wahrscheinlich bekamen sie ihre Ware von anderen Clubs aus dem Ruhrgebiet und kümmerten sich um den ländlichen Markt.

Sie glaubte, dass sowohl Levi als auch Markus als Dealer beschäftigt gewesen waren. Doch sie waren gierig geworden, hatten Kokain unterschlagen, und deshalb war Levi jetzt tot und Markus auf der Flucht. Biker hatten ihre Wohnung durchsucht, das Rauschgift aber nicht gefunden, da Markus es bei seinem Bruder versteckt hatte. Doch sie hatte keine Beweise für diese Hypothese, und Heiko wollte nicht reden.

Ächzend erhob sie sich. Sobald die Dimension des Falls bekannt wurde, würden sie ihn verlieren. Und wenn das LKA die Leitung übernommen hatte, würde sie auch auf Heikos Schicksal keinen Einfluss mehr nehmen können.

Sobald es um Bandenkriminalität ging, war Levi Stapperts Tod nur noch eine kleine Ziffer und Heiko nur ein Zahnrad in einem riesigen System des Verbrechens. Redete Heiko, würde er zum Kronzeugen werden. Kronzeugen lebten gefährlich. Würde man ihn schützen, oder würde er in der JVA einen bedauerlichen Unfall erleiden?

Olivia schluckte trocken und schüttelte die finsteren Gedanken ab. So weit durfte es nicht kommen. Noch lagen die Ermittlungen bei ihnen, und sie konnte Einfluss nehmen. Sie musste etwas tun. Nur was?

Gähnend tappte sie zum Automaten im Flur und zog sich einen Kaffee, der so heiß war, dass sie den Plastikbecher kaum anfassen konnte. Dann setzte sie sich wieder an ihren Computer und nahm den Stapel mit Berichten zur Hand, den sie sich ausgedruckt hatte. Gestern Abend war sie so groggy gewesen, dass die Buchstaben vor ihren Augen verschwammen. Vielleicht hatte sie etwas übersehen.

Sie las die erste Seite und legte sie an den Rand des Tisches. Bianka schlief jetzt allein in ihrer Wohnung in Dortmund. Olivia konnte es nicht ändern. Sie hatte sie nicht gebeten herzukommen. Die Flasche Moët wartete im Kühlschrank.

Als Olivia daran dachte, flammte in ihr erneut der Ärger auf. Wie kam ihre Mutter auf die Idee, ihren mühevoll verdienten Lohn für eine blöde Flasche Champagner auszugeben? *Widersinnige Hoffnung gegen jeden gesunden Menschenverstand.* Aber was schimpfte sie mit ihrer Mutter und saß nun selbst hier, arbeitete in einem Fall, der längst zu groß für sie geworden war? Warum schlief sie nicht und schonte ihre Kräfte für den Tag? Sie war so müde gewesen, aber etwas hatte sie geweckt.

Olivia hielt inne. War es der Vibrationsalarm gewesen? Sie zog ihr Smartphone heraus und sah, dass tatsächlich jemand angerufen hatte. *Anne. Um drei Uhr? War etwas passiert?* Olivia sah eine Nachricht in ihrem Posteingang. *Wieder Anne.*

Es war ein Foto. Ein blasser Fleck inmitten von Dunkelheit. *Öffnen.* Olivia trommelte mit den Fingern auf ihr Knie, kontrollierte den Fortschritt des Downloads und nippte an ihrem Kaffee. Der Empfang hier war eine Katastrophe.

Dann wurde Annes Foto scharf. Olivia starrte auf das Bild. Es war dunkel und offenbar im Schein einer Taschenlampe aufgenommen worden. Der Fokus der Linse lag auf den Gitterstäben. Der Hintergrund war verschwommen, aber es sah so aus, als würde dort ein Mensch hocken. Ein nackter Mann mit rötlichen Haaren. Die Erkenntnis durchzuckte sie. *Markus. Daran besteht kein Zweifel. Anne hat ihn gefunden!*

Der nächste Gedanke folgte. *Sie hat wieder einen Alleingang gestartet. Oh Gott!* Mit fliegenden Fingern wählte sie Thorstens Nummer. Es klingelte schier endlos.

»Seidel?«

Sie hatte ihn geweckt. »Anne hat Markus gefunden!«, rief sie. »Sie hat mir ein Bild geschickt. Er wird gefangen gehalten. In einem Käfig.«

»Was?«

»Ich habe keine Ahnung, wo sie ist. Sie muss allein unterwegs sein.«

Einen Moment lang herrschte Schweigen.

»Scheiße!« Thorsten fluchte nie.

»Ich versuche, sie jetzt zurückzurufen.«

»Nein warte. Ich mache das. Ich hab das Festnetztelefon neben mir.«

Olivia lauschte mit angehaltenem Atem.

»Nichts«, sagte Thorsten mit schwerer Stimme. »Die Leitung ist tot.«

»Dann wurde sie vielleicht entdeckt. Wir müssen sofort handeln.«

»Ja. Wo könnte sie sein?«

Olivia dachte an das, was Anne ihr widerstrebend erzählt hatte. Der Besuch auf Hartmanns Grundstück. Das verräterische Bellen.

»Ich habe eine Ahnung. Ja, ich bin fast sicher, wo sie eingestiegen ist. Aber es ist riskant.«

»Du denkst an Hartmanns Grundstück.«

»Dort gibt es Hundezwinger.«

Thorsten schwieg, und sie wusste, was er dachte. Wenn das eine Fehleinschätzung war, würde er dafür geradestehen müssen. »Okay«, sagte er. »Wir dürfen keine Zeit verlieren. Ich melde eine Sofortlage und fordere das SEK und alle verfügbaren Streifenwagen an. Aber ich bin in Dortmund und kann erst in anderthalb Stunden dort sein. Du musst den Ersteinsatz leiten.«

Olivia musterte das riesige Stahltor und die hohe Mauer, die in einen engmaschigen Drahtzaun überging. Oben hoben sich die Spitzen des Stacheldrahts schwarz gegen das Mondlicht ab. Ein Motorgeräusch näherte sich, und der zweite Streifenwagen kam am Straßenrand zum Stehen. Blaulicht zuckte über den Wald, erhellte die leere Landstraße und die Wagenkolonne, die vor Hartmanns Anwesen parkte. Olivias Kuga, der Leitwagen der Feuerwehr und ein Funkstreifenwagen. Weiter hinten auf der Straße stand ein weiterer Feuerwehrwagen halbmittig auf der Fahrbahn, um den Verkehr abzuriegeln.

Die vier Polizisten, die ihr zur Verfügung standen, waren zu wenig, um einen Zugriff auf ein unbekanntes Gelände durchzuführen, auf dem sich vermutlich bewaffnete und gewaltbereite Mitglieder eines Motorradclubs befanden. Aber das SEK und Thorsten würden frühestens in einer Stunde hier sein. Eine Stunde, die Anne das Leben kosten konnte.

Sie ließ Polizeihauptmeister Waalkes und den Einsatzleiter der Feuerwehr stehen und trat vor die schwarze Linse der Überwachungskamera, die über dem Tor befestigt war. Dann legte sie ihren Finger auf den Klingelknopf.

»Ja?«, tönte eine blecherne Stimme aus der Sprechanlage.

»Hier ist Hauptkommissarin Olivia Esterhazy, Kriminalkommissariat Dortmund. Dies ist eine Hausdurchsuchung.

Öffnen Sie bitte das Tor!« Sie zog ihren Ausweis heraus und hielt ihn vor die Linse.

Es knisterte in der Sprechanlage. »Ich habe Anordnung, niemanden einzulassen. Haben Sie einen richterlichen Beschluss?«

»Diese Durchsuchung wurde nicht durch einen Richter, sondern durch die Staatsanwaltschaft angeordnet. Ich fordere Sie jetzt letztmalig auf, das Tor zu öffnen. Anderenfalls werden wir uns mit Gewalt Zutritt verschaffen.«

»Ich habe keine Erlaubnis, das Tor zu öffnen. Dafür müsste ich Herrn Hartmann wecken.«

»Dann tun Sie das. Sie haben fünf Minuten.«

Olivia ging zum Einsatzleiter der Feuerwehr. »Eventuell müssen wir den Zaun überwinden. Haben Sie Bolzenschneider im Einsatzwagen?«

Der Mann unterbrach sein Gespräch mit Polizeihauptmeister Waalkes. Er blickte nachdenklich auf einen Punkt über Olivias Schulter und sah dann Waalkes an. Der Polizist hatte beide Daumen in seinen Gürtel gehakt. Seine Miene war skeptisch. »Sie wollen da jetzt rein? Das ist keine gute Idee. Sie haben doch die Männer in Schwarz angefordert. Warten wir auf die.«

Olivias Augen wurden schmal. Sie ignorierte Waalkes und starrte den Feuerwehrmann an. »Ich habe Sie etwas gefragt.«

Ihr Ton schien Eindruck zu machen. Er nickte. »Wir haben zwei Bolzenschneider.«

»Dann holen Sie die jetzt!«

Sie wandte sich Waalkes zu. »Und Sie, Polizeihauptmeister, rufen Ihre Leute her. Da drin befindet sich eine Beamtin in einer Notsituation. Ich habe die Einsatzleitung, und wenn ich sage, dass wir reingehen, dann tun wir das, verdammt noch mal!«

Kapitel 51

Heikos alter Volvo heizte mit siebzig Stundenkilometern durch die Kleinstadt Bestwig, die im Tiefschlaf lag. Straßenlaternen beleuchteten die verlassene Hauptstraße und einen menschenleeren Bürgersteig. Anne hielt hoffnungsvoll nach einem Starenkasten Ausschau, doch sie passierten das Ortsausgangsschild, ohne dass einer in Sicht gekommen war. Ivan beschleunigte.

Anne fuhr mit der Zunge über ihre schmerzende Lippe und warf einen vorsichtigen Blick in den Seitenspiegel. Markus hockte regungslos auf der Rückbank. Er hatte eine frische Platzwunde über dem Auge, und das Blut war seine Wange hinabgelaufen. Sie hatten auch seine Hände zusammengebunden. Anne konnte die geschwollenen und dunkel verfärbten Finger seiner rechten Hand sehen. Er war gefoltert worden. Sie verfluchte sich dafür, dass sie nicht mehr Informationen aus ihm herausgeholt hatte. Sein Gesicht war aschfahl, und er atmete hechelnd durch den Mund. Er würde ihr keine große Hilfe sein.

Sie beobachtete Schulz, der neben ihm saß und die Augen geschlossen hatte. Doch sie glaubte nicht, dass er schlief. Ivan hatte kein Wort mehr gesprochen, seit er Anne geschlagen hatte. Jetzt lief ein Song der Beatles, und Anne hörte ihn leise mitsummen. Sie passierten die nächste Ortschaft. Nuttlar. Ivan drosselte das Tempo leicht. Das Dorf war wie ausgestorben.

Anne brach die Stille. »Was habt ihr mit uns vor?«

»Halt's Maul!«, knurrte Ivan.

Im Rückspiegel sah sie, dass Schulz seine Augen einen Spalt öffnete. Er schlief also tatsächlich nicht.

»Ich frage mich nur, wie ihr es anstellen wollt.« Sie bemühte sich um einen lockeren Tonfall. Reden war ihre einzige Chance, auch wenn sie riskierte, wieder geschlagen zu werden. »Einen Unfalltod glaubhaft vorzutäuschen ist nicht einfach.«

Schulz grinste selbstgefällig, aber er antwortete nicht, sondern schien auf ein Signal von Ivan zu warten. Anne folgerte daraus, dass er in diesem Wagen der Befehlsempfänger war. Sie hatte auch Markus' Aufmerksamkeit bekommen, auch wenn er nicht mehr tat, als sie anzusehen.

Sie ließen Nuttlar hinter sich und fuhren auf die A 46 auf. Die Autobahn lag komplett im Dunkeln. Um diese Zeit waren hier nicht einmal Lkws unterwegs.

»Wir müssen noch ein Stück fahren«, sagte Ivan dann überraschend. »Zu einer Stelle, wo der Wagen richtig ausbrennen kann, bevor er entdeckt wird. Dann wird keiner mehr feststellen können, woran ihr gestorben seid.«

Sein Blick war konstant nach vorne gerichtet, doch Anne zweifelte nicht daran, dass er sie im Auge behielt.

»Auch Brandstiftung kann man nachweisen.«

Er schüttelte langsam den Kopf. »Wenn die Bullen euch finden, werden sie feststellen, dass der Tank undicht war und Benzindämpfe ausgetreten sind. Dadurch wird man ohnmächtig. Niemand wird daran zweifeln, dass das Feuer durch den Unfall verursacht wurde. Eure Leichen werden verkohlt und schwer zu identifizieren sein. Frühere Verletzungen nachzuweisen ist dann praktisch unmöglich. Das Einzige, was man herausfinden wird, ist, dass du am Steuer gesessen hast und Markus hinten.«

Seine Stimme war unbeteiligt. Sie konnte keinerlei Schadenfreude oder Genugtuung darin hören. Ihr beider Tod schien ihm vollkommen gleichgültig zu sein.

Anne bemühte sich, auch ihre Stimme sachlich klingen zu lassen.

»Was ist mit euch? Wie kommt ihr von hier weg? Holt euch jemand ab?«

Jetzt klang er amüsiert.

»Mach dir um uns keine Gedanken.«

Sie sah, wie Markus' Körper sich versteifte. Dann machte er einen Satz nach vorne und schlang die gefesselten Handgelenke um Ivans Hals, warf sich zurück und riss ihn bei hundertfünfzig Stundenkilometern Fahrgeschwindigkeit gegen die Stuhllehne. Anne griff nach dem Lenkrad, doch Ivans Hand schloss sich um die ihre. Mit der anderen versuchte er den bedrohlich schlingernden Wagen unter Kontrolle zu bringen.

Dann hörte Anne Markus' Kopf mit der Seitenscheibe kollidieren. Ivan hielt immer noch ihren Arm, so fest, dass sich das Blut in ihrer Hand staute. Dann ließ er abrupt los und richtete seine Aufmerksamkeit nach vorne.

»So etwas versucht ihr nicht noch mal«, knurrte Schulz selbstzufrieden.

Anne massierte ihr schmerzendes Handgelenk und sah Markus leblos auf seinem Sitz hängen. Die Fensterscheibe war verschmiert, und Blut lief aus seiner Nase.

Kapitel 52

Olivia überprüfte den Sitz ihrer Pistole und beobachtete ungeduldig, wie der Bolzenschneider die letzten Maschen des Zauns durchtrennte. Dann trat sie an das Loch und untersuchte die Rattanwand. Sie war dünn und schien nur mit Kabelbindern an den Maschen befestigt zu sein. »Haben Sie eine Drahtschere?«

Einer der Feuerwehrleute reichte sie ihr. Olivia trennte selbst die Befestigungen durch, und der Sichtschutz fiel nach vorn und gab den Blick auf das gewaltige Anwesen frei. Das Haupthaus war erleuchtet, und Olivia sah, dass dort zahlreiche Autos und Motorräder parkten. Der parkähnliche Garten ringsum war in Dunkelheit getaucht. Zwischen den Beeten ragten Statuen wie untote Wächter empor. Ein nackter Jüngling zielte mit seinem Bogen auf sie, auf ewig in der Bewegung eingefroren. Die Farbe seiner Glieder erinnerte Olivia an das tote Mädchen aus dem Gefrierhaus. Neben ihm stand ein marmorner Wolf, die Kiefer leicht geöffnet.

Sie sah, dass Waalkes seine Waffe gezogen hatte, und nahm auch ihre eigene zur Hand.

»Wir sollten uns aufteilen«, sagte sie mit gedämpfter Stimme, obwohl weder der Jüngling noch der Wolf sie hören konnten.

»Waalkes, Sie gehen dort entlang, in Richtung Hauptgebäude! Wir suchen Anne Kirsch, von der Sie die Beschreibung haben. Vorerst nehmen wir niemanden fest, müssen aber verhindern, dass Beweise vernichtet werden. Klar?«

Er betrachtete den Pfad, auf den sie deutete, und nickte.

»Ich gehe rechts und werde hinten beim Nebengebäude rauskommen. Dort sind auch die Hundezwinger. Bisher scheint keiner der Hunde frei herumzulaufen, aber wenn Sie bedroht werden, dann gehen Sie kein Risiko ein. Schießen Sie. Verstanden?« Sie sah nacheinander Waalkes und die drei Kollegen an, zwei Männer und eine Frau, von denen keiner über dreißig war.

»Verstanden.«

Olivia zeigte auf einen der Männer, einen drahtig aussehenden Dunkelhaarigen mit einem Fuchsgesicht. »Sie kommen mit mir.«

Zu zweit folgten sie dem schmalen Weg an akkurat geschnittenen Buschhecken entlang. Kies knirschte unter ihren Füßen. Sie gingen an der Statue einer Frau vorbei, deren Gesicht von einem hässlichen Riss durchzogen war. Olivia glaubte keinen Augenblick lang, dass diese Verletzung ein Zufall war. Jemand hatte ihr den Kiefer zertrümmert. Obwohl sie nur aus Marmor war, fühlte Olivia einen Klumpen im Magen. Sie spürte den Hass, der in der Luft lag. Hass auf Frauen. Ein Fehlen von Mitgefühl, das groß genug war, um so etwas Mörderisches wie eine kopflose Leiche in einem Gefrierhaus hervorzubringen.

Dann hörte sie Stimmen beim Anwesen. Die Vordertür stand offen, und heraus strömte eine Horde schwarz gekleideter Gestalten, die mit ihren grotesk großen Köpfen wie Ameisen aussahen. Sie schwärmten aus, um ihren Bau zu verteidigen. Motoren heulten auf, und Maschinen setzten sich in Bewegung. Biker fuhren um das Anwesen herum und die schmalen Wege durch den Park entlang. Ein Fahrer raste mit eingeschaltetem Fernlicht auf Olivia zu.

»Los, über die Hecke!«, rief sie Fuchsgesicht zu und sprang.

Dornige Äste rissen an ihrer Hose. Olivia landete auf einer Wiese und versuchte sich abzurollen. Sie hörte, wie ihr Kollege neben ihr aufkam. Er bewegte sich eleganter als sie, war aber auch zwanzig Jahre jünger.

Mit röhrendem Motor schoss der Biker an ihnen vorbei. Kies spritzte. Olivia keuchte, und ihr Puls raste. Als sie sich aufrichtete, fühlten sich ihre Knie fremd und gummiartig an.

Fuchsgesicht hatte seine Pistole gezogen und sah so aus, als wollte er sich auf den nächstbesten Biker stürzen.

»Bleiben Sie ruhig«, ermahnte Olivia ihn mit bemüht fester Stimme. »Solange sie nur an uns vorbeifahren, macht mir das nichts. Bleiben wir auf der Wiese.«

Ein weiterer Fahrer näherte sich. Sein Fernlicht schnitt grell durch die Dunkelheit. Olivia hielt den Kopf gesenkt und ging vorwärts. Der ganze Park war ein Inferno aus Scheinwerfern und Motorenlärm. *Hoffentlich behält Waalkes die Nerven.*

Sie kletterten über eine weitere Hecke. *Sollen sie doch fahren, so viel sie wollen.* Von der rechten Seite des Anwesens her drang das Kläffen der Hunde. Olivia steuerte darauf zu. Neben den Zwingern stand ein kleines Holzhäuschen, aus dem Lichtschein auf die Käfige fiel. Dazwischen ging jemand auf und ab, und Olivia hörte das Getöse des Hochdruckreinigers, das sich vom Röhren der Motoren abhob. Vielleicht diente das ganze Theater auch nur dazu, von diesem Mann abzulenken, der den Boden zwischen den Zwingern abspritzte.

Den Hunden schien die unfreiwillige Dusche nicht zu gefallen. Sie hatten sich in die hintersten Ecken ihrer Käfige zurückgezogen. Olivia wollte auf den Mann zustürmen und ihn stoppen, doch in diesem Moment kam ein Biker vor ihr zum Stehen und fixierte sie durch sein schwarzes Visier.

»Gehen Sie aus dem Weg!«, fauchte Olivia.

Er öffnete den Helm, und zum Vorschein kam ein Gesicht mit Vollbart, dessen Haut an altes Leder erinnerte. Unter seinen Augen hatte er schwarze Punkte tätowiert. »Ihr haut besser ab hier. Das ist Hausfriedensbruch.«

»Nein! Das ist eine Durchsuchung. Und wir sind nicht allein. Das SEK ist alarmiert und wird gleich hier sein. Sagen Sie das Ihrem Boss!«

Er machte eine Mundbewegung, die Olivia als *Fick dich!* interpretierte. Dann gab er Gas und brauste davon. Mit schnellen Schritten lief sie zu den Zwingern, sah jedoch sofort, dass die hinteren zwei leer waren. Auf dem gepflasterten Weg stand fingerbreit das Wasser. Der Mann mit dem Hochdruckreiniger hatte ganze Arbeit geleistet. Sie waren zu spät gekommen.

»Machen Sie sofort aus!«, schrie Olivia gegen den Lärm an. Der Typ sah sie nur fragend an und spritzte weiter. Olivia war am Ende ihrer Geduld angekommen. Mit vor Zorn verzerrter Grimasse richtete sie ihre Waffe auf ihn. Seine Augen weiteten sich, und er stellte das Gerät ab. Seine zerschlissene Jeans war durchnässt, und strähniges Haar klebte ihm am Kopf. »Was sind Sie?«

»Polizei! Das sind wir! Wo sind meine Kollegin und der Mann, der im Zwinger lag?«

Der Mann zuckte die Schultern und wischte sich mit dem Ärmel den Schweiß von der Stirn. »Davon weiß ich nichts. Ich soll hier nur sauber machen.«

»Wie ist Ihr Name?«

»Meyer.«

»Herr Meyer, ist Ihnen klar, dass Sie sich gerade der Strafvereitelung und der Beihilfe schuldig machen?«

»Ich? Nein. Herr Hartmann hat mich nur angewiesen, die Zwinger sauber zu machen. Das ist alles, was ich weiß.«

Olivia beherrschte Ihre Wut nur mühsam. »Mitten in der Nacht?«

»Ja. Warum nicht?«

»Sie lassen jetzt hier alles stehen und liegen und fassen nichts mehr an. Dies ist ein Tatort. Mein Kollege wird Sie im Auge behalten.«

Sie bedeutete dem fuchsgesichtigen Polizisten hierzubleiben und umfasste ihre Waffe mit beiden Händen. »Passen Sie auf ihn auf! Ich gehe jetzt zu Hartmann.«

Die Biker hatten ihre Fahrmanöver beendet und sich mit ihren Maschinen im Hof versammelt. Viele Motoren liefen noch, und der beißende Gestank der Abgase schwängerte die Luft. Olivia hielt ihren Ärmel vor den Mund und zwängte sich an den Bikern vorbei.

Tief in ihrer Brust schien etwas zu flattern, doch sie drückte es nieder. Heute würde sie nicht die Beherrschung verlieren.

»Bullenschlampe«, zischte jemand.

»Ob sie ihre Knarre wieder dabeihat?«

Olivia dachte an den Fleck auf dem Monitor, und mit einem Mal fühlte sie sich ruhig. *Der Feind ist in mir drin. Was kümmert mich ein dämlicher Motorradclub.*

Kalt erwiderte sie das Starren der verspiegelten Visiere. Dann war sie an der Tür und klopfte.

Die junge Polizistin öffnete ihr die Tür.

»Wie sieht es drinnen aus?«

»Im Haupthaus haben wir leider keine Spur der Gesuchten gefunden. Mein Kollege durchsucht das Nebengebäude, und Herr Waalkes ist im Büro von Herrn Hartmann.«

Olivia folgte ihrem ausgestreckten Arm und lief durch den langen Flur. Sie fand das Büro, das von einem wuchtigen Schreibtisch aus Tropenholz bestimmt wurde. Waalkes blätterte in einem Terminkalender, der obenauf lag. Andreas Hartmann stand neben ihm und hatte die Hände in den Hosentaschen seines Armani-Anzugs vergraben. Er trug Krawatte und glänzende schwarze Schuhe. Als er Olivia sah, huschte ein Lächeln über sein Gesicht. »Ah, Frau Esterhazy.«

Sie ignorierte seine ausgestreckte Hand. »Wo sind Anne Kirsch und Markus Neuer?«

Sein Lächeln verschwand. »Ihr Kollege hat mich dasselbe gefragt. Ich bedaure, dass ich Ihnen nicht helfen kann.«

»Sie können mit dem Theater aufhören! Wir wissen, dass sie hier sind.«

Olivia zog ihr Smartphone heraus und hielt ihm das Foto vors Gesicht, das Anne ihr geschickt hatte. Interessiert betrachtete er es.

»Nun. Das ist ein beunruhigendes Bild. Aber was bringt

Sie auf die Idee, dass es auf meinem Grundstück aufgenommen wurde?«

»Das da ist Ihr Zwinger. Frau Kirsch hat das Foto hier gemacht.«

»Das behaupten Sie. Ich halte das für ausgeschlossen.«

»Ja, das behaupte ich, und ich werde es auch beweisen. Sie haben jetzt die letzte Chance zur Kooperation. Also, wo sind sie?«

Er schüttelte traurig den Kopf. »Leider irren Sie sich. Bedaure.«

»Wieso lassen Sie dann mitten in der Nacht Ihre Zwinger reinigen?«

»Nun, die Käfige waren dreckig, und ich habe zwei neue Hunde gekauft. Dobermänner. Sie werden morgen früh geliefert.«

Olivia schnaubte. »Das glauben Sie doch wohl selbst nicht.«

»Aber sicher. Und es lässt sich alles belegen. Mein Anwalt wird Ihnen morgen die entsprechenden Dokumente vorlegen. Außerdem wird er die Rechtmäßigkeit dieses nächtlichen Überfalls prüfen. Wenn Sie nicht mehr haben als dieses Foto, tut es mir leid für Sie. Das wird Konsequenzen haben.«

Olivia sah, wie Waalkes einen Finger aufs Ohr legte und lauschte. Es gab Funkkontakt.

»Ihre Drohung beeindruckt mich wenig, Herr Hartmann«, sagte Olivia kühl. »Bleiben Sie jetzt hier, und fassen Sie nichts an! Ich muss mich mit meinem Kollegen besprechen.« Sie winkte Waalkes, und er folgte ihr auf den Flur.

»Das SEK ist da«, sagte er mit unterdrückter Stimme. »Herr Seidel steht vor dem Tor und erbittet einen Lagebericht.«

»Sagen Sie, die Situation ist unter Kontrolle. Aber wir haben noch keine Spur von Anne gefunden. Sie sollen reinkommen und hier alles auseinandernehmen.«

Kapitel 53

Ivan fuhr hundertvierzig, als er, ohne zu blinken, in die Ausfahrt einscherte. Er schnitt die Kurve, und der Wagen polterte über einen flachen Bordstein. Durchs Fenster sah Anne einen kleinen Parkplatz mit Toilettenhäuschen.

»Hier? Ist das euer Ernst?« Sie hielt sich am Handgriff der Tür fest und konnte nicht verhindern, dass Ihre Stimme bebte. Hinten hörte sie Markus' Kopf gegen die Scheibe knallen. »Wollt ihr etwa mit draufgehen?«

Ivan hatte den Fuß auf dem Gaspedal und beide Hände am Lenker. Mit eisernem Griff hielt er den Wagen auf Kurs, überfuhr noch einen Bordstein und ein Stück Wiese. Dann hielt er auf eine Sitzgruppe zu. Davor stand ein Begrenzungsposten aus Beton.

»Nein!«, schrie Anne. »Bist du wahnsinnig?!«

Instinktiv versuchte ihr Fuß zu bremsen, trat aber ins Leere. Sie griff ins Lenkrad, doch Ivan hatte damit gerechnet und versetzte ihr einen Stoß mit dem Ellenbogen. Dann trat er die Bremse durch. Die Reifen quietschten, ein Ruck fuhr durch den Wagen, und Anne knallte der Airbag ins Gesicht. Schmerz jagte durch ihren Nacken.

Sie hörte Ivan aussteigen und kämpfte gegen die Benommenheit an, die sie plötzlich umfing. Sie durfte jetzt nicht das Bewusstsein verlieren. Sie musste etwas tun, sonst wären Markus und sie gleich tot. Aber was?

Die Tür an der Beifahrerseite ging auf, und sie wurde von kräftigen Händen gepackt.

Schulz.

»Schaff sie an die Seite«, befahl Ivan. »Ich muss die Rückbank umklappen.«

Sie bäumte sich gegen Schulz' Griff auf.

»Komm!« Er packte sie an der Schulter, aber Anne ließ sich auf die Knie fallen und machte sich schwer. Er fasste sie um die Hüften und trug sie wie einen Sack.

»Komm schon! Ich sorge dafür, dass es schnell geht.«

Sie sah, wie Ivan Markus aus dem Wagen zerrte. Heikos Bruder war ohnmächtig, sein Gesicht rot von Blut. Sie würden sie beide verbrennen und alle Spuren zerstören. Aber es gab noch etwas, das sie nicht zerstören konnten. Den USB-Stick. Sie hatte keine Ahnung, was sich darauf befand, aber Schulz vielleicht auch nicht.

»Ich habe das Video von dir gesehen«, keuchte sie. »Wie du jemanden für Hartmann zusammenschlägst. Alle werden denken, dass du das auch mit Heiko gemacht hast. Es gibt Beweise, die du nicht vernichten kannst.«

Schulz warf sie unsanft auf den Boden, und sie schlug auf trockenem Gras und harter Erde auf.

»Was?« Er packte ihre Kehle.

»Auf dem USB-Stick.« Mit ihren Fingern umklammerte sie die seinen. Sie hatte keine Chance. Ihre Handgelenke waren gefesselt, und er war viel stärker als sie.

»Ich hab das Video auf dem USB-Stick gesehen.«

»Was redest du da?«

»Auf dem Stick, den Hartmann sucht.« Sie merkte, dass sie ihn verunsichert hatte. »Die Polizei hat ihn jetzt. Es ist vorbei, Schulz. Sie werden dich drankriegen. Ob du uns umbringst oder nicht.«

»Du lügst doch.«

»Ja?« Sie versuchte zu lachen. »Glaubst du? Würdest du dich drauf verlassen? Er …«

Sie deutete mit dem Kopf in Ivans Richtung. »Er weiß Bescheid. Er ist Hartmanns Vertrauter, oder nicht? Er will dir die Schuld in die Schuhe schieben. Für den Überfall auf Heiko und für den Mord an uns.«

»Quatsch!«

»Doch.« Sie spürte seine Unsicherheit und drückte den Finger tief hinein in die Wunde. Es war ihre letzte, ihre einzige Chance. »Sie brauchen einen Sündenbock. Die Polizei ist zu dicht an ihnen dran. Weißt du, dass wir die Leiche einer jungen Frau in Dreislar gefunden haben? Hartmann steckt bis zum Hals in der Scheiße. Er braucht jemanden, dem er seine Verbrechen anhängen kann.«

Schulz' Augen wurden groß. Sie hatte ihn am Haken.

»Wenn das stimmt«, knurrte er und starrte hasserfüllt in Richtung seines Komplizen.

»Wir dürfen jetzt keinen Fehler machen«, flüsterte sie hastig. »Ivan hat eine Schusswaffe. Er darf nicht merken, dass du Verdacht geschöpft hast. Tu so, als ob du mich erwürgst. Los!«

Sie hielt seine Hände fest und drückte sie gegen ihren Hals. »Ich bleibe liegen«, flüsterte sie. »Du musst Ivan unschädlich machen. Aber schnell. Gib ihm keine Gelegenheit, seine Waffe zu ziehen.«

Sie fixierte seine kleinen, blassen Augen. Es musste jetzt passieren, so schnell wie möglich. Er durfte keine Zeit zum Nachdenken oder Zweifeln haben. Und auf keinen Fall durfte er Ivan zur Rede stellen. Sie erschlaffte und spürte wie sein Griff sich löste. So reglos wie möglich starrte sie ins Leere und hörte das Blut in ihren Ohren rauschen. Ihr Brustkorb fühlte sich an, als müsste er zerspringen, doch sie beherrschte sich und atmete flach ins Zwerchfell.

Schulz hatte ihr geglaubt. Doch wie stark war die Wirkung ihrer Worte? Hatte sie ihn wirklich überzeugt? Würde er zur Besinnung kommen und Anne endgültig ausschalten?

»Hey, was soll das?«, hörte sie Ivan rufen.

Dumpfe Schläge und Fluchen. Stille. Anne wagte nicht, sich zu rühren, wagte nicht, zu hoffen. Dann hörte sie Schritte neben sich. »Was tun wir jetzt?«

Sie atmete tief aus. Schulz stand neben ihr. Jetzt durfte sie keine Schwäche zulassen.

Keinen Moment lang durfte er an ihr zweifeln.

»Hilf mir hoch!«

Er gehorchte. Sie sah Ivan neben dem Volvo im Gras liegen. »Lebt er noch?«

»Ja. Aber ich hab ihn gefesselt.«

»Gut.« Sie schluckte. Unter allen Umständen musste sie verhindern, dass er erwachte und Schulz beeinflussen konnte. »Ich brauche ein Telefon. Dann werde ich meine Kollegen anrufen. In der Zeit, bis sie kommen, sprechen wir deine Aussage durch.«

»Ich hab ein Handy.«

Er reichte ihr ein nagelneues iPhone, und sie wählte Olivias Nummer.

Anne entspannte sich erst, als Blaulicht über den Nachthimmel flackerte und Polizei- und Notarztwagen auf dem Parkplatz hielten.

Sie rief die Sanitäter zuerst zu Markus, den sie in die stabile Seitenlage gebracht und mit einer Rettungsdecke aus Heikos Verbandskasten zugedeckt hatte. Zu zweit hievten sie ihn auf eine Trage.

»Haben Sie uns angerufen?«

Anne nickte und zeigte dem Polizisten ihren Ausweis. »Der Mann dort ist gefährlich.«

Sie deutete auf Ivan. »Passen Sie auf ihn auf! Wenn Sie einverstanden sind, warte ich mit meiner Aussage, bis meine Kollegin von der Kripo hier ist.«

»Frau Esterhazy? Ja. Sie wird gleich hier sein.«

»Danke!«

Anne wartete, bis die Sanitäter Zeit für sie hatten, und trank dankbar die Cola, die man ihr reichte. Sie hatte gar nicht gemerkt, wie durstig sie war. Kurz darauf rollte Olivias Kuga auf den Parkplatz.

Kapitel 54

Es klingelte an der Tür, und Anne schreckte auf. Ihr Nacken schmerzte. Orientierungslos sah sie sich um. Sie lag auf Heikos Sofa, und im Fernsehen plärrte eine Frauenstimme über ihre verkorkste Beziehung. Anne fiel ein, dass sie das Gerät eingeschaltet hatte, um Nachrichten zu sehen. Wie lange hatte sie geschlafen? Es klingelte erneut.

Ächzend erhob sie sich und ging zur Tür. Ihr ganzer Körper schmerzte. Bevor sie öffnete, fuhr sie sich halbherzig mit den Fingern durch die Haare. Bestimmt sah sie schrecklich aus.

Heiko stand draußen, in der Hand eine Sporttasche, als käme er vom Camping. Er wirkte erschrocken, als er ihr Gesicht sah. »Haben sie dich geschlagen?«

Anne rieb ihren Kiefer und lächelte schief. »Halb so schlimm.« Dann drückte sie ihn fest an sich. »Endlich bist du zu Hause, du Idiot! Was machst du nur für Sachen? Kann man dich nicht mal einen Tag allein lassen, ohne dass du dich verprügeln oder festnehmen lässt?«

»Ich werde mich bessern. Versprochen.« Er küsste sie behutsam auf die verwundete Lippe. Dann kam er herein und stellte seine Sporttasche ab.

Anne schloss die Tür. »Hat Markus ausgesagt?«

»Ja. Er hat zugegeben, dass er das Kokain hier versteckt hat.« Heiko seufzte. »Dafür wird er ins Gefängnis gehen.«

Anne schlang die Arme um ihn, und sie standen eine Weile so da. »Haben sie dir erzählt, dass Stella bei Hartmann eingesperrt war?«

»Ja. Aber bei der Durchsuchung des Grundstücks wurde sie nicht gefunden.«

»Er wusste, dass die Polizei kommt, und hat versucht, Spuren zu beseitigen. Bestimmt hat er sie vorher freigelassen.«

»Ja.« Heikos Stimme klang tonlos. »Dann irrt sie vielleicht noch dort im Wald herum.«

»Zumindest wissen wir jetzt, wo wir nach ihr suchen müssen. Hast du Hunger?«

»Nein, aber einen Kaffee könnte ich trinken. Der in der JVA hat schauderhaft geschmeckt.«

Anne kochte Kaffee und erzählte währenddessen, was in der Nacht geschehen war.

»Du hast Markus das Leben gerettet«, sagte Heiko leise. Er lächelte, aber Anne sah, dass er bedrückt war.

»Und mir selbst. Ich hatte Glück, dass Schulz nicht wusste, was auf dem USB-Stick war. Diesen Stick haben Hartmanns Leute übrigens bei dir gesucht. Leider wissen wir immer noch nicht, wo er ist. Der USB-Stick ist auch der Grund, warum sie Markus gefangen genommen und gefoltert haben. Sie dachten, er könnte ihnen sagen, wo er ist.«

»Aber er wusste es nicht?«

Anne zuckte mit den Schultern. »Keine Ahnung. Ich habe seine Aussage nicht gelesen. Vielleicht hat Levi ihn versteckt.« Sie seufzte. »Das ist nicht mehr mein Fall. Ich bin beurlaubt, und ich soll mir ja nicht einfallen lassen, mich einem der Beteiligten zu nähern. Sonst gibt es richtig Ärger.«

Heiko lächelte schief. »Heißt das, du darfst dich auch mir nicht nähern? Ich bin schließlich Drogenhändler. Hab sogar im Gefängnis gesessen.«

Anne lachte. »Die Polizistin und der Drogendealer. Nein, Schatz, du hast recht. Von dir sollte ich mich besonders fernhalten.«

Heiko wurde ernst. »So weit von der Wahrheit ist es leider nicht weg. Nur dass ich nicht selbst der Dealer bin, sondern mein Bruder. Wie soll das bloß funktionieren?«

»Irgendwie wird es das. Es ist, wie es ist. Brüder kann

man sich nicht aussuchen. Seine Freunde schon.« Sie strich ihm über die Wange und küsste ihn.

In diesem Moment klingelte das Telefon.

Heiko warf einen Blick auf das Display. Anne sah die Anspannung in seinem Gesicht. Dann ging Heiko an den Apparat.

»Neuer?«

Einige Sekunden hörte er reglos zu. Dann lächelte er. Anne war sich nicht sicher, ob sie ihn jemals so breit hatte lächeln sehen.

»Ja«, sagte er. »Ja, das ist sie.«

Als er aufgelegt hatte, lächelte er immer noch. »Stella. Sie haben sie im Wald gefunden.«

Kapitel 55

Donnerstag Nachmittag, 20.06. – Polizeiwache Dortmund

Durch das einseitig verspiegelte Fenster musterte Olivia Andreas Hartmann und seinen Anwalt in ihren maßgeschneiderten Anzügen. Die Krawatten saßen tadellos, die Hosen schienen frisch gebügelt. Wären nicht der karge Raum und die gepolsterten Einheitsstühle gewesen, die überall im Gebäude standen, hätte es ausgesehen, als berieten sich zwei Vorstandsmitglieder einer Bank.

Olivia hätte einiges darum gegeben, den Lautsprecher einschalten zu können, doch die Vorschriften ließen ihr keine Wahl. Das Gespräch zwischen dem Anwalt und seinem Mandanten war streng vertraulich. Sie sah auf die Uhr. Es war 15.01 Uhr. Sie klopfte laut vernehmlich und öffnete die Tür.

»Es ist drei Uhr. Sind Sie so weit?«

Brickenstein lächelte höflich. »Noch eine Minute, wenn Sie so freundlich wären.«

Olivia schloss wortlos die Tür. Es war eine billige Machtdemonstration, die sie keines Kommentars würdigte.

Genau eine Minute später betrat sie das Zimmer und legte das Aufnahmegerät auf den Tisch. Sie begann mit den Formalitäten. Es war die dritte Vernehmung von Andreas Hartmann. Zweimal hatte Thorsten sein Glück versucht und war nur auf eine Mauer des Schweigens gestoßen. Sie hatten abwechselnd alle Biker vernommen, die bei der Durchsuchung auf Hartmanns Grundstück gewesen waren. Angeblich war keiner damit beauftragt gewesen, Spuren zu beseitigen oder eine Auseinandersetzung zu provozieren.

Olivia begann mit ihren Fragen, die am eisigen Lächeln des Anwalts abprallten. Andreas Hartmann schwieg.

Die ersten Ergebnisse aus der KTU waren deprimierend. Hartmanns Grundstück war klinisch sauber. Der Tresor und die Zwinger waren professionell gereinigt worden. Es gab keine Drogenrückstände und keine Spuren von Markus Neuer. Von Stella hatten sie Haare auf der Wiese gefunden. Olivia konfrontierte Brickenstein damit.

»Dann ist der Hund wohl aufs Grundstück gelaufen«, erklärte der Anwalt achselzuckend.

»Im Büro und am Tresor von Herrn Hartmann konnten Fingerabdrücke von Levi Stappert nachgewiesen werden. Haben Sie eine Erklärung dafür?«

»Natürlich, eine sehr einfache: Levi Stappert hat für meinen Mandanten gearbeitet.«

»Was waren seine Aufgaben?«

»Hausmeistertätigkeiten und natürlich die Überwachung des Grundstücks.«

»Markus Neuer hat ausgesagt, dass er und Levi bei Herrn Hartmann eingebrochen sind und dort Kokain gestohlen haben.«

»Mein Mandant bestreitet, Kokain besessen zu haben. Somit steht Aussage gegen Aussage. Und soweit ich weiß, ist Markus Neuer bereits wegen Drogenbesitz vorbestraft, wohingegen mein Mandant ein unbescholtener Bürger ist.«

Olivia zog ein Foto des toten Mädchens aus dem Gefrierfach heraus und legte es auf den Tisch. Eiskristalle glitzerten auf der weißen Haut. Sie dachte an das Gespräch, das sie heute Morgen mit Monika Pötzel geführt hatte.

Sie war mit dem Ergebnis des DNA-Abgleichs gekommen und hatte Frau Pötzel mit gepackten Koffern vorgefunden.

»Guten Tag, mein Name ist Esterhazy, Kripo Dortmund. Ich untersuche zusammen mit Frau Kirsch den Fall der Toten, die wir für Ihre Tochter hielten. Wollen Sie verreisen?«

»Ja. Nach Stuttgart.« Frau Pötzel klang beschwingt. »Ich habe so oft bei Miller angerufen, bis er endlich mit der Information herausgerückt ist: Lara und er haben sich getrennt, aber sie wohnt in Stuttgart und ist mit einem Künstler zusammen. Er hat mir ihre Telefonnummer gegeben, und wir haben geredet. Jetzt wollen wir uns treffen. Ich besuche sie für ein paar Tage.«

Olivia hatte das Ergebnis des DNA-Abgleichs wieder eingesteckt. Er war negativ. Lara lebte, und das Rätsel um das tote Mädchen im Gefrierhaus war noch immer nicht gelüftet.

Sie schob das Bild der gefrorenen Leiche über den Tisch. »Werfen Sie bitte einen Blick hierauf, Herr Hartmann. Ist das Ihre Ex-Freundin?«

Beide Männer betrachteten das Foto, doch keiner von beiden zeigte Anzeichen des Abscheus oder Erschreckens. Brickenstein trug seine süffisante Miene wie eine Maske, und Hartmann wirkte interessiert.

Zum ersten Mal sprach er selbst: »Ein hübsches Mädchen, wer sie auch war. Leider erkenne ich sie nicht. Vielleicht wenn sie mir ein Foto von ihrem Gesicht zeigen.«

Bei den kaltschnäuzigen Worten lief es Olivia eisig den Rücken herunter. Sie würde diesen Mistkerl drankriegen, und wenn es das Letzte war, was sie in diesem Leben tat.

Einen Trumpf hatte sie noch in der Hinterhand: Die Aussage von Pitbull, die Annes Geschichte stützte. Seine Worte wogen schwer, denn er war einer von Hartmanns engsten Mitarbeitern gewesen. Er hatte in Hartmanns Auftrag gehandelt, als er Heiko zusammengeschlagen und seine und Levis Wohnung durchsucht hatte. Auf seinen Befehl hin hatte er auch Markus gefoltert. Er hatte ihm einen Finger nach dem anderen gebrochen.

»Wo ist der USB-Stick?«

»Ich weiß es nicht! Levi hatte ihn!«

»Wo ist er jetzt?«

»Ich weiß es nicht!«

»Falsche Antwort.«

Knack!

»Wir wissen, dass Sie unter dem Namen Wohlfeil in den Gefrierverein Dreislar eingetreten sind. Sie haben ein Eisfach gemietet, um die Leiche dieser Frau darin zu verstecken.«

Brickenstein sah sie mitleidig an. »Haben Sie irgendwelche Beweise für diese fantasievolle Behauptung?«

Den Rest des Tages nahm Olivia sich frei. Zusammen mit ihrer Mutter lief sie ein letztes Mal durch die Fußgängerzone und setzte sich mit ihr ins Café Extrablatt, wo Bianka ein großes Stück Torte aß.

Abends half sie ihr beim Packen. Mit vereinten Kräften versuchten sie Biankas Koffer zu schließen. Olivia presste ihn zusammen, ihre Mutter zerrte am Reißverschluss. »Istenem! Was hast du da reingepackt?«, fragte Olivia keuchend. »Das klappt nicht, den kriegen wir nie im Leben zu. Kannst du nicht was rausnehmen und in eine Tragetasche tun?«

»Ich habe schon zwei Tragetaschen«, widersprach Bianka.

»Dann nimmst du eben drei. Auf eine mehr oder weniger kommt es auch nicht mehr an.« Olivia klappte den Koffer auf und packte die zahllosen Päckchen und Tüten von Douglas und Esprit und anderen Marken heraus.

»Sind das alles Geschenke?«

»Ich muss doch jedem was mitbringen.« Bianka seufzte und begann umzupacken.

Nach dem Abendessen wuschen sie zusammen ab, und dann legte Bianka einen Brief auf den Tisch. Daneben stellte sie die Flasche Moët und zwei Gläser.

»Nun?«, fragte sie nach einer Weile.

Olivia betrachtete den Umschlag, als wäre er eine Spinne. Er war schon vor einigen Tagen angekommen, aber sie hatte es noch nicht über sich gebracht, ihn zu öffnen.

»Heute müssen wir es tun«, sagte Bianka. »Gleich fährt mein Zug ab, und ich möchte wenigstens ein Glas von meinem Champagner trinken.«

Olivia verkniff sich den Vorschlag, dass sie ihn wieder mitnehmen sollte. Ihre Mutter hatte recht. Es war an der

Zeit, der Wahrheit ins Auge zu blicken. Der Brief würde so oder so nichts ändern. Der Krebs war wieder da. Sie konnte ihn in sich spüren. »Mach du ihn auf.«

Dann weiß es die Familie eben. Aber vielleicht kann ich es auf der Arbeit noch geheim halten. Nur ein wenig länger noch.

Bianka faltete den Zettel nicht auf, sondern reichte ihn Olivia. Dann löste sie den Korken der Champagnerflasche, goss behutsam ihre beiden Gläser voll und schob eines ihrer Tochter hin. »Wir leben jetzt, kedves. Egal was der Morgen bringt.«

Olivia starrte auf die Buchstaben, die vor ihren Augen verschwammen.

»Was ist denn?« Bianka nahm ihr den Zettel aus der Hand. »Schlechte Neuigkeiten?«

»Nein, anya. Nein. Er ist gutartig.«

Olivia brachte ihre Mutter zum Zug und fuhr dann mit der Straßenbahn zu ihrer Wohnung zurück. Der Champagner brannte warm in ihrem Magen. Sie wollte irgendetwas tun. Etwas Verrücktes.

Ein Kollege hatte mal von einem Windkanal in Bottrop erzählt. Bodyflying. Sich von einem Luftstrom zur Decke schießen lassen. Warum hatte sie das noch nie gemacht? Aber zuerst musste sie den Fall zu Ende bringen. Sie straffte sich und lief mit neuer Energie die Treppen hoch. Oben schüttete sie den letzten Rest der Flasche Moët in ihr Glas und belegte sich ein Brot mit Wurst und Gurkenscheiben. Sie dachte an den USB-Stick, der immer noch verschwunden war. Gab es noch eine Spur, die sie nicht verfolgt hatten?

Ihr Telefon klingelte. Es war Thorsten.

»Ja?«

An seiner Stimme hörte sie bereits, dass es schlechte Neuigkeiten gab. Ihre gute Laune verlosch, und sie spürte ein Ziehen in ihrem Inneren »Olivia, wir haben ein Problem. Schulz hat in seiner Zelle Selbstmord begangen.«

Kapitel 56

Anne begleitete Heiko zur Außenpforte der JVA Hagen, an der ihre Personalausweise kontrolliert wurden. Sie konnte sehen, wie nervös er war. Der Mann an der Pforte belehrte sie über die Regeln, als würde er ein Band abspulen.

Hinter dem Metalldetektor nahm ein Wärter sie in Empfang. An seinem Gürtel klirrte ein dicker Schlüsselbund, der durch eine Kette gesichert war. An der anderen Seite trug er ein Funkgerät. Anne nahm Heiko bei der Hand. Als Polizistin war sie schon einige Male hier gewesen, nun betrat sie das Gefängnis zum ersten Mal privat.

Markus saß im Besuchsraum an einem der schlichten Holztische und wartete auf sie. Sein verbundener rechter Arm lag auf der Tischplatte. Ihre Begrüßung verlief ein wenig steif und ohne Körperkontakt. Heiko gab sich gelassen, aber Anne wusste, dass es in ihm anders aussah.

»Wie geht es dir?«, fragte er seinen Bruder.

»Ganz gut.«

Markus sah tatsächlich weit besser aus als bei ihrer letzten Begegnung. Sein Gesicht hatte wieder Farbe bekommen, und er wirkte nicht mehr wie jemand, der einen kalten Entzug machte.

»Und jetzt? Wie geht es weiter mit dir?«

»Wegen des Kokains werde ich wohl ein paar Jahre kriegen, weil ich auf Bewährung war.« Markus sah Anne an. »Ein Kollege von dir war da. Er hat mir einen Deal angeboten, falls ich gegen Hartmann aussage.«

»Thorsten Seidel?«

Er nickte.

»Du solltest annehmen.«

»Die Sache mit dem Kokain habe ich zugegeben. Alles andere, was ich sagen kann, ist schon verjährt. Ich war früher mal Mitglied bei Heiße Reifen Sauerland. Damals wurden noch Ecstasypillen vertickt. Mit dem Verkauf hatte ich aber nie zu tun. Hartmann hat mir nicht getraut.«

»Was hattest du dann für Aufgaben?«

»Ich war immer nur als Begleiter mit. Aber ich bin mit den Jungs nicht warm geworden, deshalb hab ich den Club schnell wieder verlassen. Nur mit Levi hatte ich noch Kontakt.«

»Okay. Aber Levi hat doch für Andreas Hartmann gearbeitet. Du musst doch mitbekommen haben, was da abgelaufen ist.«

Markus malte mit dem Finger auf die Tischplatte und schien über etwas nachzudenken. »Levi war im Büro. Natürlich hat er mir Dinge erzählt, aber ich glaube nicht, dass es einen Richter beeindrucken wird, wenn ich das wiedergebe. Außerdem …« Er zögerte. »Außerdem werde ich nicht gegen Andreas Hartmann aussagen. Nicht nach dem, was Freitag passiert ist.«

Er sah sie bedeutungsvoll an, doch Anne begriff nicht.

»Wovon redest du?«

»Na von Schulz. Er ist doch in seiner Zelle gestorben. Mit einem zusammengerollten T-Shirt erhängt, angeblich Selbstmord.«

»Mein Gott!« Anne merkte, wie ihr das Blut aus dem Gesicht wich. Kurz darauf kam die Übelkeit. Sie hatte Schulz angelogen. Sie hatte gesagt, sie hätten Beweise.

Warum hat Olivia mich nicht angerufen?

Sie schluckte hart. Dann warf sie einen unauffälligen Blick nach rechts und links, doch die Gespräche an den anderen Tischen gingen unverändert weiter. Niemand achtete auf sie.

»Wieso weißt du davon?«

»Ich hab immer noch meine Kontakte.«

Heiko sah ihn besorgt an. »Das bedeutet also, du bist in Gefahr?«

Markus schüttelte den Kopf. »Eigentlich nicht. Ich bin kein Kronzeuge. Ich weiß zu wenig. Außerdem haben sie kapiert, dass ich den USB-Stick nicht habe.«

Er sah seinen Bruder lange an. »Es tut mir leid, dass ich dich da mit reingezogen habe. Das war nicht geplant.«

»Was war denn der Plan?«, mischte sich Anne ein. »Bitte erzähl uns, was passiert ist. Von Anfang an.«

Heiko nickte bekräftigend. »Tu das bitte.«

»In Ordnung.«

Auch Markus sah sich um, aber es achtete niemand auf sie. Er räusperte sich, senkte die Stimme und fing an zu erzählen: »Die ganze Sache war Levis Idee. Er wollte schon lange weg von Hartmann. Im Laufe der Jahre hat er Dinge mit angesehen, die ihn belastet haben. Die Drogenhändler verteilen ihren Stoff überall. In Diskotheken, Kneipen, sogar an Schulen. Levi wollte aussteigen, aber er konnte nicht so einfach gehen wie ich. Er wusste zu viel. Hartmann hat ihm gesagt, wenn Levi gegen die Regeln verstoße, würde er seine Tochter töten lassen. Ella. Sie ist sechs Jahre alt.

Vor einigen Wochen bekam Levi durch Zufall die Kombination von Hartmanns Safe mit. Er wusste, dass er dort einen USB-Stick mit belastendem Material aufbewahrte. Sein Plan war einfach. Er wollte den Stick klauen und einen Brief hinterlassen, dass er den Stick habe und sie beide verschwunden bleiben würden. Wenn Ella etwas zustieße oder Hartmann nach ihm suchte, dann würde der Stick der Polizei in die Hände fallen. Also machten wir einen Plan. Wir nahmen uns ein Zimmer im Landgasthof Dreislar, denn dort würde uns niemand suchen. An dem Tag, den wir ausgewählt hatten, war Ivan mit einer Lieferung nach Hallenberg unterwegs. Hartmann hatte einen Termin außer Haus und Levi Dienst an den Überwachungskameras.

Gegen siebzehn Uhr schnitt ich ein Loch in den Zaun

und schlich mich durch den Garten. Levi hielt die Aufzeichnung der Bänder an und ging raus, um den zweiten Sicherheitsmann abzulenken, während ich den Tresorraum betrat. Die Kombination stimmte noch. Ich öffnete den Tresor, nahm den Stick und tauschte ihn gegen Levis Brief aus. Wir hatten geplant, auch Bargeld mitzunehmen, denn unsere Reserven gingen gegen null. Doch leider war kein Geld im Tresor. Stattdessen fand ich das Kokain.

Sekundenlang überlegte ich, dann hörte ich draußen Stimmen. Irgendetwas war nicht nach Plan gelaufen, und ich musste schnell eine Entscheidung fällen, also nahm ich das Rauschgift mit. Als ich die Tür öffnete, starrte ich in ein Gesicht mit einem roten Feuermal. Ivan. Hinter ihm stand Levi, und ich sah die Panik in seinen Augen. Ich nutzte Ivans Überraschung und versetzte ihm einen Fausthieb. Dann rannten wir davon. Wie es geplant war, drückte ich Levi den Stick in die Hand. Falls etwas schiefging, sollte er damit abhauen und den Stick verstecken, damit wir ein Druckmittel hatten.

Draußen waren noch zwei Männer, die sofort kapierten, dass etwas nicht stimmte. Ich blieb, um zu kämpfen, und Levi verschwand durch das Loch im Zaun. Die Männer konnte ich überwältigen. Doch Ivan rappelte sich hoch, und ich hörte Verstärkung kommen und das Bellen der Hunde, die über den Hof liefen. Zu dem Loch im Zaun konnte ich nicht mehr, also lief ich zum Parkplatz und kroch in einen Kofferraum.

Ich hörte, wie sie draußen suchten. Zum Glück bemerkte mich niemand, auch die Hunde nicht. Wieso, kann ich mir nicht erklären.«

Anne fand es nicht weiter verwunderlich. »Die Hunde sind nicht gut ausgebildet. Sie haben sich durch Futter beruhigen lassen, als ich durch euer Loch geklettert bin. Das wäre einem Polizeihund nicht passiert.«

»Dann war es mein Glück, dass es keine Polizeihunde waren«, sagte Markus. »Zuerst ließ ich die Kofferraumklappe einen Spaltbreit offen, um Sauerstoff zu bekommen. Doch nach einer Stunde stieg jemand in den Wagen ein, und ich musste die Klappe zuziehen. Das Auto fuhr endlos lange durch die Gegend, bestimmt suchten sie Levi und mich. Ich bekam Erstickungsängste und kämpfte gegen meine Panik an. Zum Glück hielten sie irgendwann an einer Tankstelle, und ich konnte hinter dem mittleren Rücksitz herauskriechen.

Draußen hielt ich mich versteckt und fuhr dann mit einem Taxi nach Dreislar. Auf dem Weg dahin kamen wir an der Absperrung an der Straße vorbei. Ich sah einen Feuerwehrwagen, der am Rand parkte. Dahinter stand ein Polizeiwagen. Ich spürte, dass etwas Schreckliches passiert war. Ich fuhr im Taxi weiter zum Bikertreff, doch unsere Zimmertür war verschlossen. Levi war nicht da. Ich ging zu Fuß zur Unfallstelle zurück, und dort erfuhr ich, dass ein Motorradfahrer tödlich verunglückt war.«

Er brach ab und starrte auf seine Hände. Anne und Heiko schwiegen ebenfalls.

Da war etwas Bedeutsames in seiner Erzählung gewesen, das sie nicht richtig packen konnte. Sie zermarterte sich den Kopf. Was war es, das ihr dieses Gefühl gegeben hatte?

»Ich habe in der Nacht nicht gewagt, mich der Unfallstelle zu nähern«, sprach Markus weiter. »Da war so viel Polizei. Aber ich musste wissen, was geschehen war. In dem Zimmer in Dreislar zu bleiben, erschien mir zu risikoreich, und auch in unsere Wohnung konnte ich nicht mehr zurück.«

»Also bist du zu mir gekommen.« Heikos Stimme klang belegt. »Um deine Drogen bei mir zu verstecken.«

»Weil ich wissen musste, was mit Levi passiert war.«

»Und wenn euer Plan nicht schiefgegangen wäre? Wenn alles geklappt hätte? Dann wärt ihr beide abgehauen, und ich hätte dich nie wiedergesehen.«

Markus senkte den Blick und kratzte mit dem Fingernagel an der Tischplatte. »Nie ist ein großes Wort. So weit haben wir nicht gedacht.«

Anne sah, dass der Wärter ihnen ein Zeichen gab. Die Besuchszeit war vorbei. »Wer wusste noch von dem Zimmer in Dreislar?«, fragte sie schnell. »Hat euch jemand dort besucht? Hat Levi mit jemandem telefoniert?«

Markus dachte nach. »Wir haben es niemandem gesagt. Aber er hat telefoniert, ja. Mit seiner Ex-Frau. Es ging um Ella. Er hat sich Sorgen um sie gemacht. In der Schule ist sie ein paarmal ohnmächtig geworden und musste verschiedene Untersuchungen über sich ergehen lassen.«

»Seine Ex-Frau. Wusste Sie, wo ihr wart und was ihr vorhattet?«

»Nein«, sagte Markus. »Das glaube ich nicht.«

Der Wärter kam an ihren Tisch und bedeutete ihnen, aufzustehen.

Markus sah seinen Bruder an. »Ich würde mich freuen, wenn du wiederkommst.« Leiser fügte er hinzu: »Aber wenn du nicht willst, kann ich das verstehen.«

Kapitel 57

Anne ließ Heiko zu Hause aussteigen. Die ganze Fahrt über waren ihre Gedanken um Markus' Bericht gekreist. Sie hatte einen Verdacht, wo der USB-Stick war, und den wollte sie jetzt überprüfen. In einem Schnellrestaurant aß sie einen Burger und rief vom Parkplatz aus Olivia an.

»Was gibt es?«

»Schulz ist tot? Warum habt ihr mir nichts davon gesagt?«

»Thorstens Anordnung. Du hast mit den Fällen nichts mehr zu tun. Und ich fand es nach deiner Aktion bei Hartmann auch besser so.«

Anne biss sich auf die Lippe.

Zorn wallte in ihr auf, doch so ruhig sie konnte, sagte sie: »Und jetzt? Was habt ihr gegen Andreas Hartmann in der Hand?«

»Zu wenig. Brickenstein hat für heute einen Haftprüfungstermin beantragt. Thorsten befürchtet, dass wir Hartmann laufen lassen müssen. Er gibt den Fall ans LKA ab. Die kümmern sich um Bandenkriminalität. Für uns ist das eine Nummer zu groß.«

»Und was ist mit Markus' Aussage, dass er die Drogen aus seinem Tresor entwendet hat?«

»Ohne Beweise ist die leider nicht viel wert. Auf dem Beutel mit dem Kokain sind nur Markus' Abdrücke.«

Olivia klang niedergeschlagen.

»Außerdem ist der Abgleich mit Monika Pötzels DNA negativ gewesen. Unsere Tote aus dem Gefrierhaus ist nicht Lara. Fabienne Adler heißt jetzt Clark und wohnt in Kanada.

Sie lebt, ich habe mit ihr gesprochen. Wir stehen wieder ganz am Anfang, Anne. Wir haben nichts.«

Anne biss sich auf die Lippen. *Fabienne lebt? Das kann nicht sein! Die Verbindung zu Hartmann ist da, es ist alles schlüssig.* Sie dachte an das, was Markus erzählt hatte. Es gab nur noch eine Möglichkeit, die Sinn ergab. Eine einzige Spur, die übrig war. Und im Dienst oder nicht, Anne würde jetzt handeln, bevor Hartmann freikam und alles zunichtemachte.

»Ich fahre jetzt zu Ilka Ratzlaff«, teilte sie Olivia mit.

»Was?«

»Sie hat den USB-Stick. Es muss so sein.«

»Wie kommst du denn darauf? Gibt es irgendwas, das du mir nicht erzählt hast?«

»Nein. Aber ich weiß, dass Levi eine Tochter hatte. Und dass sie ihm nicht so egal war, wie die Mutter mich hat glauben machen wollen.«

»Du gehst nicht allein dorthin, Anne!«

Doch sie hatte längst das Telefon vom Ohr genommen und drückte das Gespräch weg. Sie musste jetzt handeln, bevor Andreas Hartmann die nächste Zeugin beseitigen ließ.

Eins der Garagentore stand offen, und Anne sah das schwarz glänzende Motorrad von Frau Ratzlaff dort stehen. Der Mercedes ihres Lebensgefährten schien nicht da zu sein. Anne dachte an die tote Ratte auf dem Bettlaken. Schulz erdrosselt in seiner Zelle. Sie versuchte einen Blick durch die Fenster zu erhaschen, doch die Scheiben spiegelten nur die trügerische Idylle der Einfamilienhäuser im Sonnenlicht wider. *Der schöne Schein. So wie die Frau, die dort wohnt. Adrett, gepflegt, vermögend, alles Fassade.*

Sie hob die Hand zur Klingel und zögerte einen Moment. Sie war allein und unbewaffnet. Es standen keine fremden Fahrzeuge vor der Tür. Trotzdem, vielleicht waren Hartmanns Schergen bereits hier. Andererseits schien er sich in Sicherheit zu wiegen, weil die Polizei den USB-Stick immer noch nicht gefunden hatte. Und wenn er hoffte, heute aus dem Gefängnis zu kommen, würde er Ilka Ratzlaff bestimmt persönlich aufsuchen, um seinen wertvollen Stick zu erhalten. So hoffte sie.

Außerdem war Olivia schon mit Verstärkung unterwegs. Doch noch hatten sie nichts in der Hand. Deshalb musste Anne sie vorher zum Reden bringen. Sie aktivierte die Aufnahmefunktion ihres Smartphones und drückte die Klingel.

Ilka Ratzlaff öffnete und sah sie verwundert an. »Was wollen Sie denn noch? Hartmann ist doch verhaftet.«

»Richtig. Trotzdem muss ich Sie noch mal belästigen. Da er den Mord an Levi bestreitet, müssen wir Indizien zusammentragen, um ihn überführen zu können.«

»Ich dachte, das hätten Sie längst getan.«

Sie ließ die Tür offen stehen, und Anne folgte ihr hinein. Außer Frau Ratzlaff schien niemand da zu sein, auch von Ella war keine Spur zu sehen.

»Bitte.« Ilka Ratzlaff führte sie ins Wohnzimmer. Mitten im Raum stand ein Bügelbrett mit violettem Überzug. Das Bügeleisen steckte in einer Station, und der Schalter leuchtete schwach.

»Wollen Sie das Eisen nicht ausschalten?«

»Ich bügle weiter, wenn Sie nichts dagegen haben.«

Ilka Ratzlaff zog ein Hemd über das Brett und drehte die Hitze höher. Anne war nicht wohl dabei, aber sie konnte auch keine Einwände erheben, ohne die andere Frau misstrauisch zu machen.

»Ist Ella bei Ihrer Mutter?«

»Ja, sie macht dort Hausaufgaben. Mutter ist schließlich Lehrerin, wussten Sie das? Meine Realschulmathematik reicht da nicht aus.«

»Ich dachte, Ihre Tochter sei in der ersten Klasse.«

»Das ist sie auch.«

»Wie geht es ihr gesundheitlich?«

»Gut.« Ilka Ratzlaff runzelte irritiert die Stirn.

»Haben Sie das auch Ihrem Ex-Mann gesagt, als er anrief?«

Sie hielt inne, und ihre Augen wurden schmal. »Ich dachte, es geht hier um Andreas Hartmann.«

»Das stimmt auch.«

»Dann lassen Sie meine Tochter aus dem Spiel.«

»Aber Ella ist entscheidend für mich, um zu verstehen, was passiert ist«, sagte Anne. »Sie haben mich nämlich angelogen, Frau Ratzlaff. Levi Stappert hat sich sehr wohl für seine Tochter interessiert. Sie hatte gesundheitliche Probleme, und deshalb hat er sich Sorgen um sie gemacht. Er hat Sie sogar von Dreislar aus angerufen, obwohl das Zimmer geheim bleiben sollte. Er wollte wissen, was die Untersuchungen ergeben haben, und er hat Ihnen gesagt, wie Sie ihn erreichen können. Und wo.«

»Na wenn schon?« Frau Ratzlaff beobachtete sie lauernd. »Ich begreife nicht, wieso das wichtig sein sollte.«

»Ganz einfach. Sie waren die Einzige, die wusste, dass Levi in Dreislar war. Als Sie in dieser Donnerstagnacht von dem Einbruch in Hartmanns Anwesen erfahren haben, sind Sie dorthin gefahren. Sie wollten Ihren Anteil.«

Ilka Ratzlaff verzog höhnisch den Mund. »Sie behaupten, ich wäre Komplizin bei einem Einbruch? Ich bitte Sie. Wissen Sie, wie viel mein Mann verdient?«

»Ich behaupte nicht, dass Sie Komplizin waren. Nur, dass Sie davon wussten. Und wenn ich raten müsste, würde ich behaupten, Sie waren an dem Abend mit Andreas Hartmann zusammen. Hier in Ihrem Schlafzimmer vielleicht, während Ihr Mann bei der Arbeit war. Oder will er immer noch, dass Sie es auf der Toilette tun?«

Ihr Gesicht verzerrte sich vor Zorn, und Anne begriff, dass sie ins Schwarze getroffen hatte.

»Ja«, redete sie weiter, »Hartmann war bei Ihnen. Als seine Leute ihn über den Einbruch unterrichteten, haben Sie es ebenfalls mitbekommen. Er muss außer sich gewesen sein, als er erfuhr, dass Levi seinen USB-Stick gestohlen hatte. Doch im Gegensatz zu ihm wussten Sie, wo Ihr Ex-Mann sich aufhielt. Aber Sie haben ihn nicht verraten. Sie sind selbst nach Dreislar gefahren und haben ihn zur Rede gestellt. Was ist passiert? Wollten Sie Geld, und er hat es Ihnen verweigert? Oder sind Sie aus einem anderen Grund in Streit geraten? Waren Sie wütend, dass er abhauen wollte? Mit Markus statt mit Ihnen?«

Ilka Ratzlaff starrte sie an. Das Bügeleisen lag auf dem Hemd und dampfte. Sie hatte es schon eine Weile nicht mehr bewegt. In Annes Kopf setzte sich alles zusammen.

»Sie wussten, dass Gilbert Kreimer eine Straßenkralle in seiner Garage aufbewahrte«, überlegte sie laut. »Jeder wusste das. Als Sie an seinem Haus vorbeifuhren, haben Sie sich daran erinnert. Und da kam Ihnen die Idee, wie Sie Levi aufhalten konnten.«

Das Hemd rauchte. Ilka Ratzlaff zuckte zusammen. Dann zog sie mit einem Ruck das Kabel aus der Steckdose und schleuderte das Bügeleisen in Annes Richtung.

Anne wich zur Seite, aber sie bemerkte zu spät, dass Ilka Ratzlaff auch das Bügelbrett in ihre Richtung gestoßen hatte. Im Umkippen traf es ihre Beine, und ein scharfer Schmerz zuckte durch ihr Knie. Sie stolperte nach vorn und fiel über das Brett.

Mit einem spitzen Schrei stürzte sich Frau Ratzlaff auf sie und krallte die Finger um ihren Hals. Ihre dünnen Hände entwickelten erstaunliche Kräfte.

Anne wurde schwarz vor Augen, doch es gelang ihr, die Arme der anderen Frau zu packen. Sie versuchte den Griff zu lösen, aber er umschloss ihren Hals wie ein Schraubstock. Dann roch sie das Feuer.

Es läutete an der Tür. Zweimal. Dreimal.

»Wo ist der Stick?«, presste sie hervor, während sich das Blut in ihrem Kopf staute und sie das Gefühl hatte, er würde jeden Moment zerplatzen. »Sie … haben Levi … umgebracht. Sie … haben ihn erstickt, … als er schon … halb tot war.«

Die Fensterscheibe splitterte. »Polizei!«, brüllte Olivia.

Ilka Ratzlaff erstarrte.

Ihr würgender Griff ließ nach, und Anne konnte sich befreien. Gierig sog sie den Sauerstoff ein. Ihr Hände zitterten, und ihre Beine fühlten sich wie Fremdkörper an.

»Er hat mich zur Schwulenbraut gemacht.« Frau Ratzlaffs Mund zitterte. »Er hat mich im Stich gelassen. Ich musste mit Andreas schlafen. Ich hatte keinen Cent.«

Jemand zerrte sie in die Höhe. Olivia.

»Der Vorhang brennt!«, rief eine Männerstimme. »Holen Sie den Feuerlöscher!«

Anne roch den Rauch. Sie musste ins Freie, konnte aber für den Moment nicht mehr tun, als schwer atmend liegen zu bleiben. Dunkle Punkte tanzten vor ihren Augen, und ihr Hals schmerzte. *Das war knapp.* Wäre Olivia nur wenige Minuten später gekommen, hätte Frau Ratzlaff vielleicht zwei Tote auf dem Gewissen gehabt. Der Zorn, der in Anne aufwallte, galt ebenso ihr selbst wie Levis Ex-Frau. Sie stemmte sich hoch.

»Warum?«, fragte sie keuchend.

Frau Ratzlaff wurde von Olivia gegen die Wand gedrückt. Sie schluchzte.

»Levi hat sich unmöglich benommen. Aber dieser jahrelange Hass? Warum? Musste er wirklich sterben, weil er Sie verlassen hat?«

Ilka Ratzlaff verzog gequält das Gesicht. Sie schwieg. Mit einem resignierten Kopfschütteln wandte sich Anne ab. Die ganze Wahrheit würden sie wohl nie erfahren.

»Er hat mich immer nur von hinten gefickt.«

Anne schnaubte. »Levi war schwul, verdammt! Das hat doch nichts mit Ihnen zu tun.«

»Doch nicht Levi!« Ilka lachte. Es klang verzweifelt. »Andreas!«

Andreas Hartmann. Bei allen Fällen immer wieder dieser Name.

Anne seufzte. Sie wollte sich abwenden, hatte aber plötzlich, als sie Ilka Ratzlaff nur noch aus den Augenwinkeln sah, einen Gedanken. Die Ähnlichkeit. Der zarte Körperbau. Die feinen blonden Haare. Das Gesicht eines jungen Gottes fotografiert auf einer Bahre im Krankenhaus. Levi und Ilka, sie hätten Geschwister sein können. Sie wollte Olivia den Gedanken mitteilen, bemerkte dann jedoch, dass ihre Chefin sie mit kaum verhohlener Wut anstarrte.

»Kannst du nicht einmal tun, was man dir sagt?«

Anne reagierte nicht auf ihren Ton. Sie holte ihr Smartphone heraus. »Ich habe das Gespräch aufgezeichnet. Sicher ist sicher. Wir konnten nicht riskieren, dass wieder eine Hausdurchsuchung ergebnislos bleibt. Oder dass noch jemand in U-Haft stirbt. Noch besser: Ihr konntet sie bei dem Angriff auf mich festnehmen. Jetzt kannst du sie durchsuchen. Ich bin mir sicher, dass sie den USB-Stick am Körper trägt. So etwas gibt man nicht aus der Hand.«

Olivia funkelte sie an, wandte sich dann wortlos um und bedeutete einem der Polizisten, Ilka zu sichern, während sie selbst sie abtastete. Nach wenigen Minuten schon wurde sie fündig und zog aus Ilkas Hosentasche einen kleinen schwarzen USB-Sick hervor.

Anne atmete erleichtert auf. Es war vorbei.

»Frau Ratzlaff, Sie sind vorläufig festgenommen.« Olivia legte ihr Handschellen an. »Mein Kollege bringt Sie jetzt zur Wache. Dort haben Sie Gelegenheit, einen Anwalt zu verständigen.«

Ilka ließ sich widerstandslos hinausführen.

Olivia betrachtete den USB-Stick. Dann sah sie Anne an. »Komm mit! Ich habe einen Laptop im Auto.«

Erleichtert folgte ihr Anne. Olivia nahm auf dem Fahrersitz Platz und steckte den Stick in ihren Laptop.

»Er ist nicht einmal passwortgeschützt«, murmelte sie verwundert und scrollte durch Hunderte verschiedener Dateien. »Es wird Tage dauern, das alles zu sichten.«

Sie klickte eine von ihnen an. »Das hier sind Offshore-Konten. Sieh dir mal diese Geldbewegungen an. Es ist der richtige Stick. Wir haben ihn!«

»Wegen Steuerhinterziehung und Geldwäsche vielleicht. Aber nicht wegen Mord. Es sei denn, hier ist noch mehr drauf. Gibt es auch alte Dateien? Such mal nach Zeiträumen vor 1995.«

Olivia gab »94« in die Suchfunktion ein. Sie fand zwei Dateien. Die erste enthielt die Unterlagen über die Eröffnung eines Postfachs durch das Anwaltsbüro Pötzel.

Die zweite war ein PDF-Dokument. Ein Vertrag.

»Mein Gott«, flüsterte Anne. Mit einem Mal wurde ihr klar, wer all die Jahre in dem Eisfach gelegen hatte.

Kapitel 58

Olivia stand im Dunkeln und blickte wieder einmal durch das verspiegelte Fenster auf die beiden Männer in den schicken Anzügen, die dort am Tisch saßen. Doch dieses Mal war die Stimmung im Vernehmungszimmer anders. Brickenstein redete mit ernster Miene. Der ausgedruckte Vertrag lag vor ihm auf dem Tisch. Andreas Hartmanns Gesicht war wie in Stein gemeißelt. Er hatte nicht mehr als einen kurzen Blick auf das Schriftstück geworfen. Der Anwalt erhob sich und klopfte an die Tür.

»Herr Hartmann ist so weit.«

Olivia trat ein und setzte sich an den Tisch. »Ich höre.«

Brickenstein räusperte sich.

»Mein Mandat ist bereit zuzugeben …«, begann er, wurde aber von Hartmann unterbrochen.

»Nein.« Hartmann straffte den Oberkörper und strich sich glättend über die Krawatte. Mit seinen eisblauen Augen fixierte er Olivia. Die vollkommene Abwesenheit von Reue darin ließ sie innerlich erschaudern.

»Im Jahr 1994 war ich zweiundzwanzig Jahre alt«, sagte er. »In diesem Alter gehen die meisten jungen Menschen studieren, reisen um die Welt, leben in den Tag hinein. Sie müssen noch keine Verantwortung tragen. Sie müssen nicht den plötzlichen Tod ihrer Eltern verkraften. Sie werden nicht von heute auf morgen Inhaber eines Firmenimperiums.«

Olivia konnte das aufgesetzte Selbstmitleid keine Sekunde länger ertragen. »Aber Sie waren doch gar nicht Inhaber«, widersprach sie und deutete auf den Vertrag. »Hier steht, dass im Falle des Todes Ihrer Eltern die Mehrheitsanteile an den Firmen und die alleinige Entscheidungsgewalt auf ihre Schwester Mia übergehen.«

»Sehr richtig«, erwiderte er kalt. »Und wie ich sagen wollte, wenn Sie mich nicht unterbrochen hätten, Mia kam damit nicht klar. Sie wollte die Firmen verkaufen und das Geld in gemeinnützige Projekte investieren. Mein Vater hat einen riesigen Fehler begangen, indem er ihr die Leitung übertragen hat. Mich hätte er zu seinem Nachfolger machen sollen! Aber er hat mir nie etwas zugetraut, und diese fixe Idee hat Mia von ihm übernommen. Sie wollte mich hinausdrängen. Wir hatten einen schlimmen Streit, und ich war so in Rage, dass ich nicht mehr klar denken konnte. Ich habe sie erwürgt.« Er sah zu Brickenstein. Der nickte.

»Im Affekt«, betonte Hartmann. »Doch dann hatte ich ein Problem. Wir beide hatten gerade ein Vermögen geerbt. Ich konnte nicht zugeben, Mia getötet zu haben. Ich hätte die Firma und möglicherweise auch mein Erbe verloren. Mias Anteil ganz sicher. Dann kam mir die Idee mit dem Kongo, aber dafür musste ich die Leiche verschwinden lassen.«

Olivia konnte die kaltschnäuzige Art, wie er darüber redete, kaum ertragen. Sie würde schon dafür sorgen, dass er nicht mit Totschlag davonkam. In ihren Augen war die Art und Weise, wie er seine Schwester beseitigt hatte, ganz klar Mord.

»Der Onkel einer Schulfreundin ist Anwalt. Ich wusste, dass er finanzielle Probleme hatte, also habe ich ihn benutzt, um das Eisfach im Gefrierverein Dreislar zu mieten.«

»Und der Kopf?«, fragte Olivia. »Wo ist der Kopf?«

»Den habe ich vergraben.«

»Wo?«

»Auf meinem Grundstück. Er liegt mehr als vier Meter unter der Erde, deshalb hat ihn nie jemand gefunden. Schließlich musste ich damit rechnen, dass das Eisfach irgendwann mal geöffnet wird. Ich konnte nicht riskieren, dass sie jemand identifiziert.«

Welch ein perfider Plan, dachte Olivia. *Aber auch überaus effektiv. Ohne Hartmanns USB-Stick hätten wir ihn niemals mit der Toten in Verbindung bringen können.* Sie konnte sich nicht vorstellen, dass ein Richter auf Hartmanns Aussage hereinfallen und den Mord als Affekttat beurteilen würde. Zu gerissen hat er die Beseitigung geplant. Auch Jahre nach dem Mord muss er Mias Freunde noch mit falschen Briefen oder später E-Mails getäuscht haben. Jemand, der so planvoll vorging, hatte mit Sicherheit auch den Mord an sich geplant. Aber das hatte sie nicht zu beurteilen. Ihre Aufgabe war es, die Fakten zusammenzutragen. Alles andere war Sache des Strafgerichts.

»Und das erzählen Sie mir völlig emotionslos? Bereuen Sie gar nicht, Ihre Schwester getötet zu haben? Die Letzte, die von Ihrer Familie übrig war?«

Andreas Hartmann schien tatsächlich über ihre Frage nachzudenken.

»Was ich am meisten bereue: Dass sie es nicht mehr sehen können. Hartmann Maschinenbau. Die Firmen, die Hotels, die Vereine, die ich ins Leben gerufen habe.«

»Mit Drogengeld«, kommentierte Olivia eisig.

Er schien sie nicht zu hören. »Was ich geschaffen habe. Ich bin kein Versager.« Er verzog den Mund. »Ich nicht.«

Kapitel 59

Als Anne die Stufen zu ihrem Büro hochstieg, merkte sie, dass der unterste Kopf ihrer Bluse lose war. Er hing nur noch an einem einzigen Faden und konnte jeden Moment abreißen. Sie musste wirklich aufhören, daran herumzufummeln. Den ganzen Morgen hatte sie nichts anderes getan.

Dabei sah es ihr gar nicht ähnlich, so nervös zu sein. Die letzte Woche Urlaub mit Heiko hatte ihr gutgetan, und sie hatte kaum an den Fall gedacht. Schließlich waren die wichtigsten Fragen beantwortet. Die Schreibarbeiten hatten Olivia und Thorsten erledigt, und dafür war Anne dankbar gewesen. Sie hatte lange Spaziergänge mit Heiko und Stella unternommen. Heiko war so glücklich gewesen, Stella wiederzuhaben, dass er sie jeden Tag mit frischen Knochen verwöhnt hatte. Auch Anne und er hatten es sich gut gehen lassen. Gestern Abend, auf dem Weg zurück nach Dortmund, war sie ein wenig traurig gewesen, dass ihre gemeinsame Zeit nun vorbei war, aber sie freute sich auch darauf, wieder arbeiten gehen zu können. Seit heute Morgen allerdings lagen ihre Nerven blank.

Vor Olivias Tür merkte sie, dass sie wieder an dem Knopf ihrer Bluse zog. Sie rieb sich das Gesicht, klopfte und trat ein. Olivia war blass, und ihre Augen dunkel umrändert wie immer. Sie sah auf und winkte Anne herein. *Ihre Haare sind dichter geworden*, dachte Anne. *Die Kopfhaut schimmert nicht mehr so durch. Das ist bestimmt ein gutes Zeichen.*

»Gut erholt?«, fragte Olivia und zog ein Blatt Papier aus dem Drucker.

Anne nickte. »Ja danke. Bestens. Aber ich bin auch froh, wieder hier zu sein. Wie läuft es mit dem Fall?«

»Alles abgeschlossen. Du hattest recht mit deiner Vermutung. Andreas Hartmann hat gestanden. Im Jahr 1994 tötete er seine Schwester und mietete unter dem Namen Wohlfeil ein Eisfach an, um ihre Leiche dort zu verstecken. Mias Kopf trennte er ab und vergrub ihn auf seinem Grundstück. Wir haben ihn in vier Metern Tiefe gefunden. Dort hat ihn kein Polizeihund erspüren können. Mit Hilfe einer Strohfrau hat er die Reise seiner Schwester in den Kongo inszeniert. Da sie tatsächlich vorgehabt hatte, dort Entwicklungshilfe zu leisten, ist es niemandem aufgefallen.«

»Unfassbar!«, murmelte Anne. »Dass ihre Freunde das nicht gemerkt haben.«

Sie dachte an das Foto der drei Freundinnen. Fabienne, die sich nur noch für Andreas Hartmann interessiert hatte, und Lara, die mit dem Lehrer durchgebrannt war. Sie dachte an den zarten Frauenkörper aus dem Gefrierhaus. Nun hatte die Tote einen Namen: Mia. Mehr als zwanzig Jahre lange hatte sie im Eisfach gelegen, während ihr Bruder sich in seinem Imperium eingerichtet hatte wie die Made im Speck. Zwanzig Jahre lang hatte niemand sie vermisst.

Annes Herz wurde schwer. »Ein Glück, dass er endlich hinter Gittern ist. Ihr müsst alles tun, damit er möglichst lange dort bleibt.«

Olivia nickte grimmig. »Das werden wir. Ach, und Thorsten will dich sprechen. Du gehst am besten gleich hin. Um neun hat er eine Pressekonferenz. Das kann dauern.«

Anne schluckte. »In Ordnung.«

Sie ging mit schnellen Schritten zu Thorstens Büro. *Vielleicht ist es besser so, dann habe ich es rasch hinter mir. Es wird ein Donnerwetter geben. Vielleicht sieht er aber auch ein, dass ich keine andere Wahl hatte. Immerhin ging es um Markus. Wenn ich nicht bei Hartmann eingestiegen wäre, dann wäre er jetzt vielleicht tot. Das muss er doch verstehen. Markus gehört schließlich zur Familie.*

Sie klopfte und lauschte auf Thorstens Stimme, die sie hereinrief. Er saß am Schreibtisch und erhob sich bei ihrem Eintreten. Wie groß er war, und wie dünn er wirkte. *Hat er abgenommen? Bestimmt durch den Stress.*

Forschend musterte Anne seine Miene, die nichts preisgab. Er hatte sich verändert, das wurde ihr schlagartig klar. Früher war es ihr leichtergefallen, ihn zu durchschauen.

Mist, jetzt hatte sie den Knopf doch abgerissen! Einen Moment hielt sie ihn unschlüssig in der Hand, dann steckte sie ihn in ihre Tasche.

»Hallo, Anne! Wie geht es Heiko? Ich hoffe, er hat sich gut erholt.«

»Ja danke. Alles bestens.«

»Und du bist auch wieder im Dienst.«

Anne nickte. »Zum Glück. Der Urlaub war erholsam, aber auf Dauer ist das nichts für mich.«

»Hat Olivia dir von Hartmanns Geständnis erzählt?«

»Ja. Anscheinend wird er endlich für seine Taten zur Rechenschaft gezogen.«

Thorsten nahm einen weißen Umschlag vom Schreibtisch und kam um den Tisch herum. Anne sah, dass ihr Name im Adressfeld stand. Ihr Herzschlag beschleunigte sich.

Thorsten blieb vor ihr stehen, machte aber keine Anstalten, ihr den Brief zu geben. »Der USB-Stick war sehr ergiebig und die Beweise erdrückend. Deshalb hat Brickenstein seinem Mandanten geraten, reinen Tisch zu machen. Das ist zum Großteil dein Verdienst. Du warst es, die die Verbindung zwischen den beiden Morden hergestellt hat. Du hast die Täter überführt. Ich wusste immer, dass du eine gute Polizistin bist. Du hast diesen Instinkt, um den ich dich beneide.« Er machte eine Pause, und Anne fragte sich, warum er bei all dem Lob so traurig aussah.

»Als du das erste Mal gegen meine Anweisung gehandelt und dich in Gefahr gebracht hast, habe ich es auf deine Jugend geschoben. Ich … Nein. Eigentlich habe ich dazu alles gesagt. Schon oft. Was mir am wichtigsten ist – sogar unentbehrlich bei unserer Arbeit –, ich muss mich auf meine Leute verlassen können. Das ist überlebensnotwendig. Ich habe große Achtung vor dir, Anne. Und ich verstehe dich. Ich verstehe, warum du dich unseren Anweisungen widersetzt hast. Das macht es mir so schwer. Aber die vergangenen Tage haben mir auch gezeigt, dass es nur die richtige Motivation braucht, um dich all deine guten Vorsätze vergessen zu lassen. Dann handelst du wieder allein und scherst dich nicht um die Regeln.«

»Ich ...«

Thorsten schüttelte den Kopf. »Es ist alles gesagt.« Er reichte ihr den Brief. »Es tut mir leid, Anne. Aber du bist nicht länger Teil unseres Teams.«

Kapitel 60

Im Gasthof zur Alten Post füllten sich nach und nach die Plätze. Gerda, Birgit, Ansgar, sie alle waren gekommen. Elsbeth sah in ihre Gesichter und suchte nach Traurigkeit und Depressionen. Sie alle hatten heute Morgen ihr Eisfach ausgeräumt und das letzte Kühlaggregat abgestellt.

Langsam war die Kälte durch die geöffneten Fenster gewichen, und sie hatten die abgetauten Fächer ausgewischt und den Boden gereinigt. Selbst die Alten und Kranken waren gekommen, wenn auch nur, um dabei zu sein, als es mit dem Gefrierhaus zu Ende ging. Nun stand es leer und barg nur noch Erinnerungen. Ein Relikt aus einer vergangenen Zeit.

Und wir. Was sind wir? Sind wir auch überflüssig, kaputt? Von der Zeit überholt?

Elsbeth sah in die Runde, aber Traurigkeit fand sie nicht. Im Gegenteil, es herrschte Gemurmel, jemand machte einen Witz, und rechts von ihr wurde gelacht. So als versuchten die letzten Vereinsmitglieder kämpferisch, die Stimmung hochzuhalten. *So ist der Sauerländer*, dachte Elsbeth gerührt. *Geerdet. Unerschütterlich.*

Sie räusperte sich. »Meine Lieben, ich begrüße euch zur letzten Versammlung des Gefriervereins. Wie ihr bestimmt gehört habt, hat die Polizei den Mann festgenommen, der im Fach vierzehn eine Leiche aufbewahrt hat.«

Zustimmendes Nicken antwortete ihr.

»Es war ein Mann, den viele von uns mit Namen kennen. Ein Mann, von dem wir das nie gedacht hätten. Er hat uns

328

betrogen und unsere Gemeinschaft für etwas Böses missbraucht. Doch auch uns trifft ein Teil der Schuld. Wir haben sein Geld genommen, ohne Fragen zu stellen. Das war ein Fehler. Das waren nicht wir, könntet ihr jetzt sagen. Das ist fünfundzwanzig Jahre her. Das waren die Alten, und das stimmt auch. Aber auch wir haben das Fach in unserer Mitte geduldet. Wir haben weggesehen.«

Elsbeth blickte in die betretenen Gesichter. Die Worte taten weh, aber sie musste sie aussprechen. Sie musste Wunden aufreißen, damit sie heilen konnten. Es durfte nichts mehr vertuscht werden.

»Aber jetzt sehen wir hin«, sagte sie. »Und wir ziehen die Konsequenz daraus. Kommen wir zum einzigen Tagesordnungspunkt für heute: Zur Auflösung des Gefriervereins.« Sie sah jeden Einzelnen von ihnen an. Ihre Brust wurde eng. »Ich bitte um Handzeichen. Wer ist dafür, dass wir unseren Verein mit sofortiger Wirkung auflösen?«

Alle Hände hoben sich.

Elsbeth machte noch die Gegenprobe. Dann sagte sie: »Bitte notiere das, Birgit. Der Verein wurde einstimmig aufgelöst.«

Sie schwieg einen Moment. »Ich habe lange überlegt, was ich jetzt zu euch sage. Ihr wisst, wie viel unser Verein mir bedeutet hat. Die Tradition. Das Bewahren in einer Wegwerfgesellschaft. Ich wollte euch sagen, dass ihr nicht zulassen dürft, dass die Tat eines Einzelnen das alles kaputtmacht. Dass das Böse unsere Erinnerung nicht vergiften darf.«

Sie seufzte und schüttelte den Kopf. »Aber das ist Blödsinn. Was passiert ist, ist passiert. Wenn man jetzt von dem Gefrierhaus in Dreislar spricht, wird man zuallererst an die junge Frau denken, die dort gelegen hat. Wie ein Dornröschen, nur dass unser Märchen kein gutes Ende genommen hat. Darum sollten wir einen Schlussstrich ziehen und akzeptieren, was wir nicht ändern können. Wir sollten uns auf das Gute konzentrieren, das wir haben. Auf unser Dorf mit seiner wundervollen Landschaft. Auf unsere Tradition, auf unsere Gemeinschaften, die Vereine in Dreislar. Wir müssen uns auf die Zukunft konzentrieren. Auf neue Projekte.«

Sie nahm einen Stapel Papier vom Tisch, den Wilhelm für sie ausgedruckt hatte. »Im nächsten Jahr findet wieder der Wettbewerb ›Unser Dorf hat Zukunft‹ statt. 2017 ist Dreislar zweiter Kreissieger geworden, und wenn wir uns ein wenig anstrengen, ist bestimmt auch ein Titel auf Landesebene drin. Ich schlage vor, dass wir uns regelmäßig treffen, um Ideen auszutauschen. Ich habe mir schon ein paar Gedanken dazu gemacht. Bitte lasst das mal herumgehen.« Sie gab den Stapel Papiere weiter. »Auf dem Blatt ist ein Vorschlag für einen Kräuterweg, der beim Spielplatz entstehen soll. Ich dachte an eine Mischung aus Lehrpfad und Entspannung. Mit kleinen Schildern, die etwas über die Kräuter erzählen.«

»Eine gute Idee!«, rief Birgit. Auch von den anderen erklang zustimmendes Gemurmel.

»Der Erlebnisplatz *Im Schwinkel* ist ganz zugewuchert«, warf Ansgar ein. Dort müssten wir auch einen Arbeitseinsatz starten. Vielleicht kam man einen neuen Pfad durch den Wald anlegen.«

Sein Sitznachbar schüttelte den Kopf. »Die Mineralienbörse ist bald. Wir sollten uns zuerst darauf und auf das Schwerspatmuseum konzentrieren.«

»Nicht vor dem Bundesschützenfest in Medebach!«, rief Gerda. »Da ist mein Mann im Planungsausschuss.«

Elsbeth sah Willi über ihre Köpfe hinweg an. Er lächelte. Sie redeten schon wieder über die Zukunft.

Nicht mal vor der Theke kann man seine Ruhe haben, dachte Gilbert Kreimer und wandte den lautstark diskutierenden Senioren den Rücken zu. Verdammte Vereinsmeierei. Die glaubten auch, dass die Welt unterging, wenn zum Schützenfest mal eine Hecke schief geschnitten war. Grimmig nahm er einen Schluck Bier. Trinkbar, das hiesige, wenn auch nicht so gut wie das Rostocker Pils. Er hatte heute wieder oft an seinen alten Heimathafen gedacht.

Engin hatte angerufen und ihm vom Krebs erzählt. Prostata. Weit gestreut. Nicht mehr heilbar. »Der Himmelslotse war gestern da. Sagt, ich soll mich verabschieden, bevor ich über die Planke geh. Von der Familie und den alten Kameraden. Also, ahoi, Landratte! Wir werden uns nicht mehr hören. Ärger dich nicht mehr so viel. Das ist es nicht wert. Das Leben is zu kurz. Also scheiß auf die andern, klar?« Gilbert hatte nicht gewusst, was er sagen sollte.

»Mast- und Schotbruch, du alter Dreckskerl«, murmelte er jetzt vor sich hin. »Hättest ja ruhig eher mal was sagen können. Hättest dein scheiß Maul aufmachen können. Wer soll denn ahnen, dass du krank bist? Bin doch kein scheiß Hellseher.«

Der Barmann sah irritiert zu ihm herüber.

»Gibt es ein Problem?«

»Nein, Mann«, knurrte Gilbert. »Alles in Ordnung.«

Dann stand er auf und ließ das Bier stehen. War eh nicht schade drum. Kein Rostocker. Er zählte die Münzen auf der Theke ab. Draußen wurde das Fiepen in seinem Ohr stärker. Er ignorierte es und stapfte nach Hause.

Vom Weg aus sah er die Lichter von Maiworms Traktor, der auf einem seiner Felder zugange war. Scheiß Bauern! Die meinten, sie müssten nachts arbeiten. Nur damit die Leute glaubten, sie würden was tun für ihr Geld. Dabei waren das doch alles EU-Subventionen, was die kriegten.

Zu Hause startete er den alten PC, den er bei eBay Kleinanzeigen gekauft hatte. Geräusche machte der, als würde er sich jedes Mal, wenn er hochfuhr, in Einzelteile zerlegen. Aber er startete.

Gilbert suchte zuerst nach dem Schiff. Seinem Schiff. Der MS Carolina. Da lag sie im Containerhafen und wurde beladen. Mit steifen Fingern strich er über den Bildschirm.

Nachdem er das Bild eine Weile betrachtet hatte, suchte er nach der Adresse von diesem Hospiz in Bremerhaven, das Engin ihm genannt hatte. Gilbert besaß ein Auto, traute sich jedoch die weite Fahrt nicht mehr zu. Aber mit dem

Zug müsste es gehen. Wenn er morgen früh losfuhr, konnte er gegen Mittag da sein. Bis dahin würde der Sausack wohl noch auf der Planke stehen.

Gilbert würde ihn nicht einfach so zur letzten Heuer gehen lassen. Nicht, ohne sich richtig von ihm zu verabschieden, wie es unter Seeleuten üblich war.

Ende

Liebe Leser!

Ich hoffe, mein Buch hat Ihnen gefallen. Fast zwei Jahre habe ich an dieser Geschichte gearbeitet, aber von der Idee zum fertigen Krimi hat es noch länger gedauert.

Alles begann an unserem Küchentisch, als mein Vater zu mir sagte: »Schreib doch mal was über Motorradfahrer. Das Sauerland ist schließlich voll davon.«

Die Idee des Krimis war geboren. Rasch entstand die Geschichte um Heiko, seinen Bruder und den Motorradclub in meinem Kopf. Das gewisse Etwas fehlte noch, und ich fand es Monate später in einem Artikel der *Westfalenpost* über das Gefriergemeinschaftshaus in Dreislar. Schon beim ersten Lesen war ich fasziniert und wusste, dass ich unbedingt darüber schreiben wollte.

Leider wurde das Gefriergemeinschaftshaus tatsächlich Ende 2017 geschlossen. Wie im Krimi beschrieben, fehlte das Geld für dringend benötigte Investitionen, und die Mitgliederzahl des Vereins war zu gering, um das Haus weiter unterhalten zu können. Natürlich hat es im Gefrierhaus in Dreislar nie eine Leiche gegeben. Die ist meiner Fantasie entsprungen, ebenso wie alle Personen, Vereine, Betriebe und Andreas Hartmanns Anwesen.

Anne Kirsch wird nicht mehr bei der Kripo Dortmund ermitteln. Aber so eine Strafversetzung ist nicht nur ein Ende sondern auch ein Anfang.

Von etwas Neuem…

Wie es weitergeht, erfahren Sie auf Facebook oder Twitter oder auf meine Homepage: www.sauerlandkrimis.de.

Zum Abschluss möchte ich mich bei allen bedanken, die mich bei diesem Buch unterstützt haben!